旧爱时光

（路文彬中短篇小说集）

路文彬 著

北京日报出版社

图书在版编目（CIP）数据

旧爱时光 / 路文彬著 . —北京：北京日报出版社，
2023.4
　　ISBN 978-7-5477-4501-4

　　Ⅰ.①旧⋯　Ⅱ.①路⋯　Ⅲ.①中篇小说—小说集—中国—当代②短篇小说—小说集—中国—当代　Ⅳ.①I247.7

中国国家版本馆 CIP 数据核字（2023）第 007254 号

旧爱时光

出版发行：北京日报出版社
地　　址：北京市东城区东单三条 8-16 号东方广场东配楼四层
邮　　编：100005
电　　话：发行部：（010）65255876
　　　　　总编室：（010）65252135
印　　刷：武汉楚商印务有限公司
经　　销：各地新华书店
版　　次：2023 年 4 月第 1 版
　　　　　2023 年 4 月第 1 次印刷
开　　本：710 毫米 ×1000 毫米　1/16
印　　张：18.75
字　　数：316 千字
定　　价：79.00 元

版权所有，侵权必究，未经许可，不得转载

目录

庄奶奶的葬礼	001
旧爱时光	014
笛·琴·鼓	030
我怎么会找不到你	041
我欲乘风归去	052
午夜惊嚎	063
无悔	072
菩儿	084
感谢婚姻	090
两极	100
无声的歌唱	111
菊花	117
迟钝的感觉	122
死窗	132
冬季里有二十年	141
南丁格尔	151
在车上	201
罪与功	223
城市安魂曲	252
后记	292

庄奶奶的葬礼

那一年我12岁,也许是13岁;我认为自己是12岁的时候,母亲会说我13岁,甚至可能是14岁。她有时给我虚一岁,有时给我虚两岁,至于其中的道理,我始终没能弄明白。

这天一大早,母亲便将我叫醒。我坐了起来,脑子还躺在没做完的梦里:数学试卷一片空白,监考老师却说只剩5分钟了,我急得直想撒尿。于是,就把试卷丢在地上,解开裤带,对着试卷旁若无人地滋了起来……

"磨蹭什么?!"母亲把衣服扔到我的脸上。

我一个激灵,尿真跑了出来。我紧忙跳下床,冲向屋后,朝着墙根一通淋漓。发现旁边的枯草丛里睡着一张破报纸,我又将目标转向它,把在数学试卷上没撒完的尿撒完。

尿尽最后一滴,我才感觉到了冷,浑身开始发抖,抱着光膀子飞奔回屋。

母亲为我冲了一碗蛋花,热了两个馒头,还有两块豆腐乳。吃完这些,我拿上母亲准备好的5块钱和一捆纸钱出了门。

"千万要把钱揣好。"母亲又叮嘱了一遍。

"替我给你庄奶奶磕两个头……"母亲的声音被眼泪淹没了。

我回过头去,母亲消失在了门后。

路上一个人没有,天色也在打着瞌睡,前方的天空里飘浮着几颗苍白的星星,它们一直在盯着我看,似乎对我的行踪挺有兴趣。我告诉它们,我要去参加庄奶奶的葬礼。它们还是那样的眼神,好像并不懂葬礼是什么意思。我又告诉它们，庄奶奶去世了，今天要被埋葬。

我不喜欢说"死"这个字眼，母亲也不喜欢，当时，她对我说的是"你庄奶奶老了"。庄奶奶本来就老，所以我知道她说的"老"是什么意思。爷爷去世时，父亲也是这么对我说的："你爷老了。"

穿过叽里拐弯的房道，走到那条水泥路的尽头，就是通往山南的小路了。望着黑黢黢的树林，我迟疑了一下，我曾在这里碰见过蛇，蛇是我最怕的东西。我需要一根木棍保护自己，四下踅摸了一遍，没有木棍。我放下手中的纸钱，爬到旁边的一棵树上，用尽全身力气掰断了一根树枝；再从口袋里摸出削铅笔的小刀，把枝杈一一去掉，这便是一根令我满意的木棍了。

我拿着木棍在小路两旁的草丛里胡乱扑弄了一番，没见有什么异常，便大胆向前走去。星星们还在盯着我看，只是眼神明显有了变化。我继续告诉它们，今天母亲和父亲都要上班，只有刚放寒假的我有时间，所以就派我来参加葬礼了；他们没别的人可派，他们就我这么一个孩子；如果我说我不想来，母亲一定会说："你这没良心的，庄奶奶活着的时候对你多好！"

庄奶奶对我的确很好，甚至比对她的亲孙子二毛都要好。二毛是她小儿子的儿子，原来每年暑假都要来庄奶奶这里住上一阵子。但她似乎并不太喜欢这个孙子，总是背着他把自己的点心分给我吃。

跟星星们说说话，我的心里就不那么害怕了，但是依然走得飞快，脊背上都冒了汗。糟糕！我忽然想起拿木棍的这只手里应该是提着一捆纸钱的。转过身去看了看，后面好像有个黑影在追赶我，吓得我只好继续朝前快走。不多一会儿，左侧的草丛里不知是什么东西扑棱棱从我身旁疾速窜了过去。是蛇吗？好像不是。我用木棍在地上狠狠抽打了两下，又大吼两声，四周传来我的回声，所有的树枝都在跟着颤抖。瞬间，我感觉自己高大了不少。

星星被稠密的树枝遮挡住了，就在我试图从缝隙里捕捉星光的时候，脚下一绊，跌倒在了一座土堆上。我立即意识到这是坟堆，我走到了坟地里。我慌忙顺着记忆朝另一个方向跑去，一口气跑出长长的丛林。

我双手扶着发软的膝盖，俯身大口喘着粗气。背后的林子里忽然一阵喧哗的鸟鸣，我抬起头，那几颗星星已经不见了，停在那里的是一块被霞光熏成腊肉的云朵。远处的田野上，一头孤独的耕牛正在那里偷懒。

没什么好怕的了。其实，那片坟地也没什么好怕的，我见过它们好多次了，有几座坟都露出了棺材，有的棺材甚至张着好大的洞。每次路过的时候，我都忍不住好奇，想往里看，但是黑咕隆咚的，什么都看不见。

现在，庄奶奶也要住进坟墓里来了。只是，我不清楚她会不会也住在这个地方。

母亲说我必须在七点半之前赶到，庄奶奶要在八点钟出殡。不能再晚，否则，惊动得人多了，村干部就要来干涉，土葬是不被国家允许的。可庄奶奶不管这些，她说她不想被烧掉，儿女们要是把她烧掉了，她就骂他们不孝。她的儿女们都想当孝子，自然就得遵从她的心愿。

我没有手表，也不知道现在几点了。母亲说，只要我别在路上贪玩，保准能够在七点半之前到达。我没有贪玩，但还是有些担心不能及时赶到，要是耽误了事，母亲一定不会轻饶我的，父亲也不会。每次撞见母亲训斥我，父亲都要火上浇油，他俩只有在对我发泄不满的时候才是一伙的。平时，他们则是斗得你死我活的敌人。想到这里，我小跑了起来。

闻到一股炊烟的气味，我抬头一看，那个白墙灰瓦的村庄已近在眼前。绕过村庄，踏上那座白石拱桥，再沿着小河走到河汊处的柳树湾，那里便是庄奶奶的家了。那里也是二毛的家。庄奶奶以前住在城里大儿子的家，也就是我家隔壁。后来，庄奶奶走不动路了，就回到了山南老家。

庄奶奶的大儿子工作很忙，大儿媳的工作也很忙，他们的一个女儿在外地上中专，两个儿子也都在外地当兵，没人能照顾她，常常要请我母亲搭把手。母亲忙不开的时候，就派我过去看看，我也做不了什么，只能跟她扯些我们学校发生的事，庄奶奶倒是爱听。

前面一片灯火辉煌，我猜是庄奶奶的家，果然没错，走着走着，便隐隐听见那里传来了哭声。

循着哭声，我来到了一个大棚前，大棚顶上悬挂着几个足球那么大的灯泡，两边摆放着花花绿绿的花圈；地上是一口黑色的大棺材，闪着油亮的光，像通往另一个世界的深渊。我没敢再上前，往人多的地方走过去。

这时，庄叔走了过来，听见他说话，我才认出是庄叔，也就是庄奶奶的大儿子。

"你爸妈呢？"庄叔问。

"他们没时间。"我说。

"就你一个人来的？"

我点头。

庄叔上下打量着我："你就这么来的？"

"嗯。"

"哦……"庄叔好像有些茫然，瞧着我的身后，眨了眨眼，似乎不大相信他们没有来。

我忽然想起来了，赶紧扔下手里的木棍，从上衣内侧的口袋里摸出那5块钱递给庄叔。谢天谢地，幸亏我想起来了，不然回去该怎么向母亲大人交差呀？！

庄叔把钱交给坐在桌边记账的那个有酒糟鼻和八字须的老头，说了声"路嫂"。

路嫂是我母亲。

突然，庄叔在我面前跪下，给我磕了一个头，极响。这时我才发现，他的身后还站着二毛的父亲和二毛，他们也都随着庄叔跪下给我磕头。我连连后退，不是害怕，是不好意思让他们给我磕头。

没见庄叔的那两个儿子，我最喜欢看他们穿军装的样子，他们一个是海军，一个是空军，真是威武极了。我希望自己将来能当上空军，驾着战斗机从我们校园上空飞过，让那个老爱欺负我的王八蛋同学小黑皮吓尿裤子。

庄叔的额头上血迹斑斑，裤子的膝盖部分都磨破了，另一个庄叔也是一样。二毛的额头没有血迹，裤子也没有磨破，但都是尘土。我注意到，他穿着棉鞋，而两个庄叔却都赤着脚。

我的鞋子里冰凉，一路上的热乎气都散尽了，脚趾好像浸在冷水里。

我看看二毛，想跟他说说话，我们有好久不见了，他一直答应要给我做一把大弹弓的。但二毛仅仅瞥了我一眼，面无表情，像压根儿就不认识我似的。

庄奶奶的葬礼

他头上的白帽子和披在身上的白布特别难看，把本来长得挺好看的他变成了一副十分可怜的模样。我想，二毛一定是不愿我看到他这副样子吧，所以故意装作不认识我。

爷爷是在老家去世的，老家在很远的西北，父亲没有带我去参加葬礼，要不，我肯定也得像二毛这样。我可不要穿这样的孝服，也不要像这样见人就跪下磕头。可是……要是我的母亲或是父亲不在了，那我……想想，我觉得这事好麻烦。

庄叔拉住我的胳膊，将我领进堂屋。"再看你庄奶奶最后一眼吧。"他说。

庄奶奶躺在雪白的被褥上，我壮着胆子瞟了一眼她的脸，她的脸比平时白了许多，嘴唇也比平时鲜艳了不少。就在我的目光仓皇逃向一边的时候，我瞥见她的眼睛忽然睁开了。

"哟，阿三来啦，庄奶奶真没白疼你。"听见庄奶奶说话，我顿时把什么都忘了，以为庄奶奶只是睡着了，我不过仍是像以往那样过来看看她。

我不再那么害怕，目光又回到她的脸上，可她的眼睛却是闭着的，不过嘴角弯曲着微笑的弧度。此时的庄奶奶变得年轻了，脸上的皱纹全都消失了。

"庄奶奶漂亮吗？"我看见她的嘴巴在动。

我点点头。

"你庄奶奶年轻的时候啊，可是方圆几百里有名的大美人，把所有男人都迷得死去活来……可惜啊，人美命不美……"庄奶奶长长叹了口气。

这时庄叔拽了一下我的袖子，示意我离开，我立即想起母亲的吩咐，赶紧在床头边地上的竹席上跪下，替母亲磕了两个头。磕完，我又磕了两个，这是替我自己磕的。

正要起身，两枚硬币不知从哪里滚落到我的手边。

"拿去买糖球吃，阿三。"庄奶奶说。

我一把将那两枚崭新的硬币抓到手心里。糖球 5 分钱一个，敲铜锣的小贩一来到房道，坐在门口晒太阳的庄奶奶就会从身上摸出一枚硬币，偷偷塞给我，要我去买糖球。母亲不给我买，也不让庄奶奶给我买，说不能惯我嘴馋的毛病。

重新来到屋外，人又多出不少，我前后左右看看，没一个认识的。走到一个戴眼镜的姐姐跟前，我决定在她身边停下来。她的手里拿着一本高一的英语课本，不时要翻看一下。

我心想，她也许就是庄奶奶的外孙女吧。母亲曾跟我说过，庄姑有个女儿，学习好得很，年年是班里的头一名。可是又不像，因为她并没有穿孝服。我放眼望去，在穿孝服的人里找了找，但是穿孝服的人实在太多，根本没法判断哪一个是庄姑的女儿。

人群突然一阵骚动，庄奶奶被抬了出来，然后就见两个裹着白衣的女人歇斯底里地号哭着扑了过去。我认出来了，这两个女人正是两个庄叔的妻子，我叫她们庄婶。

庄婶们的哭声惨烈得吓人，我的心脏被震得怦怦跳个不停。当庄奶奶被放进棺材里的时候，庄婶们抢着要往里跳，拉都拉不住，最后又上去几个膀大腰圆的男人才将她们勉强拖住。

随着叮叮当当钉棺材的声音，更多的人加入了哭泣的行列，本来没哭的两个庄叔和二毛也流起了眼泪。但是，哭得最伤心的还是两个庄婶，其次是庄姑。

"孝子上刀山！"

猛然间，我听见一声高喊，是那个一直在跑前跑后、头戴鸭舌帽的男人。

人群立刻围了过去，空地上高高堆放着一摞破旧的课桌椅，像是从附近学校里借来的。桌椅上码放着一层层劈柴，劈柴上插着密密麻麻的尖刀。就见大庄叔摇摇晃晃从上面走了过去，我真担心他一屁股坐在那些刀尖上。还好，有惊无险。

但是小庄叔就没那么顺利了，迈过刀尖的时候，他好像有些犹豫，结果孝服挂在了刀尖上，身子一斜，便向刀丛扑去。人群中发出一阵惊呼，直直的目光看着他一只手扶住了刀背，才缓过神来。小庄叔的手大概是受了伤，在空中甩甩，又用舌头舔了舔。

"孝子啊，这就叫孝子……"有人在啧啧称叹。

"庄老太太这辈子活得值了！"又有人说。

庄奶奶的葬礼

"人家还是知识分子呐……"有人提醒说。

我知道他说的知识分子是指大庄叔,大庄叔是我们市一中的化学老师。

"孝子下火海!"又是一声高喊。

人群继续朝前涌去。我放了心,之前以为二毛也要跟着上刀山呢。

眼前是一片麦秸燃烧的壮观火海,中央排着一列石凳。大庄叔和小庄叔一前一后跳着走了过去,比刚才上刀山显得麻利很多,几个人迅速围上前拍打他们孝服上的火苗。不知道那石凳烫不烫,如果不烫的话,我相信我也能过得去。火海的难度显然不如刀山大。

随着一声瓦罐破碎的脆响,哭声再次响起。

"现在不能哭!要让人举报可就麻烦大啦,赶紧走!"戴鸭舌帽的男人挥舞着双手说。

他的话极有权威,真就没一个人哭了,大家都跟着棺材默默朝前走去。

棺材走得太快,许多人落在了后面,干脆就不走了。我瞅瞅前后,那个拿英语课本的姐姐已经不见了。我一时拿不定主意,是继续跟着走,还是留下来。但是一想到母亲可能要问我些相关细节,觉得还是不能留下来,于是,就追了上去。

庄奶奶的墓地没选在我来时经过的路旁,而是在相反方向的一个山坳里,距离她的家没有多远。我们走到那里时,墓穴已经挖好,墓碑也竖了起来。我左右看看,跟过来的人没有多少,而且基本上都穿着孝服。

庄姑朝我走了过来,没有说话,直接将个白帽子扣在我的头上。我不喜欢这玩意儿,随手摘了下来,拿在手上。

不远处传来哭哭啼啼的声音,那是另一家在埋人。

戴鸭舌帽的男人往那边看了看,右手像乐队指挥那样螺旋起伏着摇摆了一下,命令道:"快哭!"

这边的哭声即刻盖过了那边。不过,那边也毫不示弱,哭声马上又盖过了我们这边。我有点被这哭声震撼了,努力想着庄奶奶生前对我的好,觉着自己是不是也该哭几声,为她老人家出点力。可还没等我酝酿出眼泪,就听见一阵尖叫,原来是小庄婶追着棺材跳进了墓穴里。

几个人好不容易把小庄婶连拖带拽地弄上来，大庄婶又冲上去想往里跳。戴鸭舌帽的男人急了，冲身旁的人喝道："你们给我看住她俩呀！"说着，又瞪了我一眼，头一扭，喊道："快过来帮把手！"

我冲上前去，用一只手抓住大庄婶的袖子，可是根本抓不住。我搞不懂，为什么她俩都想跟着庄奶奶去死呢？难道她们是活够了吗？

"填土。"戴鸭舌帽的男人吩咐。

很快，一座新坟就起来了。

我听见庄奶奶说："唉哟，可总算清静下来啦。"

现在只剩下两个庄婶还在抽泣，嘴里跟唱歌似的念念有词，但始终听不清她们念的究竟是什么。我不理解她们为什么如此伤心？是因为懊悔吗？庄奶奶活着的时候，她们可老是跟她吵架来着。

庄奶奶跟我母亲聊天，也总喜欢数落她这两个儿媳的不是，骂她们是不孝之女。平素的庄奶奶一向笑眯眯的，看上去很是慈祥，然而只要一见到自己的儿媳，她的笑容立马就会收敛去，换上一副横眉冷对的脸色。可今天看来，她们跟庄奶奶的感情似乎还蛮深的，很有可能是我以前误会了她们之间的关系。

葬完庄奶奶，她的儿女们开始焚烧带来的纸屋、纸车、纸人，还有纸糊的各种家具、家用电器，包括电视、电话、洗衣机等等。说实在的，这些电器庄奶奶一辈子都没用过，我家里也没有这些，我真担心她摆弄不好它们。

太阳升到了头顶，把山坳照得暖洋洋的，我仔细看了一眼庄奶奶的墓碑，算出她活了89岁，她的老家在山东。可惜，谁也不知道她的姓名，墓碑中间刻着大大的"庄氏"两个字。我没见过那个姓庄的男人，我应该叫他庄爷爷，据说，他在很年轻的时候就病死了。不知为什么，他没有埋在这里，也许是在这周边吧。旁边还有几座坟，说不定有一座就是庄爷爷的。那些墓碑上的字迹都已经模糊，站在我这个地方，更是无法看清。

我们开始往回走，我扭过头最后看了一眼庄奶奶的坟，悄悄说了声："再见，庄奶奶。"

回到庄奶奶的家，大棚和刀山火海都没了踪影，取而代之的是几十个餐桌，摆满了菜肴，以及围坐在一起的男女老少。所有的人都在认真地吃着、喝

庄奶奶的葬礼

着，带着满足的神情。

我不知道自己该往哪里坐，正愣着，忽然有人在我的肩膀上拍了一下。不等我转身，二毛就拉着我的手来到庄叔坐的那桌。

一落座，二毛便笑呵呵地问我："最近打到鸟了没？"

我摇头。

二毛说："前几天我用新做的弹弓打到一只野兔。"说着，他从兜里掏出一把弹弓，弹弓柄用黑色的胶带裹着，宽宽的皮筋也是黑色的，简直就像一把威力四射的手枪。

"给你啦。"二毛把弹弓往我手里一塞，抄起筷子，虎视眈眈地搜寻起桌上大大小小的碗碟。

握着这把梦寐以求的弹弓，我的手心一阵阵发烫，二毛对我实在是太好了。可我是怎么对待人家的呢？庄奶奶给我的点心，我从没想到要分给他一点儿。以后，我一定要把二毛当作自己这一生可以两肋插刀的好朋友。

二毛不再跟我说话，嘴巴里不停地嚼着各种美味。我则一心惦记着新到手的弹弓，并没有把饭菜当回事，尽管我的确已经感到饿了。

两个庄叔突然来到我的面前，我下意识地瞅瞅他们的脚，都穿上了棉鞋。大庄叔将满满一杯酒递给了我，说要我代表路哥路嫂把这杯酒给干了。我一时不知如何是好，看看左右，大家都在笑嘻嘻地望着我。好吧，他们的表情一下子鼓励了我，我接过酒杯，一仰脖子，闭着眼睛将一杯酒饮了个干净。

大家都为我鼓掌叫好，二毛瞧我的目光里也流露出了钦佩的意思。幸亏我平时会偶尔偷尝一口父亲杯子里的酒，不然还真应付不了今天这种大场面呐。

我强装镇定地坐下，天地在旋转，嘴巴里和肚子里都跟着了火似的。我胡乱往嘴里塞着东西，想把这大火尽快扑灭。

二毛对我说了句什么，我没有听清，四周太吵了。他也意识到了，翻了翻白眼，就不再说了。我使劲晃晃脑袋，试图让自己清醒一些，环顾一下周围，却仿佛来到了另一个地方，但这些人的面孔我还是熟悉的。只是，那些白花花的孝服不见了，让我暂时忘了自己怎么会出现在这里。

庄叔们正跟几个男人理论着什么，个个争得面红耳赤，直到其中一个男人连干了三杯,大家才又喜笑颜开。

两个庄婶没坐在一起,都坐在远处,那里全是女人和孩子。看来,他们没有把我和二毛也当作孩子。大庄婶正和一个老太婆开心地说着什么,时不时地还拍一下手。小庄婶一手夹着香烟,一手端着酒杯,夹香烟的那只手搭在一个和她年龄相仿的女人的肩膀上,跟对方滔滔不绝地说着话。

庄姑则面无表情地坐在另一张桌子旁,像是在想什么心事。看到她,我恍然记起自己为什么会出现在这里了。对,是庄奶奶的葬礼。我设法把上午和现在联系起来,但怎么也联系不起来。我好像是在庄奶奶的葬礼上走丢了,来到了另一个时间段里。也许是过去,也许是将来。

忽然,我想回家了。撂下筷子,我决定起身离去。

地上躺着一个男人,挡住了我的去路,我只好从他的身体上跨过去。

走到村子的公路上,我听见背后有人喊我,回头一看,是二毛撵了过来。

"我送送你,阿三。"他说。

我笑笑,没有说话。我们一起朝前走。

没走几步,二毛叫住我,说:"弹弓。"

什么?难道他又反悔了吗?

二毛冲我伸出一只手,手指弯了弯,眼睛打量着路旁。"弹弓。"他又说了一遍。

我极不情愿地从口袋里掏出弹弓,扔给了他。原来,他并不是要送我,只是想要回他的弹弓罢了。

我在心里哼了一声,头猛地一扭,兀自去了。

"阿三!"二毛又叫住我,"过来。"

他捡起地上的一个罐头瓶子,用力向头上一抛,然后举起弹弓射去,罐头瓶子在半空发出一声哀鸣,随即碎成几块落了下来。

望一眼地上的玻璃碎片,二毛得意地甩了甩额前的头发,又将弹弓扔给了我。

"皮筋还有点涩,用用就好了,"说着,他递给我一颗圆石子,"你试试看?"

我接过石子,夹进皮兜里。像二毛那样打罐头瓶子,我肯定是不行的,打

庄奶奶的葬礼

什么好呢？

二毛说："你就朝天上打吧。"

我拉开皮筋，感觉有点吃力，还没等拉到位，石子就射了出去，软绵绵地掉落在不远处的田垄上。

二毛又拿出一颗石子给我，并示范着要我握稳弹弓柄，食指和拇指捏牢皮兜，缓缓拉动皮筋。结果，这回射得还不及刚才远哪。

二毛说："你喝醉了吧？"

"没醉，"我说，"我能喝酒。"

二毛从裤兜里掏出一把石子，装进我的上衣口袋。

陪我走到山坡下，二毛停住了脚步，说："那我回去啦。"

我问："你什么时候还来你大伯家？"

他摇摇头，说："我也不知道。"

自从庄奶奶不在大庄叔这里住之后，二毛就再也没来过。如今庄奶奶不在了，以后过年的时候，估计母亲和父亲也不会再带我去二毛家给庄奶奶拜年了。

望着二毛的背影，我喊了一声："再见，二毛。"

二毛回头看看我，做了个鬼脸，继续踢着地上一个干瘪的玉米棒子，越走越远。

我举起弹弓朝前方啪啪空射了两下，我不需要木棍了，这个可比木棍厉害得多。

听见林子里的鸟叫，我掏出石子追着打了起来。这里不光有麻雀，还有好些种我从未见过的鸟。可惜，我的水平太差劲，要是二毛在这里，不说百发百中，至少百发六十中是没问题的。

可能是仰头的时间太长了，我忽然一阵恶心，想吐。正好地上有一块平整的大石头，我便在上面坐了下来。刚坐下，又犯起了困，索性我就躺了下去。

一条土公蛇吐着红色的信子朝我匍匐过来，我无所畏惧，掏出一颗石子射去，它的脑袋应声开了花。又一条土公蛇从后面钻了出来，可能是它的老婆吧。要找我复仇吗？来吧。我毫不手软，连赏它两发子弹，让它死得更惨。

紧接着，又蹿出七八条小蛇，分散开向我包抄过来，这是它们的孩子吗？我感觉有些招架不住了，想逃，却怎么也迈不动步……挣扎间，我睁开了眼睛，首先望见树梢上空的两颗星星。我一骨碌滚下石头，朝林边的小路跑去。这么晚了，母亲一定又要用竹竿抽我的屁股了。

正跑着，突然撞到迎面一个人的身上，我吓得大叫了一声："妈呀！"

"阿三？是我……你爸！"父亲一把抓住我的手。他的手又大又硬，如台钳一般。

"咋这么晚才回来？"父亲问。

"我……跟二毛玩……"我不想说我在林子里打鸟睡着了。

"中午吃得咋样？"

"挺好。"

"喝的啥酒？"

"我没注意看，好像是濉溪大曲吧。"父亲平时喝的就是濉溪大曲。

"你那两个庄叔都是海量，跟我有一拼。"说着，父亲咂巴咂巴嘴，似乎有些遗憾今天没能跟他们拼上一回。

咂巴完嘴，父亲头一低，紧紧拉着我的手，甩开了他的大长腿。我只有跳跃着，才能跟得上他的节奏。

走到山脚下，我想起了那捆纸钱，幸亏天黑了，父亲没有发现。当然，也许早就被人捡走了吧。

到了家门口，我的脚步开始踌躇，屁股一阵阵发热，那根可恶的竹竿在我的脑海里晃来晃去。

"磨蹭啥？快进屋吃饭。"父亲催促道。

母亲从厨房里出来，看见我，愣怔了一下，像没认出我似的。"咋这么晚才回来？"她说，"去的人多吗？"

"多。"

"有多多？"

"好几万人吧。"我用双手比画了一下。

"你可真会虚，"母亲笑了，"怎么可能好几万人？你到底识不识数？"

庄奶奶的葬礼

我松了口气,看来母亲不会打我了,我的屁股可以放心了。

"马上就要停水了,快去提桶水回来吃饭。"

"好嘞。"我极响亮地应了一声,抄起门后的水桶,就要奔向房道尽头的水龙头。

"站住!这是什么?"

我浑身一哆嗦,以为自己露了什么马脚。

母亲抽出我口袋里露在外面的那个白帽子,拆开看了看,说:"这是好东西,留着给你和你爸做棉帽衬里。"

"我不要。"我说。

"你知道个啥?"这是给人添运气的东西。

也许是吧,要不我今天回来晚了,怎么没挨打呢?

接水时,我从上衣内侧的口袋里摸出那两枚硬币,在路灯下好好端详了一番;再想想明天,耳畔即刻回响起糖球小贩那欢快的铜锣声。

2019 年 11 月 18 日,北京格尔斋

旧爱时光

我刚在街角咖啡厅找到位置坐下，她便出现了。是我先认出了她，除了她臂肘上挂着的那个老人头白色帆布包让我有点陌生以外，其余的一切我似乎都挺熟悉。发式、风衣、长裤，甚至丝巾和无跟米色皮鞋都和照片里的一模一样。这种熟悉让我对她顿生好感，也让我忽然意识到自己对于这场赴约其实一直是有些烦躁不安的。于是，我平静了下来。

她是我这个月见的第11个约会对象，成功将我的前10个瞬间逐出了记忆。我已经完全忘掉了她们的样子，只知道她们本人同照片都有着百米以上的距离。或者说，照片就是她们的面具，而所有的面具都是一样的。更令我难以忍受的是，她们的内在也几乎是一样的。对了，还有职业，她们全都是会计。难道女人如今仅剩下会计这一项职业可做了吗？最可恨的是，凯拉也是会计。凯拉是我的前妻。

那10个我都是在餐馆见的，我本想换个地方试试，比如公园或者展览馆之类，但是她们没人对这种地方感兴趣。所以，我只能继续做餐馆里的买单人。这好像不太公平，我觉得。不是到了女权主义时代吗？就不能让对方买一次单吗？即使是AA制也行啊。我不怕她们说我是铁公鸡、小气男，我更在乎的是她们对我权利的尊重。可是，她们并不想尊重我，她们显然习惯了男人买单。也许，她们认为这是在成全我的绅士风度吧。那么，绅士风度就没有个边界吗？

第10个看似对我甚为满意，饭后提出要我陪她逛逛对面的燕莎商厦。尽管一顿饭的工夫已让我有如坐针毡之感，结果我还是硬着头皮履行了绅士风度的要求。

这是个颇有品位的女人，试穿的所有衣服均是大牌，每试一件都要征求一下我的意见。我只能说好看。其实，我在想的是如果穿在凯拉的身上应该会更好看。但是，我从没给凯拉买过这样的衣服，凯拉也从没给自己买过这样的衣服。她和我对奢侈品都缺乏一定的鉴赏力。

最后，她看上了一件红色BURBERRY风衣，我瞟了一眼价签：¥11988。如果这是块石头，我不会感到吃惊，我喜欢收藏奇石，要是一件衣服……这价格不能不让我心疼。

她面带羞涩地说，她很早就想买这么一件风衣了。

我说那就买呗。

她变得更加羞涩了，看我的目光开始飘忽。

站在一旁的导购小姐这时开口了："没有谁比姐姐更适合这件衣服啦，还犹豫什么呢？"

我发现导购小姐这话是对我说的，恍然明白了她们的意思。为了立刻中止尴尬，我说："就是，没什么好犹豫的，买吧！"

气氛一下子轻松湿润起来，阵阵凉风吹过这沉闷的六月。导购小姐在三秒之内就把购物凭条开好交给了我，我拿着凭条离去时，她那飘忽的目光已是深情款款，绽放着BURBERRY风衣的玫瑰色光芒。

我径直走过收银台，绕过电梯，奔向消防安全通道。去他妈的绅士风度吧！让餐馆也见鬼去吧！我把购物凭条撕成两半，因为当成了那件BURBERRY风衣，用力过猛，导致自己的身体一时间失去平衡。破碎的购物凭条在我的手中滞留片刻，才拖泥带水地飘落出去。正在拖地的保洁员不满地看着这台阶上的纸片，仰头看看我。我向他敬了个礼，他刚要张开的嘴巴又闭上了，目光重新回到那两张纸片上，嘴角随即浮出的一丝笑意仿佛是对我的同情。

这次，我是真的生气了，她把我当成了什么？提款机吗？富二代吗？我是富二代吗？我突然想到自己那个已经跟床榻永远生长在一起的父亲，我同她们中的任何一个都没提起过这个人。

我发誓我再也不约会了，M & F 婚恋网站让我对女人彻底丧失了信心。不过，没撑上三天我又开始浏览通过 M & F 转来的邮件，并且决定再尝试最后一次，因为这个网名叫叶色的女子似乎值得我再给自己一次机会。她发来的不是一张照片，而是三张照片，每张照片都看不出美颜修饰的痕迹；其中一张照片还清晰呈现出深深的鱼尾纹，但我认为这是她迷人微笑的最好注脚。说真的，有几条可爱的小鱼游进了我心灵的湖泊。还有一条也很重要，她终于不再是个会计。

和凯拉分手后的我曾一度决定好好珍惜自己重获的自由，先过上几年逍遥的单身生活再说。这个想法成功维持了不到两个月的时间，我便认识到，女人对于我意味的不只是性生活，我需要用女人来填满我的整个生活。再次单身没能让我找到自由，我仅是体验到了被孤单和焦虑连日裹挟的罪恶感。每天，我好像都是在用自由伤害自己。

我忽然有些紧张，这是以前没有过的。我试图将注意力集中在拿铁咖啡那弥漫于草原之上的浓郁奶香，但这奶香仿佛又把我引向了万亩花田。我能觉出这是叶色身上的味道，可奇怪的是，它又不像是香水的味道。这味道是活的。

"你没有午休吗？"

我意识到她的嘴唇在动，然后才反应过来她说的是什么。

我摇摇头，我没有午休的习惯。

她微微朝后晃动了一下手臂，这个动作可能是她午休过的注释，她尚未从慵懒的回忆里完全清醒过来。

"那是夜里没休息好吧？"她说，"你的眼睛里有血丝。"

"是吗？"我眨眨眼，希望血丝就此消失。

"没用的，得好好睡觉。"

我又看见了她眼角那好看的鱼尾纹。

"你比照片看上去年轻。"她说。

"照片都是骗人的。"

"看来你没少被照片欺骗哦。"

"呵呵……"

见我有些尴尬，她低下了头，满脸歉意。

"现在很流行老人头这种包吗？"我把话题转向她搁在身旁椅子上的那个帆布包。

"哦，你见过很多吗？"

我未置可否，平时我并不在乎这些。

"这是莎士比亚。"她说。

我再一次尴尬，顿感这个半秃的老头子面目可憎。

"你喜欢莎士比亚？"我问。

她点点头："你呢？"

"我不知道……我没读过莎士比亚。我对于他的了解仅限于电影电视上那些支离破碎的片段，《王子复仇记》《罗密欧与朱丽叶》……对吧？"

"你这个电气工程师知道得还蛮多的。"

"你这个插画师知道得显然比我更多。"

"哈哈，这样互相吹捧感觉倒是挺舒服的，是不是？"

"是吗？那就继续。你比照片看上去漂亮多啦。"

她差点儿笑喷，赶紧用手帕捂住嘴巴。我注意到，她用的是淡紫色印花棉纱手帕，不是纸巾。

她不停点头："谢谢谢谢，我还一直以为自己挺上相的呐。"

"总之，你很漂亮。这句话不是吹捧。"

她没有再说谢谢，而是认真点了下头。

"除了插画，平时还喜欢做些什么？"我问。

"平时我都在花店里。"

"花店？"

"对的，我开了一家花店。"

噢，原来那万亩花田是真的存在。我抿了一口咖啡，五颜六色的芬芳扑向我的唇舌、鼻孔、眼睛以及耳朵。

"你不是插画师吗？难道是我理解错了？你其实是个插花师？"

"不，你没理解错，我就是个插画师，以前在出版社工作，但因为不喜欢那里的人际关系和工作氛围所以离开了,开了家花店。不过,我仍然在为几家出版社兼职画插画。"

"开花店不足以养活你?"

"那倒没有,插画是我学了多年的专业,我只是不想丢掉。"

"可以知道你的花店开在哪儿吗?"

"统一路,也在街角。"

我预感这果真要是我的最后一次约会了,我想和她继续坐在这里喝咖啡,然后去旁边那家新开业的重庆火锅店饕餮,然后开车送她回家,然后……哦,叶色,我的约会终结者。

手机不识时务地响起,是我那个永远不识时务的哥哥。他给我带来了一个不识时务的消息,我的父亲不识时务地走了。对,我的父亲死了。事实上,他在六年前成为植物人的那一刻就已经死去,他死了两次。第一次没有打搅到我,第二次打搅到了我。

我一直等待着父亲的第二次死亡,谁都说这第二次死亡很快就会来临,谁都没想到它需要我们等待六年的时间。等待六年也就罢了,问题是此时此刻我根本没有在等待。我宁愿为此等待上更长的时间。

"你有事情了吧?"她问。

一定是我的神情出卖了我,我是个沉不住气的人。

"没什么,我的父亲去世了。"

"那你快去吧,"说着,她站起身来,"你不用管了,我来结账。"

"不要紧的,其实……他已经去世多年了。"

"什么意思?"

"以后我再告诉你吧,叶色,今天我很抱歉。"

"还有以后吗?"

"当然!你……"

"我没什么……"她连忙摆手,似乎急于收回自己刚才说出的话。

"我们加个微信可以吗?"

叶色将手机递给了我,那手机同样是在花丛中。只是,它有着迷人的温度。我确信,这两个手机不久即会重逢。

意识到今天的路况不错,我稍稍踩了下油门。但等远远看见老年公寓门口那块熟悉的红色金属招牌时,我恍然想起自己走错了路,掉头向殡仪馆开去。以后,我再也不用来这里。

"你怎么才到啊?"哥哥一看见我转身就走。

我没说什么,我跟他一直无话可说。

来到一个柜台前,我发现嫂子在那里站着,那是嫂子吗?她胖得快要爆了,脑袋好像长在了一个陌生男人的身体上。确实是我的嫂子,她冲我笑了一下,笑得不如往常那么充分。在她的提示下,我也回了一个配合气氛的不够充分的微笑。

"太贵的没必要,便宜的也没必要……"哥哥指着柜台里的各种骨灰盒说,"你说是吧?"

我不知他是在问嫂子还是问我。

"就这个吧。"哥哥指着中间位置的一个骨灰盒说,然后把头转向我。

我没什么意见。

哥哥继续盯着我看,我蓦然领会了他的意思,掏出钱包,取出信用卡。

一个西装革履的中年男子走过来,叫了声路董。哥哥介绍说这是陈主任。

陈主任领着我们穿过空旷的院落,我望着走在前面的哥嫂,无论如何也辨认不出他们那被岁月过早揉皱的背影。我们有多久没见啦?一年?不止。两年?三年?或是更长?在父亲没有成为植物人之前,我们每年春节都要见上一面。准确地说,是我去跟他们见面。父亲和哥嫂住在一起。自父亲住进老年公寓后,春节的义务性家庭聚会便自动丧失了效力。我们没有了见面的理由。现在联系起来太过方便,根本就不需要见面。

不过,哥哥那闪露着白光的头顶倒是在提示我,他越来越像父亲了。他的颈背已开始弯曲,大跨幅的有力脚步正在迈向父亲晚年日益难掩的沮丧节奏。嫂子搂着哥哥的腰,仿佛是在安慰他。我感到了孤单,希望叶色出现在这里。想到叶色,我松了口气,眼前的一切很快就会结束。

来到告别厅,我意外看见了樊姨,樊姨一见到我们便失声痛哭。然而,她的泪水并没有唤出我们的泪水，于是，她很快恢复了常态。

哥哥凑过去仔细端详父亲的遗容，神情困惑，好像在判断那究竟是不是我们的父亲。我没有上前，我不想记住父亲的遗容。我知道，那不是我的父亲。

樊姨还在抹泪，我想安慰一下她，却又不知如何是好；我不太擅长安慰人，只能往她跟前站了站。樊姨的矮小身量令我吃惊，简直就像一个发育不良的孩子。用这副身躯对付父亲一米八六的块头，我实在无法想象。当然，自她接手父亲的那一刻起，父亲便迅速萎缩成了骷髅，一具只会呼吸的骷髅。

对于樊姨，我始终有些矛盾。她出奇的耐心让一具骷髅呼吸了整整六年，这种善良似乎带有残忍的意味。不过，我终究还是感激她的，包括她此时对父亲的陪伴。她本可不必在这里，父亲死了，她的工作也就结束了。

"需要哀乐吗？"陈主任问。

哥哥说了声谢谢。

哀乐响起，樊姨的哭声也随之响起。我的反应是抑制不住的躁动，我想离开，但我不能离开。

我感觉哥哥好像在犯程序上的错误，于是问道："不会今天就火化吧？"

"就是今天，"他说，"明天我要去马来西亚参加开工典礼，我的时间很宝贵。"他看了一眼陈主任，"多亏陈主任，这里下午一般是不火化的。"

我的哥哥向来神通广大，人脉无限，到处都能找到助手。如今，他又乘上"一带一路"的伟大快车，把父亲的房地产事业推进到了海外。可惜，父亲已经无法为他的大儿子感到骄傲了。

父不在，兄为父。何况，哥哥俨然就是父亲的替代品，我想父亲本人也不会有什么异议的。但是……是不是该通知下父亲的什么人呢？

哥哥看出了我的犹疑，说："能来的都来了，这些年不就咱们几个来看他吗？大姑小姑回头打电话说声就行啦。"

父亲的姐姐在加拿大，妹妹在新西兰。参加这个兄弟的葬礼对于她们不是一件必要的事情，也许，她们以为这个兄弟早就不在人世了。在我看来，连打电话告诉她们都缺乏必要。可是，有一个人却是相当必要的——我们都差点儿忘了凯拉。

旧爱时光

六年来，凯拉几乎每周都会去老年公寓探望父亲，必须承认，即使是他的两个儿子也没法做到这点。父亲生前不喜欢嫂子，但喜欢凯拉。他曾不止一次当着我的面说，如果凯拉不是我的女友，他一定会认真追求她的。凯拉大学一毕业，父亲便把公司最重要的财务总监的职位给了她。这招来哥嫂的强烈不满，但是没用，父亲的独裁风格谁都得尊重。好在凯拉没有让父亲失望，哥哥在接管下父亲的公司后仍不得不倚重于她。

可这一切与我无关，我不喜欢父亲的房地产事业，所以不必在乎他的独裁风格。他坚持让我学建筑专业，我偏偏选择了电气工程，虽然我并不喜欢这个专业。我不知道自己喜欢什么，但我明确知道自己不喜欢父亲喜欢的。有时我会想，凯拉是不是也因此受了父亲的牵连？还有，如果父亲没有成为植物人，知道了我同凯拉离婚，他会做何反应？

电话里凯拉的声音非常陌生，经过确认之后，我将父亲即将火化的消息告诉了她。她只说了一句"我马上赶过去"，便把电话挂了。而我，想的是如果她不能来倒是更好。

我们陷入了等待，死亡赋予了我们足够的耐心。只是，那毫无节制的哀乐依然令我感到不安。

终于，凯拉的电话打了过来，我急忙出去迎接。和她擦肩而过时，我才发现这就是凯拉，她又瘦回了大学时代的模样。我们没有说话。

父亲被推进火化间，我们默默跟着。转身离去时，我听见火化炉粗鲁的金属碰撞声，感觉到父亲又要死一次了，不过这是最后一次了。父亲在头脑清醒的时候说过，他死后不想被火化，他怕疼。可是别无选择，我们找不到埋葬他的地方。他应该清楚，土地都被他用来开发房产了，那是活人居住的地方。

我们来到焚烧池处理父亲的部分遗物，把这些好端端的东西都烧掉，我的某种犯罪感油然而生。我不想动手，但又不能眼看着樊姨一个人动手。哥哥只会发号施令，跟父亲一样。

樊姨拿着一件崭新的驼色皮衣多看了两眼，我说您要是不嫌弃就留着吧。樊姨没做什么表示，将皮衣暂时夹在腋下。

最后，一束鲜花被丢进火焰里。我看看凯拉，不知她从哪儿弄到的这束鲜花。

半个小时后，父亲重新出现了，在我手捧着的这个盒子里。那个庞然大物变成了眼前的这么一小把，我突然觉得父亲好可怜。我从未如此同情过他。

哥哥将两条中华烟塞给陈主任，陈主任客气一番后欣然收下。我问哥哥如何安置我手里的东西，哥哥看看手机上的时间，说去东山公墓。

我提醒他母亲的遗嘱，他说真要听遗嘱的吗。我说咱俩可都是签过字的。

"那等回去商量商量再说吧。"哥哥变得极不耐烦。

"那这个……"我向他示意手里的东西。

"你就先拿着吧。"说着，哥哥招呼嫂子和樊姨朝停车场走去。

我扭头看见凯拉正向大门口的方向走，只剩下了我一个人，但我并不孤单，有父亲的陪伴。

我把父亲放到汽车后备厢里，然后开车去追凯拉，凯拉好像没有开车。果然，她正站在门口的路旁拦出租车。

我在凯拉身旁停下，摇下车窗，看看她。凯拉和我对视了几秒钟，打开车后门坐了上来。

凯拉穿着一身我从没见过的黑裙，胸前别着一朵白花，她穿得比我和哥嫂都得体。

父亲总称赞凯拉是个孝顺的孩子，说她比我懂规矩。他真是没有看错凯拉，凯拉非常在意别人的感受，即便是对于一个死去的人。我听见父亲又在后备厢里表扬凯拉，说今天只有凯拉没让他失望。不过我无所谓，我已经习惯于让他失望了。

真遗憾，凯拉就是不在意我的感受。她不能接受我每晚不和她一起吃饭，不能接受我不陪她追剧。她不理解我每晚的应酬也是工作的一部分，不理解我喜欢网游是因为这样可以解压。她要求我必须做家务，我则要求她不必做家务，雇个小时工就可一切迎刃而解。我们之间的这种分歧完全能够借助金钱来解决。但凯拉却说金钱解决不了爱，做家务意味着对家庭的爱。这我就不明白啦，小时工替我做了家务，我付给她自己挣得的金钱，这金钱的付出不就是我对家庭的爱吗？

旧爱时光

　　总之，凯拉毫不在乎我创业的艰辛，动不动声称她不需要我养家。可我总觉得，她的高薪是父亲和哥哥给的，我不想将自己的生活建立在对他们的依赖上。

　　婚后七年，我开始怀疑婚姻对于我的必要性，向凯拉提出了分手。凯拉平静问了一句："你想好了？"接着便在协议书上签了字。总算有一次，她在意了我的感受。

　　果真有七年之痒这一说吗？

　　离婚后，凯拉搬出了家，也辞去了公司财务总监的职务，我再没有她的消息。

　　透过后视镜，我瞥见凯拉眼里的泪水，将身旁的纸巾盒递给她。

　　仿佛是沉默在开车，我把天窗打开，让呼啸的风将沉默撵走。

　　"你这是往哪儿开？"凯拉的嗓音湿漉漉的，却已不像电话里那般陌生。

　　噢……走错了路。那是我的家，不是她的家。在下一个路口，我掉转方向，朝我前岳父母的家驶去。

　　离小区还有一段距离，凯拉便让我停下，说她想走一走。

　　车门砰的一声被关上，紧接着又被拉开。"等你们安置骨灰的时候，别忘了叫上我。"凯拉说。

　　灯火迫不及待地催促着夜幕拉开，我载着父亲向这座城市的纵深处继续挺进。距离这座城市越近，你便越会觉得它有多么不真实，以至于不真实得让我迷了路。我的车在沉浮的夜色里流浪，也许，我是不想回家。然而，川流不息的车河告诉我，这里没有收留我的地方。我必须回家。

　　我的车梦游一般在家门口停了下来。点着一支香烟，我将椅背向后调到最大限度。我的烟瘾不大，只在迷茫的时候吸上一支。

　　那没有亮灯的窗户就是我的家。当初，我宁愿把这套房子分割给凯拉，只拿走部分存款，但是凯拉坚决不要房子，说这属于我的婚前财产。凯拉是聪明的，这套房子意味着被抛弃的回忆。它是被我们……不，是被我抛弃的家。我抛弃了它，同时也抛弃了自己。

　　迷迷糊糊快要睡着之际，我猛然想到后备厢里的父亲，我可不想和他睡在

023

一起。

饥饿的肠胃使我想到父亲再也不会饥饿了,而我还要去寻找食物。冰箱里没有什么可吃的,仅剩下两罐啤酒,啤酒也可以充饥。

喝下一口啤酒,脑子顿时清醒许多,身体霎时回到了初春的雨季。我打开保险柜,翻出母亲的遗嘱,只有两行字:我死后骨灰坚决不能和路万成葬在一起,包括不能同葬在一个公墓里。

51岁的母亲死于乳腺癌,她说都是父亲气的。我曾问母亲为何不跟父亲离婚,她委屈地说:"还不是为了你们?为了你们能有一个完整的家!"

完整的家?我恨这个完整的家,这个只有怒火和争吵的家。我一心想的就是逃离,所以小学三年级就坚决要求转到了郊外一所可以寄宿的私立学校。

那时我就想,等我长大了,绝不可以给孩子这样一个家,我宁可不要孩子。跟凯拉恋爱时,我成了世界上最幸福的男人,幸福得完全不想要孩子。我对凯拉说:"将来我们丁克吧。"凯拉说:"好啊。"

婚后,我们不存在孩子的问题,但仍未能避免争吵。争吵使我又回归了原生的家,我当然不会继续忍受,我不是我的母亲,我果断离婚。

此刻想来,我好似是替母亲离的婚。其实,我和凯拉的争吵远远没有那么糟糕,在她和我之间并无母亲和父亲那种无以弥合的裂隙。我不酗酒,脾气也不暴躁,更不拈花惹草。凯拉也不像我母亲那样喜欢唠叨,善于计较,心理上对男人存在着严重的依赖。那么,在这段婚姻里,如果说我没有过错,凯拉没有过错,又会是谁的过错呢?是婚姻本身的错吗?如果婚姻本身有错,解除它就是正确的。可是,为什么我又期待着同叶色的约会呢?叶色此时还在她的花店里吗?

谁都不承认自己有错,那就只能让婚姻来承担罪过。母亲认为全是父亲的错,父亲认为全是母亲的错,他们就是想不到可能是婚姻的错,或者说,是他们自己的婚姻有错。莫名其妙的是,母亲死后,父亲竟然彻底忘掉了母亲的错。不过,这并不是说父亲认识到了自己的错或是婚姻的错。每年除夕家庭聚会的时刻,父亲总要缅怀一遍母亲,说母亲是一个多么多么能干的女人,说他辉煌事业的背后是这个能干女人默默无私的支撑,说他们俩曾经有多么相亲

旧爱时光

相爱。

我们谁都不说话，面面相觑地聆听着父亲饱含深情的讲述。渐渐地，我怀疑他的脑子坏了，怀疑他是把他自己的母亲当成了我们的母亲。没多久，我的怀疑果然得到了证实。一天，他突然问我："你妈去哪儿啦？我一整天都没见到她啦。"

我告诉他，她已经去世三年多了。父亲立刻像个孩子似的哭泣起来，哭完，他又问我："你妈去哪儿啦？我一整天都没见到她啦。"从那以后，父亲的健康状况每况愈下。

我打开第二罐啤酒，将母亲的遗嘱搁到一边。母亲相对更信任我一些，所以把遗嘱交给我保管，我不能辜负她的信任。等安置完父亲的骨灰，这份遗嘱就没有存在的必要了。到时我会去她的墓前把它烧掉，告诉她遗嘱执行完毕。

门铃骤然响起，我打开门，父亲走了进来，他满脸泪水。"你们为什么要把我烧掉？我很疼，你们不知道吗？"他质问我。正说着，父亲的身上突然开始冒烟，随即变成一个熊熊燃烧的大火球。我奋力在他身上扑打，火势却越扑越大，我拼命呼救……

咣啷——滚落到瓷砖上的空啤酒罐将我惊醒，我一个激灵，从沙发上跳了起来。我看看自己的双手，尚有被烧伤的灼热感，空间里弥漫着毛发被烧焦的气味。我去卫生间用凉水冲洗了一下双手和鼻孔，梦魇的余温被水流吸入排水孔，残留下一声空洞的回响。我来到厨房的窗前向外张望，路灯下，我的保时捷一如既往地栖息在那里，后备厢处于关闭状态。父亲应该不会出来。

回到卧室，我顺利睡去，但是父亲却也顺利地出来了，那个燃烧的大火球正在向我缓缓移动。我打开灯，火球立即消失。

我再也无法顺利睡去，随手从床头抽出一本书，是狄金森的诗集。这是凯拉的书，她忘了带走。大学时代的凯拉喜欢读诗，也喜欢写诗。她曾在校园的雪地上为我写过一首诗，我只记住了最后一句：你是我一生的时光。

现在想想，一切是那么幼稚，那么讽刺。

我不想读诗，可又能做些什么呢？我担心父亲再一次从我的汽车后备厢里跑出来，变成那个熊熊燃烧的大火球。我需要尽快将父亲的骨灰处理掉，总不能明天载着父亲的骨灰去上班吧。

哥哥一去便没有了消息,他可能早把父亲的骨灰忘得一干二净了,他的心里只惦记着自己的伟大工程。我不想埋怨哥哥什么,他可能有时是把自己当成了父亲,既忘记了自己的存在,又忘记了父亲的存在。我有责任提醒他,父亲的骨灰还待在我的汽车后备厢里。

狄金森的诗歌伴我度过了漫漫长夜,这是我人生中完整读完的第一本诗集。我感觉自己会喜欢上诗歌。

放下诗集,我拨通了哥哥的电话。

"这才几点?"哥哥喷射着惺忪火苗的声音像极了父亲,我以为自己又是在梦里。我再次瞟一眼窗帘间的缝隙,利用初现的日光证明自己没有在梦里。

"我想今天就把父亲的骨灰安顿好。"我说。

"那你决定吧。"哥哥第一次让我当家做主。

"干脆就撒进樱花湖里吧。"不知怎么,我随口说出了樱花湖。

"这样啊……"哥哥沉吟片刻,"好吧,留着也没多大意义,就这么办吧。"

樱花湖?我为自己无意中想到的这个主意沾沾自喜。父亲生前唯一一个不算是不良嗜好的嗜好就是去樱花湖钓鱼,常常一钓就是一夜。我们家的餐桌上永远顿顿有鱼,我和哥哥吃得都双双仇恨上了鱼。今天只要一看见餐桌上有鱼,我俩仍会想吐。

因为家里没人吃,母亲便把父亲钓回来的鱼可劲儿往外送,左邻右舍、亲朋好友没有谁没吃过父亲钓的鱼。有时母亲嫌麻烦,出门随机碰见一个人便把鱼扔给人家,管他认识不认识。哥哥戏称之送鱼外交。别说,送鱼外交为母亲赢得了慈善的美名。母亲过世时,闻讯前来吊唁的人在我家门口排成长龙,一度造成交通拥堵,甚至惊动了警方。

想想此时的父亲,我有种不愿意承认的凄凉。

打开衣柜,我挑选出一套黑色西装,领带都过于鲜艳,我只好放弃。

出门吃饭前,我给凯拉打去电话,说一会儿要去安葬父亲的骨灰。凯拉说她马上跟领导请假。我说"那我去接你吧"。她迟疑了一下,说好吧。

嫂子就没必要通知了,她想来也就来了。跟哥哥一样,她一天到晚也是很忙的，总是在去学校或是课外班的路上。梅西现在是她生活的唯一中心——梅西是我的侄子——哥嫂都是阿根廷足球队的前忠诚粉丝。

在门口的淮南牛肉汤店，我饱饱吃了一顿，把昨晚错过的那顿给补上了。现在，我去接凯拉。

正要往小区大门口拐，我忽然发现路边有人在冲我招手，原来是凯拉。她戴着墨镜，手里捧着一束鲜花。

凯拉拉开车门，坐到了后面。

沉默让人觉得有点尴尬，期待有声音掩饰一下。好吧，我打开了收音机。

听了一分钟广告，凯拉问："选好地方啦？"

"樱花湖。"我说。

"那里有公墓？我怎么不知道？"

我摇摇头："撒掉。"

凯拉不再说话，但她的呼吸一直在说话。

还没有看见樱花湖，我便听到了它缠绵的呢喃，嗅出了它温润的气息。随着一大片草地的退却，樱花湖渐显出羞涩的真容。但是，转瞬而至的阳光一下子就让它开朗了许多，我的心情似乎也跟着开朗了起来。若不是手里的骨灰盒，我还以为自己是同凯拉一道踏青来的。我们曾经无数次来过这里，在樱花湖畔的每一个角落，我都用相机和手机定格过凯拉的倩影。

走到近山的一个高处，我停了下来，这里见不到垂钓者。我的手心汗津津的，不等打开骨灰盒，我便开始嫌弃自己的笨手笨脚。这种不自信加剧了动作上的慌乱，结果险些将盖子弄掉到地上。盖子没掉，骨灰却撒落出去一些。我往旁边挪出去几步，以免踩到父亲。

我正掂量着以何种方式将父亲送出去，惨白的骨灰狠狠瞪了我一眼，脱手而出。父亲可能是不耐烦了，相比于狭小的骨灰盒，他更喜欢辽阔的樱花湖。

一群白鸥朝我扑来，但失望而归。我本打算把骨灰盒埋进土里，现在只好连盖子也一并扔了出去，反正我也没有铁锹。盖子在水里挣扎着探了下头，才又沉入湖底，犹似父亲向我招了下手。

凯拉散开花束，将花朵一枝枝抛入湖中。漂浮在湖面上的花蕾把湖水点缀成璀璨夜空，超度着父亲的亡魂。我顿时有了某种仪式感，这个仪式以完美收场。

父亲生前消化了不少樱花湖里的鱼，现在让樱花湖里的鱼把他也消化掉，这显然十分公平。

父亲会变成一条鱼吗？我暗自庆幸自己不吃鱼。

当然，我相信父亲的灵魂不会终止于一条鱼，那不过是游动于羊水里的一颗受精卵，正在等待着大地将它重新孕育分娩。存在即永恒，它再也不会遁入虚无。虚无没有道路，亦没有入口。只是，这个新生命已同我再无任何关联。

可不知为什么，在告别湖边的时候，我并没有获得预想的轻松。相反，好像有一股莫名的力量在朝后牵引着我。

坐进车里时，我已经精疲力竭。凯拉几乎是和我同时上的车，她坐在了我的旁边。我看看她，她也看看我。她将墨镜摘下。从她的目光里，我读出一声岁月深处的叹息。

"你现在是个孤儿了。"说着，她的右手欲抬又止。

我熟悉她的这个动作，过去，每当她想安慰或者嘲弄我的时候，总喜欢用右手抓弄我的头发。

"妈妈……"我这样叫了一声，一把抱住凯拉的肩头。

"宝贝……"我的头发在她有力的指尖下飘扬起来，拖带着我向高空升腾。

第二天，我和凯拉去办理了复婚手续。

再婚后，每天下班我都准点回家，同凯拉一起吃晚饭，饭后陪她一起追剧。我学会了使用家里的洗衣机、面包机、破壁机等好几种电器；我还买了几本菜谱，尝试着为凯拉做她从未吃过的菜肴。此外，我们还达成了一个共识：放弃丁克。我想成为父亲，她想成为母亲。

我没有将叶色的事情告诉凯拉，但却不能不将凯拉的事情告诉叶色。问题是，我又觉得难以启齿，该怎么告诉她呢？好像没有办法能够免除她的误会。

从此，每天下班我都要绕道统一路。在街角，我发现有两家花店，但不知哪一家是叶色的？

这天，因为单位临时加班，我回来得有些晚，经过统一路街角时，我瞥见

旧爱时光

其中一家花店的灯亮着。尽管正下着不小的雨，我依旧透过宽大的玻璃窗一眼就捕捉到了叶色。我愣了一下，直到车子开过街角好远才决定返回。

我在甬道边一棵高大的法桐树旁停下，朝花店走去。还有十来米远的距离时，我止住脚步。我想自己还没有做好见叶色的心理准备，说不定，她同样也没有这种心理准备。

雨水顺着发梢流过面颊，滴落进我的领口，我不由自主地打起冷战。灯光下，叶色和一个小女孩隔桌而立，她在教她插花。我注意到，叶色的中长发盘成了一个发髻，和我上次见她的时候有了不小的变化，可我还是一眼就认出了她。

正当我贪婪的目光欲继续搜寻叶色的某些秘密时，一声不满的巨雷从我头顶不怀好意地滚过。我并没有受到惊吓，倒是她俩诧异的目光同时射向窗外，仿佛是我把这巨雷招来的。我若无其事地转身离去。

回到车里，我的浑身已经湿透，手机一直在抖动着，凯拉催我回家吃饭。

我平静了一会儿，点开微信，找到叶色的名字，决定如实告诉她我的消息。可是，我的消息发不出去，叶色已经将我删除。

也好，省略了解释，省略了歉疚。对于叶色，我唯有隐隐的感激。

每天下班的时候，我照旧走统一路，照旧不慌不忙地从街角驶过。这渐渐成了我的习惯，一如我的副驾驶座位上总是放着一本莎士比亚的书。

凯拉出差回来，我去接机；中途，她不解地问我："为什么要绕这么大一个圈？"

我说："为了重新遇见你。"

街角，叶色花店那绿底牌匾上的四个粉色花体字正变得愈发清晰起来：旧爱时光。

2018年11月29日，北京格尔斋

笛·琴·鼓

笛和琴

坐在这窗明几净、阳光充裕的办公室里,笛仍有一些坐海船的感觉。三天前他还在轴承厂开那台脏兮兮的车床,三天后他就来到了这里。对笛来说,这里可不是一个轻易来得的地方。当初还是在工友们的再三怂恿之下,他才犹豫着报了名参加了公务员考试,但没想到一考就中了。他来到了市人事局。乡下的父母还不知道,若是知道了,准又得笑出眼泪来。当年他考上技校,两位老人家可就没少笑出眼泪哩。笛正这么想着,忽然就发现面前站着一个长发飘飘、清清爽爽的女孩。笛以为自己有了幻觉,使劲眨巴眨巴眼,却分明看见那女孩在朝自己笑呢。笛问:"你有事吗?"身子不由自主地站了起来。女孩道:"你一定是笛吧。""你是……"这时,坐在一边的同事插了进来,"这就是咱们科长琴。"他说。笛一下子失去了自在,支支吾吾了半天也没凑成一句完整的话。他想象的琴与眼前的琴无论怎样也重叠不起来:这个琴怎么会是我的科长呢?不管是在现实还是在电视里,笛所见过的政府机关科长,在形象上可从来没有这样鲜亮、这样清纯的。琴朝他的椅子摆了下手,说:"请坐吧,欢迎你到我们科室工作。"

笛坐下。坐下之后才想起忘了说声"谢谢"和"请多多关照"之类的话。于是,便有了不安。笛脑子里旋转着在搜索什么话来弥补,但一和琴的目光相遇,便立刻将刚刚搜索出来的话扔到九霄云外去了,仿佛那话是他背着琴干的什么见不得人的勾当，结果冒出"出差回来啦"这样傻傻的一句。话一离口自是万分懊悔。好在琴并不见怪，说："本来要多耽搁几天的，临时接到局长的会议通知就只好回来了。"笛噢了一声便无话可说了，正觉尴尬，蓦地想起一事，赶紧把写好的材料拿出来，道："这是你走之前吩咐同事让我写的季度工作总结。"琴接过材料，赞许道："这么高的效率，很好。"颊上顿时绽开两个极动人的酒窝。笛看了就有些醉。

琴开始阅读那份材料，笛则坐在对面装模作样地翻一本人事工作杂志，其实心里一直在"翻"着琴。他想，琴要么就是有后台要么就是特能干，也许是兼而有之，不然，何以这么年轻就坐了人事局办公室的科座？笛更愿意相信这是由于前者的力量。然而，疑惑归疑惑，有这样一位佳丽作自己的上司，且天天就坐在自己的面前，风景似的，笛还是很情愿的，甚至觉得这真是一种运气。笛只顾这么乱想，琴喊了他好几声他才听见。又是一阵窘慌。

看到琴递过来的材料，笛的脸一下子便生了色，到处是勾勾抹抹的，琴等于把它重写了一遍。但是琴却说："你的文笔真不错，写抒情散文一定很在行吧。"琴从档案柜里捧出一摞文件，放在笛的桌上。"没事你就多读读这些文件，马上便学会该怎么写了。"笛把琴修改过的材料字字句句地斟酌了一番，发现自己的确是将它当作抒情散文来写了。没料到技校时代萌生的那点创作欲至今犹在，一得机会便要登场炫耀一番。于是，笛便开始暗暗自责，也算有一把年纪的人了，竟没有一丝曾经沧海的持重。这时电话响了，笛赶忙去接，却被琴抢了先。电话在琴的桌上。琴的声音好低，简直是喁喁私语。笛就猜得出电话那头的人和电话这头的人可能会是一种什么样的关系。所以，笛尽量将心思留在誊抄材料上，避免听见人家的谈话，但不知为什么，就是管不住自己的耳朵，偏要去听，可是又根本听不清。电话那头的人也真够黏糊的，琴不知催了他多少遍，他就是不肯挂电话，大有非把电话粥煲煳不可的架势。

以后，那个电话每天都会打来几次，每次都会持续很长的时间。笛开始感到好奇：电话中的那个人是干什么的？长得什么模样？笛觉得这个人太有福气，交得到琴这样一个女友。然而，过了好些日子，笛依然对那个人一无所知，甚至连他的声音都没有听见过，因为每次有电话，琴总要第一个去接。而琴不在时找她的电话,又几乎全是女性打来的。偶尔有个男性,也是为公事而来。那个人跟琴仿佛是心有灵犀。

渐渐地,笛发现每次煲过电话粥后,琴总是显得怅然若失、魂不守舍的,要好半天才恢复得过来。一次,笛终于忍不住问了一句:"怎么没见你的男朋友来过?"琴愣了一下,说:"我什么时候有了男朋友啦?"笛立刻意识到了自己的莽撞,忙说对不起。道歉之后,笛便陷入了恍惑,觉着琴有些让他摸不透了。但琴否认有男朋友这一点,还是让他不知不觉地感到了高兴。

下午一上班,局长就来找笛,说琴中午陪省厅的人喝多了,要他送琴去医院看看。笛便跟司机将躺在会议室沙发上的琴搀起,用车送到医院。但到了医院琴说啥也不肯下车,非要回家。司机有些为难,看着笛,笛想了想,说:"就听她的吧。"

把琴送到家,笛让司机先回去,自己留下来照顾琴。琴在床上躺了一会儿,又开始大口呕吐,笛去扶她时被吐了一身。满屋子的酒气,熏得笛也跟着晕晕乎乎的。一直折腾到大半夜,琴才平静睡去。笛收拾好房间,最后一次替琴掖好被子,然后在又黑又冷的夜色中步行赶回宿舍。

第二天早上,琴迟到了,走进办公室时,仍旧和往常一样同大家淡淡地打个招呼,好像全然忘记了昨天的遭遇。待屋里只剩下她和笛时,琴突然低低地说:"昨天真是麻烦你了。"笛道:"那有什么要紧,还是身子要紧,以后再也不要……"笛没有把话讲完,他想琴会晓得他要说什么的。琴盯着他看了一会儿,目光有些怪,笛下意识地看看自己,又看看琴,顿时变得手足无措了。

从此,琴开始对笛亲近起来,没事就主动找笛聊天。笛狂喜不已,调动十八般武艺竭力去讨琴的欢心。笛发觉自己还挺成功,每当那个不知趣的电话打断了他和她之间的谈话时,琴总会很夸张地皱一下眉头,说起话来也是东一句西一句的。笛就觉得电话里头的那个家伙实在可恶,存心不给他机会,而且近来的电话频率突然增加,似乎已感觉到了自己的危机。

一天下班,笛骑上自行车没走多远,便听见旁边有人叫他,侧头一看,琴在那里站着。笛骑到她跟前,说:"你什么时候跑到前面去了?我离开时见你还在打电话呢。"琴没接他的话,把一个硬塑料袋递给他,说:"把身上那件换下来吧。"笛低头看看自己的西装，胸襟和袖子上的呕迹依稀还在。笛打开手中的袋子，一件细腻挺括的银灰色西装便露了出来。笛抬起头，但发现琴已经疾步走开了。笛摩挲着那柔韧光滑的质地，心里就有了一种毛茸茸的感觉。

琴和鼓

放下电话，琴犹豫片刻，还是去了局长办公室。一见面便问："叫我有事吗？"鼓站了起来，道："忽然特别地想你。"鼓搂住琴的肩膀。琴将他的手推开："可我在工作呀。""可我看见你在跟那个小子聊天。"鼓道，并再一次把琴揽到怀里。这回琴依顺了他。鼓不停地吻琴的一头秀发，喘息声愈来愈重，最后猛地将琴抱起，朝里间走去，那是鼓的休息间。琴挣扎着说："你要干什么？放我下来。""不，"鼓说，"我要你。""这是什么时候？你越来越放肆了。""我不管，我就是现在要。"他把琴撂在床上。琴乘他不备，迅速从床上跳了下来。"我现在没心情。"琴说。理理头发和衣服，琴走了出去。

刚回到办公室坐下，鼓的电话便追了过来。琴一听是他的声音就把电话挂了。再响，再挂。终于抵不过鼓的韧劲，琴只好收拾收拾东西溜之大吉。顺手拦了辆出租车，琴就逃了进去。"上哪儿？"司机问。"随便。"司机笑了，把车停下，道："随便在哪里啊？"琴说："少贫嘴，随便就是随便，你管它在哪里呢？"司机不乐意了："哎——！你这位小姐咋这样说话？"琴不愿听他唠叨，打开车门跳了下去。琴开始在大街上横冲直撞。

漫无目的地走了一通，终于走累了，琴想要回家。抬头望望四周，满目的灯红酒绿，琴突然好想哭。

回到家，琴沉沉地倒在床上。电话响了，也懒得去接，一直等它孤独地鸣叫了好几个回合，才颇不情愿地抄起话筒。"是我，"鼓说，"给我开门好吗？"琴没有吭声，丢下话筒，茫然了好一会儿，站起身，摇摇晃晃去开门。"为啥不开灯？"鼓说着，随手揿了开关。陡然地一亮，击得琴晃了两晃。鼓一把将琴抱住："哪儿不舒服啦？"琴摇头。鼓说："今天都怪我不好，实在对不起。"

琴依旧摇头。鼓发现琴的眼角湿了，便掏出餐巾纸去擦。越擦越湿。鼓就用舌去舔，很心疼的样子。"请原谅，"琴说，"这几天我心情不好。""我看出来了，"鼓说，"只是这几天我的确太忙，顾不过来。对不起。"鼓一下子搂紧了琴。琴便孩子般地偎在他的怀里，久久不动。蓦地，琴好像被什么惊醒了似的，浑身猛地一颤，直起身，道："我想跟你谈谈。""谈什么？"两人在沙发上坐下。

琴垂着头，沉吟良久，道："我想尽快把自己嫁掉。"鼓不作声，一个劲儿地用左手的食指挠右边的太阳穴。过了好半天，鼓方说："再给我一点时间，她现在有病，我不好开口提离婚的事，等她身体一好，我就向她摊牌。"琴无力地摇摇头，说："你误会了，我的意思不是要嫁给你。""那你要嫁给谁？"鼓瞪大了眼睛，"除了我你还能嫁给谁？""不至于除了你我就没人肯要了吧，即使他知道我是这样一个女人。"琴说。"我不是这个意思，我不是这个意思，"鼓解释，"我是说我不能让别人得到你。你只能是我的。在我这把年纪上拥有你，是我一生最大的福气，我绝不会轻易放弃。只是你一定得给我时间，求求你。"琴叹了口气，说："我已经没时间可给你了，眼见着我就直奔三十去了，再这么拖下去，我一生的幸福又有何保障？别人不为我着想，我自己总得为自己着想啊。"鼓急了，道："难道我没为你着想吗？你的工作、你的职务，还有这住房，哪一样我没为你着想？为了这些，我得顶住多少压力，你又不是不知道。"琴无语，不错，这一切都是鼓给她的，为了这些，结果她把自己给了鼓。然而，现在她不想再继续给下去了，因为她突然渴望过上一种正常的生活。她想有个丈夫，有个孩子，有个实实在在的家。而这些，鼓是无法给她的。

鼓望了一眼琴，目光里满是凄凉，琴感到自己的心被蜇了一下。对于鼓的情感，她向来就是矛盾的。鼓掏出香烟，琴把烟灰缸朝他跟前挪了挪。琴说："你承不承认，你对她还是有感情的？记得有一次你跟我说，她为了你，牺牲了许多许多。"鼓摇摇头，不想谈这些。琴说："对于大多数男人而言，老婆就像白开水，喝起来平淡无味，离了它又不行。情人只不过是蜜糖，但光吃蜜糖当然也不行，得搅在白开水里喝。这是男人的天性，鼓，我不怪你，但求你放了我吧。""不，我说了，我绝不会轻易放弃你的。"鼓坚持道。

两人沉默了好一会儿，鼓说："我带了你爱吃的荷叶鸡，该凉了，热热吧。"鼓把一个纸袋打开,让琴瞧瞧。琴根本没有胃口,但还是像平常那样说了一句好香。鼓满意地笑了,道:"你一定饿了,今天我来炒几个菜,让你尝尝我的手艺。"琴说:"我这啥菜也没有,你拿什么炒?"鼓道:"我可是有备而来,来之前早就把菜买好了。"他又拿出个大纸袋,在琴面前晃了两晃。"不是我批评你,"他说,"一个人过日子尤其需要注意饮食,一日三餐都马虎不得,可你呢,总是饥一顿饱一顿地凑合着来。等你到了我这把年纪,就该吃后悔药了。"说着,鼓转身去了厨房。

琴将荷叶鸡放进微波炉里,却忘了接通电源。坐在一边只顾发呆。鼓走进来问:"味精在哪儿?"琴怔了一下:"什么?""味精。"琴噢了一声,急忙去找。四处翻了一通,没有找到。鼓提醒她说:"是不是用完了?"琴说记得还有。最后总算在梳妆台的抽屉里找到了。鼓哭笑不得,说:"你真是与众不同,竟把味精和化妆品看作一类。"琴也笑了。"不过,你的化妆品倒真是我的味精。"鼓说。琴笑着拍了他一下。

见鼓系着围裙在那里炒菜,很专心的样子,琴忽然觉得鼓好像父亲。以前在家时,总是父亲做饭,就像眼前这个情景。琴不觉一阵心动,从后面将鼓紧紧抱住。鼓慌了下手脚,忙把火拧小。他抚摸着琴的双手,道:"我真的非常……像我这种岁数可能已经不适合谈情说爱了,但我真的非常非常爱你,琴。"琴将脸颊贴在鼓的背上,一句话也不说,她想,这将是我们最后的晚餐了。

鼓和笛

鼓的办公室和笛的办公室是门对门,在两边都开着门的情况下,鼓能清晰地听见那边的动静。进进出出时,也能把那边的一举一动看个究竟。上卫生间时,鼓在门口就习惯性地朝对面看了看,瞅见琴的桌上插着一束玫瑰,火烧火燎的,而琴和笛两人都不在,鼓就走了进去。屋里的人见局长来了,纷纷站起来跟他打招呼,鼓亲切地示意他们坐下。"这花是谁送的呀?"鼓问。开始没人接腔，片刻，有人不冷不热地回答："当然是笛了。"为什么是当然？那人没有再回答。鼓又问："一定有什么喜事？说出来让我也分享分享吧。"都不置可否。鼓便转开话题轻描淡写地讲了几句，然后说"笛回来让他到我这来一下"，便退了出去。

在走廊上，鼓迟疑了一下，直接回了办公室。但刚进去又觉得还是得去卫生间，只好再次出来。

重新回到办公室后，鼓把门关上，走到镜子前瞧了瞧自己。发根已白了挺长的一截，显得憔悴了许多，早该去理发店染它一下了，但是哪里有这个心情。跟琴已有些日子没单独在一块儿了，琴一直在躲着他。这些日子以来，他整天失魂落魄的，一心只想着如何再恢复同琴的秘密往来。他觉得自己实在离不开她。可是，他也明白，要恢复那般亲密恐怕是没那么容易了，他清楚琴的脾气。不和妻子离婚，她是断然不会再回到他身边来了。而这一点他也实在是无计可施，婚是绝对离不得的。谁不知道，妻是他患难的妻，自己关在"文革"时的牢里，是她忍辱负重把孩子一个一个都拉扯大了，结果苦得害了一身的病。一旦离婚不仅于心有愧，也将直接影响到自己的政治前途，况且孩子们也不会答应的。他已不年轻了，所以绝不会冲动地去干蠢事。他只能采取一种保守的策略来料理此事，那就是尽量拖延时间，至于拖延到何时为止，只有天知道，这也是没有办法的办法。问题是，现在半路冒出个笛来，严重地威胁到了他的拖延策略，不，应该说他已经成功地把它给破坏了。眼见着他们日渐亲近，鼓却只有焦虑不安的份儿。他曾经同琴谈过她跟笛之间的事情，他认为笛根本配不上她。琴却说没觉得，她倒以为笛很优秀。她说，眼下男人的德行什么都具备，缺的就是朴实这一条，而笛所富有的恰恰就是朴实，嫁给这样的男人她有安全感。鼓觉得不能再劝下去了，再劝，琴肯定会继续和他辩，而那其实等于在倒过来给笛帮忙。他必须另寻他法。

敲门声打断了鼓的思路，他回到座位上，喊了一声"进来"，笛走了进来。鼓格外客气地招呼他坐下，并亲自为他泡茶。笛受宠若惊，表现得诚惶诚恐。自打进人事局以来，局长还是第一次召见他，而且对他这么和蔼可亲。笛万分感动。鼓盯着笛看了一会儿，那神情看上去就像是一个慈父。鼓道："到这快一年了吧？""一年零三个月。"笛说。"这么精确，真是个有心人。好，"沉思片刻，鼓又道，"这一年零三个月来，有什么感想啊？"笛想了想，说："最大的感想就是自己业务不熟，需要学习的地方还很多。""很谦虚，好。不错。年轻人唯有谦虚方能不断取得进步。"笛一个劲儿地点头。鼓又沉思片刻，道："不过，你的表现还是挺不错的，刚来就能把材料写好，已经很不简单。""那多亏了我们科长的指教。"鼓嗯了一声，从文件筐里抽出一张纸来。鼓说："鉴于你这一年来的工作表现，经组织上研究，决定任命你为培训中心主任这一职务，希望你不要辜负了组织上对你寄予的厚望。"

突然的激动和紧张使笛一时想不起该说些什么好，他甚至怀疑自己是不是听错了，直到局长将手中的那张纸递到他手里，看到红红的文头、红红的公印，他的名字与培训中心主任几个字样连在一块儿，他才敢相信这是千真万确的。他霍地站将起来，道："谢谢局长提携，我一定不会辜负组织上对我的厚望！请局长和组织放心！"鼓点了点头，说："好，今天下午你就可以走马上任了，现在回去整理整理东西，把工作移交一下吧。"笛应着，正准备离开，鼓又叫住了他。鼓说："有一点希望能引起你的注意，在讨论你的任命问题时，有人指出你有时候不够检点。"笛的脸色即刻变得十分难看，颤颤地问："我怎么啦？"鼓清了下嗓子，道："有人说你喜欢跟女同事打情骂俏，今后务必注意这点，国家机关不比厂矿企业。当然，人人都会有缺点，这也是在所难免的，关键是改了就好。"笛嘴上连声说是，心里却直犯嘀咕。从局长办公室里出来，他寻思了老半天也没闹明白自己是咋背上这个罪名的。除了琴，他几乎没和其他女同事打过交道呀。

周末，笛花了一笔不小的数目买了礼物，怀着感激不尽的心情去拜访局长。局长见他拎着个沉甸甸的大包，脸马上板了起来，道："我还一直认为你很朴实呢，哪想到你竟然也会搞这一套。"笛连忙解释道："局长千万别误会，我只不过是想表示一下我的心意，工作这么多年来，我还是头一回得到领导的关心，真不知该如何感谢您才好啊。"笛的声音有点湿润。鼓摆摆手，说："甭提这些了，谈谈你的家庭吧，孩子多大了？"笛面露愧色，道："我还没成家呢。""噢，好，年轻人晚婚好，事业第一嘛。女朋友该有了吧？"笛脸上又添了一层愧色，回答道："还没有。""这就不对了，女朋友可以早点处嘛，不然彼此怎么能够加深了解呢？你说是不是？""是是是。""哎，对了，童市长曾经托我给他的千金物色一个对象，你不就是个挺合适的人选嘛。你今年有多大？""三十一。""喔，女方今年三十四，稍大了点，不过也没关系，俗话说女大三抱金砖嘛。再说，你若成了童市长的乘龙快婿，前途不可限量啊。"好事劈头盖脸地扑来，弄得笛有些晕头转向了。这时，琴在他的脑海里闪了一下，但没有定住，一晃就飘过去了。此刻的笛全身心正沉浸在感恩戴德的情绪之中，一时尚难以自拔。

鼓很快就安排了笛和市长千金的见面，可惜市长千金嫌笛长得太瘦小，让笛尝到了淡淡的失落。于是，笛又将心思转回到了琴身上。但他现在和琴不在一个楼层办公，难得碰面，加上心里一直记着局长的提醒，不敢随便去找琴。有几次他装作有事打琴的门口经过，借机往里看看，几次琴也都看见了他，然而却显得似乎挺冷淡。又一次路过琴的门口时，局长叫住了他。笛走进去，问："局长找我？"鼓说："告诉你个好消息。"鼓满面红光，好像是关于他自己的好消息。鼓说："这次市委抽调机关中青年干部到乡镇政府挂职锻炼，你榜上有名啊，虽然派给你的镇子偏僻了点，但确实能锻炼人，三年后回来，说不定我这个小庙就容不下你这尊大佛了。""局长说到哪里去了，任何时候我都是您的马前小卒，您的提携我终生铭记。"笛恨不能把心掏出来给局长瞧瞧。

笛和琴和鼓

还真叫局长说中了，三年后，笛任职期满准备从那个偏僻且贫穷的小镇返回市里时，他已经有了一个新的职务——市委组织部副部长，他原先的单位市人事局变成了他的分管部门。据说，当时小镇居民敲锣打鼓为他们的副镇长笛送行的场面分外感人。新闻介绍说，笛在该镇任职期间关心民众疾苦，狠抓扶贫工程，使百分之六十以上的人摘掉了特困户的帽子，被当地老百姓誉为政府派来的财神爷。一时间，笛成了全市的风云人物。

笛·琴·鼓

到组织部报到后，笛想到的第一件事情就是去探望他的老局长鼓，他听说鼓因为半身不遂已退居了二线。见到鼓时，笛简直认不出他了，苍老了许多。笛说："请原谅，局长，这三年我没能来看您。"说着，泪水就涌了出来。鼓道："你是好样的，我为你高兴。"轮椅上的鼓显得异常激动，试图和笛握一下手，但是那只手颤颤巍巍的，伸得极其艰难。笛就用两只手一下子将鼓的那只手紧紧握住，久久不肯松开。鼓说："我终于体会到了人走茶凉的滋味。"笛安慰他道："没关系，局长，有什么事您只管开口，您永远是我的局长。""谢谢。"鼓说。两人都平静了一会儿后，鼓问："见过琴了吗？"笛说没有。鼓道："也不知道这孩子一天到晚在忙些什么，从来不登我的门。"鼓叹了口气，透着无奈和苍凉。鼓接着说："你和琴都是我一手培养起来的优秀干部，我喜欢你们、信任你们，对于你们我没有任何个人的索求，只是希望能时常听到你们在工作上取得的成绩。"笛说："局长，以后我们会经常来看望您的。"鼓说："大可不必，你们都很忙，我能理解。"停顿了一下，鼓又问："还是一个人？"笛点点头，说："这几年光顾工作了，压根儿没时间考虑个人问题。"鼓说："是时候了，不能再拖了。童市长的千金也已经结婚了，还请我去喝的喜酒。"笛啊了一声，仿佛那已是很久很久以前的事了。

从老局长家里出来，笛径直去了人事局。进了人事局大楼，笛又径直去了从前的办公室。和同事们寒暄一阵后，笛便在琴的对面坐下了，四目相对，发觉彼此似乎都有了些变化，却又道不清这变化究竟在哪里。琴说："领导视察来啦？"笛一抱拳，道："老领导您就饶了我吧。"琴抿嘴笑了。这时，笛瞥见当年自己送给琴的那束玫瑰还在琴身旁的窗台上放着，已经变黑，像一种凄凉挣扎的姿势。笛的心头顿时生出万千感慨。笛说："那时候我整天就像这样毕恭毕敬地坐在这儿，偷看坐在我对面的那个漂亮女孩。"笛做了个课堂小学生的动作。琴说："风水轮流转，时下却该我们仰你鼻息了。""不敢当不敢当，"笛道，"能坐在这里才真的是荣幸呢。"琴一下子收敛了笑，眉头隐隐地皱了皱，好像被触痛了什么地方。笛便止住玩笑，开始一本正经地说："哪天咱们一道去看看老局长吧。""为什么要一道去？"琴不解。笛说："我刚才已经去了，老局长提到你来着，说你从来不登他的门。"琴不语。"你真应该去看看他，老局长对我们有恩啊。"见琴仍不接他的话，笛感到有些奇怪，他说："后天去吧，后天是礼拜天，我去找你。好吗？"等了好一会儿，琴总算微微点了下头。

鼓看到琴随着笛走了进来，眼睛霎时一亮，浑身也跟着动了一下。笛有意让琴在离鼓最近的位置上坐下，他注意到鼓的目光一刻也不肯离开琴。琴在鼓身边坐了没几分钟，就说要用一下卫生间，进了卫生间却迟迟不见出来。鼓看出笛有些尴尬，就打破沉默说："琴至今仍是一个人，心情不好可能是家常便饭。"笛没说什么。鼓接着说："我一直觉得你们俩挺合适，笛，你不妨主动点，毕竟是个男同志嘛。"笛的脸立刻就红了。

琴从卫生间里出来时，眼睛有些红肿，笛和鼓都装作没看见。三个人闲聊了没几句，琴就说自己晚上还有事，起身便要走。鼓现出很失望的神情。笛向他保证他们过几天还会来看他。

笛和琴没有搭车，而是一路走着，各自想着各自的心事。走到人事局的办公楼前，两人不约而同地停了下来。笛说："我真的很怀念这个地方。""那你随时都可以来呀，现在没谁可以限制你的自由。"琴道。笛忽然转过头，凝视着琴说："你还是单身？"琴耸了下肩："你想向我求婚吗？"笛说："如果可能的话。"琴说："那好，我告诉你，没有这个可能。""为什么？""你先回答我一个问题，如果秋天果实成熟的时候，你不去采摘，那你还能收获到什么呢？"笛问："我能收获到什么呢？"琴说："你还是自己回去慢慢想吧。我想求你帮个忙，可以吗？""那还用说，只要我能办到。""好，够意思。我想请你帮我调个工作。""调到哪儿？""中学。小学也行。""怎么？在人事局待够了？那也没必要去学校啊。""我就是想去学校，整天跟孩子们在一起。""你能教什么呢？""语文英语都行。你到底帮不帮我这个忙？""帮，当然帮。""那好，咱们之间就算两讫了。"琴大声说了一句，扭身就向路边驶过来的一辆出租车跑去。

笛被晾在一边，丈二和尚摸不着头脑。怎么两讫了？难道我曾经欠过她什么吗？我欠过她什么呢？

1998年11月10日，北京大学

我怎么会找不到你

在判决书上签完字从法院里出来,我抬头看了一眼天,那天真高真蓝,我情不自禁地活动活动手臂,仿佛刚刚松绑似的。我想,从今以后我再也用不着下班按时回家了,我想去哪儿就去哪儿,我想在外面待多晚就待多晚。现在我是我自己的了,谁也管不着。可是没过几天,我便发现有些不是那么回事,因为接连几天下班后,我还是一如既往规规矩矩老老实实地准点回到了家里,回到了那个空空荡荡的家里。这让我很是为自己痛心,觉得自己已经变成了一幅漫画中画的那个装在坛子里的人,坛子虽然被我打破了,但我自己却长成了坛子的形状。这怎么行?我得想法改变。

第二天下班铃一响,别人都匆匆离开办公室,或去接孩子或去菜市场,只有我还悠闲地在椅子上坐着,翻着当天的报纸。望着同事们纷纷离去的背影,我充分体会到了自由的优越性,我甚至同情起他们来:唉,结婚有什么好?

翻完报纸,天差不多已经黑了,我想我该走了。骑上自行车正要往家的方向去,我突然感到一阵沮丧:难道除了家我就没有别的地方可去了吗?我不是已经成了自由人吗?自由人应该是下班后想去哪儿就去哪儿啊。我对自己作为自由人的表现不大满意。于是,我决定拒绝回家。然而,就在作出这个决定之后,我马上意识到又有一个问题接踵而至:到哪里去?我琢磨许久也没琢磨出个所以然来。说句心里话,这些日子我一直挺寂寞,特别希望找个人聊聊。这个人绝不是同事那种人,他只能是同我心心相印至少同病相怜的朋友。但在这座人口逾千万的巨大城市里,我实在找不到这样一个朋友。我只是曾经拥有过这样一个朋友,他的名字叫董标,我们有十多年没见面了。从幼儿园到大学我和他一直是同学,亲密得不得了,后来他辞职去了深圳,我们从此失去联系。现在我才意识到,有董标这样一位朋友在身边该是多么重要。

由于想不出应该去哪儿,我只好骑着自行车在大街上乱窜,直到发现一个名叫老水手夜总会的霓虹灯招牌才停下来。我听许多人说起过这个夜总会,它的坐台小姐非常有名。望着招牌上那一张一闭的红嘴唇,我不禁有几分动心。在如此令我失意的一个晚上,找一位漂亮小姐陪我聊聊有什么不好呢?在确定钱包里的储存足够潇洒一回的情况下,我装成很老练的样子,大摇大摆走了进去。

一位浓妆艳抹、亭亭玉立的小姐立刻向我飘来:"先生请上楼。"听到她温存十足的召唤,我的两腿有点发软,结果跟她上楼时打了个趔趄,正撞到迎面走下来的一位先生身上。那位先生也没站稳,和我倒在了一起。我赶忙起来去扶他并向他赔礼道歉,他瞪了我一眼,刚想要说什么忽然又愣住了。我们彼此对视几秒钟,几乎同时喊出了对方的名字。我们紧紧拥抱在一起,我甚至激动得哭了。分开后,我们看看周围都不好意思起来。谁也不会想到,我们会在这种地方相遇。

"走,咱们换个场子。"他说。

我欣然同意,随他来到旁边不远处的春雨茶馆。

一落座我便迫不及待地向他发问:"你啥时回来的?咋老成这样?"

他捋捋微秃的额发,一副颇沧桑的表情:"回来有五六年了。"

"那咋也不说一声?"我挺生气,"混得再不好也不能连朋友都不要了呀,你把我当成什么人了?我是那路嫌贫爱富的货色吗?"

他连连摆手:"不不不,彬兄,你误会了,我怎么会……"

他一辩解,我更来火:"那你都回来好几年了,咋也不吭一声?你知道吗?这十几年来一直没你的消息我有多着急,你想过没……"说着,我便有些泣不成声的架势了。

他的眼圈也红了,"彬兄,这确实是我的错,"他说,"谢谢你一直在惦记着我。"他把一张纸巾放到了我手中。

我擦擦眼，看看他那张早衰的脸，心里更加难过。

"先用着，回头我再给你拿。"我抽出钱包里的几张大票塞过去，"你也是，都成这样了，还往老水手那种地方跑。"

他双手接住，意味深长地看了我一眼，道："谢谢，彬兄，可是……"

"可是什么，这难道不应该吗？"

他又把钱推到我面前，"我不是这个意思，我是说我混得还不至于你想象得那么差。"

"……"我等待着他的下文。

他抿了一口茶，点燃一支烟，动作之中透着一股酷劲，的确不像混得差的样子。

喷出一条长长的烟龙之后，他又捋了捋他那微秃的额发——看来这已经成了他的习惯性动作，这才不慌不忙地从上衣口袋里掏出一张名片递给我。

一看那张名片，我简直不敢相信这是真的："你这是从哪儿捡来的吧？"

他笑了，道："你还是那么喜欢开玩笑。"

"开什么玩笑？"我急了，"这怎么可能？金厦房地产公司跟我们单位就隔一条马路，该不会还有第二个金厦房地产公司？"这时，我恍然记起，赫赫有名的金厦房地产公司总经理可不就叫董标嘛。以前我还老以为这个总经理董标同我那个好朋友董标大概是重名抑或同音呢，所以从没往心里去过。我瞅瞅他，又瞅瞅名片，仍然半信半疑："你真就是那个金厦房地产公司总经理董标？"

"千真万确。我干吗要骗你？"

"噢——，原来是这么回事，你小子发了，嫌哥们儿多余了，是不是？好，那咱哥们儿干脆知趣点，现在就自动消失。"说罢，我起身便走。

董标赶忙从后面将我抱住，"你怎么还是这火暴脾气，坐下来听我解释解释好不好？就算我求你了。"

听他这么一说，我没法不坐下。我比董标大一岁，体质也比他好，从前一直是像哥哥一样照顾着他；一有什么分歧在我们中间发生，他总是那么可怜巴巴地冲我说一声"就算我求你了"，然后我便只好显出很大度的样子向他做出让步。看来这个习惯还一时难改。

董标一边替我倒茶，一边讨好似的说："不是我没跟你联系过，我给你打过好几个电话，可你都不在。"

"你认为你的理由站得住脚吗？"我质问道。

"唉——"董标长叹一口气，"彬兄，公事私事他人事，事事操心，我的日子不好过啊。"他摆出一副往事不堪回首欲休还说的劲头。

"且慢，"我说，"到现在我还没吃晚饭呢，罚你买单。"不管怎么说，今天能够见到董标我真是喜出望外。

"周瑜打黄盖愿打愿挨，我领你去本市最好的酒店。"他不知从哪儿摸出个手机，"我来让我的司机把车开过来，今天咱们要喝他个天昏地暗。"

仅几分钟工夫，一辆气派非凡的宝马便停在了茶馆门口。司机是一位长发披肩、身材高挑的小姐，极殷勤地招呼我们上车。

董标解释道："女司机比男司机心细，用着放心。"

我暗笑，他还跟以前一样事事都有个说头。

果真就来到了全市最豪华的裕安大酒店，对我来说，这还是平生头一遭。董标叫我点菜，我望着精美菜谱中那些唐诗宋词似的菜名，愣是看不懂。董标只好给我作导读。上酒时，董标建议喝洋酒，他说国产名酒假货太多不安全。于是，就自作主张要了两瓶人头马。

服务生刚把董标的酒杯斟满，他便迫不及待地抓起来就是一个底朝天；一杯酒下肚，两眼顿时就有了光芒。十几年未见，董标变成了个酒鬼，这可是我万万没料到的。我心想，今晚得留意不能让他喝醉了。

我说："你悠着点喝，喝醉了我可不背你。"

"没问题，尽管放心大胆地喝，我的司机会料理好一切。酒逢知己千杯少，来，干！"才干掉一杯，他就已经现出了醉意。

"快说说你自己吧。"我催促道。

"还是你先说吧，我特想听听你的情况，成家了没，你？"他有些嬉皮笑脸。

我说："你不该问我成家了没有，而是应该问我离婚了没有。要知道，咱们都已经是三十好几的人了。"

"那好，你离婚了没有？嫂子漂亮吗？"

"离了，就在一星期前。"

"你又在和我开玩笑。"

"我没和你开玩笑，我的的确确是在一个星期之前离婚了，要不今晚我怎么可能会下班不回家，跑到老水手夜总会去逍遥？"

"我也去了老水手夜总会，可我并没离婚啊。"

"这不一样。"我哭笑不得。

"要让我相信你，你得干掉这杯。"他差点儿把酒杯放到我脸上。

我颇不情愿地一口喝干，然后将酒杯重重摔在桌上。

董标没觉察到我的不快，继续为我斟酒："好，我信了。"

"你们因为什么离婚？"他又问。

"我觉得她不像我老婆倒像我老妈，她连我用什么牌子的卫生纸都要严格限制。最后，我发现我的婚姻是以我的自由作为抵押的，我就说啥也不干了，离婚！"我把"离婚"两个字说得咬牙切齿。这些话自打结婚那天便开始憋在我心里了，今天总算找到了个一吐为快的机会。

董标好像对我的经历蛮感兴趣，眼睛直勾勾地瞪着我。发了好一会儿愣，他才道："我真羡慕你呀。"语气里充满感伤。

"有没有搞错？一个堂堂的总经理竟然羡慕一个坐机关的小副主任科员。"

"这不一样。"

谢天谢地，他也知道不一样了。

"你哪里清楚，彬兄，我一直在进行着一场离婚大战，"董标脸上的褶子深刻起来，"都八年了，八——年呀，我都撵不走一个弱不禁风的小女子。"

"有那么严重？"

董标不语，连干两杯之后，开始一个劲儿摇头。

"说出来听听，别把自己憋坏了。"

董标沉吟着，似乎不知从何说起。

"到底因为什么？她也对你实行军事管制？我看你挺自由的，下了班不回家去老水手夜总会。"

董标道："我倒不存在自由问题，我的问题是我有了外遇。"

我不由得笑了："都说这年头流行婚外恋……"

"我不是这年头，我是八年前就开始了。"董标打断我的话。

"管它是这年头还是八年前，总之，我认为这个问题不难解决，就看你如何选择：要老婆就斩断情缘，要情人就解除婚姻。"

"事情要像你说得这样简单，我何苦还来八年离婚大战。关键一点是，我老婆死活不肯跟我离。她说她绝不能叫那个小婊子得逞，我要离，她就先杀了我然后自杀。"

"她不过是吓唬吓唬你。"

"不，你不了解她，她能说到就能做到。"董标解开衬衫，露出胸口的一块伤疤，"这就是她乘我睡着时咬的。每天跟她睡在一起我都提心吊胆的，就像睡在一颗定时炸弹旁边。"

"那现在你和那个小婊——噢，她之间还有来往吗？"

"早就断了。"他显出无比痛惜的神情。

"那问题不就解决了，好好跟你老婆在一块儿过呗。"

"过？我怎么能和这样一个一见面就令我心惊肉跳的女人过一辈子，那岂不太惨无人道了？你哪里知道，她不但毁了我的幸福，也毁了那个女孩的幸福。"董标说得义愤填膺。

"她怎么毁了那个女孩的幸福？"

董标再次捋捋微秃的额发，调整调整情绪，道："话还得从头说起，刚到深圳发展那阵，四处碰壁，干得极不顺；后来便遇到了我现在这个老婆，她也是从内地到深圳谋出路的，也很不如意。我们便有了同是天涯沦落人的感情，没多久就稀里糊涂地结了婚，但也是没多久就发现我们的结合压根儿就是一场误会，不过后悔已经来不及了。再后来，我的命运开始好转，我在一家房地产公司熬到了部门经理的职位。我就是在那时候认识那个女孩的，"他脸上开始堆满甜蜜的微笑，"她给我做文秘，特能干，我们配合得极其默契。我承认我非常喜欢她，但我真不知道自己是啥时候爱上她的。有一天，她向我汇报工作，我一时冲动忍不住吻了她，从此我们便如胶似漆了。这事不知怎么传到了我老婆耳朵里，她带着两个不明不白的老妇女到公司当众将她狠狠羞辱了一顿，而且还跑到总经理办公室大闹了一番。结果，我和那个女孩双双被炒了鱿鱼。事后那女孩问我什么时候能离婚，我说我时时刻刻都在做我老婆的工作，但这项工作比较艰巨，要她耐心等一等。她二话没说，第三天就找了个男人嫁了。我知道，她根本不爱那个男人，根本不爱。可我有什么办法，深圳是待不下去了，我只好又回来混。今天的金厦房地产公司可是我豁命干出来的，现在除了赚钱我啥想法也没了，啥想法也没了。"他现出万念俱灰的样子。

"你也别太灰心，跟你老婆再磨合磨合。"

"磨合？"他的表情极夸张，"再磨我就变成粉末了。八年来每天早晨一觉醒来，她就要冲着我恶狠狠地连骂三声大流氓。彬兄，这要搁在你身上，你愿意跟她磨合吗？"

没想到董标的日子过成这样，我心里挺不是滋味："事情闹到这种地步，你有不可推卸的责任，但你老婆也是，也太没风度了一点儿。总不能痛打落水狗吧！就说人家克林顿吧，最后不仅希拉里，连美国人都原谅他了呀。"

董标被我的话逗乐了，他道："这不一样，我不是胡搞，我是真的爱她。"说着，便趴在桌上没声息了。

我以为他又在难过，赶紧拿话劝他。谁知我这边费了半天口舌，他那边竟然传出了香喷喷的鼾声。我这才发现，摆在他跟前的两个酒瓶子已经空空如也。光顾说话没留神，一会儿工夫酒全被他"贪污"了。我连喊带拍也弄不醒他，正在犯愁，他的司机救星似的突然出现了。她叫我不用担心，找来两个身材高大的服务生，将董标架到宝马车上，一切指挥得井井有条。我问她董标是不是经常这样，她很有分寸地一笑算作回答。她提出先送我回去，这时车里传出呕吐声，我说送他上医院吧，她说不用。我拉开车门看了看，酒气冲天，简直能让人窒息，董标歪躺在座位上呼呼大睡。我说："那就辛苦你赶快把他送回家吧，我的自行车还在春雨茶馆门口，我得去取。"她不再客套，道了声再见便将车飞也似的开去。望着宝马渐渐远去，我的心也渐渐凉了。我终于明白董标是如何衰老的了，我也终于明白十几年前的那个董标，那个曾一心想当贝聿铭的董标，我可能是再也找不到了。

整整一个夜晚，喜也董标忧也董标；躺在床上翻来覆去怎么也睡不着。我总感觉像是做了一个梦：董标怎可能一下子就老了？五六年的时间里，他就生活在距离我仅有百步之遥的马路对面，我却浑然不知，这又如何可能？

一上班我便按照名片上的号码拨通了董标的手机，听见他的声音我总算证实了昨夜的相遇不是一个梦。董标似乎还没睡醒，哈欠一个接一个。

他说："我正忙着呢。刚进办公室没等坐下就来了八个客户，咱们晚上在老水手见面吧。六点半。"不等我答应，他便将电话挂了。

不知道为什么，一想到要同他在老水手那种地方见面，我便有些不自在。下了班，我没有赴他的约，而是直接回了家。到六点半时，董标电话追到了我家里。

"你咋回事？"

我说："没咋回事，只是不想去那里。"

董标笑了："假正经。过来吧，这有一个小姐长得特像那个女孩。"

"哪个女孩？"

"还有哪个女孩？要不要看看？"

"我今晚没空，有份材料要赶出来。"我撒了个谎。

"那好吧，只有改天了。"他好像十分扫兴。

紧接着，职称考试的日期逼近，我不得不全力以赴临阵磨枪。董标又约了我好几次，我都没答应。他大概是生气了，再也不打电话给我。所以一考完试，我便立刻同他联络。他的手机打不通，这天又恰好是礼拜天，我只好打他家里的电话。

"找谁？"有些气势汹汹，估计是他妻子。

"请问董标在吗？"我尽量显得彬彬有礼。

"死了！烧成灰了！"

我被她的声音吓了一跳，竟连电话筒都扔在了地上。

看来董标对其老婆的描述并不夸张，我开始有点庆幸自己的前妻还不算太糟。

我怎么会找不到你

　　星期一我又往董标公司去了个电话，才知道他出差了，我只好独自打发这自由的时光。说实在的，一个人要是自由得无事可做，这自由也就没什么意思了。我开始觉得百无聊赖，开始盼着董标回来，每天给他拨两个电话，上午一个下午一个。

　　这天夜里我睡得正香，忽然被一阵电话铃声吵醒，听筒里传出低沉得令我发毛的音调："彬兄，我不想活了……"

　　我怔了一下才反应过来，忙说："你要死也得等跟我见完最后一面再死，告诉我你现在在哪儿。"

　　"我公司楼顶上。"

　　"等着我，我马上去和你见最后一面。"

　　上了出租车，我才发现鞋穿反了，家门钥匙也忘了带，回去只有撬门别锁了。到了金厦房地产公司，我一气蹿上楼顶，呜呜的大风将我吹得东倒西歪。不远处立着一个黑影，正是董标。

　　"啥时回来的？"我问。

　　他不说话，一个劲儿抽烟。

　　"又跟你老婆生气了？"

　　他还是不吭声。

　　或许是见我冻得惨不忍睹，这小子总算良心发现开口讲话了。原来是他上次提到的那个坐台小姐离开老水手不干了，他一下飞机便直奔老水手结果扑了个空，心里就受不了了。看他那副可怜兮兮的模样，我也不忍再责怪他，连劝带哄硬把他拉到办公室里。没坐上几分钟，天就亮了，他的情绪也基本得到控制。我见陆续有人来上班，便又安慰他几句然后匆匆朝单位赶。到了单位我仍不太放心，又给他打电话，直到确信他没事为止。

　　此后的日子我们经常通电话，偶尔也碰碰面，不过不是在老水手，而是在春雨茶馆，这给我的自由时光减去了不少寂寞。我真不敢想象哪天他要是再像以前那样离开我，我该怎么办。有一天，他万分兴奋地在电话中告诉我，他老婆终于答应和他离婚了。他喜极而泣，我的眼睛也湿润了。

　　"精诚所至，金石为开。"我说，"兄弟，好好活吧。"

他说:"彬兄,我根本不怕死,我只不过是舍不得我女儿,你不知道她长得有多可爱,就像天使一样。"

放下电话,我深深地为我的朋友祝福,并期待着他的消息。

这天中午,我正在家里炒菜,电话响了。一定是董标打来的,我想。拿起电话筒时,我有些激动。

"彬兄,快来救我……"

"你在哪里?"

"家……里……"电话断了。

情况不妙,我关掉煤气就往外跑,拦上一辆出租车不停催促司机向董标家方向疾驶。基建村16栋22号,虽然有十几年没到过这里了,我依然一点儿不觉得陌生,我和董标小时候常来游泳的那个池塘还在。我嘭嘭嘭使劲敲门,大声唤着董标的名字。门开了,露出一张年轻的脸。

"瞎喊啥?哪有什么董标!"门又嘭地关上了,年轻的脸颇不耐烦。

基建村16栋22号。没错啊?我又敲开隔壁一家门询问,主人说这整个一栋也没有一个姓董的。难道是我的记忆出现了故障?我只好翻出电话本往董标家里打电话,但是打不通;打他的手机又没人接,再打到他公司也是没人接,我想起来现在是下班时间。除去这三个电话号码,我没有任何可以跟董标取得联系的办法了。就在我焦急不堪无计可施之时,我猛地想到,可以上邮局根据他家中的电话号码查到他的住址。

当我费尽九牛二虎之力得到董标家的确切地址,按图索骥找到那里时,三四个小时已经过去了。董标原来住在一幢西式别墅里,其华丽景象哪里是基建村16栋22号可比?我隔着高耸的大铁门用力呼喊了几遍,没有一点儿反应。我不敢再耽搁,从铁门上翻了过去。屋里有呻吟声,没错,是董标。我拼命拍打防盗门,却不见董标行动,只能听见他微弱的呻吟。我撞了撞防盗门,它纹丝不动。我试图从窗户进去,可是它们全被粗粗的钢筋封锁着。万般无奈之下,我只得报警。

等警察赶到,已听不见董标的呻吟了。警察临时找来工具锯断窗户上的两根钢筋,砸碎玻璃跳进去,从里面将门打开。我抢先冲进屋,立刻被眼前的情景惊呆了：董标抱着电话筒躺在一大片血泊中。

"快送他去医院！"我央求站在我旁边的一个警察。

他走到董标跟前看了看，说："没用了。"

"这是谁干的？"我歇斯底里地嚎了一声。

"别激动，我们会很快查清的。"他拍了拍我的肩。

他说得对，事情当晚就查清了，是董标的老婆——不，应该说是前妻干的。他们那天办完离婚手续后，她雇了三个彪形大汉想教训教训董标，结果教训出了人命。这件事发生后，我一直想见见她，然而一直没能如愿。

董标死后，我又开始总怀疑自己是在做梦，只不过这次是个噩梦而已。想当年我一直充当着弱小的董标的保护人，每次遭遇欺负他总是向我求救，而我也总能及时赶到为他解围，为什么在今天他最最需要我的时刻，我就在他的身边，真真切切地听着他的哀求却不知所措、无能为力？我不明白。

一天，正在伏案写材料的我，突然抬起头向坐在我对面的同事小方发问："我怎么会找不到他呢？"

"你在找谁？"他问。

1998 年 9 月 22 日零时 48 分，北京大学

我欲乘风归去

献给朋友淮南，希望他在失业的生活逆境中能够挺住。

从幼儿园到初中我一直是班里的明星，不仅学习成绩好，道德觉悟也特高。同学们喜欢我，老师们更是没说的。但自从进了高中后，我的明星地位开始遭遇严峻挑战，原因是这个班出现了一个名叫庞耀的家伙。这家伙也实在是太过分了一点，那时候身高就长到了一米八，一米八就一米八吧，他还不满足，还长一张酷似阿兰·德龙的脸，让我这张本来就有些底气不足的面孔简直没地方搁。如果到此为止，我的处境还不算太糟，一个绣花枕头有什么可怕的？问题是这家伙偏不到此为止，课堂发言也出尽风头，弄得我这颗一有机会便想发光的明星老是发不出光来。更糟的是，第一次期中考试结果一公布，我保持多年的明星地位终于被彻底瓦解了。庞耀这家伙以门门接近满分的成绩轻而易举地霸占了我当年的荣耀宝座。我恍惚了一个多月，才总算弄明白这个庞耀压根儿就是一个太阳。再明亮的星星又怎么能够同太阳相比？那不是自找难看又能是什么呢？

最令我伤心的是，班里开始有人称呼庞耀为王子了。既然是王子，能配得上他的当然也就只有公主了。而我们班的公主是蒋荧荧，那个我一见钟情暗恋已久的美丽而高傲的女孩。事实上，这时候我发现蒋荧荧对庞耀也已经有些"那个"了。我幼小的心灵再也承受不了这失去地位与爱情的双重打击，满怀悲怆地病倒了。等我从病床上爬起来重返校园之后，我的学习成绩不知怎么竟像熊市股票一样稀里哗啦痛快淋漓地一个劲儿直往下跌。经过老师无数次谈心和爹妈无数次责骂，我的分数仍旧迟迟不见反弹，他们不知道此时的我已经看破了红尘。

我不再关心什么王子也不再注意什么公主，我爱上了跟着感觉走的生活。每天一放学我就往游戏机房跑，端起冲锋枪狂打滥杀到华灯初放才肯熄火。这天我正遭遇纳粹伞兵的突然袭击，猝不及防准头严重失控，眼看子弹就要打光坐以待毙，不知谁猛地夺过我的武器，一枪干掉一个，弹无虚发，立刻扭转了局面。我抬头一看，竟是庞耀，心中的钦佩之情随即搁浅。

庞耀却笑着说："接着玩，今天我请客。"没容我多想，他把枪撂给我，自己又拿了一把。我们的合作还挺默契，胜利一个接着一个。我们玩得忘乎所以，直到我无意之中瞥了一眼手表，发现已是小半夜了。我不得不停止射击，匆忙说一句"我得走了"，蹬上自行车紧往家赶。想到今天是免不了要挨骂了，我对庞耀冷不防从中间插进这一杠子很有些不满。谁知，当我到家如实回答了父亲的盘问后，父亲竟然没有像往常那样大发雷霆，反倒是心平气和地说："你要多多向人家看齐。"这使我对庞耀又忽生了几分好感。

第二天早晨上学，我和庞耀正巧在路上相遇，他主动冲我打招呼："你游戏机玩得不赖。"

"你也玩得不赖。"我对他一直存留的敌意正渐渐稀释。

默默骑了一会儿，庞耀开口道："你干吗要跟自己过不去？你应该是咱们班上将来最有前途的。"

庞耀的话让我很是吃惊了一下，更是感动了一下，我不知说什么好，骑车的速度蓦地慢下来。进教室时，庞耀搂着我的肩膀说："下午放学我带你去一家游戏机房开飞机好不好？"我想也没想就说"好"。

坐在座位上，我琢磨着庞耀在路上对我说的话，觉得他说得可能有几分道理。突然，我内心萌生出特别想接近他的愿望；但马上我又意识到在我同他之间隔着一条明显的鸿沟，那就是学习成绩，它毫不留情地将我们划分成了赤贫与大款。想到这里，我有了一种曾经沧海难为水的心痛。所以，当放学后庞耀兴高采烈地来喊我去玩游戏机时，我已是兴致索然，只是碍于情面勉强跟着他去了。

那是一种我叫不出型号的战斗机，庞耀先坐进驾驶舱里拉动操纵杆给我示范：起飞、降落、加速、射击……一副久经沙场的样子。从驾驶舱里出来时，他显得有些恋恋不舍，"飞翔的感觉真好啊！"他感叹道。

我坐进去，还未等拉操纵杆，他便迫不及待地问："感觉怎么样？感觉怎么样？"

飞机疾速驶过长长的跑道，猛地腾起，我的心也紧跟着悬浮起来，融入那瓦蓝瓦蓝的天空，在雪白雪白的云朵里穿行而过。那种感觉的确是棒极了，以至于庞耀提醒我该回家了时，我还因意犹未尽而沮丧不已。

走出驾驶舱，我的两条腿软软的，仿佛踩在棉花垛上，飘飘欲飞。

从此以后，我和庞耀竟成了形影不离的好朋友，我的学习成绩也神不知鬼不觉地又变成了牛市股票，噼里啪啦所向披靡地噌噌猛往上蹿，冷门连爆，直逼庞耀。没多久，我甚至超过了他，再没多久，我发现他已被我远远地甩到了后面。而这时我们已经进入高考倒计时的备战状态，庞耀的反常表现不仅引起了我的关注更引起了班主任的警觉。班主任开始找他谈话，后来又找蒋荧荧谈话。于是我们都明白庞耀究竟是怎么回事了。我私下劝庞耀千万别在这时候犯糊涂，但没料到他却极坦然地对我说："反正我不想参加高考了。"这话当时就让我傻了半天，我有心再劝，但见他那副大义凛然的神情，我知道说什么也没用了。作为好朋友，对他的选择表示理解我想可能是最好不过的帮助了吧。

高考说到就到，庞耀果真没有参加，我不知道他原来在忙着报名参军。当我揣着大学录取通知书去找他时，还有些担心他会受刺激；孰料，得知这个消息后，他倒显得比我还高兴。他拍拍我的肩，道："我说你是咱们班上最有出息的嘛。"

"那你打算怎么办呢？"我问，心里好不替他难过。我很清楚，庞耀是完全有能力考上大学的，而我能有现在则完全是亏了他的提携。

庞耀看看我，说："我已定下去甘肃当空军了。"

"我就喜欢当空军。"他补充道。

"你还记得飞翔的感觉吗？这回我可以体验一下真正的飞翔感觉啦。"他举起双臂，好像真要凌风而去似的。

在我入学不久，庞耀也入了伍。他很快给我寄来一封信并附了张彩照。照片中的庞耀穿着飞行服，斜倚在一架战斗机旁英气逼人，背景是辽远的蓝天。这张照片使我忽然认定庞耀当时放弃高考的选择是多么英明。庞耀在信中向我事无巨细地描述了他在军营尤其是在空中的感受，看得出，他对自己的现状是相当满意的。之后，我们一直靠信件断断续续地保持着联系。

大三那年，我寄给庞耀的一封信贴着一张"查无此人"的白条子被退了回来。我以为可能是邮局搞错了，换个信封又发了出去。没过几天，它又带着一张白条子返了回来。我仔细瞧瞧地址，没错啊，这到底是怎么一回事呢？没办法，我只能等庞耀主动同我联系了。然而，庞耀迟迟不跟我联系。

暑假回家，我从同学那里得到蒋荧荧家里的电话号码，便在晚上给她挂了个电话。听说是我，蒋荧荧有些意外。彼此寒暄几句之后，我问起庞耀。她说庞耀现在在他们厂保卫科上班，我说他怎么这么快就转业了，蒋荧荧支支吾吾，我估计其中肯定有什么不便说的，就转移话题冲她要了庞耀家的电话号码，接着给庞耀拨了个电话。接电话的恰好是庞耀，我报上姓名，庞耀有好半天没反应。我正觉得尴尬，蓦地听见他说："出来见见面吧。"语气挺深沉。

我们约好在街心花园碰头，当我赶到时，庞耀已经坐在那里了。看到我，庞耀显得很平静，这令我一腔激动情绪大大受挫。不等我坐下，他便说："去我的新房坐吧，不远。"站起来就走。我发现他的个头又往上蹿了不少。一路上我们几乎什么也没说，庞耀递给我一支烟，我摆了下手，还没来得及说"不抽"，他便塞进了自己的嘴巴。从他抽烟的动作不难看出，其历史已相当悠久了。

走进庞耀的新房，我才意识到这是他和蒋荧荧准备结婚用的。屋里装修一新，家具也基本齐全。我问："你要结婚了？"他点点头。

"什么时候？"

"还没定，反正快了。"

这时，我开始打量面前的庞耀，他穿着一套经警制服，头发削得平平的，浑身上下依然透露出一股帅气，只是被晒黑的脸庞上多出几分往昔不见的成熟。

"学习忙吧？"

"忙。"

我等着庞耀谈谈他自己，但他好像根本没这个意思，若有所思地摆弄起放在沙发上的一个飞机模型。沉默得十分无聊了，庞耀站起来翻CD碟。他问我想听谁的，我谁的也不想听，就说随便。他翻来翻去拿不定主意，便胡乱摸出一张搁进音响。

"这些全是荧荧买的，我从来不碰。"他说。

音箱响了起来，是范晓萱，她正在唱《好想谈恋爱》。

范晓萱一首接一首地往下唱，我和庞耀一言不发地僵坐在沙发上听，似乎我今天到这里来就是为了心不在焉地听范晓萱唱歌。范晓萱总算唱完了，我觉得我也该走了。但我还是没弄明白，我与庞耀分别三年来的第一次见面怎么会是这个样子。就在我起身准备离去的那一刻，我已经决定把庞耀从我的朋友花名册上一笔勾掉。庞耀毕竟不是庞耀了。

见我要走，庞耀说："再坐一会儿，我煮咖啡给你喝。"

我没有为他的咖啡所诱惑，毅然决然地走了。

庞耀把我送出门，我让他留步，他不语，固执地在我后面跟着。走了长长一大截，眼见就快到我家了，我止住脚步，道："你回去吧，结婚时别忘了说一声。"

他跟没听见似的，继续朝前迈着方步。我撵上去拽住他，他愣了一下，收住脚步，望望前方。过了一会儿，他慢吞吞地说："我的事情你都知道了吧？"

"什么事情？"

"没人告诉你？"

"告诉我什么？"

他又沉默了片刻："我被部队开除了。"

"因为什么？"

"擅自离队。"

"干吗要离队？"

"我想荧荧。"

"后悔不？"

他点着烟,狠狠吸了两口,"没什么可后悔的,就是我再也不能在天上飞了。"

"不后悔就行,天上待不了就到地下来,男子汉大丈夫能伸能屈。"

他扔掉香烟,一把抓住我的肩,"只有你这样对我说,连荧荧都埋怨我,"他显得非常激动,"当时我就想把这事告诉你,但又怕你批评我小瞧我。"

庞耀的情绪开始活跃,我们之间刚才的别扭劲儿顿时烟消云散。我又偷偷恢复了他在我那本花名册上的席位。

分手时,庞耀叹了口气,说:"过去想念荧荧,现在想念飞机。"

我说:"那你就去看看它呀,荧荧可不会为此开除你的。"

庞耀笑了,笑得特别开心。

这个暑假我因为在电视台打工,整天东跑西颠,少有机会与庞耀见面,只能通过电话联系。开学返校前一天,我抽空去了印染厂一趟,在保卫科找到庞耀,坐了一会儿,他领我下车间去看蒋荧荧。我发现庞耀在厂里混得不赖,人人待他都很热情。蒋荧荧丢下手头的活儿,跟着庞耀陪我在厂里转了一圈,然后我提出告辞。庞耀说啥也不肯,硬要让我等到下班请我吃饭。我还有一大堆事须在返校前处理掉,所以没能接受他的盛情。

回到学校不久,我收到庞耀的来信,告诉我他和蒋荧荧在国庆节把事办了,怕影响我学习所以没有事先通知我。我立即回信表示祝贺,并随信寄上一份薄礼。

到寒假再看见庞耀夫妇时,他们居然已有了孩子。屋里到处撂的都是衣物,简直无处落座。蒋荧荧毫不避讳,当着我的面就撩起上衣给孩子喂奶,全然没了做公主时的矜持。庞耀则是一副恹恹欲睡的样子,跟我说话时哈欠连天。他问我是不是快毕业了,我说快了。他问我找单位了没有,我说正在找。他说千万别进企业,靠不住,他们厂已有半年没开工资了。我说那你们怎么办,他说他现在给一家电脑公司看夜,还能勉强凑合着过。说着,他瞧了一下表,腾地跳起来告诉我他得走了。他说这是为私人干,不比国营单位,迟到一次就炒鱿鱼,不带含糊的。

我随庞耀一同出来,走到大路上我们分了手,望着他顶着寒风奋力蹬车的背影，我的内心不禁生出些许苍凉来。

大学毕业我去了家乡电视台，上班没几天庞耀就到台里来找我。他说他们厂眼看就要倒闭，问我能不能替他们报道一下，好引起有关领导的注意。征得台领导的允许，我到印染厂拍了个专题。节目播出后，反响极其强烈，我也因此一夜成名。然而印染厂最终还是未能保住，那时像印染厂这样的企业已经不是一家两家，市政府也是心有余而力不足了。我觉得挺对不住庞耀的，他又一次在关键时刻帮了我一把，我却在他最需要帮助的关键时刻爱莫能助。我打电话向庞耀表示歉意，没想到他倒挺想得开。他说："我早觉着我们厂会有泰坦尼克号的命运了，我求你帮忙只不过是不想让全厂人都跟着葬身海底。"

此后我与庞耀有很长一段时间没有碰面，只是偶尔通通电话，他的声音一直是有气无力的。所以，每次我都要开张空头支票安慰安慰他："相信政府，很快就会好的，别急。"他也总以那么一句口头禅"凑合着过呗"表明他还能够撑住。

这天我利用职务之便，为庞耀在一家中外合资企业谋得个保安的职位，薪水颇丰。我非常高兴，以为总算能报答一次多年的好友了。我拿起电话就要给庞耀打，但豁然记起他只有晚上才在公司，而他的家里又没安电话。我只好等到晚上。电话是个陌生人接的，他说庞耀早不干了。我问庞耀为什么不干了，他回答不知道。我猜庞耀可能是找到了更好的去处跳槽了。想想跟庞耀好像有一年多没见了，我决定今晚无论如何得去看看他，还有孩子。我提着大包小包来到庞耀家，开门的是个我不认识的小姐。我朝她笑笑就想朝里进，但这位小姐站着不动，问我找谁。我说当然是找庞耀啊。她说这房子易主了。我问原来的主人易到哪儿去了，她只管摇头。

走下楼，我心里突然一阵难受，我想庞耀是不是因为日子不好过把房子给卖了？

我回到家四处翻庞耀和蒋荧荧父母家里的电话号码，但怎么也找不到。咨询了几个老同学，他们也都好久没跟庞耀夫妇来往了。就在我一筹莫展之际，蒋荧荧却主动给我来了个电话，大大出乎我的意料。我立即奉献上我的一片焦虑和安慰，蒋荧荧却反过来安慰我说他们现在过得很好，而且还买了三居室的住房。这又大大出乎我的意料。她解释说她打电话是想同我谈谈，问我有没有时间。我说没事你就尽管谈吧。她说电话里谈不方便，问我可不可以出来一下。我想蒋荧荧这时候找我，必定有什么重要的事情，便跟她约好二十分钟后在红枫林茶楼见。

当我赶到红枫林茶楼时，我注意到门口站着一位浓妆艳抹、衣着入时的女郎一直在看着我。等我走到跟前时，她朝我打招呼，我这才认出原来是蒋荧荧。她今天可没少让我大大地出乎意料。我们找了个地方坐下，还不等茶水送来，蒋荧荧便开始说约我出来的原因："我找你来是想让你劝劝庞耀。"

"他怎么啦？"

蒋荧荧不说话，我看见她的眼睛湿了。

"究竟出什么事啦？"

蒋荧荧用餐巾纸擦擦眼睛，"庞耀是因为我毁了他的前程，要不然我早跟他离婚了。"

"不要这样，庞耀有什么对不住你的地方，你只管跟我说，我来做他的工作。"

茶水上来了，蒋荧荧抿了一口，清清嗓子，道："他整天啥也不干，白天躺在家里睡大觉，夜里就知道骑着摩托车在高速公路上开飞车，你说要是万一有个闪失怎么办？这还不算，他也不知道发啥神经，骑摩托车时总喜欢把浑身脱个精光。动不动我就被高速公路管理处的人传去交罚金，接他回来，我的脸都快让他给丢尽了。"

我被弄糊涂了，问："他啥也不干，你们哪来的钱又买房子又买摩托的？"

蒋荧荧的表情倏地不自然起来，"还不是靠我，他有啥本事？"

"靠你？"

"我在夜总会做事。"蒋荧荧的声音低得几乎听不见。

我当然知道夜总会是做什么事的，没再细问。我说："买啥不好，干吗偏要买摩托车呀？"

蒋荧荧道："他开始说得好听得很，天天接送我跟孩子。可接了没几天，孩子被他送到什么全封闭式幼儿园去了，两个月才接一次，至于我，他是彻底不管不问了。他现在连半句话都懒得和我说，睡觉时碰我一下都不愿意。我知道他嫌弃我，可他要有本事我何必……"蒋荧荧的双眼又湿了。

在我和蒋荧荧谈话的那么一小会儿工夫，她的呼机一直响个不停。最后，我看她有些坐不住了，便说："咱们走吧，你放心，我明天就找他去，你把你家的住址给我。"告别时，她叮嘱我千万别告诉庞耀她找过我。

第二天傍晚下班，我直接按蒋荧荧给我的地址去找庞耀。庞耀刚起床，正在洗脸，见我来一点不感到吃惊，仿佛我已来过多少趟了似的。庞耀的头发蓄得老长，很像某位摇滚歌星，肤色不知怎么搞的变得苍白不堪，带着几分病态的忧郁。我说："我给你谋到个当保安的差事，报酬不低。"

他摇摇头："我干够了保安，跟个狗似的。"

我环视了一下屋里的摆设，说："你阔了。"

他又摇摇头，道："阔什么，凑合着过呗。"

梳洗完毕，他点上一支烟，然后说："先出去吃饭，吃完饭我带你骑摩托兜风去。"也不征求一下我的意见，他就开始行动了。

庞耀推着他的摩托车从车库里出来时，样子威风极了，令我想起他寄给我的那张在飞机前拍的彩照。

"这得要多少钱？"我问。

"三万多，"他轻描淡写地说，然后拍了拍车座，赞叹道，"摩托车真是个好东西，它能让你在地上体验到在天上的感觉。不信，你今晚可以试试。"

想到蒋荧荧交给我的任务，我根本无心试试，但不试试看样子又不行，所以就只好先随它去，到时候再见机行事吧。

吃饭时，我终于觉出了庞耀的固执来，不让他喝酒他就是不听，还说只有在微醺中才能达到飞翔的极致状态。这使我蓦地意识到蒋荧荧交给我的任务可能并不像我以为的那么轻而易举。吃完饭，我们来到城郊的高速公路处，月亮已经升起，正含情脉脉地望着四周大片空地。没料到这地方还挺诗意。庞耀一反常态，像头总算盼到猎物的狮子变得蠢蠢欲动。他开始迫不及待地脱衣服，并且要我也如法仿效，说这才够刺激。我誓死不从，并坚持让他至少要穿条内裤。庞耀骂了我一句不开化，算是勉强妥协。他将脱下的衣服装进一个塑料袋里，藏到路边的一个隐蔽处，然后发动了引擎。

一开始庞耀就把速度提到了最高挡，那风不是在刮，简直就是在气势汹汹地抽打我们。我再也顾不得难为情，紧紧抱住庞耀赤裸裸的身体。他的身体冰凉冰凉，毕竟是十月底的天气了，我穿着夹克衫还觉得冷哩。庞耀问我有没有飞起来的感觉，我说我感觉我的魂飞没了，让他赶快减速。这家伙非但不理我反而越开越猛，他说："你闭上眼睛，快看，天多么蓝啊！看云朵，像不像羊群？啊，太阳出来了，霞光万道，太美了！我们正在向太阳驶去！啊，我要融化在蓝天里啦……"没想到庞耀还是个诗人，可我这时哪有心情照顾他的诗兴，一心只想着怎么抓住他，千万别被甩出去。

"你看见了吗？"庞耀又问。

"我什么也没看见。"我答道。

庞耀突然加速，我感觉自己一下子飘离了出去，急得大喊："慢点！慢点！"

庞耀根本不把我当回事，居然更过分地举起双臂，大嚷大叫："我飞上天啦！我飞上天啦！"

他的这个动作吓得我把一辈子的恐惧都用完了，我嚎道："庞耀，你混蛋！我还不想死！我还没找女朋友呢。"我差不多哭了出来。

庞耀总还算有点人性，终于把车停了下来，我立刻跳下去，跌了一跤也没感觉，爬起来就往回走。庞耀说："这得走到啥时候才能走到，上车。"我不睬他，只管走我的，直到他起誓说不开这么快了，我考虑靠两条腿也确实不行，才很不情愿地上了他的车。在我的执意要求下，他也很不情愿地同意送我回家。到了家门口，我让他进屋坐坐，他不肯，说还想回去再兜几圈。这时我已经平静了下来，我说："庞耀，你是不是又想飞机啦？"他摆摆手："不提啦，我早忘了它了。"猛一加油门，转眼不见了。一直过了许久，我的耳边依然响着摩托车的马达声，甚至被电话铃从睡梦中吵醒时，我还以为我听见的是马达声。

电话是庞耀打来的，他又被高速公路管理处给扣住了，要我带两百块钱和一套衣服赶快过去，他的衣服找不到了。我瞧瞧手表，都夜里三点多了，出租车肯定是没了，只能骑自行车去。我用了一个半小时才赶到那个鬼地方，庞耀披着一件被单在瑟瑟发抖。我把衣服撂给他，转身去交罚金。从管理处出来，庞耀一个劲儿地向我道歉，说："都怪我老婆，我不知呼了她多少遍，她就是不回呼。"

一上班，我就接到了蒋荧荧的电话。她问夜里是不是我去接的庞耀，我说是。她说管他干啥，让他丢人现眼去，她再也不问他的事了。我说不问是不可能的，庞耀现在的确是存在问题，我们应该想办法挽救他。她长叹一声，说能想什么办法呢。我说就让我们一起想吧。结果，紧接着市里举行了一连串的重要会议和活动，我忙得不可开交，渐渐地就将挽救庞耀的想法搁置了。又一次接到蒋荧荧的电话时，我正有些不好意思，心里盘算着该怎么对她解释，听筒里却传出了抽泣声。我忙问怎么啦，蒋荧荧半天才说庞耀出事了，问我能不能到高速公路管理处来一趟。这有什么能不能的，我扔下摄像机就动身去了。

到了地点，我看见有几个警察在办公室里坐着，其中有一个我认识，他得知我是为庞耀来的，便小声告诉我庞耀死了。这时，我瞥见蒋荧荧正坐在角落里埋头哭泣。他把我叫出去，然后又喊来一个人，介绍道："这是熊先生，他是目击者，请他给你讲讲当时的情景吧。"于是，这位熊先生如梦初醒似的开始了他的描述——

夜里两点钟左右，我从 P 市刚好行驶到这里，这时下起了雪。忽然，我听见车后面有人大喊大叫，还有摩托车的声音，我吓了一跳，以为是拦路抢劫的，立刻拼命加速，但它越逼越近，眼看就追上了我；我只好将它朝路边挤，没想到这个人的车技那么高，他竟然从我的车顶飞了过去，我这才看清这个人全身一丝不挂，披着长发。甩开我有五十米左右之后，这个人从摩托车上站了起来，高举双臂。我正看得目瞪口呆，不知他怎么就飞了起来，在空中滑翔了好远一段距离才落到旁边的荒地里……

1998 年 10 月 11 日，北京大学

午夜惊噱

民俗学家雄第三次从同事那里听说关于 T 镇的奇异传说之后，匆匆找来地图草草地看了两眼，便迫不及待地踏上了挺进 T 镇的征途。雄对这次职业考察充满了懵懵懂懂的神秘之感，在他以往的生涯中，还从未有过任何一个地方能像 T 镇这样对他构成如此强烈的诱惑。此刻，雄正被一种莫名的冲动牢牢攫住。就在他拎着手提箱登上火车的刹那，雄突然觉得自己仿佛是一个即将出征决一死战的将军，颇有几分不知从何说起的悲壮。的确，在病榻上缠绵已久的雄，很有些时日没有这样的经历了。

为他送行的友人乔这时又一次提醒他："你不会有什么收获的，已经有三个跟你一样自以为是的家伙去过那里了，他们什么也没有得到。"

火车开动时，乔又说："到时你就会发现，你不过是卡夫卡《城堡》里的那个可怜虫 K，你永远不会走进城堡中去的，不信……"

火车将口若悬河的乔轻蔑地甩到了后面，雄已听不清乔说的是什么，只见他的手臂还在挥舞个不停，似乎在跟这傲慢且丑陋的庞然大物赌气。雄朝窗外轻轻摆了摆手，尽管他很明白乔是看不到的。

雄在心里默念："谢谢你，乔！"他知道乔是在为自己的身体担忧。他已经 69 岁了，心脏上的毛病始终是一个可怕的隐患。然而，雄更知道，倘若此时不去或许就永远没有机会了。他所剩下的岁月已经支付不起他的等待了。在雄的一生中，还从来没有过一次像样的出征；他希望这回能给他带来一点儿好运。想到这里，雄兴奋得像个孩子。

雄是在黎明时抵达T镇的。当他发现下车的独有自己一人时，雄显得有些不知所措。整个站台也都是空荡荡的，雄茫然向前走着。这是一个很不起眼的小站，雄并没费什么力气便找到了出口。雄掏出车票，下意识地举着，但出口一个人也没有，那扇铁门挺随便地敞开着。

来到站前广场，雄想找辆出租车。他左顾右盼，别说出租车，连辆自行车也别想见到。雄只好徒步向街市走去，他看到数不清的环卫工人正在紧张清扫大街上的玻璃碎碴。他抬头打量一眼周围的建筑物，没有哪一扇窗户完好无缺。雄的那三位同事已经向他描述过这种情形，所以雄并不对此感到奇怪。雄走到一个年轻人跟前，向他打听公共汽车站。年轻人正忙着把玻璃碴往垃圾桶里铲，没有理会雄。雄又喊了一声年轻人，年轻人仍无反应。雄豁然记起，他们曾说过T镇居民的听力大都有些问题。于是，雄提高音量重来一遍。这回，那个年轻人有了反应，他回过头看看雄，问："你是从外地来的吗？"雄点头，高声说："请告诉我去公共汽车站怎么走。"年轻人道："得等到7点钟，我们将这些碎玻璃扫完，才会有车。"说完，年轻人指点了一个方向，雄依他指的方向望去，果然有一个公共汽车站牌。

雄看看表，离7点还有将近两个小时。他在路旁找了块干净地方坐下，瞧着这些人对付满街的玻璃碴，怪有趣。

年轻人说得不错，等他们扫净大街上的玻璃碎碴时，差不多已经是7点钟了；最先出现的是一辆辆运载玻璃的大卡车，紧接着各种车辆都开始奔上街头。雄没有乘公共汽车，而是就便搭了辆出租车。司机听说雄要去宾馆，迟疑了一下，说："我们这儿没有宾馆。"

雄不解："这怎么可能？"

司机道："难道你对我们这个地方一无所知？外地人根本甭想在T镇睡个好觉，所以他们来到这里总是尽快办完事尽早回去，谁也不愿意在此过夜。T镇因此也不需要什么宾馆旅店。"

雄恍然大悟，他后悔当初没有向那几位来过T镇的同事多了解一些这里的情况。他的此次出征实在是缺乏充分准备，至于出征的结局亦开始在雄的心里变得飘摇不定了。他犹豫片刻，对司机说："那就去镇政府看看吧。"他说话的语气好像是在征求司机的意见。

到了镇政府，雄首先找到镇长，镇长正指挥一群人在安装玻璃，模样年轻得让雄好一阵惊讶。雄向其说明来意后，这位过于年轻的镇长颇不以为然地笑笑，说："已经来过不知有多少民俗学家了，还有什么历史学家、人类学家、心理学家等等等等，每个人都有一种说法，结果弄得我们也不知道究竟应该相信哪种说法。不过，管它哪一种说法，和我们的生活都无关紧要。这么多年过去了，我们都挺习惯，把它当成了我们的一种独特习俗。"

雄看出镇长的不耐烦，也没兴趣再说什么，起身告辞时挺不好意思地轻声问镇长能不能帮他解决一下住宿。镇长很爽快地朝窗外指了指，道："出大门往左拐，就是我们的政府招待所。"

镇长将雄送到门口时，忽然现出一脸苦相："别看 T 镇不大，事可不少。马上还得同日本客商谈判，从他们那儿引进一项玻璃生产技术。T 镇的窗户不能再这样碎下去了，每天的浪费让人心痛。防弹玻璃太昂贵，百姓们承受不起。好在日本人终于让我们看到了希望，他们能够制造出一种强抗震玻璃，成本却仅与普通玻璃相当。真是太好了！"

镇长那张十分孩子气的脸和它所表现出的苦相极不相称，让雄觉得好不滑稽。为了不让自己当着镇长的面笑出声来，雄几乎是无礼地转身离去。镇长的苦还没有诉完，依然不甘心地在门口站着。

雄走进那座荒凉得让人不忍多看的两层小楼，楼上楼下竟见不到一个人。他大喊几声，除了自己的回声，没有丁点儿动静。雄在服务台前的一张长椅上坐下，等着等着就睡着了。待他睁开眼时，看见的是一张端庄的中年妇女的脸。

"住宿？"她问雄。雄说是。

她验了雄的证件，收了押金，然后问雄："你想住哪间？所有的房间都空着。"雄答道："二楼朝阳的那面就行，我怕潮湿。"

她将雄领到二楼，让雄自己选了一间。

雄在房间里安顿好后,打开手提箱,拿出笔记本草拟一份工作计划。工作计划草拟完毕,雄开始研究自己带来的一大沓资料。这是各类专家发表的T镇调研结果,也就是那位镇长所称的各种说法。其中,只有一位人类学家的结论雄还无法推翻。这位人类学家运用其无比丰富的想象力,提出了这么一个假说:T镇居民祖先曾是游牧民族,深夜憩息时常遇野兽袭扰;为驱吓这些野兽,他们不得不借惊豪以使之不敢近前。雄以为这个假说纯属戏言,绝不足信,但一时又找不到什么有力的证据。雄很清楚,这个假说已成悬案,要从它本身找出破绽来驳倒它已不太可能;唯一的出路只有探察到真正的原因。

午觉醒来,雄按计划着手工作。他先去了T镇博物馆,在那里泡了整整一个下午,直到馆员再一次催促他到闭馆时间了,才怏怏离去。这个下午,雄一无所获。

用罢晚餐,雄又去走访了几户居民,但他们全是在解放后迁移过来的,对于T镇的历史知之甚微。不过,他们也都保持着T镇那个所谓的独特习俗。雄注意到这些居民的窗户多是用透明塑料布取代玻璃。

雄在房间里踱来踱去,苦思冥想。终于走累了,雄洗漱一番躺到床上继续思想。这时,他发现天花板上的日光灯管在微微摇荡,紧接着窗户发出砰砰的剧烈颤抖声,雄蓦地明白要发生什么了,他看看墙上的石英钟正好是2点35分。雄立刻变得激动不已,他吞下两粒药丸,来到阳台上,想亲自体验一次T镇的这种独特习俗。

仿佛是海啸由远及近,"空空空"的沉闷声传到四周突然变成令人毛骨悚然的尖叫,整个T镇顿时陷入恐惧的疯狂之中。雄不由自主地用两根食指拼命塞住耳孔,身体被迫随着声浪一起摇晃。他的头开始发晕,呼吸变得艰难,他蹒跚着向房间里退去。一块玻璃在窗框上破裂,跌落下来,险些砸到雄的肩膀。雄扑倒在床上,吃力地将头钻进被子里。整整持续了一刻钟,T镇才恢复午夜的宁静。但是,雄的惶恐直到他瞥见第一缕曙光时才得以克服。

感受了T镇午夜惊豪的恐怖刺激之后,雄追究其根源的决心变得更加坚定了。尽管雄一夜未眠,他还是遵照惯常的时间起了床。他扫一眼工作日程表,决定去T镇档案馆。T镇档案馆保存的资料全是1950年以后的,对于雄无甚意义；他在那里仅待了20分钟便匆匆离去。雄来到T镇地方志办公室。

在地方志办公室，雄发现了丰富的资料，他一手按捺着激动的心跳，一手哆嗦着翻阅那一本本厚厚的T镇有关史料。从史料记载中，雄了解到T镇曾是一个有着悠久历史的小镇，汉代起便有了关于T镇的文字记载。雄花去5天时间，才将这些史料翻完。但在翻完这些史料之后，雄即刻被一种怅然若失的心情压抑住了，这么多的史料结果竟未能给他提供半点儿线索。雄已愈来愈感到渺茫。

雄把自己关在房间里，整整闷了一天。他绝不甘心就这样空手而归。次日，他临时做出决定，继续去地方志办公室重读那些史料。

这次，雄将史料看得极细，字斟句酌。终于在第7天，雄从中发现出了问题。他注意到T镇的历史从1938年4月起莫名其妙地突然中断，直到1943年1月方开始延续记载。也就是说，在T镇历史上有4年零9个月的时间出现了空白。雄发现的第二处疑窦是，T镇史书中多次提到的那对雕于唐代，坐落于街心几乎成了T镇象征的蛟龙石柱，自1938年以后再没有被提及。第三处疑窦则是，T镇史书载从1943年始，陆续有大批移民迁往T镇定居，而根据史料判断，T镇当时原有人口应在8万左右；那么加上移民人口，今天的数量无论如何该远远超越这个数字。可是雄获得的T镇最新人口统计数字表明，T镇的人口数目根本没有增加，这到底是怎么回事？还有一个困扰着雄的问题是，为什么在1943年会忽然出现移民迁往T镇？雄暗暗疑惑T镇的这段历史空白中可能有过什么可怕的遭遇。

这些问题既困惑着雄亦兴奋着雄。

雄马不停蹄赶往镇公安局户籍管理部门，求助有关人员为他查阅出1943年前出生于当地的健在居民。一位女干警只用了不到两分钟的时间，便帮雄从电脑中调出了他所需要的资料。目前定居在T镇并于1943年前出生的居民共有两人，一个叫木头一个叫铁石。两人都是80多岁的孤寡老人，眼下生活在镇敬老院里。雄推算了一下时间，1938年他们都是二十几岁的年龄，这个年龄让雄感到满意。

于是，雄又赶赴镇敬老院。但不凑巧，院长告诉雄这两位老人在前几天被分别送进了省肿瘤医院与精神病医院。木头老人需要做胸部肿瘤切除手术，铁石老人则是因为精神病又发作了。雄见天色已暗，只好将去省城的时间延至明日。

雄首先来到精神病院。办理完探访手续后，一名人高马大的男护士将雄领到一个工字形院子里。雄看到的是一些或立或坐、表情怪异的男人。男护士往墙角一指："他就是。"雄打量着铁石老人，他正坐在一块石板上，耷拉着头，头发已全部落光。男护士喊了他两声，他没有一点儿动静。雄说他可能听不见。男护士便上前轻轻拍了一下他的肩，他现出万分惊恐的样子，盯着男护士的脸。当他把目光移到雄身上时，蓦地爆发出一声令雄耳熟的嚎叫，同时从石板上跃起，双手捂住头夺路而逃，边逃边呼鬼子来啦鬼子来啦。男护士说："他发病的症状就是这样，一见到陌生人就害怕，老喊鬼子来啦。你根本没法同他交谈。"

雄望着铁石老人的背影，心情沉重，说不清是由于失望抑或是由于悲伤。

时间尚早，雄本可以接着去肿瘤医院，但不知为什么他忽然觉得很累。这么多天来，雄第一次感到了累。于是，雄返回宾馆。

去见木头老人时不太顺利，肿瘤医院出奇地庞大，颇费了一番周折才找到木头老人的病区。一开始，护士长不同意让雄探望，理由是木头老人刚做过手术不久。但禁不住雄的软缠硬磨，加上雄的倚老卖老，最后还是勉勉强强同意了。为了让自己放心，护士长特意派了一名实习护士跟着雄。

木头老人睡在床上一动不动，护士先蹑手蹑脚走到床头证实他没有睡着，才让雄走上前来。雄看见一双温和的眼睛和一张布满皱纹的脸。在他试图同木头老人搭讪时，护士告诉他木头老人不会说话。好在雄精通哑语，他用手势向木头老人介绍自己。木头老人的目光依然平静如水。此刻，雄非常担心木头老人拒绝同他合作，木头老人已是他最后的希望了。雄继续打着手势对木头老人说："我很想知道T镇从1938年4月起是不是发生过什么不太寻常的事件，您能告诉我吗？"老人的目光仍旧平静如水。雄不气馁，稍停片刻，又比画着问："您知道T镇当年的那两个蛟龙石柱到哪里去了吗？"问完这句话，雄观察到老人的头不自然地动了一下。紧接着，他看见老人深陷的双眸里漫出泪水，然

午夜惊噤

后神经质般猛地张大嘴巴，发出啊——啊——的怪音，甚至四肢也开始抽搐起来。实习护士见状慌了，紧忙按响急救铃。护士长跟着几个护士随即冲了进来。

雄像个做错了事的孩子，低头站在一边手足无措。护士长忙得满头是汗，待险情控制住后，她摘下口罩，刚想将雄训斥一顿，但见他那满面愧疚的神情，话到嘴边又咽了回去。

是夜，雄又是通宵苦思。他反复回想着两位老人可怕的激动情绪，特别是铁石老人"鬼子来啦"的叫声在耳畔萦绕不去。骤然间，雄的眼前一亮，他好像明白了什么。

好不容易盼到天亮，雄起身便直奔邮局，给他的日本同行大岛先生发去一份夜间拟好的电传。

又过了几天，雄在电话中终于得到护士长探望木头老人的许可，只是他必须做出保证，不能再谈像上次那样让老人激动的话题。其实，这一点即使护士长不做交代，他也会注意的。雄每天如上下班似的在宾馆医院之间来来去去，白天的时间差不多全是与木头老人一块儿度过的，人们几乎把他当成了木头老人的家属。雄一直在等待跟老人旧话重提的时机。最近，雄发现老人经常在偷偷打量他，目光里似乎有了一种交流的渴望。雄认定老人内心深处埋藏着某种隐秘，但他不敢急于去掘开，他再三告诫自己要耐心等待。

终于，那天黄昏，雄在同木头老人告别的时候，老人抓住了雄的手。过了一会儿，他开始向雄比画，他的手势慢而无力。雄激动地凝视着老人的手势，摸出笔记本，将老人的手语一一记下。周围的人只是冷静地观看着木头老人的手势，谁也不知道那正在进行的是一场惊心动魄的叙述。

老人作完手势，雄问他是否认识铁石。

老人又比画着告诉雄他知道铁石，他说铁石当时就疯了。

最后，老人说这么多年来，除了雄没有谁问起过他这些，人们早把它忘了。

雄告诉老人人们没有忘，人们永远也不会忘。雄紧紧抱住木头老人，两人的泪水夺眶而出。

这时，大岛先生的传真发到了雄所下榻的宾馆，前面几行是复印的日文，意即1938年4月12日夜2时35分，我3086团攻占T镇，驻扎三日。具体行动略。随后几行是大岛先生的中文手迹：此则资料从东京国家档案馆查得，载于日军574部队日志第71卷第292页；很想为您奉上更为详尽的内容，但馆方拒绝提供进一步查询，其中原因想必您能理解。再一次向中国人民致歉！

一切到此水落石出！木头老人告诉他的日期、时刻同日军部队日志上的记载完全一致。这哪里是什么独特民俗，分明是全体镇民至今尚未醒来的一场集体噩梦。雄恨不得将他的考察结果立即公布于世，让T镇人民马上从他们的梦魇中醒来。

雄迅速返回T镇，但他没有急于去整理这份必定会引起轰动效应的考察报告，而是先将T镇这段失踪的历史补写了出来：

　　公元1938年4月12日午夜2时35分，日军3086团突然进驻T镇，烧杀、奸、抢三日，全镇8万余居民幸存者不逾万，T镇成废墟。自此，T镇每夜2时35分全体幸存者皆齐声发悚人惊嚎。未几，瘟疫起，毙命者又数千。公元1943年1月，××军北上，途经T镇，建镇组织，始有移民陆续迁入T镇；初为当地百姓午夜惊嚎所困，但久渐习焉，竟至均染此疾，至今不改……

雄一字一字用力写着，屋外呼嚎惊涛骇浪般涌来，雄有了地动山摇的感觉。不过，这次他不再恐惧，撂下笔，他冲到阳台上，伴着体内一股热流的奔溢，也加入了这场大惊嚎。然而，他的喉咙还没有来得及充分展开，他的叫声尚未抵达它应有的高度，心脏的一阵剧痛便击倒了他。他在身上到处乱抓，试图找到那个小药瓶。总算抓到了，但就在他即将拧开瓶盖的刹那，药瓶由他的手中滑落出去，药丸撒了一地。在暗淡的月光下，他能看见离他最近的那颗粉红色药丸在冲他闪着狡黠的光。他朝它伸过手去，却感到它好像在有意往后跳。那只手终于放弃了努力，瘫垂在地上。这一刻，所有的声音倏然消逝，让他顿觉陌生。他不明白这到底是怎么回事，T镇霎时变得不可思议了，他奇怪地瞪着他身边那颗药丸一直在跳、跳、跳；还有那窗上的玻璃也一直在跳、跳、跳。

他不知道他的两边耳膜都破了，他永远也来不及知道了。

1998年5月2日，北京大学

无悔

1

薛莱原先的名字叫薛学军，是父亲取的，带着浓重的时代精神印记。薛莱开始写诗后，擅自将其改作薛莱，因为这容易让人们想起英国大诗人雪莱，听起来特来精神。而且这名字也常常会使他沉浸在一种指日可待的幸福希望之中，似乎薛莱离雪莱没几步远了。

但是现在，薛莱的希望变得不那么明晃晃地诱人了，这希望由于持续得太久，风吹日晒，已渐渐失去了它的光泽。好在薛莱有耐性，故对缪斯仍然痴情得可以。

薛莱在县中教高中，学生们都很喜欢他，甚至有些崇拜他，因为他经常在课堂上为他们朗诵自己的诗。学生们临毕业时，纷纷拿出自己的纪念册请他填写，其中有两栏是：你最热爱什么？你最憎恨什么？薛莱千篇一律地分别写上诗歌和编辑。然而，这种对编辑的仇恨情结并未妨碍薛莱在得知有位省诗刊编辑来文化馆做诗歌讲座的信息时，像只受惊的兔子似的朝文化馆冲去，全然不见一点儿心理障碍。

做讲座的编辑是位女同志，年轻得让所有听讲座的人都出乎意料。她自我介绍叫柳琴，声音老是拐弯，可能是紧张的缘故。薛莱抢了一个离柳琴最近的位子坐下，目不转睛地盯着柳琴，表情做聚精会神状；其实心里一直在盘算着如何接近柳琴。对于柳琴究竟讲了些什么，压根儿是稀里糊涂。他一边暗自策

无悔

划着接近柳琴的种种计谋,一边观察着柳琴的一举一动。每次只要看见柳琴端起茶杯润了润嗓子,他便不失时机地主动上前去为她加水。而每次柳琴也都会说声谢谢,那音质柔软细嫩,让薛莱听了陶醉。

讲座进行了三天,薛莱坐在柳琴的鼻子底下盘算了三天服务了三天,却一直没找到跟柳琴搭讪的机会。每回讲座结束,文化馆馆长就陪着柳琴匆匆离去,唯恐大家围上来问这问那,弄得柳编辑太累,而薛莱总是拎着暖水瓶眼巴巴地望着柳琴离去。他本想乘最后的时刻再给她添一次水,多创造一次可能,但该死的馆长总是无情地扼杀掉他的这一个机会。薛莱怅怅的,又恨恨的。

做完讲座,柳琴该返回省城了。每年她都会有一次这样的任务,旨在指导基层文学青年,繁荣基层文学创作。这一次同前几次没什么两样,走进候车室时,柳琴差不多已经将这个小城忘在脑后了。但恰在这时,柳琴忽听背后有人喊"柳老师、柳老师",她不由自主地回过头去,没发现自己认识的人。于是,柳琴认定喊声与己无关继续向检票的人流走去。但是一个陌生男子追上了她,气喘吁吁地说:"柳琴老师,请等一下。"

柳琴停住:"你是……"

"我叫薛莱,你在文化馆做讲座时,我每次都坐在你跟前。"

柳琴对眼前的这个薛莱没有任何印象,目光空空的。

薛莱并不气馁,继续提醒她:"有个人经常给你倒水……"

柳琴噢了一声,目光依旧是空空的。

薛莱的自尊受到轻微伤害,索性放弃了努力,开门见山道:"我今天是特地来为你送行的,没来得及买站台票,就不往里送了。祝你一路顺风,柳老师。再见。"说着,他将一网兜水果和一个鼓鼓囊囊的大信封硬塞在柳琴手上,转身跑开。

柳琴被弄得莫名其妙,"哎——哎——"两声的工夫,他已经无影无踪了。在火车上落座后,柳琴觉得有些好笑,这个薛莱看相貌肯定比自己大上好几岁,却一口一个"柳老师"叫得那么虔诚。蓦地,她想起他给她的那个大信封,便立刻拆开来。是两首爱情长诗。起初柳琴只是走马观花地浏览着,但渐渐就被吸引住了。一口气读完后,柳琴的眼睛里有了湿漉漉的光。她想,在即将离去的时刻,突然有了这么一个意外的收获,真可谓不虚此行了。柳琴为这个戏剧性的结尾感到庆幸。

回到编辑部,柳琴尽快将薛莱的这两首诗作编排上了。主编嫌太长,要求至少删去一半,柳琴据理力争,最后说服了主编。薛莱终于有机会以完整的面目大出了一场风头。紧接着,读者的信件像小山一样堆满了柳琴的桌子,这些信件充溢着对薛莱的赞美之辞。还有不计其数的电话,询问编辑部有没有这期刊物可购。很显然,他们都是冲着薛莱来的。编辑部变得史无前例地热闹。

看着眼前的一切,柳琴颇觉得意,主编对柳琴也是刮目相看。以后,薛莱又向柳琴投了几次稿,每次都附上热情洋溢的信。

2

不知从何时起,柳琴就再也收不到薛莱的诗稿了,她以为薛莱暂时歇了笔。谁知,薛莱正在全国各大报刊上忙得不亦乐乎。没过多久,柳琴发现了这点,不知为什么,她当时的心里隐隐有些失落。偏在这时,主编又催她向薛莱约稿,弄得柳琴一下子对薛莱产生了不满。她没有理睬主编,更不打算理睬薛莱。

然而,薛莱却主动找上门来了。那天,一个仪态潇洒、神采飞扬的青年走进编辑部,径直来到柳琴的桌前。他像到了自己家里一样,脱去大衣,从容不迫地在柳琴对面坐下。他始终注视着柳琴,目光柔情似水。柳琴被他看得直发窘,心想:这是谁呢?我认识他吗?

就在柳琴发窘发愣的片刻,他开口了:"真对不起,看来我的相貌实在过于平庸,已经见过两次面,你还是未能记住我。我是薛莱。"

柳琴恍然大悟,连忙道歉说:"对不起对不起,你原来可不是这个样子的。"

主编和同事们听说薛莱来了,都拥找过来。薛莱同他们一一握手问候,不卑不亢。七嘴八舌地聊了一阵后,薛莱看看表,提出请编辑部的全体同事吃

无悔

午饭。

主编说:"你最应该请的是柳琴,我们大家今天算是沾柳琴的光。"

来到饭店坐下,薛莱首先向大家宣布了一个消息:他已经调到省文联成为专业作家了。大家鼓掌祝贺,唯有柳琴显得无动于衷。

薛莱问:"柳编辑听到这个消息不高兴吗?"

正在走神的柳琴忽然意识到自己的反常,忙说"不不不",并不合时宜地补了几下掌声。

柳琴注意到薛莱不再称自己为柳老师而是柳编辑,她不在乎这个。但奇怪的是,今天见到薛莱后,她心里的失落感变得格外强烈了。她希望快快结束这顿饭,好让自己单独待一会儿。

饭总算吃完了,大家向薛莱表示一番谢意后各自散去。柳琴没有回宿舍,而是又来到了编辑部。她坐在炉子旁,望着咝咝冒着蒸汽的水壶发呆。

"你在想瓦特想过的问题吗?"

突然出现的声音吓了柳琴一跳,她转过身,薛莱正站在自己的背后。

薛莱拎起水壶充了暖瓶,然后在离她不远不近的地方坐下。他们仿佛是约好了似的沉默着。

时间不知过去了多久,薛莱将椅子往柳琴这边移了移,柳琴不去看他,只是看着毫无可看的炉子。薛莱终于说话了:"柳琴,我今天来是为了想告诉你……我……需要你……"

柳琴不作声,仍旧看着炉子。

"关于你的情况我有所了解,至于我的情况……"

柳琴抬头瞥了一眼窗外,那颗白茫茫的太阳刹那间似血一样地红了起来,她一阵眩晕,什么也看不清了,什么也听不清了。当她恢复正常时,她发现薛莱离自己好近,几乎就挨着她。

薛莱问:"你身体不舒服?"

柳琴摇头,随之又点头。

事后,柳琴回忆起这一幕时,觉得极不真实,甚至以为是自己的幻觉。

3

柳琴沉湎在前所未有的好心情当中,她为大众发现了一个出色的诗人,又为自己发现了完美的爱人。主编提醒她,薛莱是一个永远不会安分的危险分子。柳琴笑笑,表示接受主编的好意,实际上并没往心里去。很快,柳琴就同薛莱举行了婚礼。

婚后,薛莱跟柳琴商量,为了事业他们晚几年再要孩子。薛莱说,趁着年轻,他们应该把时光都用在努力奋斗和享受生活而不是柴米油盐与照顾孩子上。柳琴无条件地接受了丈夫的建议,她认为丈夫的头脑就是与众不同。

薛莱成了柳琴生活的中心,从此她的日子过得丰满而诗意。只是让她稍感遗憾的是,薛莱要体验生活,不得不常常到外地去。因此,思念成了柳琴生活之中相当重要的一部分,并让柳琴充分感受到了它所独有的那份凄凉和幸福。

对薛莱的爱使柳琴变得敏感而脆弱,每日接到薛莱的电话或信函,柳琴都要落泪。柳琴发觉她爱得太腻,自己都笑话自己了,但是又有什么办法呢?她这样想。

柳琴的幸福爱情感染了每一位同事,人人都羡慕她,慨叹诗人的婚姻就是诗人的婚姻,总比常人来得浪漫、来得情趣。然而主编却不以为然,常在柳琴耳旁不冷不热地吹着风:"爱情就像烈酒,往往使人在酩酊大醉中忘了自己。"听到这话,柳琴总是宽容地同情主编。主编的妻子离开了他,所以谈及感情总有一种曾经沧海难为水的味道。

当柳琴又一次听见主编重复这句话时,她决定安慰安慰主编。她走进主编的办公室。

"主编,我想跟你谈谈。"她说。

"谈什么?"

"你不该这么消沉,虽然……"

主编轻轻摆了摆手,打断她的话:"傻姑娘,我知道你要说什么了。其实——"他似乎有些激动,喝了一口水:"我说那句话一直是给你听的。"

无悔

"为什么？"

主编站了起来："我希望你不要误会，我只是出于关心你。"停了片刻，他问："薛莱这次出去有多久啦？"

柳琴想了想："有两个多月了。"说完，柳琴才意识到薛莱这次出去得太久了点儿。

主编意味深长地瞥了她一眼，说："薛莱这次并没有出去，他和一个舞蹈演员待在一起。"

"舞蹈演员？男的女的？"

主编没有回答。

柳琴立即觉察到自己的问题是多么愚蠢可笑。

柳琴不知道自己是怎么走出主编办公室的。她坐在办公桌旁痴痴地呆了许久，当她发现屋里一个人都不见了时，"哇"地号啕起来。但她马上又止住哭泣，开始迫不及待地拨打电话。她要立刻找到薛莱，让薛莱亲口告诉她可恶的主编在撒谎。所有可能的线索柳琴都试过了，却没有一个线索能向她提供薛莱的去向。柳琴真想把电话机砸个粉碎。

柳琴一路啜泣着回到家里，发现薛莱正在厨房里忙碌。柳琴破涕为笑，刚才受的委屈一股脑儿地倾泻给了薛莱。她指望薛莱好好安慰自己一番。可是薛莱并没有安慰她，听完她的诉说，薛莱开始沉默不语。薛莱的沉默令柳琴感到恐惧。在薛莱看了她一眼，准备说什么时，柳琴举起双手，试图要挡住他的样子："不不不，你不要说。"她一把抱住薛莱，死死地抱住，唯恐他离去。

薛莱抚摸着柳琴的头发，说："对不起，在认识你之前，我从没有真正见识过这个世界，也并不知道自己真正需要的是什么，我认为我爱你，但在遇到她之后，我才发现……"薛莱的声音里充塞着泪水。

"不管你怎么说，我决不放弃你！"柳琴哽咽道。

他们没吃晚饭，就这样相拥着在沙发上坐了整整一夜。

天亮时，柳琴起身去做早饭。一切忙完后，她平静地对薛莱说："我们离婚吧，但你必须答应我一个条件。"

"什么条件？"

"给我一个我们自己的孩子。这一生我不会再爱了。"

薛莱迟疑了一会儿,说:"不行,那样太苦你自己了。"

4

虽然薛莱没有答应她的条件,但柳琴还是同意离婚了。因为她已经做了最大限度的努力,仍然无法使薛莱回心转意。柳琴想,看来我一辈子只能属于他,而他却不能一辈子属于我。她的心阵阵抽搐,第一次体验到心疼的感觉。

薛莱不再回家,柳琴却出奇地镇定,她告诉自己:这就是你今后的生活了。一天,薛莱突然回来了,他是来拿自己的东西的。临走时,薛莱对她说:"你多保重吧。"

柳琴无言,等薛莱带了门,才匆匆撵出去,"只要你提出来,我随时给你自由。"

薛莱头也不回,轻轻叹了口气:"到时再说吧。"薛莱的话模棱两可。他发现当自己真正面对同柳琴离婚的问题时,他有些进退两难。他必须承认,自己对柳琴的感情还是挺深的。然而他也明白,这感情根本不是爱情。毕竟相识相处了那么多年,柳琴又给了他那么多的帮助,他内心深处存满了对她的感激。薛莱没有面对那一刻的勇气,他彻底意识到自己是一个拿得起放不下的人。

此后相当长的一段日子里,柳琴没有再见到薛莱,但薛莱时常会给她打个电话。在电话里,双方都很谨慎,避免触及彼此的私人生活。柳琴谈得最多的是薛莱的作品,她始终在关注着薛莱的创作活动。

最近,柳琴注意到薛莱开始尝试写小说了,并且出手不凡。她情不自禁给薛莱拨了个电话。接到她的电话,薛莱显得有些吃惊。

柳琴说:"你不妨在小说上多投些精力。"

薛莱"嗯嗯"两声。

柳琴又说:"你在诗歌方面很难有什么突破了。"

薛莱还是"嗯嗯"两声。

"你今天是怎么啦？"柳琴感觉到他的情绪有点儿不对劲。

"没什么。"

"那怎么心不在焉的？"

"真的没什么。我挂了。"

柳琴听着"嘟嘟嘟"的忙音，心想：这家伙一定是遇到了什么问题。

薛莱果然遇到了问题。他最钟爱的舞蹈演员齐虹终于不辞而别，将其置于痛苦的深渊。与薛莱共同生活了两年多时光的齐虹，不愿再继续这种名不正言不顺的日子，绝望地离去了。她正怀着身孕，这使薛莱格外为她牵肠挂肚。薛莱几乎动用了所有可能的手段，包括新闻媒体和公安警察，依然未能发现齐虹的丝毫踪迹，薛莱沮丧极了，对两个女人的歉疚情绪将他围裹得严严实实。他不堪忍受，开始四处流浪。一下子失去了薛莱的音讯，柳琴变得焦躁不安。尤其是连他的新作品也看不到了，这更叫她忧虑丛生，她担心薛莱是不是遇到了什么不幸。柳琴开始接二连三地做噩梦。

5

当薛莱突然出现在柳琴的面前时，是一个大雨滂沱的傍晚。柳琴听到敲门声，开门一看竟是薛莱。他的风衣全湿透了，怀中抱着一个婴儿。柳琴把他让进屋，再次打量了他一眼，薛莱瘦了许多，脸色枯黄。薛莱抱孩子的姿势显得很滑稽，仿佛抱着一个即将爆炸却又不知该往哪儿扔的炸弹。柳琴不忍心再看他，便看他怀中的婴儿。

薛莱说："这是我的女儿，想拜托你先照看几天，等我找到奶妈再回来接她。"

柳琴接过孩子，问："她妈妈呢？"

"不知道，这是她托人送给我的。"

柳琴望着孩子那天使般的面庞。这时，孩子的眼睛忽然一亮，朝她开心地笑了。柳琴心头一战栗，泪珠滴落在孩子的腮颊上。

她说:"你别找什么奶妈了,孩子在我这儿你尽管放心。我会照顾好她的。"

"谢谢啦。"薛莱转身欲走。

"这孩子叫啥名?"

薛莱随口甩出一句:"就叫白白吧。"

"白白?"柳琴从窗户怔怔地望着薛莱在雨中的孤独背影,竟没想起给他拿把雨伞。

白白的到来给柳琴的生活增添了无穷乐趣。薛莱每隔两天便会来看看孩子。两人逗孩子的情景,俨然是一个幸福美满的三口之家。但薛莱的每次告辞,总要冷酷地击碎柳琴的这种家庭幻觉。白白舍不得爸爸,见他一走就哭,柳琴便陪着白白掉泪。她心里真有点儿恨薛莱。

6

白白长到两岁半的时候,齐虹突然回来了。齐虹已经结了婚,丈夫是日本人。她这次是专程来接女儿去日本的。薛莱将这个消息告诉柳琴时,柳琴立刻傻了。她下意识地紧紧搂住白白,生怕她被别人抢去。

"白白不能给她,"柳琴狠狠地说,"就是不给,她对白白尽了什么责任?"柳琴望着薛莱,显得可怜巴巴。

薛莱不说话,内心矛盾得很。

柳琴忽然觉得自己像个弱小无依的孩子,伤心地哭出了声。

眼泪哭干了,柳琴开始劝慰自己:白白终究是齐虹的血肉,你有什么理由霸着不给呢?

7

在去机场的路上，柳琴一直嘱咐自己不要太激动。将白白交给齐虹时，她用命令的口气说："你一定要好好待她。"

齐虹点头。但白白搂着柳琴的脖子不肯撒手。结果，薛莱硬是把白白抱了下来，递到齐虹怀里。白白乱蹬乱抓，号啕大哭。见此情景，柳琴、齐虹都哭了。薛莱拽了柳琴一把，半推着她提前离开了机场。

在返回的车上，柳琴默默擦着眼泪，薛莱则一根接一根地抽烟。下车时，薛莱说："我送送你吧。"柳琴没说什么，两人一前一后往前走。走到了地方，柳琴说："进来坐坐吧。"薛莱就跟了进去。

柳琴给薛莱和自己都沏了杯茶，两人便捧着茶杯开始坐在那里发呆。他们的耳畔全是白白的嬉闹声，悦耳动听。不知不觉天黑下来，柳琴说："吃完饭再走吧。"起身去了厨房。

薛莱搂着酒瓶自斟自饮，柳琴见他已喝了不少，就把酒瓶收到一边。

薛莱拱手恳求道："再让我喝最后一杯。"

柳琴见他憨态可掬的样子，顿生怜爱，替他斟满了一杯。

薛莱说了声"谢谢"，举起酒杯一口干掉。然后，他望着柳琴，说："我想离开这座城市，我什么都没有了。"

柳琴想说"你还有我"，但她犹豫着，终于没有说出口。

薛莱摇摇晃晃地站起来了，说："我该回去了。"

柳琴道："天太晚了，你就留在这儿吧。"

薛莱摇头："不，我不能……"深一脚浅一脚地走了。

柳琴不放心，在他身后跟着，直到见他上了一辆出租车才回去。约莫过去半小时的工夫，她往薛莱住所打了电话，听到薛莱有气无力地喂了一声，她便将电话挂掉，沉沉地躺倒在床上。

8

没了白白的家冷清得令柳琴感到压抑,薛莱也离开了这座城市,这压抑就更加让柳琴难以承受了,仿佛无数细密的针尖戳刺着她的心。她在这样的境遇里等待着薛莱的消息,她坚信薛莱最终会回到她的身边。

但是,当柳琴终于收到薛莱发给她的一封"我需要你"的加急电报时,薛莱留给她的时日已经不多了。柳琴阅完电报,立刻请了假匆匆赶赴薛莱在宁夏的老家。

见到薛莱,柳琴大吃一惊,薛莱的头发全脱落了,整个人瘦变了形。她呆呆地立在那里,不敢相认。

薛莱挣扎着坐起来,向她伸出手:"别怕,我得了绝症,没多少日子了。"他说得漫不经心。

薛莱紧紧握住柳琴的手,说:"你能来我很欣慰,这次我是真的需要你。没想到我要离开这个世界的时候,我最想见的人就是你。"

柳琴再也无法控制自己,俯在薛莱的手上呜咽不已。

薛莱轻声安慰着她:"别难过,看你有好多白头发了,你还不到四十岁呢。"

薛莱突然问柳琴:"爱上我你后悔吗?"

许多的委屈,许多的哀怨,还有恍惑和疲惫顿时在柳琴的心里翻滚开来,她不知道该如何回答薛莱的提问,摇摇头,哽咽道:"我不知道。"

薛莱说:"给你造成这么大的伤害,我一直都很难过。但是……我并不后悔我的选择。我想见你的一个目的,就是要告诉你我内心的真实想法,因为我希望你能够明白我。"

柳琴惊讶地瞪着薛莱,有几分不解,她本以为薛莱会在此刻向她忏悔,然而,薛莱根本没有这种意识。薛莱,你到底是怎么回事?

无悔

9

柳琴陪伴薛莱度过了几天平静的时光,这段时光令她感到满足。

薛莱在离去的时刻,表现得极其安详,好像有所准备似的。柳琴听见他说了一声"再见了,柳琴",便没有任何动静了。柳琴握着他的手,感觉到他手上的热度正在迅速散去;再摸摸他的脉搏,已经失去了力量。

不知为什么,柳琴浑身在刹那间感到一阵轻松,既不觉得害怕也不觉得悲伤。她不慌不忙地安排着薛莱的亲朋料理丧事。

在殡仪馆的灵堂里,柳琴凝视着薛莱的遗容,想对他说些什么。但她的大脑实在不听使唤,木木的。她的思想似乎已经瘫痪了。有人搀扶着她走出灵堂,来到一个空荡荡的大院子里。一股寒风袭来,柳琴打了个冷战。这时,她忽然想到,她应该对薛莱说:"对,薛莱你说得对,我们都爱得无悔。"

她转过身准备重新回到灵堂,但她看见那座高耸的烟囱上正冒着缕缕灰烟,她意识到已经来不及了。

"薛莱——"柳琴凄厉地喊了一声,蓄积许久的泪水终于夺眶而出。

补记:1995年3月21日,这天是薛莱的周年祭日;柳琴去山上为其祭奠。在登山途中,柳琴心脏病突发,当场死亡,享年39岁。

1997年12月1日,北京大学

菩儿

午夜，驯马场一伙计出来撒尿，忽见不远处一匹雪白的高头大马，在朦胧的月光下灼灼而立。那马冲着菩儿家窗户，霍地蜷曲前蹄，跪卧在地，额门朝下，人似的连叩三头。随后腾起长长的鬃毛一甩，光芒纷纷闪落，紧接着一声凄涩的嘶鸣，调动颀长腰身，直向西方原野奔去。

伙计睁着惺忪的眼，魂还留在梦里，一时不辨虚实，痴愣愣地望着那白马离去，消逝于月光背后。

白日，这新闻立刻像台风一样席卷整个村庄，人心皆动。五爷手捋长髯，领首道："那正是咱们要找的菩儿啊。"众人惶惑。菩儿娘听了，却扑通一声瘫倒地上，朝茫茫西方乱舞起手臂，直唤"菩儿，菩儿……"

五爷将烟枪往鞋底一磕，插进腰间；左耳向西，聚拢精神，手指不停跳跃，掐算着菩儿的行踪。

受五爷指示，驯马场伙计立即全体出动，骑上快马，带上套索，四处搜寻那匹夜中出现的白马。

菩儿娘怀抱落地未久的菩儿，欣然去见五爷，这是村里的规矩，生死等大事，必请五爷卜个凶吉，求个遇难呈祥的偏方。五爷一百零三岁，全村最长，除了双目失明，鹤发童颜依然。

五爷摩挲着菩儿的面孔，菩儿突然哇的一声大哭，声音尖厉，吓得五爷猛抽回手："好娇气的孩子，你看看他身上是不是有块巴掌状的胎记。"

菩儿

菩儿娘揭了襁褓，遍体查看，眼睛一瞪：在菩儿的左屁股上，果然有块巴掌状的青印。

五爷捻着胡须："这就对了。"

"这有啥说头，五爷？"

五爷哼哼两声，道："这孩儿嫌弃咱这里呀。"

菩儿娘不明白这青记跟嫌弃会有啥关系，她不安地望着五爷干枯的眼窝。

五爷叹道："他是嫌弃咱这村子，不肯屈尊投生到你家，便被观音菩萨一掌打了回来。看来，你的诚心感动了菩萨啊。好好记住菩萨的大恩大德，就叫这孩儿'菩儿'吧。"

"是，五爷，就叫这个名。"

菩儿娘婚后十年不育，日日膜拜观音，终得一子，自然欢天喜地，甚至有些昏头昏脑。谢过五爷，起身就要走。

"慢！"五爷抬手拦住她。

"您还有啥吩咐，五爷？"

"回去给菩儿戴上个项圈，要不，还是留不住的。"

菩儿娘抱着菩儿径直去了首饰摊，请工匠给菩儿打个银项圈，套在菩儿脖子上。于是，菩儿总拽弄颈上的项圈，颈后勒出深深的血痕。

一日，菩儿娘正忙于烧饭，感到脑后被什么硬硬的东西敲击着。回头一看，是背上菩儿手里的银项圈。她慌忙解下菩儿，重新小心翼翼地给菩儿戴上。她百思不解，菩儿是如何取下这个项圈的。

此后，菩儿仍然常常伸直脖子，吃力地扯拽项圈。爹见了，便要打他的手："这小崽子，比牛还犟。"

确实，爹再打他的手，他都不怕。他就是想除去这个圆圆的东西。菩儿脸憋得通红，拽不下，气得大哭大叫，震得房顶灰尘纷纷扬扬。

菩儿娘只好去求助五爷。五爷正在炕上打坐，菩儿娘在一边耐心地等。

五爷长吁一口气，松了腰板，问："是谁？"

"我，五爷。"

"何事？"

菩儿娘将菩儿和项圈的事叙给五爷听。五爷寻思一会儿，开口道："菩儿前生必为贵门子弟，受不了丁点儿委屈。这是命定的，改变不得，就随他去吧。"

"那……？"菩儿娘望着五爷神圣的面孔，不敢再多话。

五爷僵硬着脖子微微点头，菩儿娘告辞，心里七上八下。

菩儿娘同菩儿爹商议到大半夜，才决定取下菩儿颈上的项圈。顿时，菩儿就成了爹娘心上断线的风筝。

日子次第走着，菩儿渐渐长大，但仍不会说话，爹娘万分焦急，听他号啕时嘹亮，根本不像个哑巴。再瞧他对周围动静的反应，也不像是失聪。曾去问五爷，五爷道："心有所感方有所言，急啥嘛。"

菩儿家的旁边是驯马场，菩儿每天吃过饭，就去那里看伙计驯马，看得忘乎所以，常被爹娘揪着耳朵回家。

驯马场的伙计正在驯服一匹黑色烈马。那马高大得出奇，犹如风下火焰，以凛然不可侵犯的气势，在驯马场中来回暴跳，几个伙计试图靠近它，都无法成功。这时，一根套索套住了黑马的脖子，黑马前蹄腾空，嘶叫一声，绕着围栏旋风般狂奔起来。没等执套索的伙计撒手，就被从马上拖下，重重地跌倒在地。另一名伙计由正面扑来，想跳到黑马背上，黑马倏地扬起前蹄，若不是这伙计躲闪灵活，定被踏在蹄下。

黑马跃起，像遮天的苍鹰，几次差点儿从围栏上越过，那名险些被踏在蹄下的伙计，气势汹汹，拎出一把寒光闪闪的斧头，直朝黑马脑门儿劈去。

"别杀死它，它是头马。"有伙计喊道。

但斧头已先于话音落下，黑马头一偏，斧头从其颈部划过，天空中霎时喷洒出一团血雨。就听见一声刺耳的嘶叫，惊天动地，震撼全村。伙计们骇然怔住。菩儿扒着围栏，眼睛和嘴巴大大地张着，胸脯急剧起伏，刚才那阵可怕的叫声正发自这个胸膛，但伙计们根本不敢相信。

菩儿娘听到号叫声，慌忙出来看个究竟。她抱回被吓呆的菩儿，菩儿不肯依从，推挡着娘的手，口里喃喃念着："ma、ma、ma……"菩儿娘以为菩儿喊

菩儿

自己了，又惊又喜。

回到屋里，菩儿仍显得激动无比，手指外面，呓语般地"ma、ma……"，菩儿娘终于听明白，他是在说"马、马"。菩儿娘摸摸他的头，默默地，不断替菩儿叫着魂儿。

烈日当空，晒蔫了村子。菩儿趁爹娘睡着的工夫，偷偷溜出去，来到驯马场。黑马正静立在场中间，耷拉着头，颈上扎了一条绷带。黑马竟没有死。

菩儿四下望望，像等待什么，原地站了一会儿，才快步走过去。他踮起脚，仍够不着门闩。无奈间，菩儿发现伙计睡觉的房门前，歪着一个板凳。菩儿踩上板凳，抽出门闩，将门拉开。

黑马听见响动，抬起头惊诧地望着菩儿，菩儿脸上隐伏着笑容。黑马豁然醒悟，立即朝菩儿这边奋蹄冲来。菩儿一侧身，黑马自他头顶呼啸而过。

一气奔到村边的高坡，黑马陡然止住，回过头，向脚下渺小如粒的菩儿深深垂下头，长鸣一声，然后原地转个圈，往原野深处跑去。菩儿愣愣地站在围栏门口，黑马的蹄声在他耳畔不绝地响，最后汇成一片喧嚣。

驯马场空了几日，菩儿也不再对它感兴趣，开始在村子里游荡，可处处都静悄悄的，熟睡了一般，实在没劲。村子三面环着峻峭的山，鸟儿都飞不过去。唯西面是一片茫茫无际的草原。风儿一吹，草木晃动，发出像无数骏马奔驰的声响。菩儿相信黑马就在那里，那里栖息着无数自由自在的黑马。菩儿的双耳不停地动。

菩儿向那片海一样的荒野跑去，光着洁白的身子，脑后长长的黑发随风飘扬，像一匹白色的小马驹。

第一次离开家门，来到这大草原，菩儿在草丛中打着滚儿，嘴里"马、马"地唤着。几个伙计远远地赶将过来，才发现这并不是他们以为的白马驹。

菩儿尽情地奔跑、嬉戏，终于累了，躺在柔软的草地上沉沉睡去。他长成一匹同黑马一般剽悍的骏马，在大地上驰骋，勇往直前地向着神秘的西方，片刻不息，最终他跑出了这个乡亲们从未走出过的村庄。

一种黏黏软软的东西舔着他的脸，他睁开眼，霍地坐起。这不就是黑马嘛，它的颈上还缠着绷带，黑马正用舌头和脑门儿向他表示着亲昵与爱抚。

旧爱时光

黑马卧在菩儿身边，依偎着他，菩儿轻轻触摸它的伤口。暮色已经变浓，菩儿爬到黑马背上，黑马驮着他，一直把他送到村边的高坡。

菩儿娘要给菩儿剪头，菩儿不肯，挣脱了。路过祠堂，遇见五爷率领村民祭祖，四五个壮汉用尖尖的月牙刀，猛刺进两头雪白羔羊的颈下。菩儿眼一闭，目光移向村西头的草原。

走进草原，菩儿脱去娘硬逼他穿上的衣裀，甩到一边，在草丛中奔跑起来，寻找黑马的踪影。他歪着头，用耳朵辨认黑马的蹄声。伸长脖子嘶叫一阵，听不到黑马的回音。菩儿继续向草原深处走去。

菩儿收住脚步，碧绿的草地消失了，横于面前的是一望无垠的荒漠。荒漠里有种泉水一般新鲜的空气刺激着他。菩儿极目尽头，冥冥之中回荡着声声呼唤，犹如悠扬的钟声，若隐若现，轻轻触摸着菩儿的耳膜。

回头望去，村庄已被草原湮没。直立如墙的高山围困住他，现出咄咄逼人的气势。菩儿试探着向荒漠里挪动几步，尽头的呼唤变得清晰，竟是奔跑的马蹄声（事实上，那只是风在荒漠之中的呼声），菩儿不再犹豫，放开脚步。

荒漠中立有几个牌子，现着骷髅的面目。这就是"绝命荒"，村庄通向外部世界唯一可能的出路。五爷说过，没人能走出"绝命荒"。菩儿望着牌子上的画像，想起五爷说这话时的脸孔，浑身一颤。

突然，一声长鸣霎时响彻天空。菩儿猛地转过身，双眸里光焰闪动。滚滚烟尘之中，黑马正向他冲来。黑马跑到菩儿身边，扑通卧下。菩儿爬上去，黑马立刻掉转方向，朝回猛奔。

刚接近草原，"绝命荒"中的黄沙便惊涛骇浪般卷起，狂风现出狰狞的嘴脸，顿时吞没所有景色。

小心揭去绷带，黑马的颈上出现一道弧形的疤，菩儿用战栗的手轻触着它。黑马温顺地趴在菩儿身边，嚼着地上的草。菩儿的手指在黑马长长的鬃毛里滑行。

不知不觉中，黑马霍然跳起。菩儿正惊惶之际，一根套索牢牢拴住了黑马。菩儿怒目回首，紧盯着伙计们得意的脸，大嚎一声，鬃毛般的长发根根立起，尖叫几乎刺裂伙计们的耳膜。伙计们个个龇牙咧嘴。

菩儿

黑马乱踢乱蹦，拼命反抗，两名伙计死死抓住套索不放。菩儿冲上去，张大嘴巴，狠狠咬住一个伙计的手，伙计啊呀一声，将菩儿搡倒在地上，撒开手，黑马趁势挣脱开去，把另一伙计甩个大趔趄。

黑马逃到远处立住，回头望一眼，前蹄在地上猛刨几下，遂向"绝命荒"驰去。菩儿瞪着伙计，眼眦欲裂出血来。

菩儿深深浅浅赶到荒漠，风正裹着沙土呜呜怪叫，什么也看不见。沙粒将菩儿的脸抽打得生疼。

当晚，菩儿没有回家。菩儿再也没有回家。草原上突然出现一匹白色的骏马，雪白高大，只是鬃毛奇特地黑。白马在草原中游荡几日，好像在寻找什么，但什么也没有找到。于是，白马毅然奔向了"绝命荒"。

在"绝命荒"中走过多日，白马的身体已经摇摇欲坠。烈日烘烤着沙漠，没有一滴水，没有一根草，白马愈行愈慢。

途中，白马发现一堆白花花的尸骨和一根完好无损的套索。白马嗅着尸骨不忍离去。一股温馨的气息牵绕着它，白马的腿开始颤抖。

夕阳越来越巨大，白马的浑身被染成血色。眼见就要接近夕阳，走出荒漠，白马再也坚持不住了。它停下来，庞大的身躯在夕阳的背景中，开始缓缓下沉，终于重重地摔在地上，砸起一片烟尘。

出去搜寻白马的伙计个个空手而归。五爷见状，道："但愿菩儿是咱们村最后一个了。"

1992 年 10 月 16 日，淮南

感谢婚姻

阿好同阿勤相识不到三个月举行的婚礼，两个月去领的结婚证。

阿好同阿勤是经人介绍认识的，双方都大有相见恨晚之感。当时，阿好刚刚大学毕业，特别渴望找个美貌绝伦的妻子；见到阿勤时，他觉得阿勤长得太像好莱坞明星伊丽莎白·泰勒，像极了！而站了几年柜台的阿勤，一直暗下决心要改变她世代工人的家庭出身，找个有大专以上学历的知识分子，阿好恰是本科，文学学士。

开始接触的那阵子，阿好总是滔滔不绝地给阿勤讲文学，讲古今中外，讲得忘乎所以。阿勤一声不吭，低着头，像个极度虚心的小学生。阿好非常感动，没想到这么漂亮的女孩还有这么强烈的求知欲。他对阿勤不能再满意了。

阿好每天为阿勤创作一首火烧火燎的情诗，读给阿勤听。阿勤听罢，便给阿好一个沉默的吻。阿好彻底醉了，倒在草地上大吼："我要为爱情发疯！我要为爱情去死！"阿勤吓了一跳，以为阿好真的疯了。

阿好同阿勤，郎才女貌，天生的一对，不容迟疑地决定了终身大事。

阿好家在农村，经济比较拮据，自己手头也没有一点积蓄。办事时，全指望阿勤家掏的钱。阿好仅从单位分得一套旧房算是贡献。阿好打心眼儿里感激岳父岳母，对阿勤说："以后你爸你妈就是我的再生爹娘。"

阿好决定婚后好好塑造阿勤，在他美丽的外表后面填注上深刻的内容。新婚之夜，两人在床上温存时，阿好问阿勤："《简·爱》看完了吗？"

"刚看五页。"

感谢婚姻

"咋才看这么点儿？"

"瞧你，都睡在一张床上了，还这么装模作样的干啥？快来呀……"

阿好再也禁不住这如水似火的柔情，倒在阿勤身上就什么也不想了。

早上醒来时，窗外下了雪。阿好和阿勤谁都不愿意从暖烘烘的被窝里钻出来。阿好有些失望，这才第一天，阿勤就不知道起来给他做饭。阿好看看表，都已经快十点了，他拍拍阿勤："喂，老婆，咱们吃过早饭了吗？"

阿勤翻过身去："没吃你起来做嘛，我想睡觉。"

阿好颇觉不快，躺在床上不再吭声，从床头摸出遥控器打开电视，声音放得老大。阿勤用被子紧紧蒙住头。快到晌午时，阿勤总算探出头来，伸了个懒腰。

"什么电视？"

"纪录片《中午的早餐》。"

阿勤乜斜阿好一眼，笑了，伸出手去："来——"

"来什么？"

"划拳。"

"划拳干什么？"

"谁输了谁去做饭。"

"我不会。"阿好最鄙视这种玩意儿了，匪里匪气的样子，没想到她阿勤竟也会这套手艺。

"那咱们老虎杠子。"

"你咋净会这些酒鬼的把戏呀？算了，我去做。"阿好说着，就跳下了床。

"哟，还教我学习简·爱争取独立自主的思想意识哪，大男子主义竟这么严重。"

"简·爱可不会像你这样对待她新婚的丈夫，也难怪你才读了五页……"

"得，你们这些读书人顶虚伪的啦。"

两个人闷闷不乐地吃完了中午的早餐。

阿勤无论什么时候回家，要做的第一件事总是打开电视机，根本不管是什么节目，看电视成了她唯一可做的事。阿好要阿勤接着读《简·爱》，多花些时间充实充实自己。阿勤脸一绷："读它啥用？我又不想当中国的简·爱。再说我也没觉得自己有多空虚啊。"

阿好意识到了问题的严重性，阿勤有这样自满的情绪，往后该怎么塑造她呢？阿好为未来的婚姻生活忧心忡忡。

阿好开始仇视电视机，它成了他们夫妻间相互交流的障碍。乘阿勤不在时，阿好咬牙切齿地剪断了电视机里的保险丝。但当晚上回到家时，阿好发现阿勤依旧坐在沙发上手舞足蹈地观看女子足球赛，连自己进屋都没有察觉。阿好满腹疑惑，他明明是将电视机的保险丝弄断了的呀，它怎么还能正常工作呢？可他又不能问，疑惑只好憋在心里。

阿好走到电视机跟前，把声音扭小。

"可以开饭了吗？"

"不知道。"阿勤看也不看他，指指贴在墙上的"夫妻协约"。

阿好忽然记起，今天是礼拜四，轮到自己做晚饭。阿好强忍恼怒，慢吞吞走进厨房，将锅碗瓢盆摔得乒乓作响。

阿勤火上浇油，冲厨房喊道："可别把馒头也当足球踢呀。"

吃饭时，阿勤紧盯着阿好的眼睛，说："电视机坏了，找人来修一下花掉一百多。"

"什么？"阿好的表情如咬了舌头一般，但马上又佯装镇静起来，"……哪能这么贵呀？"

"换了一个进口零件。"

"你看见他换的？"

"嗯。"阿勤点头，不解地看着阿好。

阿好直在心里连呼失算，悔自己做了一件大蠢事。

其实，阿勤一分钱也没花，她找弟弟来修的。只是阿勤觉得这电视机坏得蹊跷，想试探试探阿好，结果一试就看出了破绽。

阿好再也不敢打电视机的主意，他苦思冥想，试图找到一种可供夫妻二人同玩的游戏，先把阿勤的兴趣从电视上转移开去。最后，阿好想到了象棋，阿

感谢婚姻

阿好以前是个棋迷。

阿好特意买来一副高级象棋。他和阿勤商量:"我教你下棋吧?"

阿勤说:"今晚有《渴望》,最后几集了。"

"时间还早哪,咱们先玩一会儿。"

阿勤应允了,阿好一阵窃喜。

阿好耐心地指导阿勤下棋,阿勤学得相当认真。阿好恍恍惚惚觉得又回到了热恋时光,随口吟出一首情诗。

阿勤抬起头,瞪大眼睛望着阿好:"那时候为我写的诗,现在还能记得?"

阿好点点头。

阿勤一下子扑进阿好的怀里。

阿好搂着阿勤畅游在无涯的幸福海洋中。突然,阿勤从阿好怀里挣脱出来,嚷道:"该开演啦。"

阿好猛吸一口凉气,直凉透脊骨。

阿好一一收拾好棋子,穿上外套,心里哀叹道:"真是粪墙不可圬也。"

"上哪儿去?"阿勤问道。

阿好没理她,开门走了出去。

来到马路边,阿好看见一老一少在路灯下厮杀得正酣。这么冷的天,跑到这儿来下棋,阿好觉得挺幽默。阿好凑上前去。

老的站起身,说:"这盘算我输了,我得赶紧值班去。"

少的颇为得意,准备收拾残局。

阿好就势蹲下来,道:"还有一条活路哪。"说着,挪动一步棋子。

少的看看阿好,看看棋盘,目瞪口呆。

两人连战三局,阿好两胜一负。少的连连拱手,"佩服佩服,"手往旁边一指,"欢迎老兄随时光临寒舍指教,我叫余明。"

阿好顺其手指的方向望去,原来就住在自家楼下。

下完棋,阿好的心情略略舒爽了些,走到家门口,才将脸上的笑意收敛干净。

电视里正播放着胃药广告,阿勤手握遥控器已进入了梦乡。

旧爱时光

今天是周末，又轮到自己做晚饭。想到做饭，阿好的头皮直发紧。阿好朝楼上望了几眼，见屋里没有亮光，看来阿勤还没有下班。阿好决定赖掉这顿饭，他把自行车往余明家门口一停，敲开了门。

见阿好进来，余明急忙拿出棋盘。余明比阿好年长一岁，还是个单身汉。

余明说："你老弟真有福气，娶到个那么漂亮的老婆。"

阿好苦笑："围城，外面的想进去，里面的想出来。说实在的，我倒是很羡慕你哟，一人吃饱，全家不饿。"

余明摆手："那我情愿跟你对换。"

阿好耸耸肩，无语。

战完两局，阿好估计阿勤的饭该做得差不多了，起身告辞。

一进屋，阿好便直朝厨房里张望。见厨房里冷冷清清的，阿好顿生一脑袋火。

"你咋不知道做饭？"

阿勤四仰八叉地躺在床上："今天又不该我做。"

"啥该不该的，谁跟你做买卖呀？"

"原则问题绝不能让步。"

"我看你是得寸进尺，这算他妈的什么原则？"阿好一把将墙上的"夫妻协约"扯下来，撕个粉碎，"纯粹是对男人的强奸。"

"知识分子，说话请讲究点语言。"

"你……"阿好气得一时语塞，自己也说不清婚后怎么染上了骂脏话的习惯，而且还愈骂愈上瘾，骂起来简直就像个泼妇。

阿勤鄙夷地看看他："自行车输掉了，心情有些悲痛可以理解。"

阿好蓦地想起自行车还放在余明家门口，忘记扛上来，是它早把自己给出卖了。阿好一身的凛然正气当即泄个精光。

阿好最终还是没能赖掉这顿饭，结果还惹得阿勤老大的不高兴。想来想去，阿好心里很不是滋味。难道就让这种无聊庸俗的婚姻生活打发掉自己的一生吗？一天到晚就是吃饭睡觉和吵架，丁点儿新鲜内容都没有。像阿勤那种层次，死活不肯提高，与他怎么能保持得了默契呢？

阿好第一次想到了离婚，但马上就打消掉了这个念头。问题还没有糟到这种地步，夫妻感情虽不缠绵，可也不至于破裂。再往深里想想阿勤和她的父母，阿好觉得自己似乎还亏欠他们许多。结婚以来，阿勤一直羡慕别的女人有金戒指金项链，渴望调出柜台，他却没有能力满足她。唉，女人就像小孩，得哄着来。

想到小孩，阿好感觉他们应该有个孩子了，孩子会成为他们之间的纽带，会给他们的生活注入新鲜的血液。想到这里，阿好的手开始在阿勤身上摩挲起来，但被阿勤狠狠推了下去："人家看电视哪。"

按照惯例，礼拜天阿勤要和阿好回娘家团聚。阿好不喜欢她那个大家庭，十几口子一聚到一块，就吵吵嚷嚷个没完没了，闹得他直耳鸣。阿好跟他们半句共同语言都没有，每次都是硬着头皮去的。今天阿好不想再勉强自己了。

阿勤一早起来，收拾收拾，催阿好起床。

阿好说："我头痛，你自己去吧。"

阿勤用掌心摸了摸他的额头。"没啥大不了的，起来走吧，上次打麻将输的钱还没捞回来哪。"

阿勤使劲拽阿好下床，阿好硬是不动。阿勤生气了："忘恩负义的家伙，老婆骗到手就不认人家爹妈啦。"

阿好霍地坐起，可着嗓子喊道："你说说清楚，到底是谁骗谁？"一听到"骗"字，阿好就觉得有一肚子说不出的委屈。

阿勤说："现在我可不想跟你吵架，没人愿做贴本生意。"

阿好听着阿勤下楼的咚咚声，大骂道："真他妈的小市民！斤斤计较患得患失的小市民！"

阿勤走后，阿好的睡意全被气跑了。他起来泡了一袋方便面吞下去，然后到楼下找余明。现在只有下棋能给他些许安慰了。可是余明却不在家，阿好垂头丧气地返回楼上。

阿好一个人在房间里踱来踱去，百无聊赖，他深深体会到一个人无事可做时的可怕。他情不自禁又去找余明，这回余明在家，阿好喜出望外。

"你刚才跑哪儿去了？"

"哪儿也没去。"

"那我敲门你没听见？"

"我在练气功，意守丹田，万念不入。"

阿好听说气功，顿时来了兴趣。这玩意儿好，既强身健体又消磨时间，心一入定，愁恼全消。怪不得这小子独身到现在，还整天优哉游哉无忧无虑的。阿好当场请求拜余明为师。

阿好出去买了几个卤菜和一捆啤酒算作拜师宴，两人一边对饮一边聊气功。直到天黑，阿好才踉踉跄跄地爬上楼，哼着"酒不醉人人自醉"一头倒在床上。

半夜，阿好被冻醒，发现自己一人横躺在床上，阿勤没有回来。

"我看你能在娘家待上一辈子？"阿好嘟囔了这么一句。

娘家简直成了女人的婚姻避难所，一不高兴就往娘家跑，然后等着男人上门磕头求饶。阿好这回咬牙发誓不再去接阿勤，他要彻底改变以往忍让迁就的对内政策。

第四天，阿勤终于自己回家来了。阿好为自己的胜利暗自得意，女人就像小孩，不能宠，越宠越娇，越不知道天高地厚。

阿勤回到家，一句话不说，翻箱倒柜找自己的衣服。

阿好戏谑道："要出远门啊？"

阿勤不睬，把几件衣服往包里一塞，拎起来就要走。阿好见她动真的了，怕僵下去不好收场，慌忙拦住她赔笑。

阿勤说："甭来老一套，这次我铁了心要跟你离婚。"

阿好赔出更动人的笑。

阿勤毫不动摇："我算看透你们这些穷酸文人了，一没钱二没权，还自以为是得不得了。"阿勤越说越气："搞清楚，我是你妻子，不是你女儿！凭什么要我依你的意志去生活，我们工人阶级有自己的生活方式……"

阿好连连点头："你说得好，让我幡然醒悟，我马上就向权力靠拢，等当

感谢婚姻

了官给你调工作,咱们再也不站柜台了。"

提到调工作,阿勤眼圈一红,呜呜大哭起来,哭得阿好心里酸溜溜的。

"找你算我昏了头,"阿勤呜咽着,"我图个啥?什么本事都没有,连个孩子也不能……"阿勤哭得愈发悲伤。

阿好蒙了,什么孩子?寻思寻思,忽然觉得这话怎么那么刺耳,歉疚之情陡然消失得无影无踪:"你怀不上孩子怪我呀?"

"不怪你怪谁?没用的东西。"

阿好最忌讳女人说他没用,听到这话气得几乎要发疯:"你咋不怪你那是不毛之地,浪费了我多少优质的种子?"

"好,那咱们走着瞧。"阿勤擦干眼泪,起身就走。

阿好怒目圆睁,看着她走出门,岿然不动。

平静片刻后,阿好开始犯嘀咕:确实奇怪呀,结婚一年了,怎么一点动静都没有呢?我以前咋没注意到?难道真是我有毛病?阿好思前虑后,绝不相信毛病会出在自己身上。

正当阿好百思不得其解之时,有人敲门。阿好开门一看,是岳父岳母大人和小舅子来了。阿好没等招呼,胸口便突然挨了重重一拳。阿好一个趔趄,刚欲站稳,左肩膀又遭了一击,一屁股坐在地上。岳母将小舅子拉住,挤挤眼。小舅子尚未尽兴,甩着手说:"我要不瞧你营养不良的样子,非好好修理修理你不可。"

岳母一脸痛心疾首的表情:"我们赵家究竟是哪里得罪你啦?情愿做赔本生意还不讨你好。瞧瞧你这屋里屋外,包括你身上,有哪样不是我们赵家的?我这几个闺女有谁像阿勤跟你过的这穷日子?你还耍什么老爷威风?你对得起我们阿勤吗?我告诉你,我们家阿勤还轮不到由你来摆布,你给我放明白点儿……"

阿好胸口发闷,欲言不能。岳母讲够了,手一挥,三人扬长而去。

阿好爬起来,晃将两晃,顿觉天旋地转。待心脏渐渐平稳,阿好使出浑身气力破口大骂:"野蛮人!"

阿好完全绝望了,他万万没有料到他所尊敬的工人阶级竟是如此粗野,如此无情。他发誓要与之决裂，绝不反悔。

阿好离婚的决心虽然已定，却并没有立即采取行动。他依然在等待，至于在等待什么，他自己也说不清楚。一个礼拜后，阿好收到法院的传票，阿好觉得这张纸片在催促他赶快开始新的生活。

阿好身着举行婚礼时穿的那套西装，把自己打扮得油头粉面，准时来到法院。阿好认为离婚和结婚同样值得高兴。

从法院出来，阿好像是从身上卸下了一副重担，感觉轻松自在。当他看见阿勤伏在母亲的怀里抽泣时，这轻松自在的感觉又霎时灰飞烟灭。阿好朝着和家相反的方向走去。

阿好在大街上游荡了三个小时，这三个小时的流浪心情使阿好历尽沧桑。阿好想，用三个小时搬家也未免太奢侈了吧。这么想着，阿好回头向家的方位望了望。

阿好掏出钥匙，但门是敞开的，室内空空如也，散落一地的书籍和纸张；墙壁上画满了乌龟和猪，到处写着"废物""狗娘养的"等字眼。阿好发现角落里扔着一把钥匙，拾起来搁在手心。两把钥匙一模一样。

听到身后有动静，阿好缓缓回过头去。阿好一惊，本能地拉出防卫架势。

阿勤弟弟说："我不是来打你的，我是来要衣服的。"他的眼睛直勾勾盯在阿好身上。

阿好打量一眼自己身上的西装，脱下扔给他。阿勤弟弟接住，扭头就走。

"等等，我还欠你一样。"阿好集中意念，将全身力量调动起来，运于右臂之上，猛地朝他胸口发送过去。阿勤弟弟随即倒在地上，半天爬不起来。

阿好甩着手，说："我要不瞧你营养不良的样子，非再还上那第二拳不可。回家补充点文化去吧。"

一阵寒气袭来，阿好打了个哆嗦。

离婚后的阿好开始潜心钻研气功，功力很快就超越了师傅余明，甚至成为南淮市首屈一指的气功大师，被推选为市气功协会会长。后来，他还开设了一

感谢婚姻

家气功医院，专门以知识分子为服务对象，治愈了不少不育的男性患者。

偶尔，阿好也在电视、讲台上露露面，表演几手绝活。每当主持人问他是如何走上气功道路的时候，阿好总是言简意赅的那么四个字："感谢婚姻。"

1992年1月7日，淮南

两极

梅黛倘徉于两个男人之间,并非两个男人具有同等的魅力,使梅黛无法取舍。仅仅是因为需要,童年和大卫需要她,就像她需要童年和大卫一样。当然,关键还在于她自己的需要。

梅黛的生命是一段电流,童年和大卫作为阴阳两极,维持着她的循环。她与童年与大卫三位一体,但这并未像几何学中的三点决定一个平面那样,使她觉得牢固和可靠。她倒是常常产生自己一旦失去童年或大卫的念头,只是她没有让这种念头延伸下去。延伸的结果必是不可想象,索性她就不去想。她的电流正溪水一般欢快地流淌着,又何须面对干涸的时候。她没有理由认为这是逃避。

这种倘徉使她的时光过得很快,不知不觉几年飞逝如电。梅黛身后那些热烈追随者,也不知不觉消失干净了。她对这种倘徉便表现得更加专心。为逃避父母对她的干涉和谴责,继续自己的倘徉,她选择一处距离父母住宅十分遥远的地方,另租了一间房子。

在他人眼里,梅黛脚踩两只船,优柔寡断是完全可以原谅的。可当他们知晓大卫是一个离过几次婚的有妇之夫时,他们便不能容忍了,对这个外表秀丽、高雅的姑娘的内心世界发生了怀疑,他们愤怒得简直克制不住自己对她的诽谤了。

梅黛毫不介意这些,对她来说,追求自我理想的生活方式,比人们对她的看法要重要得多,她不惜牺牲自己的形象,以换取对生活的真实体验。对生活的理解，她与人们实在存在着巨大差异。人们与生活贴得太近，根本无法看清楚生活的全部面目，仅仅是窥豹一斑而已。

梅黛要尽可能充分地享受生活。

梅黛伫立远处将生活凝视了许久许久，发现生活竟是如许博大而美妙。梅黛被感动得热泪盈眶。她扔掉手中那本萨特的《厌恶》，在海滩上奔跑起来。经过悲观洗礼的梅黛，终于发现了深藏的希望。

当时，梅黛正处于许多小伙子的狂热包围之中。而她惊诧地看到，这么多少年中间，竟没有一个是令她满意的，她感到无限的失望和厌倦。她不知道，除去大学校园，哪儿还有人才荟萃的地方。恰在此时，梅黛得到了《厌恶》这本书，于是，梅黛深深坠入悲观的泥潭。所以说，梅黛对这个世界的重新认识，是建立于对爱情的绝望上的。而对这个世界的重新认识，让她恢复了对爱情的希望。

童年之所以能在大学校园里一直伴随着她，是因为童年身上的一半品质强烈地诱惑着她。童年肌肉发达、温和、善解人意，还有一副雕塑感极强的漂亮面孔。与童年相处，她能够得到满足，但这种满足是倾斜的，时时有坍塌的危险。在精神上，童年太脆弱了，像个婴儿一样没有力量。因而童年最终不能与她合而为一。

对大卫的选择，可以说是为了平衡她和童年的世界。由于太久地渴望童年没有的另一半，她几乎是扑向大卫的，就像河水直朝低谷奔去，她的矜持遭到彻底瓦解。

那是在校园生涯的最后岁月里，确切地说，是梅黛扔掉《厌恶》之后的第三天，同是在黄昏时的海边，梅黛正在构思自己的毕业论文。当她的思维被一个问题紧紧纠缠住时，她站起身，朝那个一直在海滩上作画的人走去。作画人留着浓密的胡须和披肩发，毫不理会梅黛的存在。梅黛往画架旁一站，立刻引起了自己视觉和心灵的剧烈震颤。她绝没想到，这个看上去邋里邋遢的家伙，竟能用色彩把大自然分析得这样诱人、这样抒情。但细细端详，梅黛发觉他所描绘的并不是真实的自然，甚至扭曲了自然的真实，她特别想知道他这样做的理由。

于是，当他由海边清洗完画笔和调色板回来时，梅黛轻咳一声，开门见山："你将夕阳画得这么明亮，简直就像正午的太阳啊！"

梅黛的声音挺大，可他跟没听见似的，继续收拾着自己的家什。梅黛想这家伙一定是被她的无礼激怒了，但梅黛的自尊心也同样受到了伤害。她愣愣地尴尬在那里，无所适从。

这时，他直起身，向梅黛走去，同她一块看着画。他不慌不忙点着一支烟，深吸一口。

"告诉我，小姐，"他那出奇沙哑的嗓音，让梅黛吓了一跳，"它真的跟正午的太阳一模一样吗？"

"嗯，"但梅黛马上又解释道，"不过，这种明亮的着色，给我一种爆发性的感觉，好像……好像它的能量一下子就会释放完似的。"一向自信的梅黛有些缺乏信心了，声音如扎破的气球，眼见着瘪了下去。

"不错，你的感觉相当敏锐，我所要表现的，正是夕阳消失时的瞬间动感。"

"可你违背了夕阳的本来面目。"梅黛极力想探究出他这样做的根据是什么，否则无法使她信服。

他看看她，大概是因为发现了她非凡的美丽，面容顿时舒展开来，语气也平和了："不错，我是违背了夕阳的本来面目，因为我要遵循我对夕阳本来面目的真实理解。绘画不能像照相那样准确无误地表达对象，不然，它会使对象的真实性达到极限，失去生气，画家也就无从完成他创造真善美的使命。在对象面前，画家是主动的，他除了有一双照相机似的眼睛外，还有一个会思想的大脑。所以，他不可能囿于对象的真实，去模仿对象。"

滔滔一番话启迪了梅黛，梅黛颇受震动。她想起童年说她的相片总不及她本人好看，现在她明白了，表现真实的重要性远远逊于内涵真实。

再次仔细打量他的时候，梅黛的眼睛一亮，他沟沟坎坎的前额洋溢着智慧的光芒。梅黛伸出手去："可以认识一下吗？"

"当然，就叫我大卫吧。"

"你好，大卫。我叫梅黛。"

两极

大卫握住她的手，脸上第一次露出微笑。她发现，大卫并不像她一开始感觉得那么老。

结识大卫以后，梅黛的毕业论文顺利地完成了，并发表在校刊上。梅黛特别注明，将这篇文章献给大卫。

现在，梅黛终究找到了她所需求的另一半，她得到了完全的满足，开始在童年和大卫之间徜徉。梅黛被局限于两极之间时，生活的空间却豁然变得无限宽广了。

对于大卫的出现，童年没有丝毫妒意。他十分清楚自己只能提供给梅黛一半的需要，亦只能得到一半的回报。至于梅黛的另一半给谁，向谁索取，童年漠不关心，即使有一天奇迹出现，梅黛决定嫁给他，他得到的仍然只能是一半，因为他不具备享受另一半的能力。尽管童年曾多次试图改变这种局面，但次次都是一败涂地；他索性放弃了努力。

童年之所以始终坚持着这种遥遥无期的马拉松，正是由于有"与其丧失全部，勿如相信奇迹"的信念支撑着他，而且，在童年看来，为梅黛的马拉松倾其一生亦是值得的。他爱梅黛，太爱梅黛了，在对梅黛的苦苦追求中，他意外地发现了自己的坐标；一旦放弃梅黛，他将迅速在这个世界里迷失。童年以为，他对梅黛的追求是命中注定的，故而无怨无悔。

童年执着于梅黛，如同大卫执着于绘画。只是前者要比后者艰难得多，梅黛远比绘画难以驾驭。童年执着的方式是适应，大卫执着的方式则是征服。再说，梅黛毕竟不能像绘画一样永恒。因此，童年找见的坐标只是暂时的，大卫在绘画中确定的位置倒是永久牢靠的。

梅黛始终专注于自己对生活的"真实理解"，同童年、大卫一样，她也是执着的。像大卫借助绘画创造真善美那样，她借助生活创造幸福。她顾不上对童年或者大卫做透彻的剖析。

可以想象，三个情感执着的人组成的一体，是何等坚不可摧。

第一次去大卫的画室，是梅黛发现大卫另一半的开始。窄陋而昏暗的房里，墙壁、地面摆满了画，凌乱不堪。大卫随手拽给她一把溅满油彩的椅子，梅黛唯恐玷污自己的裙子，不肯就座。大卫又扯下同样被油彩染得五彩斑驳的床单给她垫上,梅黛勉强坐下,但做好了牺牲裙子的心理准备。

似乎读出了梅黛的心思,大卫说:"不瞒你说,我第一个妻子就是因为受不了这些,才逃走的。"

梅黛双手一摊:"我深表同情。"

地上连个挪脚的地方都没有,梅黛蹲下身去,说:"我来帮你整理整理。"

"不,我习惯这样。"大卫手臂奋力一挥,挥得极其暴躁,"告诉你,我的第二个妻子就是因为不能忍受我禁止她这样做,而和我离的婚。"

梅黛眉头一皱,看看这个外表正好与环境协调一致的家伙。这种品质使他显得尤其无赖,与童年天壤之别。但这种武断、专横是每一个执着于事业者所难免的,梅黛能够理解,却无法接受。想想他与第三个妻子能维持到现在,实在是够难为她的了。

梅黛坐下,大卫拉开两盏灯,然后突然脱光上衣。梅黛一惊,紧张地注视着这个疯子。

"我每次开始工作的时候,总感到热。"大卫拿起调色板解释道。

大卫替梅黛摆好姿势,又端详了她好一阵子,方开始动笔。

梅黛比较着大卫和童年上身的肌肉,心想:大卫太瘦弱了,童年才是米开朗琪罗的大卫。但奇怪的是,面前这具嶙峋之躯内,却积蓄着无穷的力量。在他身旁一站,你就会感受到一股活力的冲击。而肌肉结实的童年,仅仅能让她从视觉中欣赏到力量。

梅黛说:"我将给你介绍一个真正的大卫。"说到"真正的"时,梅黛的声音陡然变得暗淡无光。

大卫正沉醉于自己的心灵之中,根本听不见梅黛的话。

从椅子上解放出来,梅黛像干了一整天的体力活儿。她往画架走去。目光刚接触到画像时,她有点儿失望,画中的她一点儿不美,但确确实实是她。她乜斜着眼,说:"你是个破坏美的刽子手。"

"不,"大卫立刻反驳道,"我在画你的时候,并未在意你的美貌,而一直在琢磨你的精神气韵,这比你的美貌更重要。"

"你是说真实比美还重要?"

"当然，美脱离真实还有什么价值？"

大卫猛然背过身，在地上胡乱翻了一通，抓出一本画册，摆到她面前："喏，看看它美吗？"

是罗丹的《欧米哀尔》。

梅黛摇头。

"是的，太丑恶了，可它同样作为杰作与美丽的《维纳斯》并存。为什么？因为它深刻地真实。"

梅黛笑了，当大卫的自信表现出武断和专横时，她深感憎恶；而当大卫的武断和专横表现出自信时，她觉得他极其可爱。

梅黛将这幅画像带给童年，童年大加赞赏，干脆把它贴于自己寝室的门上，向每一个见到它的人介绍："这是梅黛。"从那以后，梅黛再也没有照过相，甚至连毕业合影也没参加。

后来，梅黛提出让童年去结识一下大卫。其实，她对童年还存有一线"塑造"的希望，真心想帮助他。但童年保持沉默，于是她只好作罢。

童年与大卫接触，是始于他和梅黛参加工作之后。当时为了梅黛，童年留在了这座他并不十分喜欢的城市，放弃了出国留学的机会。不过他的运气不错，被一家大企业接收去当翻译。梅黛却被分到一所中学教初中地理，她在大学学了四年文学和语言，结果让她干这个，自然与领导之间搞得硝烟弥漫。在这段情绪低落的日子里，她天天去大卫的画室，大卫能使她振奋起来。

童年整天见梅黛不着，心急难耐，设法找到了大卫的画室。就这样，童年和大卫相识了。初次见面，童年没喜欢上大卫，彼此的谈话始终徘徊在面上。大卫对童年倒是颇感兴趣，完全被他的相貌迷住了，提出要给他画像。童年婉言推托。

告别大卫，童年和梅黛依偎着一直走到海边。他们坐在潮湿的沙滩上，数着海水里的星星，啜饮又咸又鲜的海风。幸福使他们缄默，但此刻对幸福的感觉，童年和梅黛大相径庭。

梅黛问起童年对大卫的印象。童年耸耸肩："我要是能与他成为朋友，那你就不难在这世上找到一个可以取代我们俩的男人了。"

梅黛轻轻叹口气，身体脱离童年的怀抱。远处一颗流星正沉进海水中。

梅黛扪心自问：为何我一心希望把自己所需要的两个二分之一全集于童年一身，而非大卫呢？是因为我对童年的情感更深厚？不，梅黛马上否定这一点。梅黛承认：自己之所以如此希望，是因为童年比大卫拥有一个伟岸的仪表。浅薄吗？不，梅黛接着承认：自己是个追求完美的理想主义者；她一直对大卫为她画的那张像耿耿于怀，他为突出真实而牺牲掉美，这有必要吗？她的美同样也是真实的呀。

眼下，梅黛终于明白了，改变童年的另一半，同改变大卫丑陋的长相一样是不可能的。任何人的两半都是不可分割的整体，就像一张纸的正反面，相互矛盾，相互依存。看来，她这一生必定要在童年与大卫之间徜徉了。梅黛再次轻轻叹口气。

于海边这样一个诗意的夜晚里，梅黛坚定了自己未来的生活方式。

从此，梅黛在这两家的徜徉中，不知疲倦地设计着自己的生活。每次从大卫的画室里出来，梅黛心头总骚动着一股舞蹈的欲望。蓝天作为布景，大地当作舞台。回到童年那里，她便想趴在他宽厚的怀中做一个美好的梦。大卫是她的海，童年是她的港湾，她自己则是一艘船，一个永远的舞者。

这天，梅黛手持一具骷髅，大卫正在以她为模特作画。蓦地，梅黛放下骷髅，痴痴地瞪着它。

"累啦？"大卫问。

"我想让你画我的裸体。"

大卫甩掉手中的画笔，挥舞起拳头："梅黛，你是我迄今见到的最伟大的女性！"

但梅黛要大卫答应，必须首先忠实于她的美。梅黛自信自己的胴体是美丽的，她在镜前无数次地欣赏过自己。大卫表示同意，但只保证第一次。

大卫对画梅黛的胴体付出了极大热情，他不停地赞叹："太美了、太感人了……"眼里闪烁着湿漉漉的光。他为梅黛的胴体创作出一幅又一幅美妙的作品。一天晚上，梅黛侧卧在大卫画室的床上睡着了。等她被冻醒时，发现天已经大亮，而大卫仍睁着通红的眼睛在画她。梅黛深受感动，大卫这种对绘画艺术的狂热，启示了她对生活的态度。

大卫告知梅黛，他将要举办个人画展；有几位美术界的权威很想见见她。梅黛问："他们和你一样好色吗？"大卫说："绝对达不到我这水平。"

知道梅黛准备在大卫的画展上露面，童年坚决反对，他认为这样做纯粹是给她自己惹麻烦，不是每个人都能理解她的行为。梅黛道："即使我不去，人们也能从大卫的作品中认出我来。"她反问童年："你是怕我会给你惹麻烦吧？"童年的脸颊倏然涌出两片红晕，不再言语。

画展相当隆重，梅黛随大卫一出场，所有的目光便都拴牢了她。一个长得颇像权威的秃顶老头儿上前紧紧握住她的手说："梅黛同志，衷心感谢你为绘画艺术做出的巨大牺牲。"

梅黛听罢，咯咯大笑。周围的人皆愕然。唯有大卫一个劲儿地朝她挤眼，并耳语叫她"严肃点儿。"梅黛说："你没瞧他那表情，悲壮极了。他是谁？"

"美术学院教授，我可怜的父亲。"

"哦，天呢。"梅黛的眼睛和嘴巴同时张得老大。

梅黛说："你好像有点儿怕你父亲。"

"哪里，这老头儿有些嫉妒我，因为他曾预言我走的是一条死胡同，可现在我竟成功了。"

晚上，梅黛破天荒头一次，与各界名流在全市最好的酒店里酣畅淋漓地宴饮。直到夜半，宴会才结束。大卫坚持不叫车送，自己陪梅黛步行回家。

快到梅黛住处时，大卫突然抓住她的肩膀，说："梅黛啊，嫁给我吧。"

梅黛以为他这是酒后之言，玩笑地说："要我做你第四个老婆？"

"不，是第五个。第三个因忍受不了我经常半夜三更从床上爬起来画画走的。"

"现在这个又忍受不了你什么了？"

"没有。"大卫轻轻摇一下头。

"那为啥还要娶第五个？"

"因为她们都不是你，我要的是你。你别笑。"大卫不耐烦了。

梅黛被弄疼了，她推开他的手："我也用无比清晰的头脑和无比赤诚的心同你说——这绝不可能,还是好好爱你现在的妻子吧。"

"你看不上我?"

"不是什么看不上,而是爱不上。难道这么长的日子我们白处了?"

"好吧,"大卫的声音顿时失去了力度,"但是……以后永远别让我再见到你。"

梅黛霍地往另一个方向跑去,她经受不了这剧烈的眩晕,她必须尽快找到童年,让童年扶住她,否则她会跌倒。

经过一段时间沉痛的反省之后,梅黛找到了自己错误的根源:她与童年与大卫的三位一体是建置于不平等的基础上的。她居高临下,轻而易举地占有着童年、大卫两人全部的爱,却绝不肯将自己的全部奉献给对方。一旦对方坚决要求与其进行平等的交流,她的位置自然就会动摇。童年没有这么坚决,他的要求是以消极的形式表现出来的。大卫则是积极、主动、充满火药味的,他的进攻力量足以使她苦心经营的这种组织动摇,乃至解体。她没有预料到大卫力量的危险性。

大卫的画展结束后,果然有更多的人加入了诽谤梅黛的队伍。城市里"种植"、流行着种种关于梅黛的传说。人们把梅黛和大卫编成黄色小说来聊。梅黛优美的胴体横遭践踏。但真正为此受到伤害的,却是童年。

近来,童年发现,同事们与他的接触总止于几步开外的微笑。两个以上在一块儿的同事遇见他,便要低头窃语一阵。没多久,单位几个头头分别找他谈话,提醒他重视同事们对他的看法。童年迷惑不解,自己并未做错什么呀。就在这迷惑之中,童年失掉了一次出国考察的良机。

童年终于沉不住气了,敲开领导的办公室。不到半分钟,童年又愤愤地冲了出来。

两日不见童年,梅黛寂寞得直发慌,她现在愈来愈怕孤独。打电话询问童年为什么几天不来,童年冷冷地说"晚上去",就将电话挂了。

一见童年那脸色,梅黛就知道他心里装着事,可她不敢问,她的胆量比从前缩小了。梅黛放出音乐,掩盖这无言的威胁。乐曲临近终结时,童年走到梅黛的面前,抓住她的手,然后跪下一只膝。

两极

"亲爱的,我准备去澳大利亚留学。"

"怎么?腻味我啦?"

"为了防止我此刻动摇,我已事先把工作辞掉了。"童年潸然泪下。

梅黛一把将童年搂在怀里,唯恐他马上就要离去似的,紧紧抓着他的衣服。在心头的阵阵战栗中,梅黛如风中的蒲公英一般飘散开去,失去根蒂的梅黛,霎时变得轻若浮云。梅黛的徜徉最终将变成一种流浪?

童年想用剩下的时间好好陪陪梅黛,梅黛拒绝了。遭遇给了她独自面对自己和现实的勇气。她要彻底怀疑一番自己的信仰:究竟能否像艺术创造那样,按照自己的真实理解去生活?

童年的动摇,使她觉察到了与其情感上的难以割舍。当她几欲屈服于这种情感时,理智便站出来强烈地排斥童年,把大卫推至她的面前。她的情感与理智势均力敌,因此难于做出抉择。她一遍又一遍地问船:"你是要海,还是要港湾?"船沉默不语。

既然得不到答案,梅黛便无法对事情做出决定,只好任其发展。

童年离开前的那一夜,是梅黛同他一起度过的。其实,同居之于他们远已不是第一次。梅黛将贞操献给了童年,却始终不肯将自己献给童年。

梅黛如何都睡不着,童年紧贴在她身旁睡得很香,鼾声悠扬。她侧过身,凝视着童年的面庞。此刻,她的心灵为内疚和依恋占据着,童年为她失去得太多。天一亮,这个追随她多年的孩子,便要携着一颗疲惫而绝望的心急流勇退。她多想叫醒他,请他留下来,只要她说一声"别走",他会毫不迟疑地留下来的。但她克制住这股冲动。去吧,不幸的孩子,去成为一个幸福的丈夫,你已在这条迷途上走得够久了。

梅黛轻吻着童年的乌发,记忆着这种芬芳。然后拉灭灯,将童年揽在怀里,仿佛母亲和她的婴孩。

列车开动时,童年说:"我只是去另一个地方等待你,我永远不会放弃你。"

梅黛的泪水再也咽不下去了,汩汩溢出。她举起手说:"别……"但童年已经不可能听见了,他不停挥舞着的手已变得相当渺小。

一阵寒风将梅黛攫住,梅黛起伏出连串的冷战,发现偌大的站台仅剩下自己伶仃一人。她无力迈步,她像一条搁浅的船。

两极的消失,使梅黛的生活缩成一个点;她又由游离回归到静止状态。现在,她清晰地注视着这个点,这个点就是她自己,因渴望自我真实理解的生活而失败的自己。她诘问这个点:难道你真的不能按照自己对生活的真实理解去生活?她愤怒地盯着这个点。忽然,她发现这个点根本不是她原来的自己……对,这个经受过失败的自己。在这场失败的追求中,她不是已经向生活完全展示出了一个真实的生命吗?从这个意义上说,她不是获得了成功吗?现在的自己所承受的,乃是一个真实的生命,它拥有着真实的过程。

就像经过悲观的洗礼,发现深藏于生活中的希望那样,梅黛经过深刻的失败,发现了真实的自己。这真实的自己便成为她于自我身上发现的希望。

梅黛的周身温暖起来。天空中飘舞着雪花,哦,冬天已经到了,她跳下站台,沿着长长的铁轨,向列车消失的方向走去。

1991年8月6日,淮南,初稿

1991年8月26日,定稿

无声的歌唱

母亲与方医生已经相处一年，两人的关系却依然停滞在初识时的状况，迟迟不见深入，都已是年近半百的人，却比初恋的少男少女还腼腆、还含蓄。只是两人的含蓄有着本质的不同。

方医生的含蓄是明朗的，具有坚决的倾向性。一年来，他风雨无阻，每晚必来我家，以默默的方式向母亲表达着强烈的爱意。相比之下，母亲的含蓄则显得暧昧和消极。她始终注意同方医生保持住一段距离，小心翼翼，既不亲近亦不疏远，让方医生进退两难。

我能明显地感觉到方医生因爱而产生的忧伤，他的话愈来愈少，烟抽得愈来愈多。有时坐到深夜离去，也没有一句话，仅留下满满一烟灰缸的烟蒂。

终于有一天晚上，方医生破了例，没能如期而至，于是我担心方医生从此不会再来。果然在以后的一段日子里，方医生再没有来。母亲开始像只无枝可栖的小鸟，整日变得惶惶不安，失魂落魄。

"方医生不会出什么事吧？"吃饭时，母亲拿起筷子痴痴地望着我。

我愣了一下，但马上摇摇头，安慰母亲："不会，不会。"

母亲似乎没听见我的话，继续发着呆。

此刻，我总算探清了方医生在母亲心目中的分量。但就是不明白母亲为什么坚持不接受方医生的苦苦追求，她究竟有什么可顾虑的呢。

"医生应该比任何人都能照料好自己。"

母亲对我的话仍旧没有反应。

我提高音量，又重复一遍："医生比任何人都能照料好自己。"

母亲这才眨眨眼，看着我嗯了一声。

我接着试探道："如果方医生成为我们家庭的成员，我没有理由不表示欢迎。"

母亲的脸颊立刻红了，把目光移向窗外，满腹心事随之跌进街道上那横冲直撞的寒风里。

"方医生是个好人，就是……"

"就是"什么？母亲没有说。

母亲显然有些耐不住寂寞了，开始没完没了地唱《红灯记》《沙家浜》，唱得一往情深，如醉如痴。那严重受损的声带，比一个破音响好不了多少。我实在忍无可忍了，请求母亲暂停，母亲凄楚一笑，那一笑在我心底顿时划下一道深深的印痕。房间里又恢复到先前的宁静，宁静得令我不安。

半夜醒来，发现母亲屋里的灯亮着，我轻轻喊了一声，没有动静。走出去，见母亲卧室的门虚掩着，敲敲门，仍得不到回音。我只好推开门，瞧见母亲穿着李铁梅的演出服，正坐在镜前化妆。那件衣服对于母亲已不合适，既瘦又短，使母亲看上去很滑稽。

母亲直到化完妆，站起身，才在镜中发现了我。她转过身，惊讶地瞪着我。

"我……还像吗？"母亲瞥一眼桌旁当年她演出《红灯记》时的剧照。这是母亲仅有的一张照片。

我瞧瞧母亲满头银发，笑着说："妈，您应该扮演李铁梅的奶奶了。"

母亲的面孔蓦地因失望而黯淡。

我慌忙改口道："不过……您还是演李铁梅最像。"

但这并未叫母亲感到欣慰，我已经彻底败坏了母亲的兴致。

"都午夜了，休息吧。"我怀着愧疚退了出去。

母亲屋里的灯继续亮着。

无声的歌唱

尽管那段可怕的岁月，给母亲一生造成了莫大的创伤，母亲仍越来越执着于对它的追忆。尤其是最近，她常常向我讲起她的过去，晶莹闪烁的泪珠说明着那一时刻的美丽动人。我用最大限度的耐心倾听着，分担母亲的寂寞。

那确实是母亲最值得骄傲的日子。她是宣传队里唯一一颗明星，唱李铁梅、唱阿庆嫂，唱得家喻户晓，没有人不知道她的名字，人们一见她，就喊"李铁梅""阿庆嫂"，喊得她醉意朦胧，整天跟过年似的。那时根本不了解什么是烦恼和忧愁，只是一个劲儿地想唱，唱得住在北京的伟大领袖毛主席都能听见才好。

到农村宣传演出，只要在田间干活儿的农民冲她喊"来一个"，她便往地头一站，摆成丁字步"来"将开了，毫不忸怩。一唱便是几小时，嗓子从不哑，从头亮到尾。谁见了都纳闷儿：这小妮子的嗓门儿咋这么结实？

一次演完《红灯记》卸妆时，"李铁梅"从衣服口袋里摸出一封信，拆开一看，是封火辣辣的情书。"鸠山"写的。

其实，这时"李铁梅"早已秘密地和"李玉和"许下了海誓山盟。"鸠山"同"李玉和"本是最要好的朋友，竟也没能看出端倪。

"李铁梅"找到"鸠山"，将信还给他。"鸠山"当场就失声恸哭："为什么？难道我还不够好吗？"

"鸠山"的哭泣感动了"李铁梅"，她回想起那天晚上，自己带病为矿工演出，从临时搭成的舞台上摔了下来，昏迷过去，正是"鸠山"把自己背到医院，并在观察室门口的长凳上坐了整整一夜。原来，这个沉默寡言的小伙子老早就爱上她了。

"李铁梅"说不出"李玉和"究竟哪里比"鸠山"好，但她偏偏就是爱"李玉和"。她本想找些话安慰安慰"鸠山"，但又觉得这样做是欺骗他。最后她只好叹口气，说："也许，当初你不演鸠山就好了。""李铁梅"无意说出这句话，"鸠山"却牢牢记在了心里。

"鸠山"找到队长，说自己不愿意再演鸠山这个角了。队长问他想演什么，他干脆答道："我要演李玉和。"

队长说："可你不够英俊呀，演正面人物一定要英俊的。"

"鸠山"耷拉下头,半天没吭声。后来想想,又说:"他虽然英俊,但他不喜欢李玉和。"

"你怎么知道?"

"他不止一次跟我说,李玉和这个人物不真实,他不喜欢。"

"说具体点儿。"

"鸠山"想了想,道:"他说李玉和是从另一个星球来的,根本不合人间情理……"

队长若有所思地点点头。

没过几天,队长突然宣布:从现在起由"鸠山"饰演李玉和,原来的"李玉和"有政治问题,必须接受审查。

"鸠山"这时看见"李铁梅"正恶狠狠地盯着自己,脸色极其可怕,他惶惶逃开她的目光,此后好长时间不敢看她。同"李铁梅"一块排练时,"鸠山"一唱老是跑调。

经过一星期审查,竟查出"李玉和"的父亲原是日本鬼子战败逃跑时丢下的弃儿。转眼之间,"李玉和"成了同鸠山一类的人。"李玉和"无法接受这个事实,操起一根绳子悬于梁上勒死了自己。

"李铁梅"悲痛欲绝,大病一场。住进医院时,才发现自己怀了身孕。结果也顾不上身体痊愈,匆匆溜出医院,就此从这个镇上消失。

在乡下一位陌生农民家里,"李铁梅"被暂时收留下来。不久便提前生下一个半死半活的婴儿,这个早产儿便是我。

从此,母亲带着我过起地道的农民生活,每天靠玉米面和咸辣椒充饥。偶尔弄点荤的,母亲尝也不尝,统统留给我。

即使生活如此艰苦,母亲仍忘不了歌唱,干活时,收工时,母亲都不停地唱。村里的每一处角落都渗透着母亲浸满汗水的歌声。母亲如着了魔般地唱啊,一唱便直了目光,铿锵的声韵里渐渐混入了凄凉。直到有一天,母亲的嗓子终于哑了,那一哑便再也没能恢复过来。找赤脚医生看,说是咸辣椒刺激的,没法治得好。紧接着,母亲头上就开始大面积地出现白发。母亲一咬牙,挥起镰刀,索性将李铁梅的大辫子割去。

无声的歌唱

这段岁月给了母亲一生中最美好的东西,也给了母亲一生中最残酷的毁灭。爱,亦想起它;恨,亦想起它。母亲的一生,似乎仅在这段短短的岁月里就全部经历完了,她由年轻秀美刹那间苍老不堪。从此以后,母亲拒绝照相,也很少看镜子。母亲对现实的关注,远远比不上对过去的留恋。

导致母亲这样一生的关键人物,当然是"鸠山"那家伙。我曾几次骂骂咧咧地问起他,母亲总说:"这不能责怪他,那时候我们都太幼稚。"

母亲说,她躲进乡下时,"鸠山"曾四处打听她的下落。但母亲就是不肯见他,更不肯接受他的帮助。据说,后来"鸠山"离开宣传队出家当了和尚。

方医生的出现,将母亲从过去拉回到现实中来,虽然不很彻底,毕竟有了希望。如今方医生忽然隐退,无异于又将母亲猛力往后推了一把,母亲在往事中沉得更深。

眼见母亲的脸色越来越黄,饭量越来越小,我坐卧不宁。为了让母亲开心,我陪她出去散步逛商店,商量我应该娶一个什么样的女孩。母亲的精神渐渐有些好转,但脸色还是黄,饭量还是小,最后我发现母亲下咽有困难时,才恍然意识到母亲是不是病了。

我劝母亲去医院看看,母亲说她绝对没问题,就把话题转移到方医生身上。"方医生没有孩子,以后你就把他当父亲看待吧,我看你们怪合得来的。"

"如果你肯接受方医生,这岂不是顺理成章的事吗?"

母亲看看我,想说什么,话到嘴边又咽了回去。

下班回到家,我发现方医生在屋里坐着,高兴地冲上去,与他亲热地寒暄。方医生好像很疲惫似的,笑起来极勉强。这时,我注意到坐在一边的母亲双眼红肿,分明是刚刚哭过。

就在我颇觉尴尬,不知如何是好时,方医生把我叫到另一间屋里,关上门。

方医生在我面前低头站着,猛烈地抽烟,迟迟不肯开口,显得十分为难。

"方医生,有什么话你就说吧。"其实,我一直想找个机会同方医生谈谈。

方医生最后狠抽了一口,用力捻灭还剩下半截的烟头,开始面对我。我耐心等待他的沉默，等待他一次又一次地清嗓子。

"你妈妈她……她想叫我告诉你……当然，这你早晚会知道的，但她不想对你隐瞒到最后。事情是这样……一年前，你妈妈去医院看病，正好遇上我，我查出她患了……癌症，是食道癌，并且已经到了晚期……"

我的眼泪撒欢儿似的涌落出来，我再也支持不住，扑倒在方医生怀里："全怪那些该死的咸辣椒，是它们害了妈妈……"

"不要太难过，她能活到今天，已经是个奇迹了。你妈妈希望你能坚强地接受这个事实，别让她失望。"

在我得知母亲病情的第四天，母亲便与世长辞了。开追悼会时，我把母亲那张剧照放大作为遗像，这是母亲唯一的一张照片，也是她一生极其珍爱的纪念。用它作为母亲的遗像，我想母亲会满意的。

我久久凝望着这张遗像，那时的母亲是多么年轻、多么神气，一双炯炯有神的眸子犹如晴空一般纯洁，没有一丝阴影。歌声正随那清澈的目光流泻出来，流过喧嚣的喝彩，流过饥饿的田野，流过梦醒的城市，一路响来，直至我的耳边。

这时，方医生走过来，抚摸着我的肩膀。

"听见了吗？"我问他。

"什么？"

"妈妈的歌声。你听——"

"是的，我听见了。"他紧紧搂住我，"我怎么能听不见呢？我就是当年那个取代你父亲演李玉和的'鸠山'啊，孩子。"

"怎么？'鸠山'不是出家了吗？"

"不，他只不过是一辈子没有结婚。"

"一辈子。"他重复道。

1991年11月18日，淮南，初稿

1991年12月3日，定稿

菊花

菊花从小就是个爱说爱笑爱蹦爱跳的姑娘，如今长大了，菊花还像小时候一样，大老远的，人未到歌就先到了："跟着感觉走，让它带着我，希望就在不远处等着我……"歌声像轻快的小燕子。

其实，菊花整天就是在跟着感觉走，你看她什么时候都快快活活的，从来不曾为这而苦恼，也从来不曾为那而烦心。菊花真是生得洒脱活得也洒脱；凡是认识菊花的，没有人不羡慕她。

菊花跟着感觉走，上完初中就上了高中，上完高中就进了幼师。幼师毕业以后菊花就进了幼儿园工作，开始有那么一大堆孩子天天包围着她喊老师老师……没完没了。

菊花给孩子们讲故事，教他们看图识字、跳舞、背儿歌，还领他们做游戏。那些故事、舞蹈和儿歌都是菊花跟着感觉走出来的。孩子们把这些故事、舞蹈和儿歌统统搬回家，妈妈们都说："好，好，是谁教给你的？"孩子们便拖长腔调，骄傲地说："菊花老师。"以后妈妈们总听到孩子们对她们念"菊花老师、菊花老师"，听得心里酸酸的。就是那个小巧玲珑的姑娘吗？她居然像个魔法师。

每天都有几个妈妈对菊花说些感激的话：我们的孩子已经会写自己的名字啦；我们的孩子能做两位数的加法啦……菊花听了就笑笑，那您的孩子挺聪明。

旧爱时光

菊花的嗓子哑了，唱不出好听的歌了，胖乎乎的小莉莉就问："老师，你的嗓子怎么啦？"菊花老师指指喉咙说："它累了。"小莉莉噢了一声，背过手去。第二天，小莉莉带来一包胖大海交给菊花老师说："我妈妈是医生，她说这个泡在开水里喝，嗓子就不累了。"菊花一下子将小莉莉搂在怀里，哭了。谁见过菊花流眼泪呢！

孩子们都不知道菊花老师也会生气。调皮的小地雷爱拽女孩子的头发，一拽就不肯撒手，非把人拽哭不可。菊花老师说："你再不听话，老师就生气不喜欢你啦。"小地雷嬉皮笑脸，仍然拽，又把小莉莉拽哭。菊花老师果然生气啦，噘起嘴，整整一天没理小地雷。小地雷蔫了，低头坐在角落里一动不动，连午饭也不想吃。放学时，小朋友们都被妈妈接走了，只剩下小地雷还坐在那里一动不动低着头。菊花走到他跟前："知道错不？"小地雷哇的一声扑到菊花老师的怀里号啕大哭："我再也不拽啦！菊花老师，我再也不拽啦……"菊花怎么哄，小地雷也止不住，且越哭越伤心，哭得菊花心里好痛。

菊花抚摸着小地雷的乌发，心里着实怜爱。这孩子的妈妈生下他就死了，爸爸工作又太忙，每天都是最后一个来接他。菊花不得不经常为他洗衣服，给他洗澡，同他一起等爸爸。菊花亲着小地雷的脸蛋，任泪水流进她的嘴里，也不知道咸的滋味，因为她的心此刻已经飞向遥远的地方去了，那是一直珍藏在她心底的秘密。

菊花有过一个男朋友，白白净净，瘦瘦气气，戴着厚厚的眼镜，是研究生。菊花觉得他什么都好，就是不喜欢他老用挑剔的口吻批评她。你太娃娃气了，应该稳重点儿才是，等等，等等。她觉得我就是我，你就是你，你何必要改变我，我何必要依着你。菊花的男朋友甚至要她换个名字，他说菊花这名字实在太土气。菊花心里老大的不高兴，这名字还是爷爷给她取的呢。爷爷是个老红军，走二万五千里时掉了队，若不是一位叫菊花的农家姑娘给他一碗小米粥喝，爷爷早就饿死在路上了。解放后，爷爷在自家的院里栽满了各色菊花，除去工作，爷爷把心思全扑在这些菊花上。受爷爷影响，他们全家都视菊花为掌上明珠。爷爷非常爱菊花。

菊花的男朋友读完大学，被分到了上海。他要菊花也跟他一块儿去，菊花

菊花

不干,她认为家乡要比上海好,她舍不得离开它,这儿有她好怀念好怀念的童年啊;还有她好喜欢好喜欢的孩子们。菊花说:"我绝不难为你,如果到上海真能比这里有所作为,那我支持你去。你是个有抱负的人,我也是,咱们都应该为对方的前程着想。"他沉思许久,终于摇摇头,什么也没有说。于是他们便分道扬镳了。尽管菊花很能理解男朋友的选择,但心里还是苦恼了好几天。如果他们不分手,他们早该结婚了,现在,他们也会有一个像小地雷这般大的孩子。想到这儿,菊花羞赧地摇摇头,猛地,她发现前面立着一个人,是小地雷的爸爸,正恍惑地望着她,她更不好意思了,把孩子交给他,可小地雷已经趴在她怀里睡着了,偶尔还抽抽鼻子。

"你应该多分点儿心给孩子才对。"菊花说。

"是啊,是啊,可是我也没办法……"他笨手笨脚地接过孩子,现出惭愧和无奈的神情。

这天黄昏骤然下起雨,天顷刻变冷,转眼就黑下来。小地雷的爸爸还迟迟不见影,小地雷焦急地站在门口,打着哆嗦,不停地问:"爸爸怎么还不来呀?"菊花脱下自己的外套,给他裹上,说再等一会儿爸爸就会来了。可等呀等呀,还不见爸爸来,小地雷急得哭了。

"好乖乖,别哭,老师送你回去。"菊花撑开伞,抱着小地雷冲进昏沉沉的雨幕。菊花准备把孩子先带回自己的家。

风卷着绵绵细雨,打湿菊花的裤子和后背。菊花紧紧抱住小地雷,唯恐冻着他。菊花举伞的手被风吹得冰凉,她只有一个念头:尽快赶到家。菊花不由自主地奔跑起来。

在街道的拐弯处,忽然射出两道刺眼的光芒,菊花一愣,正欲闪身,两道光束无情地直刺过来。刹那间,菊花将小地雷奋力甩出去,自己随即在一片夺目的白光中旋转升腾起来。菊花向另一个世界缓缓飘去,隐隐听见小地雷凄厉的哭声,她也无法顾及了,似乎一切都在变得无所谓。

睁开眼,面前晃动的白色渐渐沉淀清晰,菊花奇怪自己怎么竟躺在一个白色的天地里。她想站起来,可下肢没有任何感觉,仿佛不存在了。她心头一阵战栗,挣扎着坐起,母亲急忙过来将她按下:"别动,你被车撞伤了。"

"我的腿？"她抓住两条木木的腿。

"很快就能治好，别担心，孩子。"

"真的能治好？"

"真的。"母亲回答得毫无信心。

菊花捂住脸，肩头上下抽搐："小地雷伤着没？"

"他很好。"

肩头抽得更加剧烈。

菊花是坐着轮椅出院的，回到家，窗台上那盆白菊花开得正旺，可她只懒懒地瞥一眼，就闭上了眼睛。阳光下，菊花的脸显得毫无生气，迥异于那满院含苞待放的菊花。

菊花真的再也重放不了了？菊花整日默默无言，听不进任何人的劝告。母亲给她买来一副双拐，扶她练习走路，竟也招致她大发雷霆。母亲躲在暗地里悄悄流泪。

菊花希望的翅膀已被折断，再也不能飞翔，她只好于往事的河流里尽情邀游。小莉莉一直梦想将来能当上一名舞蹈家，动不动就央求她教孔雀舞、牧羊舞，恨不能把世界上所有舞蹈全都学会。小地雷现在又在干什么呢？是不是又站在空荡荡的教室门口，盼望着爸爸快点儿来接他呀？菊花一想起这些就痴了，目光直直的，周围的万物都被抛置脑后。

突然，门哗啦一声开了，涌进一大群孩子，捧着一束束鲜艳的菊花，冲着她笑。小莉莉和小地雷站在最前，分别捧着白色和黄色的菊花。她呆呆地瞪着，分不清到底是花在笑，还是孩子们在笑。一切似乎都沉浸在美丽的旧梦中。她愕然而立，似乎在谛听远处的声音。当她不知不觉走下轮椅，孩子们惊呼着，一窝蜂拥上去，紧紧围住可爱的菊花老师，他们睡梦中声声呼唤的妈咪。

这时，小地雷的爸爸和小莉莉的妈妈，还有更多孩子的妈妈走进来，手里都捧着一束菊花。她蓦地醒悟过来，这不是梦。回头看去，那轮椅孤零零地被弃在一边，她简直不敢相信……但狂热的孩子们根本不允许她完全清醒，拉着她的手跳起祝福舞。

菊花

　　谁都看到菊花流泪了，这是第几次呢？第一次？第二次？也许以后，菊花还要流更多的泪。

1989 年 11 月 3 日，淮南

迟钝的感觉

这穷得闹鬼的地方倒也生得山清水秀，如果不是因为缺米，定还会落个"鱼米之乡"的美名。赵永发捏着二两熟瘟猪肉从街里回来，看见前面阴森森的大门洞，他在心里犯着嘀咕，这已是几十年的老习惯了。

怪就怪在他爹当年饿得实在是太厉害，稀里糊涂地要饭要到了这儿，还牢牢地扎下根。可他早已在这儿待得不耐烦了。

他爹老得干不动活儿时，整天动不动就跟他唠这个镇子上的传奇。他爱听，但压根儿不信。他只承认这个镇子的历史很远，因为他早从这里的建筑上看出来了。只可惜，现在都已不剩下啥年代很远、外观很完整的古迹了，仅有一片废墟和大门洞前那两座断头的石狮子。那石狮子先前可是相当威风的，逢年过节总有人给它披上红绸子，在它脚下磕头跪拜。

穿过大门洞，赵永发不由得打了个寒噤，使劲跺跺脚，想生出些许热气来。

几个系着红领巾、戴着红袖章的小家伙正在他屋前刷写标语，赵永发登时气从上下起："妈的，这地方叫你们糟害得还嫌不够吗？又跑到老子头上来啦。都给我滚蛋！"赵永发抬脚将墨汁桶踢翻，染黑一地。

"这是毛主席的话，你怎么敢……"专心致志写字的少年把毛笔一扔，大眼珠子贼溜圆地瞪着他，满面血光。

赵永发觉得这孩子唇上的墨汁看起来挺滑稽，不禁笑出声来。

"老实点儿，反革命。"端红缨枪的几个孩子一起围了上来。

迟钝的感觉

赵永发不屑，挥挥手："都滚你们家房上写去，少在我这儿瞎捣蛋。"诱人的肉香钻进鼻孔，赵永发来不及多说，转身进屋。

"打倒赵永发！打倒反革命！"小将们振臂高呼。

"闹去吧，闹去吧，天都快被这帮狗杂种给闹翻啦，"赵永发盘坐在炕头，抿一口二锅头，夹一块瘟猪肉，"啊，真香，满足！"

吃完肉，赵永发吧嗒吧嗒嘴，余香仍浓。

"打倒赵永发！打倒赵绝户！"外面喊得震天响。

"你们还有完没完？"赵永发跳下炕，嘴里喷着脏话，抄起炉钩子奔了出去。

众小将见状纷纷逃散。

"打倒反革命！打倒赵绝户！"喊声稀稀拉拉。

"妈的，要你们这些兔崽子，还不如绝户。"赵永发忘记了穿鞋，脚冻得生疼，急忙溜回到炕上。

对屋的疯老太太瞅着赵永发哈哈大笑。

赵永发看看桌上的空碗，将几粒肉渣舔净，然后一推桌子，和衣躺进被窝。

炕头很凉，快睡着时总被冻醒。他只好起来，戴上棉帽到外屋烧炕。柴火被雪弄潮了，烧起来很困难，呛得他两眼热辣辣的泪。他拼命拉风箱，疯老太太坐在自家的锅台上依旧怪声怪气地笑。

老婆在时，烧炕是从来用不着他的。老婆让他用擀面杖打跑之后，他开始饱尝各种苦头。如今女儿已经成家多年，再不像一开始时那样来得勤了。赵永发想起这些就有些难过，难过起来就有些想老婆。都怪自己当初实在是太狠，那么老粗的擀面杖竟也忍心往老婆的细皮嫩肉上打，像打牲畜一样。

烧热炕，赵永发回屋美美睡了一觉，还梦见老婆回来了，抱着一个白胖白胖的小子。赵永发乐醒了，醒来即是一阵心酸。老婆已成别人的了，再也不可能回来。他卷了支纸烟猛抽，继续赖在被窝里。

天色已经黑下来，赵永发勉强从暖烘烘的被窝里爬起，点着油灯。明天有人要来取衣服，他不得不坐到缝纫机前去忙活半宿。

衣服做好，他的头有点痛，站起身差点儿摔倒。他走到外屋，从缸里舀瓢凉水喝下去，浑身清爽了些。窗户纸被风刮得呼啦啦直响，他哆哆嗦嗦地跑回屋，裹着棉被挣扎了许久才睡着。

过道里的锣声时远时近，敲得特凶。赵永发的头都要裂了。不知又要开什么会，这些人没事干，整天就想着变把戏玩，永远玩个没完。他试图起来，但起不来，头沉。

"赵永发，快到大门洞去开会。"一名身穿破烂衣，鼻涕吸溜吸溜的革命小将赶来通知他。

"我不去，我不去嘛。不去。嘿嘿嘿……"疯老太太撒娇似的跟这名小将拉拉扯扯着。

小将无可奈何，冲赵永发的门又喊了一遍："去晚了，把你也拉上台。"小将提提裤子，转身跑了。

赵永发拍拍头，想卷支烟，手不听使唤。他紧闭双眼，猛地坐起。身子晃了两晃，还是稳住了。他慢慢睁开眼，灰白的墙壁最后颤动一下，停住。他披上大衣，望望窗外，天阴沉沉的。这样的天，咋能有劲开会？但他还是跟跟跄跄地开会去了。

大门洞里闹哄哄的，进出口全由"红缨枪"把持着。赵永发在人群后面悄悄搁下板凳，掏出烟袋。

临时搭成的戏台上，站着地主的儿子秦永，弯着腰，白纸糊的高帽子伸出老远。台下几个小孩往白高帽子砸土坷垃，街道主任视而不见，只顾高声宣读毛主席语录。别的街道主任都是女的，唯有他们街道主任是个男的。妇女们都挺崇拜他，他当过二十多年的盲流。赵永发打心眼儿里瞧不起他。

赵永发仰头看看大门洞顶上的百鸟朝凤图，已被团团黑泥糊了个严严实实。瓦檐上的龙雕也全砸了，变成光秃秃的一排。这先前全是姓秦一家的，现在却住进去了十几户人家。最漂亮的小阁楼由街道主任占着。赵永发很不服气。

"赵永发，你上来给大家讲讲，过去你爹是怎么在大地主秦家受虐待的。"街道主任眼尖，赵永发尽量不惹人注意，还是被他发现了。

迟钝的感觉

赵永发狠抽几口，扔掉烟头，吐口唾沫，再用脚使劲踩了一阵，然后慢慢腾腾将烟袋揣进怀里。接着，他又拍拍裤子，并未拍出什么灰来。他不甘心，继续把外套抻巴抻巴。实在没啥可整理的了，他便开始研究起街道主任那张发青的脸。

"快上来呀，别磨磨蹭蹭的。"

他瞅瞅后面，咳嗽几声，慢吞吞地走上批判台。

"赵永发他爹给秦家当了一辈子牛马，受尽欺压，现在，我们就请他给大家讲讲他爹的不幸遭遇吧。大家都注意听，听完我要请人上台发表感想。"

"讲什么呢？"他问脸发青的街道主任。

"就讲你爹在秦家是怎么挨打受骂饿肚子的。"

他扫一眼台下黑压压的观众，脑子里乱糟糟的。他爹从小普天下要饭，要到秦家门前冻昏过去，是秦永他爹把他给救了，并收他做了长工。他爹一跟他讲起这镇子上的传奇，就要讲到秦永爹的开明博学。说他待穷人很和气，喜欢看书，还手把手教老婆写字。他爹一辈子感叹这地方虽穷却不出恶人。

赵永发记事的时候，秦永爹还活着，表面上看去从来都是斯斯文文的，就没见他发过脾气。给秦家当了长工后，他爹从此不再饿肚子，也没挨过打受过骂。他爹到死都感激秦家，他能讲个什么呢？

台下一双双大眼小眼正等着他讲。

"大胆讲吧，如今是新社会，有共产党毛主席给咱撑腰，不用怕。"街道主任鼓励他。

"有啥可讲的，其实，地主也不全都一般恶，比如秦家……秦永爹……他从不打老婆……"

台下哄然大笑，交头接耳乱了秩序。

"下去！滚下去！"台下有人大喊。

赵永发看看街道主任的脸，那脸色由青变灰。

"还愣着干什么？快给我下去。"街道主任惊恐至极，似乎他赵永发是一枚瞬间就将爆发的定时炸弹。

赵永发低头想了想，乖乖下去。他捡起板凳，不慌不忙离开大门洞，离开喧嚣热烈的场面。

正要推门，阴惨惨的笑声突然如冷箭从背后射来，赵永发的手一抖。他厌恶地回头望望疯老太太家的门。

屋里丁点儿热气都没有，他吃力地爬上凉炕，肚里饿得咕噜噜直叫，他也懒得动弹。女儿好久不来了，他想。

大门洞里传来地动山摇的口号声，大会显然到了高潮，赵永发觉得自己离他们好远好远。

"赵永发，明晚到会上做检讨。你的思想很危险，应该警惕啦。"街道主任忽然威严地站在了他的屋里。

赵永发无力说话，仿佛正避开他渐渐远去。街道主任由模糊变得渺小，他们之间横着一条愈来愈宽的河流，他感到十分安全，没有人能够渡过这条河来。

街道主任嘭地带上门，赵永发微微睁开眼，空荡荡的屋子里顷刻间就被河流淹没了。他自己沉入河流的最深处。

爹临死时那么留恋这个镇子，真不知他都相中它啥了。如果活到今天，他还会在这儿待下去吗？爹从未对他提起过老家，难道老家就没一丁点儿令他想念的东西？只要别像这里这么闹腾就好……赵永发的脊梁骨热出了汗，他翻过身，摸摸褥子底下，滚烫。他很是纳闷儿，提上鞋，到屋外瞧瞧锅台底下，柴火着得通旺。女儿来啦？

他打开碗橱，没啥好吃的。往常女儿回来看他，总要带些好吃的熟菜来。他四下里看看，也没啥陌生的东西；疯老太太正坐在锅台上梳头，将虱子挤得啪啪作响。

他掀掉锅盖，白水翻花，他趁便撒一把苞米面进锅。搅好糊涂粥，他喝下半碗，便不想再喝。嘴里嚼着咸菜，想着明天的检讨。这事叫他犯愁，不说不行，说又说不出。

秦永和他年纪相仿，小时候两人一块儿玩得挺好，后来划清了界限；见面低头而过，只当生人。这秦永也算命苦，地主的福没享几天，地主的罪倒受了不少。那顶白高帽子在他眼前晃来晃去……明天说啥呢？他愁眉不展。

迟钝的感觉

缝纫机上的衣服没了，搁着两块钱。赵永发拿起钱，到街上买回二两熟瘟猪肉、一瓶二锅头。

喝酒时他已想好，啥检讨也不做，就装哑巴。喝完酒，他躺在炕上等开会的锣声。

锣声响了，响得很急，不像是召开会的。他听见人喊谁死了。谁死了跟他无关，他继续躺在炕上抽烟。他的头不痛了，浑身舒服得很。他跷着二郎腿，哼起二人转。

锣声未息，过道里奔跑的脚步声不断，踩得他心里有点发慌。他停止哼唱，细听外面的动静，好像死得还不止一个人。他躺不住了，跳下炕，来到外屋门口，见人匆匆忙忙地从他面前跑过。

"咋啦？"

"秦永和他老婆上吊了。"

他的心一颤，机械地跟着跑去。

房梁上悬挂着两个人。秦永的舌头伸得老长，滴着黏液，眼睛恶毒地翻着。

秦永的女儿淑文用毛巾捂着嘴，被哭声憋得身子一个劲儿地抽搐。人们目光茫然，望着死去的和哭泣的。街道主任两眼只盯着淑文发呆。

"孩子，放心地哭，爹娘都死了，还在乎啥？"赵永发拍拍淑文的肩，红眼珠子瞪着人群，仿佛有谁不服就来试试的架势。但没有谁说不服。

淑文果真放心地大哭起来，哭声惊天动地。

"赵永发，你给我老实点儿。"街道主任说话了。

赵永发毫不理会，拨开人群，大摇大摆地走开。

"你们这样可苦了淑文，该让淑文咋办呢？孤零零一个弱女子。人要是想不开，什么天王地爷都不管了。"赵永发感慨万千，死亡击痛了他。

批斗会没人批了，赵永发便被揪出来补上这个缺。街道主任让他做检讨，他把牙咬得铁紧。

"赵永发，你这名字就散发着资本主义的铜臭。社会主义的班你不上，成天躲在家里干私活，你这是走资本主义道路。你还同情地主，站在地主阶级的立场上。"街道主任向广大人民群众历数赵永发的罪状。

"翻身不忘本,牢记血泪仇!"群众跟着街道主任高喊口号,喊得山呼海啸。

赵永发一副生死置之度外的样子,头昂得老高。散会时,他像下班一样往家赶,只不过这比上班要累得多,上班他们从不干活。

回到家,他连炕也不想烧,饭也不愿做,先睡上一觉再说。这几天,他的关节又开始隐隐作痛。

日子长得可怕,他想不出啥时会是个尽头。

半夜,正睡得糊里糊涂,忽闻有人哭喊着敲外屋的门。他以为是女儿,衣服没披就去开门。没等看清是谁,进来的人便一头扑进他的怀里哇哇哀号。

"咋啦?静秋,怎么这个时候跑来?他打你啦?"他的声音里有愤怒又心疼的泪水。

"他……他……赵叔……"

原来是淑文,赵永发下意识地推开她。"出啥事啦,孩子?"

淑文没穿外套,冻得瑟瑟发抖。他把她领进屋,点着灯,发现她胸部的衣服扯开个大口子,头发散乱,穿着睡裤,赤着脚。他不问了。

快上炕,到被窝里暖和暖和。他到外屋生火烧炕。

烧完炕,他在炕梢重新铺了一床褥子,用毯子和大棉袄代替被子。饭桌隔在炕当中。

"冷吗,淑文?"

"不冷。"淑文的身子抖个不停。

"睡吧。"他吹灭灯。

睡了一会儿,他又爬起来卷烟。夜色里,一点火星时亮时暗。

"哈——嘿嘿嘿嘿……"一声毛骨悚然的长笑划破死寂的夜。

淑文吓得推开桌子,扑到赵永发身边。

他紧紧搂住她瘦得可怜的骨肉:"别怕,是疯老太太。"

她怦怦怦的心跳格外地响,像是从窗外传进来的。

"去睡吧,疯子有啥好怕的?"

迟钝的感觉

淑文不动,将他抓得更紧。赵永发的鼻孔里满是她头发上的香气,他的心里不免有些骚动,脸颊发胀。他闭上眼,尽量什么都不想。

"让我和你一块儿过吧,赵叔,我怕……"淑文哭了。

这咋行,我一个单身汉,但他又不忍说出来,怕让淑文绝望。淑文眼下啥亲人都没有,工作也没有,可叫她咋活呢?他只有叹气。

"我跟了你,赵叔,随你便。"淑文说得极其坚决。

赵永发差点儿一口气没上来,一阵眩晕。

"来吧。"淑文推了他一下。

赵永发仍然毫无反应,蓦地想起女儿,他泪珠哗哗似雨。

淑文接着抽泣,肩膀颤抖如狂风中的叶子,在他怀里变得似乎越来越小。

一股火焰在赵永发的身体里腾地蹿起,他一把将淑文翻转过来。不知是紧张还是恐惧,淑文急促的喘息发出阵阵怪异的声音。

"我他妈的什么都不管啦",赵永发瞬间闪过这一念头,随之纵身跃入酣畅的汪洋大海,任意沉浮。这时,他才意识到他快渴死了。

等从这海底漂浮上来,赵永发又悔上心头,闷闷不乐。

秦永戴着高帽子来找他了,看见他,不说话,只是伸出舌头,默默地流泪。

"你来干啥?"

秦永就是不吭声,一步一步向他逼近。

"你想干什么?"赵永发步步后退,一脚踏空,身体从高处疾速坠落。他大声呼救,挣扎着醒来。

"你怎么啦?"淑文紧偎着他。

"没事。"赵永发盯着黑黢黢的门。

赵永发等着,但并不见秦永找来,倒是街道主任找上门来了。

"赵永发,你已经彻底脱离无产阶级革命的战线,跟地主阶级站到一起去了。人民群众将永远不让你翻身,他们会踏上一万只脚……"街道主任手指着赵永发的鼻子,眼睛却在一眨不眨地瞟着怯怯躲在他身后的淑文。

赵永发注意到,街道主任这次脸上的怒气和往常很不一样。

"赵绝户和地主的女儿搞破鞋、赵绝户和地主的女儿搞破鞋啦……"孩子们喊得无比地抑扬顿挫。

哗啦——窗户玻璃被砸碎一块,风呼呼地灌进来。

"看,这就是人民群众愤怒的炮弹。"街道主任如临阵指挥的将军,胸有成竹地望着破碎的窗户。

从此,淑文和赵永发开始一块儿挂着牌子站在台上挨斗。这比斗他一个人让他在乎,他担心近日显现贫血脸色的淑文。他凑近淑文,低声道:"闭上眼,就当在家里睡觉一样。"

听淑文嗯呐一声,赵永发就闭上了眼。女儿知不知道他现在正在台上呢?见到淑文,她该咋跟女儿说呢?女儿又会咋看他这个爸呢?那样对待她妈,一根老粗的擀面杖,太狠啦……

台下喊:"打到资产阶级和地主阶级勾结起来的狗男女!"喊声不太整齐,街道主任不满意。再喊,还是不整齐。

"赵永发,你知道通奸是违反社会主义法律的吗?"

"她是我老婆,这咋他妈的算通奸?"

"嘴巴干净点儿,有什么能证明你们是夫妻?"

"她乐意,我也乐意……我们马上就打结婚证。"

"在社会主义国家,绝不允许你们这样兴风作浪,我们要坚决予以狠狠打击!革命小将们,对他们这种人应该斩草除根,绝不能让他们的阴谋得逞。走,抄家去!"

呼啦——包括穿开裆裤的孩子,全向赵永发家冲去。

批斗会结束,赵永发搀扶着淑文走回家。他明白她心里在替他难过。他笑笑,说:"静秋她妈跟了我三十多年,我还从来没这么搀扶过她,只有她搀扶我。"

淑文想哭,却哭不出来。

屋里被翻得乱七八糟,少了半碗荤油和半瓶二锅头,一条给淑文用的新枕巾也不见了。淑文拿起笤帚扫地,他夺了下来。"休息一会儿再说吧。"他道。

疯老太太笑嘻嘻地提着那半瓶二锅头走了过来。赵永发火冒三丈:"还有荤油呢？你咋偷我的东西？"

疯老太太瞪着赵永发，顿时没了笑脸，表情既恐惧又悲哀。淑文赶紧劝止他，接过酒，说："谢谢啦。"

疯老太太半天才见反应，她看看淑文，摇摇头，眼里闪过湿漉漉的光。

咋回事？赵永发觉得哪里不大对劲，好像刚才是在做梦。他呆呆地望着疯老太太走回自己的家。

疯老太太原先做过秦家的奶妈，后来又给秦永爹做了添房。秦永爹死后，刚好遇上解放，她便搬出秦家单独过了。据说因为要批斗她，她的眼珠子转了几转，然后突然爆发出一阵狂笑，笑完就立马变得疯疯癫癫了。

赵永发看看手里的二锅头，像看着一个醋瓶子，心里很不是滋味。他把它搁回原处，顺手抽出那根擀面杖，扔到外屋的柴火堆里。

"扔它干啥？"

"朽了，时间长了。"

"朽了？"淑文不解。

他把手搭在她的肩膀上："咱们打结婚证去。"

两人一前一后走出屋，没走几步，赵永发忽然停住。他看见有人在撕窗户纸，他抬头望望天，阳光晃晃悠悠的，空气中弥漫着松油的清香。

春天来了，他咋就一直都没感觉到呢？"哦，春天来了。"他对淑文说。

"是的，春天来了。"淑文说。

"咱们回我老家去吧。"他说。

"好的。"淑文说。

冰雪消融的黑土地上，嵌下两行深深的脚印。

女儿也该来了，他想。

1989年3月21日，安徽大学

死窗

这人是什么时候搬到我们这儿的,我不知道,仿佛一夜间从地里长出来的。可没过多久,就听到人们都在议论他,说他是"乌龟"。他长得的确像乌龟,小小的,缩手缩脚,鼻子上挂着好像很沉的眼镜。有好几次,我走到跟前观察他,他竟然没有发觉。

我问妈他是干什么的。

"写东西的。"妈很不耐烦地回答。

"那女的呢?"

妈瞪了我一眼:"哪个女的?"又回头跟季奶奶说话去了。

那女的回来了,就是小乌龟的老婆。高高大大,比小乌龟高出一个头还多。每天下午都要挎着一个腰粗膀宽的男人走到房道口,然后说"拜拜"。今天却没见那个男人。

发现妈跟季奶奶在瞅她,她把胸挺得更高了。她就是比小乌龟神气。

小乌龟整天待在家里,不时传出五脏欲裂的咳嗽声,大概是有病。他的脸色黄极了。妈和季奶奶常朝着他们的屋子咬耳朵。其他几个邻居也这样,偶尔还过来同妈和季奶奶交流挺长时间。

听见小乌龟咳嗽,妈的眼神总有点儿慌乱。

"他为啥老不上班呀,妈?"

"有那本事倒好喽……你问谁?"妈突然转过头来,冲我睁大了眼睛。

我没敢说,向小乌龟的家望去。

死窗

"老实看书。"妈提醒我。

小乌龟似乎很畏我们这儿的人，从不敢正面瞧谁一眼。去接女儿的时候，总耷拉着脑袋从我们门前匆匆溜过。他那个女儿最让我瞧不起，都上初一了，只比我低两年级，还天天让她爸去学校接。坐在自行车上的她，不停撩小乌龟的胡子撒娇。小乌龟笑一阵，咳一阵，再经过我们门口的时候，连弯下腰加快速度也忘了。而回到家里，就只能听见小乌龟的咳嗽。再也没有笑声，说话声也没有。

妈带回来一张报纸要爸看，我凑过去，是一块巴掌大的文字。署名"赵超"。

"赵超是谁？"我问爸。

爸将我推开，躺在竹椅上，自言自语："赵超赵超……"

他那意思，"赵超"就是照抄。

我把报纸拿过来，细细看了一遍。我猜，赵超就是小乌龟，小乌龟就叫赵超。

看小乌龟驮着女儿在路边出现的时候，我翻开那张报纸准备朗读。等他们嘻嘻哈哈地骑过来，我立刻大声念道："彻底清除精神污染是解决当前……"

小乌龟的女儿盯着我止住笑声，然后嗲气地喊了声"爸爸"。小乌龟冲我笑笑，像是好感激的样子。

我放下报纸，我猜对了。

天气热得知了嗷嗷叫个不停，我把桌子搬到树底下写作业；不由自主地朝那里瞥一眼，发现小乌龟家的门前垒起了一道红院墙。那么突然，又像是一夜之间从地里长出来的。

小乌龟的老婆今天没去上班，穿着拖鞋、裤衩、短背心，一趟趟地上厕所。每次她从我面前走过去的时候，我就盯着她那双脚看。那双脚又肥又白又长，一走进我的视线，就给我心里吹来一股骚动的风。为了看那双脚，我坐在门口或树荫下一边看书，一边盼着她出来。有时接连几天都能看到，有时连着好几天无影无踪。

妈和季奶奶又朝着红院墙交头接耳了，小乌龟的老婆已经有半个多月没露面。我也跟着纳闷儿,不知不觉,我就成了妈和季奶奶的一部分。只要碰见她们在一起嘀嘀咕咕,我便侧耳偷听。

"还是党员哪,真不要脸。"妈说。

"要脸,能干出这事儿吗?"季奶奶说。

"这乌龟也太无能了,连个女人都驯不住……写你的字,大人说话你听个啥?!"

我急忙把目光移回到书本上。

红院墙寂寞了好久,小乌龟的老婆迟迟未归。学校也放假了,小乌龟和女儿天天把自己锁在家里。他们家的院门是时刻上锁的。

我在树下铺了个席子,躺在上面读小说。天热得人快活不下去了。一颗小石子飞到我的书上,我没在意。又飞来一颗。我气得坐起来,小乌龟的女儿正望着我开心地笑哪。讨厌,要不看她是只小母鸡,我非一脚把她踢上天去不可。要知道,我是一中足球俱乐部的著名中锋啊。看来,小母鸡一定是找不到别人玩,实在无聊得受不了啦。

我扔下小说,斜眼瞧了她三秒钟:"你想干什么?我在看书,没空接待你。"

"是我爸爸要找你的,我才不乐意搭理你哩。"她皱皱鼻子。

"小乌龟?"

"你说啥?"

"噢……啥事呀?"

"跟我来嘛。"

不知为什么,我竟乖乖跟她走了。

跨过那扇铁门,正要往屋里进,她却把我拉到了一边:"这里嘛。"

我随她进了厨房。里面的墙壁被烟熏得漆黑,窗子给封住了,糊着厚厚的纸。小乌龟正坐在台灯下奋笔疾书,桌上堆满了书、稿纸和信封。

"爸爸,回头看一下嘛。"

"啊啊……"他只是应着,就是不肯搁笔。

等了好长时间,他才算看见我,把笔撂下:"哦,是廷叶啊。"

死窗

真奇怪，他晓得我的名字。

"忍忍，给廷叶哥哥拿个板凳来。"

忍忍哼了一声，不情愿地去了。

我仍然站着，感觉背上有无数条小河流在奔淌。

"字写得好吗？"

瞧他那副模样吧，还敢小看人。我矜持了一下，把获过年级书法三等奖的事告诉了他。

"写给我看看。"

哼，他还敢怀疑人。我接过他递来的笔："写什么？"

"随便。"

"小乌龟驮着小母鸡，小乌龟驮着咯咯笑的小母鸡"，刚写完，字迹就被我胳膊上的汗水打湿，模糊成一片。正要重写，小乌龟哈哈大笑："行啦行啦，写得好写得好。"

小乌龟笑出了眼泪，用手绢擦了半天才平静下来："廷叶，给我帮个忙，抄篇小说好吗？"

原来，他还写小说。我以为他光会写报纸上那样的玩意儿哪。我痛快地答应了。

他大喜，迫不及待地把一沓老厚的稿纸交到我手里。我心一沉，咂咂嘴。

走出小乌龟的屋子，听到背后咣当一声锁响，我长吁一口气，火团似的太阳也不觉得毒了。稿纸第一页写着小说的题目《跳蚤》，署名赵超。真有意思，丁点儿大的跳蚤，能让他费这么多张纸，我一学年也用不完。

躺在席子上，我一页页地翻，没翻完一半就睡着了。密密麻麻的跳蚤在我身上蹦来跃去，弄得我浑身奇痒。睁开眼，那沓小说稿歪在我脸旁，小乌龟的老婆和一个满脸黄胡子的男人正缓缓向我这边走来。我倏地爬起，晃晃脑袋，以为做了个很长很长的梦。

小乌龟的老婆和黄胡子男人径直走进红院墙。

他们进去不大工夫，小乌龟就提着炉子出来了，边扇边咳，烟雾弥漫了整个房道。季奶奶嗑着瓜子来找妈，妈还没回，她就蹲在门口，望着小乌龟生炉子，满脸的皱纹在笑。

"出公差哪有出一个多月的？"季奶奶对回来的妈这么说道。

妈斜着身子听季奶奶的描述。

季奶奶说那女人黑了瘦了，我倒没注意到这些变化。几天后再仔细打量她，果然是。不过，那双脚还是那么肥、那么白、那么大。看了好叫人舒畅。

此后，黄胡子男人每天晚上都来找小乌龟的老婆，至于什么时候离开的，没谁看见。小乌龟的老婆最近也一直没出门上班。

趁妈和爸在算月账时，我揣着誊好的小说稿去找小乌龟。他正在院子里炒菜，系个花围裙。他老婆则和黄胡子坐在屋里喝酒，瞟见我，她狠狠瞪了一眼。我把小说递给他，随即就往外逃。他猛地抓住我，把我朝他那间小屋里推。见到那封得严严实实的窗户，我整个身子几乎都化成了水。

"看吧。"他把灯打开，扔给我一本杂志，又出去炒菜了。

再进来时，他把围裙解了，捧起小说稿："很好，谢谢。"

"有好些错字我都替你订正了。"

听到这话，他不但不感激，好像还很不高兴。真叫人失望。

"能发表吗？"

"可能。"他犹豫片刻，"对，我得赶紧把它寄出去。"

他从桌上抽出一个大信封，写好地址，把稿子塞进去。走到门口，他又蓦地回头，看看我："噢，邮局该关门了。"

他回到我面前坐下，愣愣地端详着我，弄得我好不难为情。

"喜欢写东西吗？"

"当然喜欢啰，我写了好多诗，都快写满一个日记本啦。"

因为认为悄悄吟诗，暗暗流泪是女孩子干的事，所以我写诗总是背着人的，谁也没告诉。

"你也这样……"说着，他像又想到了别的问题。

"你喜欢罗曼·罗兰吗？"当时我正在看他的《约翰·克利斯朵夫》第三卷。

他嗯嗯两声。我看得出，他压根儿就不知道罗曼·罗兰是怎么一回事，可又不好意思承认。别看他能写《跳蚤》这么厚的小说，我不过只佩服他一点点。

死窗

　　回到家，妈把我给狠狠骂了一顿。说我再同小乌龟他们来往，就打断我的腿。我很诧异，我干得挺保密，她是怎么发现的？

　　我翻出日记本，选几首感到最满意的诗，照小乌龟那样，眷在稿纸上，然后装进信封，投给市报。没料到，它们很快就被发表了。我乐得疯疯癫癫，拔腿去找小乌龟，哪里还记得妈的训诫。

　　小乌龟读完我的诗作，狠狠地咳嗽了一番。我怕他弄脏我的报纸，紧忙抢救过来。他捶捶胸，将脸一板，道："今后别玩这些东西啦，上好学，混个饭碗要紧。"

　　这人真是没劲透顶，我难过得快要哭了。坐在电视机前看 *Follow Me* 的忍忍却幸灾乐祸地笑。我发誓再也不理小乌龟了，叫他的《跳蚤》们统统见鬼去吧。

　　小乌龟到学校接小母鸡，差不多回回遇见我，老远就喊我。我懒得睬他。我长大了，不关心红院墙了，妈和季奶奶的兴趣也淡多了。但逢他老婆穿着拖鞋出来，我还是忍不住要看她那双脚，并且一看便醉得心荡神驰，久久不能清醒。

　　我放学回家，小乌龟忽然从路旁拦过来，吓了我一跳。

　　"喂，廷叶，闷吧？"他讨好地笑。

　　"有事吗？"

　　"我刚看完一篇小说，写得好极啦，听我讲讲吧。"没等我应允，他就开始讲了。

　　讲的是一个老头和一群鸽子的故事。讲到老头死了，鸽子围着他的尸体不肯散去时，他开始呜呜大哭，引得行人直看我们俩。哭完，他从怀里掏出一沓稿纸交给我："看看吧，不用你抄。"说完，转身离去。

　　小说已经重新眷好，写的就是他刚才讲的那个故事。我带回家读了几遍，写的是挺感人，但没至于把我感动得流眼泪。再说，有些错字和病句也影响了我的感情。

　　我把小说还给他时，顺便问了一句："《跳蚤》呢？"

　　"还没回来。"他微微叹了口气。

从此，再遇到我的时候，他彻底不主动招呼我了。我们就这样成了陌路。

偶然一次想起，有挺长一段时间未听见小乌龟的咳嗽了，也没看见小乌龟老婆的影子。房道静得像死了一样。其实，这里本来就从未热闹过。问妈方知，他们一家搬了。说到"搬了"时，妈脸现憾色。

"搬哪儿去啦？"

妈动动嘴唇，没说。

忍忍已上高一，小乌龟照旧每日骑车接送，两人有说有笑，似乎永远不会彼此厌腻。我想，这样下去，忍忍是永远学不会骑车的。但说实话，我也有点儿羡慕。

红院墙被新搬来的人家拆了，妈每到门外，仍要默默问候上一眼，目光里仿佛还立着那道红色院墙。厨房的窗户被重新打开，我心里顿时跟着亮堂起来，觉得好像有另一扇窗子在我心里打开。

季奶奶立在雨中，望着红院墙的废墟，浑然不觉薄衫早已湿透。我恍然忆起，小乌龟全家在我们房道里首次出现的时候，也是一个阴雨天。

季奶奶常说她的身子是泥塑的，经不得雨淋，这回她却忘了。淋湿的季奶奶回到家中，瘫在床上静静溶蚀成了灰。

这天早晨，我刚走进校园，就忽听人喊"操场上有人被杀了"。我随着人群跑去，只见一女子倒在血泊之中，遮盖的芦席被谁掀开了，那样子很像小乌龟的老婆，可是满脸血迹，不容易辨清。我立即去找忍忍，忍忍没来。中午，小乌龟也没有来。

我回到家，妈和爸正谈论着什么。看见我，妈便问："看到被杀的人了吗？"

我点点头。

"就是赵超的女人。"妈头一次没用"小乌龟"这个称呼。

"谁杀的？"

"我敢肯定就是那个黄胡子。"

"哎，别那么武断嘛。"爸不愿苟同。

但案子很快就破了，确实是黄胡子杀的，据说是因为单位里的经济问题。

死窗

黄胡子是小乌龟老婆的上司，小乌龟老婆是黄胡子雇用的会计。这个消息是爸带回来的。

小乌龟的女人被杀后，忍忍就不上学了，不久，就失踪了。

"唉，可怜可怜，因为一个女人，落到这种地步。"妈一闲着时，就要这样叹息上几句。

我知道她指的是小乌龟，便问："忍忍咋没了？"

"被她舅领回去了。"

"为啥？"

"人家的孩子，凭啥不要？"

"不是小……赵超的？"

"唉，这女人也太狠心啦。"妈没心思答我的话，只顾自叹。

我不明白，这到底是怎么一回事？

高考结束后，待在家里无事，妈问我："你以前总跟赵超在一起干些啥？"

"他辅导我写作文。"我信口编来。

"他不烦你？"

"一点儿不。"

"去看看他吧。"

妈这是怎么啦？有点儿反常。

犹豫了一阵子，我决定照妈说的地址去一趟，临走，妈嘱咐我："别待太久，他有病。"

很费了一番力气敲门，终于听见里面有人应声。又等许久，门才打开："找谁？"

若不是这声音尚有些耳熟，我会以为自己是敲错门了。他衰老得吓人，头发几乎掉光。

"啊……是你。"他向上推推眼镜，毫不惊讶我的到来。

把我拽进屋后，他探头朝外看看，重把门插上。屋里黑黢黢的，所有窗子全被木板封死，胡乱贴着报纸。桌上的书、稿纸和信封堆得更高了，台灯昏昏地散着光，照着忍忍儿时的相片。

我不感到闷热，只觉得阴冷。

"我正在写一部长篇，刚刚开始。"他舔舔嘴唇，也不请我坐。

"迟早会发表的。"我想送他点儿安慰。

"可能。"他仰起头。蓦然间，他惊醒似的瞅着我："还继续写诗吗？"

"早没那个兴致了。"

"噢，可惜呀……"他嗡嗡嘤嘤着，我只能看见他的嘴在嚅动个不停，根本听不清他在说些什么。

两个月后，黄胡子被执行枪决。

1988 年 11 月 19 日，安徽大学

冬季里有二十年

门前是一条很长的过道，两端连着羊肠似的胡同，曲曲折折，像迷宫。

过道全用一色的铁青石铺成，磨得泛着青辉。清晨那大江所特有的潮湿味，掺揉着山林浓郁的松油气息，将其濡染得冰一般洁净，而冬日一临，它便早早潜藏于雪下，听任青春无奈地消瘦。

由过道传来的足音，也常常是呻吟似的，麻木的节奏里，还听得出几分悲哀。唯赵家女儿艳秋的脚步响得例外，每次都是狠狠踩着铁青石过道——咔、咔、咔，嘹亮得叫人觉得轻佻。

今天和昨天似乎又没有什么两样，依然是平常的宁静。老梁太太一如既往，老伴儿走后，她洗完锅碗，就抄着袖筒一屁股坐在锅台旁的风箱上，还不时地用袖口揩鼻子。

"冬天真的又要来了。"她望着从门顶斜射进来的一地阳光，隐隐发叹。

西屋南炕的门紧锁着。北炕的门虽然也关得很紧，却能听见里面飘荡了许久的鼾声，老赵睡得正香呢。

老梁太太眯缝起眼，似乎为那甜蜜的声音陶醉了，情不自禁地喃喃细语。

忽然，过道掀起一阵风，将零落一地的纸钱旋离地面。老梁太太哆嗦一下，几张纸钱飞进她的怀里，她慌张地跳起来，使劲把纸钱往地上扑，像是奋力扑灭身上的几处火苗。

恰巧遇上这一幕的居委会主任，情不自禁地笑出了声："看来川农那老头子还挺心疼你，在阴间也忘不了给你俩钱花。"

旧爱时光

老梁太太赔笑。

"川农老头子埋在哪儿？你老实说。"居委会主任的笑脸突然凝固。

"我上哪儿知道？你不要问我，今天早上我一起来，就见这屋门锁上了。"老梁太太不停地把鼻子往袖筒上蹭，蹭得鼻子像个红辣椒，"真的，我就是不知道，你问我干啥？"她嘟嘟哝哝着，拿起了笤帚，走出去打扫过道上的枯叶。

居委会主任不肯罢休，也跟着走出去。老梁太太低下头，又朝相反的一端走去，硕大的臀部一扭一扭的。

"哟，瞧你那趼样，有啥了不得的！"

老梁太太毫不理会，只管怒气冲冲地往笤帚把上使劲，居委会主任瞪了她一会儿，骂骂咧咧地跨进屋里。

她先趴在老赵的门窗上瞄一眼，才猛地将门撞开。"太阳都爬到腚眼子上了，还睡，懒猪。"

老赵蒙头躺在炕头，一动不动。

她将被子一掀，照老赵的屁股就是两巴掌。老赵并未受惊，只是吐口长气骂道："大清早就跑来吵你妈的个×呀。"

"马尿又灌多了，连时辰都不分了。看看表。"她撸起袖子，把胳膊伸到老赵的眼皮底下。老赵那惺忪的两眼顿时一亮，在她垂悬的乳房上猛抓一把；她也顺手扇了老赵一个挺响的耳光："老不正经，打跑了三个老婆，现在开始发急啦。"

老赵笑眯眯地把烟袋递过去，打一个畅畅快快的哈欠。

"艳秋上班去啦？"居委会主任一边卷着纸烟，一边浏览着墙上的相框，"几天不见，这丫头真是越长越鲜灵了。和长林的事订没呢？"

"订个屁，这丫头片子死活不乐意。"

"哦，这孩子什么都好，就是太任性，你得好好管管她。"

"叫我管她？哼，她不管老子就谢天谢地了。"老赵抱着膀子，像尊罗汉似的坐在被窝里；眼睛眨巴眨巴的，睡意尚未全消。

"不听管就给我揍，我不相信，老子还管不住孩子？"居委会主任的哑嗓子一使劲，咳嗽就成串地蹦出来。"啪"，一口黏痰吐在老赵的鞋帮上，她像没看见似的，继续讲："呀，我差点儿将正经事忘了，老赵，你告诉我，川农那老头子埋哪儿去了？谁帮埋的？"

没有回音。

居委会主任转过身，老赵趴在膝盖上又睡着了。

"说你像猪，你他妈的比猪还能睡，醒醒。"居委会主任拽住他的头发直晃。

"滚，我不知道。"老赵的眼睛红得吓人，似乎真的动气了。

"你不是睡着了嘛，咋还能听见我的话？"居委会主任倒退两步，理理前襟，胸部曲线更加突出。她显出亲热的样子，把一双手搭在老赵的膝头："说真的，你到底知不知道？告诉我。"两个人的脸只隔着一层纸厚的距离。

"就是不知道。我他妈的敢起誓，谁要知道，出门就叫汽车轧死。"

"好好好，快躺下睡你的觉吧，我走了。"她从烟袋里抓一把烟叶，溜了出去。见老梁太太坐在风箱上朝这屋里张望，她把眼睛一白，骂骂咧咧地走过去。

"咔、咔、咔……"，艳秋回来了，咣当一脚踢开门。

"嗬，老赵的大小姐回来了，看你爸还没下炕呢。"老梁太太说话总像是讨好人家，恭维还赔着充分的笑脸。

艳秋瞥一眼她那被柴火映得发紫的脸膛，倏地又将头扭过去，好像看见了什么不应该看的东西，她前脚迈进门槛，后脚将门砰地踹上，门上的玻璃发出碎裂的声音。老梁太太惊得一颤，"呼哒、呼哒"响的风箱随之乱了节奏。

老赵和女儿在屋里吵骂开来，老梁太太把风箱拉得好轻好轻。

"你就天天睡吧，老东西，睡死过去才好呢，越来越不像话了……"艳秋提着皮包，气汹汹地走出来，门也不关。

"你他妈的上哪儿去？"

"逛窑子去。"

"呼哒哒、呼哒哒"，老梁太太将风箱拉得特响。艳秋走到外屋门前，将门狠狠踹开，正撞在刚刚下班回来的老梁头鼻子上。老梁头趔趄几步，没有摔倒，帽子却落了地。他一手捂住鼻子，一手捡起帽子擦眼泪。艳秋把皮包朝背上一甩，大笑离去。老梁太太也跟着笑得前仰后合。

"笑你妈了个×！饭咋还没做好？……不知道我几点下班吗？……"老梁头戴正帽子，满嘴脏话地开始拿老伴儿撒气，而且越看她越不顺眼，举举手又放下。

"咋呼个啥？饭早做好了，锅里烧的开水；快进屋喝你的酒去吧，真是的，一天到晚就会骂人，这老头子，一辈子不讲理……"老梁太太把饭桌搬进屋，嘴里嘟囔个没完，从来就是这样，老头子说一句，她接上一万句。

以后的忌日，居委会主任又跑来好几趟，仍然是一无所获。于是，她站在外屋当中，掏出笔记本，讲党的火化政策，慷慨激昂。

老梁太太坐在风箱上，耷拉着眼皮；老赵还是那副罗汉姿势，歪在炕头打瞌睡。讲了许久，大概是讲累了，笔记本掉到地上，她捡起来，吧嗒一下嘴，再看看那紧锁的空屋，恋恋不舍地离开。

这空屋的主人川农，在整个院里辈分是最长的。不管男女老少，一律称他"川农爷爷"。川农爷爷虽是贫农出身，倒也识得几斗字，诗文史画也略知点滴。每逢过年，院里的人都争着请他写门联，甚至大老远的人，也特意赶来请他写上"福""寿""肥猪满圈"之类的玩意儿。谁家要是能把川农爷爷请去过年，那么这个年也过得充满光彩。

川农爷爷一辈子独身，只有一个养女，长大去了美国，这就大大加深了邻居们对他的敬意。但川农爷爷从不谈及养女的事，连养女每月寄来的钱，都如数退回。养女想回国看望他，他坚决不允。居委会主任谆谆开导他，这可是关系到两个国家之间的大事，一遍，两遍，说得口干舌燥，也没取得效果。大家纷纷跟着猜测，始终猜不出个根底，对他的敬意更增添了三分。

川农爷爷非常欣赏做学问的人，特别推崇孔老夫子。他屋里的正墙上，就贴着一张破旧的孔夫子画像，那是他按照自己想象的模样画出来的。川农爷爷生性淡泊，整整活了一百岁。死的时候，十分安详，真叫老人们羡慕得要死要活。

院里的人谁都不愿意将川农爷爷火葬，干脆就在当天晚上悄悄将他埋掉。反正川农爷爷活着时，老早就打好了棺材。还是老梁太太亲自上山选的地方。

送葬的时候，数老梁太太哭得最凶，结果被老梁头狠狠抽了一巴掌。老头子不准她哭，是怕被人发现，还是怎么的，她也搞不清。停住没多大工夫，她又接着哭，且愈哭愈悲。旁观的人都认为，是她的男人死了。

老梁头气得脸色发青，可又不便发作，只得等回家再收拾她。但等回到家里，老梁太太又一滴眼泪也不流了；不流也不行，老梁头还是叫她吃了一顿鞋底。这回，她只有干号的份儿，泪水早在路上洒得一点没剩。

就像不知道川农爷爷埋在哪儿一样，居委会主任也弄不清川农爷爷的家具到底都让谁分了，包括那张孔夫子画像也不翼而飞。她挨家挨户搜查了几次，没查出任何线索。居委会主任觉得实在可惜，那些用上等木料制成的古式家具，就这么不明不白地消失了。

川农爷爷的屋子空了不足一个月的光景，又搬进来一位寡妇，寡妇长得端庄秀丽，身边带一男孩。全院的人都跑来围观，寡妇挺大方，见到谁都甜甜一笑，笑得那些小伙子直发痴。

寡妇住下以后，过道就不再像从前那么平静了，几乎每天晚上，都能听见有人敲她的窗户。老梁太太一听到这种声音，就觉得不安，好像别人也敲了她的窗户。

寡妇烧锅用电风轮，便把川农爷爷遗下的那个旧风箱扔掉了。老梁太太又将它捡回来，放到原处。

"没这个，锅台怪难看的，还是搁在这吧，又不碍事，叫川农爷爷也放心。"

寡妇抿嘴笑笑，没说什么。

"瞧这孩子长得多漂亮，随他妈妈。耳垂子这么老大，将来一定有的是福。"老梁太太眼睛转向寡妇家的孩子，赞叹不已。

老梁头从屋里出来骂着难听的脏话，瞟了寡妇和孩子一眼，"别听她胡说，这老杂邪有精神病。"

"我在说人家，又没说你，你插个什么嘴，这老头子真不讲理……"

老梁头没理他，舀瓢凉水漱漱口上班去了。一个陌生的中年男子，紧踩着他的背影走进来，寡妇热情地招呼他进屋。老梁太太随后从窗帘的缝隙处向里窥望，什么也看不见。她侧耳倾听片刻，也没听清什么。寡妇的孩子正蹲在水缸边玩，她轻轻走过去，把那孩子吓了一跳。

"你天天晚上就和妈俩人在屋里睡觉吗？"

孩子点点头。

"刚才来的那是谁？"

"叔叔。"

问了半天没问出想象的结果，老梁太太颇感失望，回到锅台边坐下，刚坐下又突然跳起，忙朝着北炕老赵的屋里走去。

老赵父女俩，一个在炕头，一个在炕间睡得正沉，她小心推开门，进屋里站了一会儿，没啥动静。她用长长的脏指甲，在隔开南北屋的纸板壁缝上划出一条裂隙，恰好望见南炕的情形：寡妇和那个男人在炕沿上侧身对坐着，中间横放着一张小饭桌。说话的声音虽小，但细听也可以听清，多是些无关紧要的闲语。老梁太太的腰弯痛了，还看不到什么惊心动魄的场面，但仍不肯罢休。

"谁？"艳秋醒来，发觉屋中有人。

老梁太太立刻附到她耳边嘘一声，低低地说："寡妇屋里有男人。"

"人家有没有男人关你啥了？真是吃饱了撑的。"艳秋的嗓门儿好大，老梁太太怕被寡妇听见，慌慌张张逃了出去。

寡妇送走客人回来，对老梁太太淡淡一笑，脸颊随即飘满红霞，神态酷似一个偷偷恋爱的少女，老梁太太咧咧嘴，没敢正眼瞧她。

天色灰沉沉的，不久刮起大风，吹得门和窗子啪啪直叫。外屋黑魆魆的板棚上，缕缕灰网随之颤抖。被水蒸气熏成咖啡色的灯泡，摇晃时带着古怪的声响。

老梁太太脑海里也叫风卷得剧烈翻腾，她用袖筒遮住眼睛，动荡的心缓缓安宁下来。

"唉，年年这个时候，川农爷爷都要说一句'这儿的冬天长着呢，像过了——二十年……'"老梁太太声音一颤，竟唏嘘起来。

寡妇忙着自己的家务，根本没听她的。她不知道川农爷爷是谁，也不想知道他是谁，她只是担心川农爷爷冷不防哪天还会回来。盯着老梁太太橘树皮色的脸，她蓦然打个哆嗦。

冬季里有二十年

外屋的门槛很高，小孩子进来，得花一番气力从上面爬。刚进到屋里，就跟掉进了地窖差不多，心猛然往下一沉。地面潮乎乎的，冒着嗖嗖寒气。对门的窗子用纸板钉得严严实实，四壁的石灰几乎脱落干净，连砖都辨不清本色了。房间的四角，蹲着四个大锅台，中间一溜水缸、盆罐，将空间分成东西两半。

东屋的南北炕全是老梁夫妻俩的，老梁太太始终把北炕收拾得比南炕干净，因为想出租给房客。可是，迟迟不见有人来租。也许她坐在风箱上的习惯，就是等待房客养成的吧。

老梁太太呜咽的声音停息了，她陡地抬起头，瞪着寡妇："昨天夜里，我听到了川农爷爷的脚步声。"她骤然改变以往的腔调，寡妇差点儿将手中的菜刀甩飞出去。

房间里的空气霎时凝固，包括老赵的鼾声，也像是由遥远的森林中飘来。寡妇莫名其妙地凝视着她通红的眼皮，神色时而惶惑，时而木然。这周围好像有一种海潮的喧嚣和力量，扼着人的呼吸。老梁太太沉默良久，又恢复本来的声调，使人感到远远退去的潮汐："还是那样慢慢地，稳稳地，从过道那头走来。走到门口，声音停住了，我听见他在敲门。敲得好轻，像怕惊动了谁似的。我觉得奇怪，川农爷爷从来不敲门，他有个诀窍，能将门闩打开。外面很冷，刮着呜呜的风，我怕他待久了会冻病，他的气管不太好，我披上衣服下炕给他开门，拉着外屋的灯，抽出门闩，呀……我看见一个小年轻。"老梁太太将字句拖得很长，寡妇听到这儿，手一抖，割破了中指。鲜血顿时泅红了菜墩，寡妇把流血的手指塞进嘴里吮，冷冷地望着老梁太太。老梁太太完全沉浸于自己的回忆里，像根朽木，外界的变化对她已产生不了任何影响。她继续讲："他把背对着我，我正想开口问他，他抱头就跑。但我还是能看出来，那是东院的长林……"

寡妇依旧站在原地听着，以为老梁太太的话还没说完。可等了许久，老梁太太蓦地立起身，推开门尖叫一声——过道上铺着一层厚厚的雪。寡妇怀疑，老梁太太的神经可能确是老梁头说的那样，不太正常。她忽然间感到老梁太太很可怕，慌忙躲回屋里。老梁太太勒紧夹在头上的男式兔皮帽，扶住锅台，跟踉跄跄地走回去。

做午饭的时间到了，只有老赵一人围着锅台转。老梁太太回到屋里，就没再出来。寡妇挎着相机，领着孩子，到江坝上看雪景去了。

老梁头刚一迈过门槛，眼睛就眯成两条线，在锅台上瞄来扫去，并哈腰朝锅底下瞟一眼。他干咳两声，推门进屋。紧接着，就见老梁太太搂着脑袋跑出来："哎呀呀，这老头子打我啊，我病得都快要死了，他还打我啊。哎呀呀……"她坐在风箱上，哭得实实在在，就是不见眼泪。

老梁头唾她一口："你死去！老杂种。"

"这老两口子真是烦人，一天到晚没个消停。"艳秋大吵一声，狠狠地按开录音机，蹦上炕扭摆起来。汹涌的迪斯科浪涛，顿时淹没整座空间。

才四点多钟，天便黑透了。寡妇领着孩子回到家，娘俩的脸蛋冻成了红苹果，头上覆满晶莹的雪花。

"呀，千万别冻坏孩子，快上屋暖和暖和去。"正在拉风箱的老梁太太很心疼似的说。

寡妇将孩子抱上炕，正准备淘米做饭，忽听艳秋笑着大喊："婶儿啊，快来救命，我爸撒酒疯打人啦。"寡妇忙跑去看，见老赵同女儿正较劲支着黄瓜架，赶紧把他们分开。老梁太太也跑来解围。

"咋的啦，赵大哥？"

"你问她咋的啦，妈的，啥事也不跟我商量商量，好歹我还是你爹呀。"老赵瞪着女儿，面孔煞白，脖子彤红，浓烈的酒气直向外喷。艳秋歪在一边笑成一团。

老赵抿口酒，将酒盅往桌上一摔，竖起筷子，头偏向寡妇，语气缓和下来："哎，她婶儿，你说长林那小子咋样？"寡妇支支吾吾，她压根儿不清楚谁是长林。但老赵也并不十分需要她的回答，接着说："是不是不错？哪个见他不夸。人精明，工作也好。川农老爷子打他们生下来，就看准他俩是最合适的一对儿，还特意给他俩算的生辰八字。长林妈提前退休，把自己的班给她顶了。可这才干几天呀，她就跟厂里一个小待业青年混上了，今天突然告诉我，下月就准备结婚。你说，哪有这样的姑娘，这么败类。不说对不起我，你对得起死去的川农爷爷吗？你对得起人家长林妈的班吗？"老赵越说越来气，筷子一摔又想下炕打人，老梁太太急忙拦住他。

"你老杂种他妈的把酒给我搁哪儿去啦？"老梁头子也大发雷霆。老梁太太忙应着声，磕磕绊绊地跑回去。

剩下寡妇一个人劝说老赵："算啦，就想开点儿吧，她享福受罪，由她自己选的，怨不着你，你又不能跟她过一辈子。艳秋，明天把他领来给你爸看看，你爸也就放心了……"艳秋像没听见似的，面朝天花板。

老赵啃着骨头，仍不让步："人家不骂她，背地也戳我后脊梁骨……"他将油光光的手指放在嘴里一舔。

寡妇打个哈欠，回到自己屋里，她已经疲惫不堪。

第二天，艳秋真领着对象来了，拎着大包小包的礼物。

这小子中等身材，长得极帅，只是穿着随便了点儿，举止间流露出十足的不恭。他随着艳秋踏进屋时，寡妇和老梁太太都跑出来打量他。他朝老梁太太撇撇嘴，对寡妇挤挤眼，晃晃悠悠地迈进"岳父大人"的家里。

老赵还在炕上呼呼大睡，这小子就冒冒失失地喊了声"爸爸"。老赵眼也没睁，杀猪般嚎道："都他妈给我滚出去！"

"走，咱们走。"艳秋扯了他一把就往外走，走到外屋门口时，这小子又返回去，将鼓鼓囊囊的大包小包统统带走。老梁太太和寡妇站在冬日的门前，不知所措。

三个月后，艳秋生下一对可爱的胖小子。

日子淡淡地走着，老赵照旧喝酒照旧睡觉；老梁太太照旧坐在风箱上照旧用袖筒揩鼻子。这天深夜，一声哭喊划裂黑漆漆的死寂，老梁太太首先惊醒，她立刻警觉起来，听见寡妇屋里一阵厮打的声音和孩子的号啕声。她捣醒老头子，握着手电筒跳下炕，刚走到寡妇屋门口，老梁太太就被从屋里奔出来的人撞翻在地。老梁太太吓飞了魂，那奔出去的人竟是长林。

匆匆赶来的老梁头将老伴儿拽起，然后两人走进寡妇屋里拉开灯。寡妇一手捂住裸露的双乳，一手掩面而泣，老两口当场四肢僵硬。老赵均匀的鼾声和着窗外呼啦啦的寒风，悠扬地飘荡过来……

悄然过去几日，川农爷爷的屋子又空了出来。老梁太太望着这间冷冰冰的闲屋，心想寡妇大概不会总这么搬下去吧。

老梁太太恍然想起，过道的雪已经好久未铲过了。川农爷爷怕滑，从前是经常铲的。

她拿起铁锹和笤帚来到过道，天空斜下一片片雨丝，她摘掉棉帽，朝天空望去，似乎听到一阵熟悉的声音，她抽抽鼻子，那是镇边那条大江弥漫过来的潮湿味。

1987年1月28日至2月9日，淮南

南丁格尔

每个女人都是护士。

——南丁格尔

在相当长的一段时间里,我认为自己是南丁格尔的孩子,我认为自己不是我父母的孩子。尽管我清楚地知道南丁格尔终身未嫁。南丁格尔说:"每个女人都是护士。"那么,我的确应该成为护士。我必须成为护士。其实,就是现在,我也依然认为自己是南丁格尔的孩子。我不是我父母的孩子。

是的,打我记事起,母亲就喜欢这样说我:"你这辈子只配伺候人去啦。"好吧,我要成为护士,光明正大地伺候人去。于是,我真就成了护士。

得知我要做一名护士,父亲决定见见我。他委托邻居转交给我一个大大的信封,我将手伸进去,指头在黑黢黢的深渊里摸了半天,终于摸到一张小小的纸条。纸条上写着:周日下午三点四海商厦门口见。父字。

我把纸条递给正在用放大镜在地面上寻找头发的母亲,母亲没有接,只是歪头瞟了一眼,道:"跟他要生活费,每个月一百块钱。一分都不能少。"

好吧。

周日下午我早早来到了四海商厦,为的是先看看那些花花绿绿的商品,那是一个远比学校富有亲和力的世界。对了,更主要的是,我想体验一下那里的电梯。但是,还没等踏上通往二楼的电梯,时间就已经到了三点。我把时间全都挥霍在了第一层。不行,我执意朝电梯口奔去,装作很老练的样子,跟在人

旧爱时光 JIU AI SHIGUANG

群后面上了电梯，一只手紧紧抓住扶梯。到了二层，我看着继续向上的电梯，恋恋不舍地拐向另一侧的楼梯，迅速冲了下去。商厦里没有下行的电梯。

父亲并未出现在门口，知了的尖叫一下子打湿了我全身的衣服，我的身体和衣服黏糊糊地黏在了一起。我拽拽裤子的两侧，又扯扯背上的衬衣，此刻只想一头扎进河里。

父亲还没有来，我不停地看表，不停地用手帕驱赶着脖子上无可奈何的汗水。

父亲终于出现了，那应该就是我的父亲，我认识他手里的那个黑色公文包。他从公共汽车上下来，先在原地站了一会儿，用空着的那只手上下摸了摸自己所有的口袋，然后才放下心来，昂起头走向我这边。

他径直走到我的面前，一声不吭，只是瞥了我一眼，便站到一旁去了。我听见了他拉开公文包拉链的声音，接着听见他打开折扇的声音，然后一直就是扇子发出的急促风声了。

我扭头看看他，他也扭头看看我，忽然愣了一下，收拢手中的扇子，用它指着我说："……是小慧？"

我点点头。

"哎呀，长这么高啦，我都认不出啦。走，进去吧。"

他领着我直接来到三楼，在一个柜台前停下，打量着挂满一面墙的裙子，问："喜欢哪条？"

我摇摇头，都挺好看的。

"那条怎么样？"

售货员立即用一根长杆把那条白色带有太阳花的连衣裙取下，送到父亲手里。

"这条行吗？"

我点点头。

"好吧，就这条。"父亲对售货员说。

买完裙子，父亲便往楼下走。到了一楼，他又在一个卖电器的柜台前停下，柜台上开着几台电风扇，顿时凉快许多。

南丁格尔

父亲打开公文包，掏出一支黑色钢笔给我，又掏出一个蓝色塑料皮笔记本给我。钢笔和笔记本上都印着他们单位的名字。

"上卫校好，女孩子将来当名护士还是相当不错的选择，一定要好好学。"父亲开始瞧着我说话了。我明白，我们见面的时间到此结束了。

我正打算转身离去，父亲又叫住我。他再次打开他的公文包，这回从里面掏出的是一本小书《南丁格尔传》。我不知道他为什么刚才不和钢笔、笔记本一起给我。

"好好读读这本书，希望你将来能做中国的南丁格尔。"

南丁格尔？望着他即将离去的背影，我突然想起母亲交代给我的任务："我妈让你每月给我一百元生活费。"

"一百元？你需要这么多吗？"

"我妈说需要。"

"那也不能光我一个人给呀……你苏姨身体不好，常年吃中药，中药现在好贵的，我负担也很重的呀……好吧好吧，等你入学后我保证每个月给你寄五十。你可要省着花，千万别攀比。是九月份才开学吧？"

我点点头。

其实，我并不想找他要生活费，我是替妈妈要的。妈妈让我去见他，总是为了要生活费。

我翻开那本书，扉页上夹着两张崭新的10元钞票。这是怎么回事？我追出去，看见他正在路旁给一个穿着藕色旗袍的女人买雪糕。那个女人我见过一回，就是苏姨。

他俩有说有笑地往我这边走过来，我紧忙闪到一旁的气球小贩身后。从我跟前走过时，父亲回头看了我一眼，脸上的笑容瞬间凝固。

我拿着那20块钱来到他刚刚离开的摊位前也买了一块雪糕，但是我忘了吃，雪糕化了，滴了我一裤子。我看看塑料袋里的那条裙子，不知道我会不会穿上它？我从没穿过裙子，妈妈也从没穿过裙子。

坐上公共汽车，我再次翻开那本书，这是我第一次知道南丁格尔。

旧爱时光 JIU AI SHIGUANG

南丁格尔一生未婚，想到这点总令我欣慰。如果她结婚了，我相信她就不是南丁格尔了。在相过两次亲之后，我也决定不结婚了。父亲当年不是要我做中国的南丁格尔吗？当然，他可不是要我不结婚。在我工作之后，他同我联系只为两件事：催婚和借钱。

"女人老得快，嫁人要趁早。"这是我18岁的时候，他对我说的话。

"你怎么还没有男朋友？你妈在这个年纪都有你啦。"这是我23岁的时候，他对我说的话。

"干吗那么挑剔？！你长得又不漂亮，差不多就行啦。哪怕是结了再离也行啊，也总比不结婚要强啊。"这是我30岁的时候，他对我说的话，也是最后一次对我说这样的话。

当时的我一下子就被点燃，积存多年的火药随即爆炸，我操起桌上的一个量杯狠狠摔到他面前："你给我滚！"

他捡起掉在地上的帽子，乖乖滚了。

这时走进来的小刘问我："这人是谁？"

"一个王八蛋。"我说。

父亲从此再见我便只为借钱了，苏姨身体虽然不好，却毫不耽误她满世界转悠，父亲的钱全都花在了她的药费和旅费上。

母亲不像父亲那样碎碎念，她是行动派，天天张罗着到处托人给我介绍对象。只要我一回到家，她就要拿出她那个用了多年的会计簿，向我汇报她这一天的收获。我终于在这一点上认识到了这曾经的两口子竟然还有如此一致的地方，可我一直无法理解的是，婚姻究竟给了母亲什么？她不是已经认定天下的男人没一个好东西吗？干吗还这么热衷于给自己的女儿找个男人？

"你为什么不再婚？"我问母亲。

"我不需要男人。"

"我也不需要男人。"

"可你应该有个孩子。"

"我不需要孩子。"

"那将来谁给你养老？"

南丁格尔

"你要我就是指望我给你养老吗？"

"那我要你干什么？"

"……好吧，我不指望孩子给我养老，所以我不需要孩子。"

不是我不需要孩子，我已经有很多很多孩子。我是个产科护士，每天都要接生好多的孩子。十几年来，我一一将他们记录在了我厚厚的10个笔记簿里。我喜欢孩子，喜欢听他们的哭声，喜欢照顾他们，我是他们的领路人，从未想过他们不是我的孩子。每在这座城市遇到一个蹒跚学步或咿呀学语的孩子，我总不禁要竭力回忆他们最初的模样。喂，孩子，还记得我吗？我就是第一个把你抱在怀里的那个人呀。也许，正是因为有了他们，所以我不再渴望拥有自己的孩子。

有时，我又觉得自己一直就还是个孩子，而母亲现在也越来越像一个孩子。我想，这是由于我们彼此一直都在相互依赖的缘故吧。如今我已35岁，几乎从来就没有离开过母亲。想到这点，总让我感到深深的不安。即刻，一个念头蓦然坚定起来，我要另立门户。为何早没想到这个主意？况且还可因此免遭母亲的婚事骚扰，而见不到我，她也暂时可以忘却我带给她的烦恼。

小刘前年买过房，我向她咨询了有关按揭事宜，算算自己的储蓄和收入，按揭一套两居室的房子对我来说绰绰有余。听说我想买房，和馨当仁不让地开着她那辆别克带我满城区看楼盘。最后，我选中稍远一些、靠近南山的一个低楼层小区，而且是现房。市中心附近开发的都是20多层的高楼，我实在不喜欢。这里的房价较低，又是精装修，买完房子我还可以再给自己添一辆廉价车，正好两全其美。

和馨说："车你就不要买了，把我这辆拿去开吧，反正我最近要换辆大奔。"

我笑笑。

"你笑什么？我是说真的。"

我知道她是说真的，和馨对我向来慷慨，什么都可以借我，甚至连丈夫都可以借给我。

"我要是男人一定娶你做老婆，"她不止一次这么对我说过，"你这么可爱的一个女人，怎么就没男人追呢？我都能被你迷住，怎么就没有男人被你迷住呢？"

"那是因为我长得不像你这么漂亮呗。"我说。

"你是不是考虑换一下工作？"

"你是因为换了工作才找到秋山的吗？"

当然不是，她和秋山是经人介绍认识的。结婚生子后，她索性就把工作扔了。从我们在卫校认识那天起，她就不断向我抱怨她有多么讨厌这个专业。好在她的丈夫是个富二代，也根本不需要她出去工作。

"没白没黑忙个要死，就挣那么一点点钱，人的尊严在哪里？"这便是秋山对我们这个工作的评价。

"总之，护士这种工作环境太不利于找对象啦。"她又说。

"那你的意思是单身的护士数不过来喽？"

她盯着我看了一会儿，神秘兮兮地问道："说实话，夜里……你不想男人吗？"

"去去去，不许耍流氓。"

"说正经的，你要是想，我愿意把我家秋山借给你使使。"

"那秋山愿意吗？"

"他肯定巴不得的，我清楚他的花花肠子。有天夜里，我听见他在梦中喊你的名字，喊了好几声。"

"你就不嫉妒？"

"说真的，他要是跟你我还真不嫉妒。"

"好你个不正经的女人！"我一把按住她的肩膀，在后背上乱搥一通。

别看和馨算是我最好的朋友，我们之间可以无话不说，但在我的内心，却始终存在着一段无法逾越的距离。她只知道自己喜欢什么，却从来不知道我喜欢什么。不过，这依然不影响我们是彼此最好的朋友。

"需要用钱你就说。"

"谢谢。"

就在和馨系安全带的时候，我忽然发觉她的小腹鼓了起来。

南丁格尔

"你又有啦?"

"你别这么大惊小怪的好不好?吓我一跳。"她用手揉揉腹部,安慰着里面正在孕育着的小生命。

"几个月啦?"

"四个月。"

"早知道我可不让你出来陪我这么到处跑。"

"嗨,都久经沙场了,还有什么好怕的?"

的确,这已经是和馨的第四个孩子了。

"如果这次还是个女孩……"

"你少给我乌鸦嘴!"

我白了她一眼,她丈夫明明就是想要个男孩,却偏偏不肯承认,老是冠冕堂皇地声称自己是因为喜欢孩子。

虽说和馨不再工作,可生养孩子实际上就是她的工作。尽管她看上去过得心满意足,我却总难免有些可怜她。也许我这样有失厚道吧,说不定人家还会觉得孤家寡人的我怪可怜的。那么,这也就是我和她之间的所谓距离吧。

隔着车窗,我冲和馨摆了摆手:"我要为我干儿子的接生做好准备工作。"

"谢谢!"她探出头来,"不过,这次就不劳他干妈大驾啦,他亲妈打算去香港生。"

"跑那么远去生孩子?你是怎么想的?"

"这不是时尚嘛。"

"你不嫌折腾啊?"

"折腾?那说明你已经老啦。再见。"她做了个鬼脸。

和馨开起车来永远是那么野。她永远比我年轻。

直到把新房配置得差不多了,我才告诉母亲我要搬出去住。这是我有生以来自己做出的第一个重大决定,有点像成人仪式,虽然时间上很是晚了些。

"这么大的事情你怎么也不跟我商量一下?"母亲比我想象得还要震惊和生气。

"我已经35岁啦。"

"你就是65岁也还是我的孩子。"

"但这个孩子已经不需要你啦。"

"你什么意思？给我说清楚，我还没成你的累赘。你这个忘恩负义的东西！"

本来我是打算下个月初搬走，可是现在连一秒钟也不想待了。是的，我早就不该在这里待了。我匆匆收拾几件衣服，拿上洗漱用品，扬长而去。

来到外面，我深吸了一口气，自由的感觉真好。明天我就去买车。

这是我第一次在母亲面前表现出强硬，不知为什么，我可以在父亲面前强硬，就是一直不敢在母亲面前强硬。对我来说，人生的许多第一次都开始得太晚。

崭新而又舒适的空间迅速让我忘记了刚才的不快，我顿时觉得，为了拥有这样一个空间，就是付出任何代价都是值得的。我从来没有意识到，空间对于一个人竟有如此重要。假如当初我们一家三口不是挤在那个只有40平方米的空间里，父亲和母亲或许就不至于天天吵架了吧。将来，我一定还要买更大的房子。

我把所有的灯都点亮，在客厅的飘窗前站立片刻。宁静，比所有婴孩熟睡之际都更令我感到轻松的宁静，其中弥漫着雨后松林的清香。此时，我很想要一根香烟或者一杯红酒。但是，我没有，我只能为自己泡一壶绿茶。

喝完绿茶，我看看时间，已经不早，可我仍无半点困意。那就洗个澡吧，感受一下我的豪华按摩浴缸。这款浴缸是我后来添置上的，贵过我所有的家具。在我的梦中，浴缸就是一艘白色的帆船。

有点遗憾，这艘帆船还是小了点，无法让我在里面躺下。水中，我的双腿随着波纹在抖动，那夸张的长度令我感觉它并不属于自己的身体。镜子里，我看见一对粉白的乳房在骄傲地高挺着，目空一切。这是属于我的乳房，柔软，结实，性感，是全身最令我自己满意的一个部位。我不禁想到"波霸"那个词，可我并不喜欢。我托举住它们，宛如两只展翅欲飞的鸽子。我没有继承母亲的美貌，只是继承了父亲颀长的身躯。不，我并不像父亲，想必南丁格尔也是这

南丁格尔

样的双乳和身躯。永远比我年轻的和馨早已没有了我这样年轻的身体，望着镜中的自己，我依旧能够为这样的双乳和身躯而感动。

那个只在妈妈子宫里待了不足7个月便被迫仓促来到世上的小家伙小得就像一只老鼠，没有任何声息，人们都以为他死了。可怜的孩子，他的妈妈正在重症监护室抢救，已经顾不上他。我不忍心丢下他，将他抱到耳边，却感觉出似乎尚有呼吸。于是，我急忙一层层解开衣服，将他紧紧贴在我的胸前。

"你这是干什么？"小刘不解。

"你听。"我说。

渐渐地，我听见了花儿在我双乳之间静静绽放的声音。许久，一阵惊雷似的啼哭让整个产房都随之剧烈颤抖了一下。

"你听到了吗？你们听到了吗？"我和怀中的孩子一同哭泣起来，小刘也跟着我哭泣起来。

然而，得知这一消息的戴主任却一点也不高兴："你应该把婴儿放进暖箱而不是你的怀里，我年轻的护士！"

"可要是放进暖箱他也许就活不过来啦，以前又不是没有过这样的例子。"

"那也不是你的过错！还有，你凭什么就认为你的怀抱会比暖箱更可靠呢？"

"暖箱里的温度是没有生命的。"

"哦？这是谁告诉你的？是你卫校的老师教你的吗？"

我摇摇头："是南丁格尔。"

不是南丁格尔，这是我在医学杂志上读到的。对于刚刚出生的早产儿，西方一些发达国家的医院都主张采用这种方法。他们已经通过大量实验证明，母体的天然神奇力量要比机械的暖箱对婴儿更有益。对于新生儿来说，母体才是最能够给予他们安全感的环境。

不过，批评归批评，戴主任后来在会上还是表扬了我，并建议采纳我的这种母体温暖法。没想到的是，在戴主任的几番张罗下，它竟然很快被作为一种先进经验在全市推广起来，以至于引得全省乃至全国的产科医生护士也纷纷前来观摩和学习。戴主任也因此出了名，两年后被提拔为市卫生局副局长。

一度，小刘颇为我有些愤愤不平："这本该是你的功劳嘛，倒让她坐享其成。"

我不以为然，戴主任确实为此做了许多，而且如果没有她的认同，这种方法压根儿也不可能得到推广。再说，当局长从来就不是我的理想，我只想永远做一名护士。我不羡慕戴主任。

右乳左下那道5厘米长的疤痕如今已不再鲜艳，却仍然清晰可见。当时，一个新生儿的父亲用一把水果刀挟持了戴主任，扬言要和她一起跳楼。他的孩子在出生时发现右臂缺失，他认为这完全是由于医生在孕检过程中的失职，三番五次带着一帮家属来闹。不管我们怎样苦口相劝，他就是不愿走司法程序。我们的解释、道歉、安慰以及出于同情给付的经济补偿都无法令他满意，最后无奈的我们只能选择报警，让警察将他带离。没想到，也正是这一招激怒了他。这次，气急败坏的他挥舞着刀，要和戴主任同归于尽。

值了一夜班的戴主任已筋疲力尽，加上惊吓过度，状态极其糟糕，她始终耷拉着头，一只手紧紧捂住胸口。小刘本能地抓起电话想要报警，挟持者见状威胁说："你们敢报警，我就先杀了她！"

我朝小刘摆摆手，示意她将电话放下。这倒不是惧于劫持者的威胁，是我不希望这场闹剧发展成一桩刑事案件，虽然事实上它已经就是一桩刑事案件了。我不仅想救戴主任，同时也想救那名劫持者，因为他有一个降生不久右臂缺失的孩子。我记得那个孩子的模样，生下来就有一头浓密的乌发，却独独少了一只手臂。

我向他们缓缓靠近。

"不许过来！"他背倚着窗台，继续胡乱比画着手里的水果刀。

"快回去吧，你的孩子需要你，你的妻子也需要你。"

"不许过来！"

我继续向前缓缓走去："因为孩子失去了一只手臂，所以他更需要爸爸妈妈的关爱，你怎么能就这样抛下他不管呢？"

"别跟我说这些，你有孩子吗？你能体会一个父亲的感受吗？"

"……我有，而且不止一个。我当然能体会你的感受。"

南丁格尔

他半信半疑地望着我，握着凶器的那只胳膊伸得笔直。

我想我没有撒谎，我的确是把他们都想象成了我自己的孩子。

我继续向前逼近："如果我有一个你那样的孩子，那我会更加地爱他，而不是像你现在做的这样。孕检不是万能的，想想看，就算当初能够发现胎儿少一只手臂，那你就会因此不要这个孩子了吗？至少，我不会，我不会因为我的孩子少一只手臂就不要他了，这不是他的过错。你说呢？"

他狰狞的面色分明开始有所缓和，我知道我的话对他产生了作用，所以我不能停下来："再想想看，先生，情况还是没你想象得那么糟，孩子只是少了一只手臂，而不是两只……如果是少了两条腿，甚至是智障，那岂不更糟？可我还是会更爱这样的孩子……"说到这里，我突然哽咽了，泪水夺眶而出。我接生过不少这样的孩子，真为他们感到难过，更为我的无能为力感到难过。

我已经感觉到了刀尖上的寒气，但仍未打算停住脚步："把刀放下，回家去吧，宝宝在等着你。"

"我回不去啦，今天不死我就得进监狱……"他的歇斯底里变成绝望的哀号。

"不会的，我用我的人格向你保证，你可以马上回到孩子身边，什么事情都不会发生……"我的手伸向他的刀尖。就在手指几乎要碰触到刀尖的那一刹那，我突然感到胸口一阵灼热，紧接着便听见小刘一声极具穿透力的尖叫。

我的目光从他惊恐的眼睛那里折返回来，看见自己胸前正在泅出一朵大大的红花。

"对不起，我求你原谅……"他扔下水果刀，一头跪在我的脚边。

恍惚之中，我听见戴主任上气不接下气地说："快……快报警……"

我立马清醒过来，赶紧制止小刘道："不许报警！"

一旦报了警，我的血就白流了。无论如何，我不想把这位不幸的父亲送进监狱，我只想让他尽快回家。

"你为什么要坚持这么做？"事后，戴主任问我，"难道你认识他？"

我摇摇头："为了那个孩子。"

"可他触犯了法律。"

"爱就是法律。"

还有一个原因我没说，我相信要是南丁格尔的话，她一定也会这么做的。

"知道穷，知道累，就是不知道这行还要命！"前来探望我的和馨抱怨道。她又试图说服我赶紧换个工作。

"你真喜欢这个工作？"她问我。

"喜欢……"我回答得没从前那么理直气壮了。我问自己：倘若你有一个女儿——如果我有一个孩子的话，我相信一定就是个女儿——你希望她将来也能从事你的职业吗？对于这个问题，我的思绪显得有些迷茫，根本难以确定什么。我宁愿确定我将来不会有自己的孩子。

曾经，我以为我喜欢这项工作；现在，我意识到，是这项工作多么需要我。因此，我更无理由离开这个岗位了。

抓一把芦荟胶，从那道伤口开始，我耐心揉搓起全身，遍及身体的每一毫米肌肤，直至自己彻底飘浮起来，飘离浴缸，飘离房间，飘向午夜的星空，伴着呓语似的幸福呻吟。啊，我爱这仅仅属于我一个人的神秘时刻。

接到母亲的电话，我暗自计算了一下时间，我们已整整一个星期没有彼此的音讯了。

"今天晚上回来吃饭吧！"听上去，她的情绪十分低落。

"好吧。"

再回到母亲那里，我明显已经不太习惯，处处都觉得局促和陌生，虽然我离开它才只有一个星期的时间。熟悉的唯有从厨房里飘出的那股酸菜排骨的味道，这是我最爱吃的一道菜肴。

母亲的眼里泛着红光，好像刚刚哭过，我以为她还在生我的气。她正要拖地，我试图接过她手中的拖把，她却不肯。我环顾一下左右，一切都如母亲嘴上出现频率最高的那两个关键词：井然有序和一尘不染。没有什么是需要我做的。

我一直认为母亲是个没什么爱好的人，现在想来，母亲的爱好不就是做家务嘛！谁看一眼我家的橱柜或是衣柜都会被震撼，那碗碟的摆放，衣物的折

南丁格尔

叠,简直称得上是艺术,何止井然有序和一尘不染两个词语了得?母亲显然有着过人的色彩搭配和造型能力,她的橱柜里就是一个现代与古典风格相结合的建筑王国,而衣柜里则是一片充满动感的花海。对了,还有那些个抽屉,所有物件一丝不苟得叫你不忍下手。和馨第一次到我家来就被这景象惊呆了,想要拿碗盛饭都不敢。

母亲有严重的洁癖,地面上的灰尘要用放大镜去找。此外,她还有严重的紊乱恐惧症。想让她吃不下去饭,只需把屋子弄得稍乱一点儿即可。她同父亲的争吵,包括对我的责骂,多半是因为我们没能做到井然有序和一尘不染。

清晨一起床母亲便开始打扫,下班一回到家又立即开始打扫,晚上临睡前,还要再打扫一次。每天,母亲至少要把家里全面打扫四次。幸亏这房子只有40平方米,假如是栋大别墅,不知母亲又该如何应付?

父亲每次出差回来,母亲都先不让他进屋,得从头到脚在门外将衣服换了方可进来。后来又一次出差,父亲干脆就不回来了。他在途中认识了苏姨,直接去了她家。

明察秋毫的母亲当即嗅出了父亲身上的异味,连连做呕吐状。这并不是装的,她当真吐了父亲一身。

"你快给我出去!"

父亲可能被母亲的表现吓蒙了,未做任何解释便扭头出去,从此再没回来。

我去父亲的单位给他送衣服,他倒表现得相当轻松。"你妈妈太没女人味,可惜了她那张那么好看的脸,"他说,"小慧,将来可千万别学你妈妈那样。"

我又去母亲的单位给她送假条,她倒在病床上,不能吃东西,一吃就吐。折腾了十几天,母亲已经虚弱得风吹即倒。

"男人怎么能这么脏?"这是十几天来我第一次听见她开口说话。

"男人都这样吗?"我问。

"可不!"

"那你干吗还要和男人结婚?"

她白了我一眼。

将来我可不要结婚。

母亲命令我把父亲所有的东西都翻找出来，一件不落地给他送过去，看见这些东西她会恶心。她甚至连锅碗瓢盆、床上用品也都统统换成了新的。

为了将这些东西送给父亲，我跑了不知有多少趟，但我还是挺开心的，毕竟不用再天天听他们吵架了。父亲也挺开心，老是挂着笑脸。不开心的只有母亲，她从来就没有开心过。父亲不能令她满意，我也不能令她满意。

我曾问过母亲："你是怎么看上我爸的？据说当年追求你的人不是挺多吗？"

她说："你爸看上去干净，而且没有谈过恋爱。"

后来我再问这个问题，她就始终只有这么一种说法了：我眼瞎了。

吃饭时，母亲迟迟不动筷子，神色变得更加凝重。我不想理会，只想赶紧吃完走人。

等我吃完了，母亲才拿起筷子，盯着饭碗说："我退休了，以后再也不用去上班啦。"

"这是好事呀。"我说。没想到母亲都到了退休的年龄，时间快得真是让人难以置信。

"可我还没上够班啊……"说着，母亲竟像个孩子似的哭了起来。

我好不诧异，从没见过母亲这个样子，那么地楚楚可怜。我那一向强悍的母亲哪里去啦？第一次，我想在母亲难过的时候安慰她一下。可是，我不知道该怎么安慰她。一个自来水厂会计的工作居然如此令她不舍，而她却可以舍得父亲，甚至是舍得我。我实在不懂。

我打开电视机，想借此转移一下她的注意力。屏幕上播放的恰是一桩发生在最近的医患纠纷案，立刻就把我吸引住了。患者家属的愤慨，医务人员的委屈，有时真说不清错误到底是出现在哪里。是我们的患者太多了吗？还是医疗资源太过紧张？

节目结束，我发现母亲的米饭仍一口未动。

"饭都凉了吧？"我说。

"你今晚要回去吗？"她问。

南丁格尔

听她那意思是不希望我回去，可我还是更喜欢我自己的那个空间。我点点头。

"那你现在就回去吧，天晚了。"

"我洗完碗再走。"

"不用，你赶快走吧。"她站起身，有了要撵我的意思。

"好吧。"我不再客气。问题是，母亲现在对我倒好像变得客气了起来。还有，她竟然没再想起提我的婚事，这真的很难得。

没隔一天，我又接到了母亲的电话，又是要我回去吃饭。我正好是夜班，没法过去。

"我给你送过去吧，今天我包的饺子。"她说。

"不要，我已经订餐了。"我挂断电话，一点也不想客气，甚至是有些生气。

我在这里工作了 17 年，母亲从没有来过。按说这是距离我家最近的医院，可母亲生病宁肯去更远的医院。我明白她的心思，她是嫌我这个当护士的女儿给她丢了脸。她一心想让我上大学，她和父亲都是本科生，怎么能容忍有一个中专生的女儿？当初听说我决定报考卫校，她气得差点儿要将我掐死。然而，她又只能面对现实，我的学习成绩一向平平，且毫无进取之心，真要考大学也就是走个过场而已。如果说母亲以前只是看不起我，那么自此之后便又增添了一份格外的痛恨。而痛恨之后又有了绝望，因为她希望我能在护士的基础上再登一个台阶，考个医师以雪前耻，可我却恨透了考试，发誓此生再也不会踏进任何考场——驾校考试除外。我成了她心里永远的痛。一个在任何方面，包括做家务，都不及母亲优秀的女儿简直就是家庭的灾难。

第二天一早，母亲又来电话。我以为又是要我去吃饭，结果却是告诉我她头晕。头晕是她多年的老毛病，有必要告诉我吗？出于人道主义，我想还是去看看吧。

她正坐在家里看关于养生的电视节目，根本看不出她在头晕。

"你没事吧？"我问。

"刚吃过药。"她说。

"没事我就回去休息了。"

她看看我，眼神里充满哀怨，这种眼神我以为应该是针对父亲的，而非针对我的。骤然间，我意识到自己多年来其实是在代父亲受过，母亲将其所有对于父亲的怨恨都转嫁到了我的身上。相比之下，我也许更该恨父亲。但是，我不想恨他们，我宁愿藐视他们。

出于人道主义，我决定再多待两分钟。

"你现在有时间了，不妨报个旅行团，出去走走。"我说。

"我哪儿也不想去。"

"你应该学学我爸，瞧人家过得多潇洒。"

"谁像他那么不要脸？"

她那口气像是在骂我多么不要脸。接着，她就干呕两声。这么多年过去，提到父亲还会导致她有这样的生理反应。

"要不我出钱给你报个团，你想去哪里？"

"谁出钱我都不去。"

女人是不是比男人更容易想不开？她这一生究竟为什么活着？就是为了工作吗？

临出门时，我忽然想起是不是应该邀请她去一下我那里。

"不去。"她的语气像是撒娇，这又让我吃了一惊。我习惯的是她的生硬和粗暴，这种语气反倒使我一下子有些不知所措。

一退休就突然有这么大变化，看来她因此受到的刺激还真不小啊。

下楼时，我听见身后的门又开了。回头一看，母亲倚在门框上，冷冷地打量着我。

"有事？"我问。

她不说话。

"关上门吧，我走啦。"

她还是没反应。

走出单元门，就听见身后咣咚一声门响。我摇了摇头，人怎么说变就变了呢？

倒车时，我不经意间朝楼上瞥了一眼，发现母亲正站在窗前盯着我，眼神

南丁格尔

还是那么哀怨。我装作没看见，一脚油门驶出了甬道。难道，我亏欠她什么吗？干吗用那种眼神看我？我倒一直觉得她是亏欠我的，她不该只要我这么一个孩子，把所有的压力都堆在我一个人身上。如果我再有一个兄弟姐妹，她的眼神便不至于只集中在我一个人的身上了。那么多年来，我一直盼着能有个人跟我分担一下。哪怕她有个丈夫也好啊，多少也会减轻一些我身上的压力感。可是，她只有我一个人，我必须要为她全权负责。既然她很明确要孩子就是为了养老，那她也应该明白，把这项任务交付一个孩子是有风险的，而且也是不公平的。

早已过了下班时间，我摘下口罩，向更衣室走去。这时，实习生小宋追上来叫住我："护士长，我要给24床患者测肛温，可是……我……我找不到他的肛门……"

"哦？还有这样的事情？怎么会呢？"

我跟随小宋来到24床患者的身旁，这位患者名叫罗详礼，73岁，神志不清。小宋帮我轻轻将他侧过身去，随即出现在眼前的景象吓了我一大跳。那么巨大的痔疮！属于混合痔，痔疮的黏膜将肛周全部覆盖住了，哪里还看得到肛门？又该如何把肛表插进去呢？硬是盲插的话，一旦弄破了这么大的痔疮，出血的后果想必很糟。就在我想着要不要去叫医生的时候，豁然回忆起自己曾经见识过医生对病人进行的直肠指检法。于是，我戴上手套，在指部做了润滑处理后，小心翼翼将食指伸进外露的黏膜皱襞中，试探着往里深入，结果顺利找到了肛门。接着，在食指的谨慎扩张下，我把肛表从食指旁插入，成功解决了问题。

小宋长吁一口气，道："今天你给我上了一课。"

我笑笑："我也被上了一课，以后还有更多课要上呢。"

的确，这才是我来到这里的第三天，以后肯定不会少遇类似的挑战。

院里郑重其事地委派两名领导分别找我谈话，要我离开妇产科，调入住院部负责肿瘤病区的护理工作。在正式切题之前，他们都不约而同地迂回着夸奖我的工作成绩，表示组织上正在考虑为我申请南丁格尔奖。

我当即就回绝了："谢谢领导关心，我不要这个奖。"

"为什么？"

"南丁格尔不需要南丁格尔奖。"

"这是什么意思？"

"我只是开个玩笑，眼下许多人都喜欢用获奖来证明自己，而我有工作来证明就可以了。"在我总算弄明白了他们的来意后，毫不犹豫地就答应了他们。

但他们的顾虑仍然没有打消，问我："你了解那里的一些情况吧？"

我说："你们希望我去就是认为我能够胜任那里的情况吧？"

"那是当然。"

"这不就得啦，我相信你们的判断。"

实际上，对于住院部肿瘤病区我并不怎么了解，只是最近耳闻那里发生了几起患者自杀事件。我想院领导们可能就是因为这个才要把我调过去的吧。

"不过，我希望到时我也能够得到领导们的大力支持。"我说。

"这个没问题，有要求你就尽管说。"

"好吧，有领导们的大力支持我当然可以放心去了。"

真等来到这里，我方才意识到自己看来还得需要一段时间去适应。它同妇产科不是一般的不一样。它的安静是完全不同的安静，它的吵闹也是完全不同的吵闹。无论安静或是吵闹，似乎都传达着某种令人不安的讯息。就是这里的光线，也总让我感觉有种阴郁的色彩。我注意到，所有的窗户都只能敞开一掌的宽度。我问同事小毕这是为什么，她说是前不久特意弄成这样的，以防有患者继续跳楼。

这是防范，但同时也是一种暗示，根本就不是个好办法。不能自由开启的窗，这意味着什么？南丁格尔在她的《护理札记》里曾一再强调通风对于病人的康复作用。

我找到主任，要求将窗子恢复原状。他表示很为难，说他负不了这个责，"万一再有……"

"那我去找分管院长你不反对吧？"我说。

"我干吗要反对？"

南丁格尔

于是，我直接去找分管院长。

"你觉得这样做妥当吗？"他问，"仅仅两天的工夫就有4个患者从窗户跳了下去，再有一个我可就要疯啦。"

"这只不过是个偶然事件而已，以前发生过这样的情况吗？"

他没有说话。

"要不干脆就把这一病区迁移到一楼吧？"

"这个……不是说迁移就能迁移的。"

"迁移也不是解决问题的办法，即使不能跳楼，也还有别的选择，问题的关键在于我们不能让他们有这样的念头。"

"这个……我们能做到吗？"

"能。"

"怎么做？"

"关心他们。"

"关心？怎么关心？他们家人的关心都没有用。"

"在医院，我们的关心更有用，患者更信赖的是我们。打开窗户，让他们享受到新鲜的阳光和空气，这就是我们的关心。"

他瞪着我，发愣的表情里克制着隐隐的不耐烦："蓝慧护士长，病人太多，医护人员太少，大家都很忙，这你是知道的……"

"只要我们想关心，忙不是个问题。"

"如果我不答应你呢……？"

"那我就辞职。"

"要是再发生……？"

"那就追究我的责任。"

他摇摇头："看来，我是没有理由不答应你了。"

窗户可以重新打开了，病房多少让我不再感到那么压抑。我把窗户完全敞开，就听见一阵咚咚咚的声音，放眼望去，在围墙外面的一棵青杨树上停留着一只啄木鸟，鲜红的羽冠是那么不真实。

"这是什么声音？"11床的王老先生问我。

"啄木鸟。"

"我想看看。"说着,他便从床上跳了下来。

我把窗台让给他,没想到他一头就扑了过去,大半个身子都探出了窗外。我来不及多想,果断冲上前去死死抱住他的腰部,这一刻,我真有些后悔自己的自作聪明了。然而,正当我要呼喊求援之际,却听到他在哈哈大笑。

"放心吧,我可不会找死的,护士长,我还没活够。"他说。

"你吓死我啦。"我的心脏还在怦怦狂跳,已经盖过了啄木鸟弄出的声音。

他转过身来:"对不起,姑娘。我苦了半辈子,现在终于过上好日子了,我可不想死啊。""死"被他拖得好长,淹没了其余所有的字音。

"您多大年纪啦?"

"65,还很年轻,是不是?"

"是的。"

"跟你比我是不年轻,可要说死,这个岁数真是有点年轻啊。"

我听出了他有一万个不甘心,但也不想用欺骗来安慰他。我从他的主治医生那里了解过他的病情,肺癌晚期,已经时日无多了。我很想和他谈谈死亡,却又不知如何开口。显然,他还远远没有做好死亡的准备,所以只能任凭死亡的阴影摆布着他的心态。

又是一阵咚咚咚的声音,我们都扭过头去。

"啄木鸟真是好看啊。"他说。

"好看。"我说。

"我可以什么都不干,就坐在这里看啄木鸟,只要别让我死,好吗?"

"好的。"

他看看我,笑容是那么天真。在这一点上,那里和这里,二者确有相同之处,所有的病人都像婴儿。

"我可以坐在这里晒晒太阳吗?"

"可以。"

他在床边的一把躺椅上坐下,凝视着窗外,不再理会我。

南丁格尔

将病房挨个儿巡视完一遍后,我正打算回科室写护理记录,就见小毕迎面走了过来。

"有个人好奇怪,坐在那里不走,也不说话。"她说。

我跟过去一看,天哪,这不是我妈嘛。

"你怎么来啦?"

她怯生生地望着我,像是做错了什么事情。"我……我身体不大舒服……"她说。

"哪里不舒服?"

"不想吃饭。"

"带阿姨去消化科看看。"小毕道。

"还用我带你去吗?你自己去吧,我在忙着。"

母亲没有任何表示。

"你就带阿姨去吧,毕竟你更熟悉,这里有我盯着。"

"好吧。"我先替母亲去挂了号,然后带上她来到消化科。

"你在这儿看吧,我要回去上班啦。"

但没等我转身要走,她又跟了过来。

"你上哪儿去?进去看病呀。"

"噢……"母亲像刚刚睡醒似的。

我匆匆赶回工作岗位。

"你妈好像很内向……跟你可不像哟。"小毕说。

"是吗……?"母亲最近好像跟以前确实不大一样,但就是一样的时候,我跟她也不像。

估计母亲该看得差不多了,我拨通她的手机,可是一直无人接听。算了,等下班后去她那里走一趟吧。

下午,前后不到10分钟的工夫,又住进来4位患者。等我忙完准备回家时,才想起要去母亲那里看看。

一路上我一直在拨打她的手机,始终还是无人接听。直到看见她房间里亮着灯,我才稍稍安下心来。

我直接用钥匙打开门,一眼瞧见母亲正坐在沙发上看电视。

"你怎么不接我电话啊?"

"电话?你打了吗?"

"打了无数遍,你的手机呢?"

"手机?"她开始左右寻找。

我又拨通了她的电话,奇怪,听不到动静。

我把电视关了,继续拨打,终于听见一阵轻微的振动声从厨房里传来。

"你干吗把手机调成静音啊?"

"我没动它呀……"

我将手机调回响铃模式交给了她。

"你吃过饭了吧?"

她眨巴眨巴眼睛:"我吃过了吗?"

"吃没吃饭自己都不知道呀?"

"好像吃过了吧。"

"不饿就是吃过了呗。"

"不饿。"

"今天上午医生怎么说?"

"什么医生?"

"消化科的医生?"

"哦……没说什么,光开了点药。"

"药吃了?"

"吃了。"

吃药倒是没忘,她这辈子就是吃药积极,不管什么小病都不能不吃药。

她又打开了电视,还是谈养生的节目。

"我的同事小毕跟你说话,你怎么不理人家呀?"

她愣愣地望着我,想了想:"……她问我有什么事,可我一时也想不起来自己有什么事?"

"你最近的记性好像很不好,再有什么事情最好拿纸和笔记上。"

南丁格尔

她的注意力已完全集中在电视节目上了。

我听见自己肚子里咕噜噜的叫声，想起来还没吃晚饭。我得回去喂自己的肚子。

我起身时，她忽然叫住我："小慧，你有你向姨的电话号码吗？我咋找都找不到啦。"

我被问蒙了："哪个向姨？"

"还能有哪个向姨？"

向姨是母亲的初中同学，一生唯一的好朋友，前年因交通事故过世了。

"你要她的电话号码干吗？"

"这几天我老梦见她，想给她打个电话，好长时间没联系啦。"

"你忘啦？她不是已经出车祸去世了吗？"

"什么时候？我怎么不知道？"她的眼圈红了，泪珠在眼睛里打转。

"前年的事情啦，你不是还去参加过她的追悼会吗？"

"那我怎么会忘呢？她真的不在啦？"

我用力点了点头。

夜班似乎比白班更不宁静，因为那些痛苦的呻吟只有在这个时候才会更清晰地浮现出来，直奔你的耳鼓，叫你无法回避。

我在走廊里站立一会儿，然后朝29房走去，那里的叫喊俨然已经到了极限。

这是一间单人病房，患者叫王焕英，71岁，骨癌。墙角临时支起的矮床上躺着他的儿子，紧闭双眼，眉头紧锁，两只手死死攥着被子，努力对母亲的惨叫充耳不闻。

我走过去，握住她的手。她的眼睛勉强睁了一下："再给我打一针吧，我求你啦，求你啦……"她的声音飘忽不定。

止痛针对她已经不起作用，现在谁对她的疼痛都无能为力了。无助，绝望的疼痛。唯有在这个时候，你才可能承认死亡有多么宽容，它不会像疼痛那样折磨你。也唯有在这个时候，你才愿意相信选择死亡是我们的一项权利。我想起那4个跳楼的患者，我们真有权利阻止他们吗？可是，我们又能眼睁睁看着他们跳下去吗？

在面对如此绝望的疼痛之际，唯有死亡是可以信赖的，因为它维护了生的自由和自尊。这不是逃避，没有自由和尊严的生不是生，而是对生的践踏。死亡是永恒的安宁，恐惧并不来自死亡本身，而是来自我们对于死亡的无知。倘若将来我也有这么一天，我宁愿选择死。这样的生才让我恐惧，不可承受的恐惧。来到这里工作以后，我的人生观发生了显著变化。我感激这次调动，感激死亡赐予我的启示。

我将她的手紧紧握着，想握出些许热量来。也许是因为寒冷，所以才更加痛。我不能代替她疼痛，甚至不能分担她的疼痛，我只能陪伴着她疼痛。

"在心里数数，"我说，"1、2、3、4……看数到多少你就不疼啦？"我用另一只手抚摸着她稀疏的白发。

"1、2、3、4……"我开始数起来。她的叫喊随着我口中的数字渐渐平息下去，整个人也在随之平息下去。我观察着她的脸色，安详之意正在驱散那些扭曲的线条，她似乎已经挣脱了疼痛的魔掌。

数到1061的时候，我停下来，摸摸她的脉搏，脉搏正在悄悄离去。我犹豫片刻，看看床头红色的紧急呼叫按钮，没有伸手。

又过了片刻，我回过头对她的儿子说："你母亲走了。"

他已经在床上坐着，盯着母亲的遗体，啊了一声，像是松了口气，又像是不敢确信。

我低下头，默哀一分钟。这是我对自己的要求，每一个我护理过的患者离去，我都要进行默哀告别。我没有要求别的护士，但她们现在也基本都照我这么做了，有的医生也这么做了。

见这个儿子有些慌张，我只好在房间里陪着他，等他打完所有的电话，直到有人陆续过来。

一早，主任就把我叫到他的办公室。

"49床那个患者不行的时候，你知道吗？"

"我就在她身边。"

南丁格尔

"那怎么没通知医生抢救？"

"我认为已经没抢救价值了。"

他看看我，看看地板，噘着嘴沉吟道："你做得也没错，小蓝，但是不要鼓励其他护士跟你学，万一家属告咱们……现在的家属跟过去可大不一样了，动不动就要打官司。即使你是为了患者好，但只要发现有利可图，他们就不怕找你麻烦。唉，救死扶伤、救死扶伤……咱们这人实在是太难做啦，不能不多为自己考虑一些。"

"我明白。"

"我没有要责怪你的意思，我只是担心你太天真。"

"我明白。"我给了他一个笑脸，想感谢一下他对我的信任。他那么怕麻烦，而我却总是在给他添麻烦。

不过，没有关心就谈不上信任，我无法想象在我和患者之间竟会没有信任，就像我无法想象王焕英的儿子会起诉我没有及时抢救他的母亲。一切的信任和理解都从关心开始，这和天真有什么关系？

我把王焕英的情况写在了札记里，过去记录的是生，现在则开始记录死。等我离开这个世界的时候，我留给它的只有这两本书，一本关于生，一本关于死。这便是我的全部。

母亲曾责问我为什么不写写论文好评职称。我不擅长写论文，只喜欢写札记，重要的是，我认为这些札记比论文对于我更有意义。我能回忆起每一个人和我在一起的情景，我关心照料过他们，这就是我的财富。我永远不习惯用床位号取代他们的名字，即便我不能把他们视作家人，至少也可以将他们当成朋友。

南丁格尔在她的《护理札记》中这样写道："实际上，为病人提供音乐需要付出昂贵的代价，现在依然如此，所以一般情况下，不会把音乐用在护理之中。不过，管乐、声乐、弦乐能够发出连续不断的声音，对病人的作用是正面的；而钢琴的声音是不连续的，对病人有着负面作用。最好的钢琴音乐也会对病人产生坏的影响，但弦乐器奏出的《家，美好的家》这类曲子则可以安慰病人，使他们平静下来。而且，不会让病人产生联想的音乐对病人最好。"

我相信音乐具有疗愈功效，况且我也希望能用它来改变一下病区的沉闷气氛。因此，我想在走廊里安装上音响，在每间病房挂上两幅风景油画。另外，每个窗台上也需要两盆绿植。如果得不到院里的资金支持，我就打算自己掏腰包。但让我颇觉意外的是，院长几乎没看我的申请报告就直接在上面签了字。

我明白，这是院长在对我的工作表示肯定。在我来到肿瘤病区的这段时间里，非但没有患者再跳楼，而且我们还不断收到患者家属送来的锦旗。只是我很不适应这种形式，因为我总感觉那锦旗不是他们送的，而是我们要的。主任每次见到锦旗都是笑逐颜开，这无异于是对其他患者的暗示和鼓励。这锦旗是谁发明的？它到底想要表达什么？

音乐、油画和绿植为病区带来了盎然生机，我似乎在每个患者的脸上都看到了这种生机，看到了希望的光彩。我把自己收藏的古典音乐和轻音乐CD全部拿了过来，将音量调整到几乎可以被忽略的程度，似有似无。

这天给32床的邢老师量体温时，他突然问我："这首曲子叫什么名字来着？"

我听了听："《爱琴海的珍珠》。"

他的脸上立即现出开心的表情，道："啊，对，《爱琴海的珍珠》，是《爱琴海的珍珠》……"

这位患者平时极少说话，不苟言笑，好像很排斥同人交流，安静得就像不存在。直至此刻，我也只知道他过去是个中学语文老师。

"经常来看您的那个人是您儿子吗？"我试探着问道。

"不是，是我的学生。"

"您的家人呢？"

"我没有家人。"

他的回答又让我不知道该如何将交谈进行下去了。

"以后能多放放这首曲子吗？"他又说话了。

"当然可以。我也非常喜欢这首曲子。"

"你还能记得起第一次听到这首曲子的情形吗？"

南丁格尔

我想了想："第一次好像是在卫校的校园广播里听到的，当时不知道它叫什么名字，只是觉得挺好听。"

他点点头："是挺好听。我第一次听到它，是在我们学校音乐教室的门口，萧老师用小提琴拉出来的，我一下子就被吸引住了。当时，我还不认识她。"

"萧老师一定很漂亮吧？"

他露出腼腆的笑容，摇摇头："其实，别人并不觉得她漂亮，但在我的眼里她是个美人。"

"这话您对萧老师说过吗？"

他摇着头道："唉……来不及了。"

"哦……一定很遗憾吧？"

他抬头看看我："你工作去吧，我不能耽误你的时间。"

"没关系的，邢老师，我很喜欢聊天。"说着，我在床边的一把椅子上坐下来。

"不耽误你工作吗？"

"不耽误，现在正好没什么事情。"

"噢，我想问问你，我还能活多久？"

这个问题真把我问住了。

"我不怕死，我只希望快快死去，这样我就可以再见到她了。"

"萧老师？"

"是的，我们已经分别33年啦。"

"你们后来在一起了？"

"是的。"他的脸颊上又有了腼腆的微笑。

"你们没有孩子吗？"

"没有，她跟我结婚第二年就得了重病，不到一年的时间就离开了我。我很爱她，但我不善于表达，从没有对她说过我爱她，说她是个美人。为此我后悔了33年，现在，只有等死后再对她说了。"

"她得的是什么病？"

"我和她是一样的病，这点倒让我心里好受一些。啊……对不起……"

我意识到他看见了我眼里的泪水。

"护士长，我想拜托你一件事……"

"您说吧。"

"我再病危的时候，求你们千万不要抢救我了，好吗？希望你们尊重我，不要用我的痛苦来证明你们医疗技术的伟大。"

"好……我尊重您……"

我不想让眼泪流出来，只好匆忙离开。南丁格尔，我的音乐让患者产生了联想，可我并没觉得这有什么不好。

回到科室，我翻开札记簿，将邢老师的话总结下来：

1. 要充分理解患者结束生命的愿望，有人想抗争，也有人想放弃；不能因为要支持前者，就认定后者的想法是错误的。

2. 医学不能仅仅盯着生命的价格，还需看到生命的价值；如果医学只知道关心技术，那就违背了它的初衷。

我正想着还有没有第三条，实习生小宋进来了，要取她的实习鉴定。

我把鉴定交给她时，她忽闪着大眼睛问我："蓝老师，有什么临别赠言吗？"

我望着她双眸里那夜空一样的幽深，想了想，决定把南丁格尔的遗言送给她："好吧，我想告诉你的是，能够成为护士是因为神灵的召唤，人是最宝贵的，能够照顾人并使他们康复，这是一项神圣的工作。其次，护士必须要有同情心和一双不怕劳累的手。还有就是，在工作中永远不要寻找借口。"

"谢谢蓝老师的教诲，我记住啦。"

"你喜欢护士这个职业吗？"

"有点喜欢。"

"有点喜欢可不行，要发自全身心的喜欢才行。小宋，我认为你有成为一名好护士的潜质，但愿你能珍惜。"

我很喜欢小宋这个孩子，勤快，心细，有责任感，是我们需要的好护士。但极有可能的是，毕业后她并不会从事这个职业，即便从事了这个职业也不会长久。想到这里，我不只是忧虑，浑身还有一种深深的乏力感。

南丁格尔

我想休息一下，摘下手套，说："我送送你吧，小宋。"

我将小宋一直送到医院大门口，一路上又情不自禁对她说了许多。

"再见，蓝老师。"

"记住，我们是没有翅膀的天使，谁也取代不了我们。"我冲着她的背影大声喊道。

最近我根据自己的札记做了一些数据统计分析，发现患者当中肺癌的罹患率最高，这使我不得不开始关注起空气的质量。不关心不知道，一关心吓一跳，在我以为空气良好的情况下，上网一查，PM2.5竟是中度污染状态。看来以后开窗通风不能仅凭感觉了。

今天早晨的PM2.5数据显示空气质量是轻度污染，晚上下班回到家已经发展成了中度。我想提醒母亲一下，不要开窗，备好口罩。正要给她打电话，手机先响了。一个陌生男子的声音，说他是派出所的警察，我不免有些惊慌，警察找我有什么事？

"你母亲在我们这里，她迷路了。"他说。

迷路？她又不是小孩子，又不是在陌生的地方，怎么会迷路？我想不通。几次拨打她的电话，又一直处于无人应答状态。

就在走进派出所的院子里时，我还在怀疑警察是不是搞错了？直到一眼瞧见坐在长椅上的那个穿着藏青色风衣的女人才疑虑顿消。

母亲手里捧着一个纸杯，一脸倦怠，咖啡色坡跟皮鞋上一层浮尘。

"怎么回事？"我问。

"我想去看看你向姨，结果走错路了……"

"你上哪儿去看向姨？"

"去她家呀。"

我盯着母亲的眼睛，从她的眼神里窥见了某种更加陌生的东西，也正是这种东西提示我克制住满心的不快。

"幸亏你还记得我的电话？"我说，"你的手机呢？"

"出门忘带啦。"

"你的电话我们是通过网上户籍信息查到的,"一直站在母亲身旁的那个年轻警官说道,"以后要看好你母亲,不能让她一个人出门,最好把必要的信息给她带在身上。"

看好?他已然把我的母亲视为非正常人了。她真的是不正常了吗?

天色已晚,车窗外路边闪烁着各色霓虹灯的是大大小小的饭店,我忽然想起自己还没吃饭。

"我饿了。"没等我发问,母亲已经先说了。

我也懒得回去做饭,就在一家牛肉汤馆门前停了车。

母亲喝了两碗汤,吃了三个烧饼,是我从没领教过的饭量。这样的胃口实在让我不可思议。

吃完饭出来,天下起了小雨。母亲看着这小雨,站在饭馆门口不敢迈步。我拉了她一把,弄得她微微一个趔趄。这要在以前,她早骂我了。

湿漉漉的街道,朦胧的悬铃木树影,熟悉得不能再熟悉的情景,我的童年和青春都从这里走过,但坐在身后的母亲却又将这一切陌生化了。一时间,我不知自己为何会出现在这里,又要驶向哪里。

"这是什么地方?"母亲问。

"我的家。"

"我要回我的家。"

"天太晚了,明天再说吧。"

我让她去冲个澡,她不去,说洗洗脸就行啦。我目瞪口呆,这是我妈说的话吗?是那个丈夫不洗脚就坚决不让他上床的女人吗?她的洁癖哪里去啦?

给她铺好床,我一转身,她就和衣躺下了。

"你不洗脸啦?"

她摆摆手,很累的样子。

冲完澡出来,我听见一阵嘹亮的鼾声。以为是幻听,走到母亲床边,才敢确定那真是从她的喉咙里冒出来的。咦?她的额头上干吗贴着一张白纸?我正要伸手去摸,却忽然发现那竟是她的头发。什么时候白成这样的?

母亲的衣服还是没有脱,我轻轻拍拍她,没有反应。索性就让她这么睡吧，我随手熄掉了灯。

要说母亲最爱的是做家务，现在看来也不是，她最爱的应该是工作，没有了工作就完全变了一个人。我也爱我的工作，但愿我不会因为退休而变成另一个人。那么，我会退休吗？

明天，是不是得带母亲去医院看看？

吃完早饭，我决定还是带母亲去医院看看。一听说去医院，母亲表现得倒是相当高兴。

先去巡完房，跟同事们交代好具体工作，我就领着母亲去了神经科，找到艾医生。艾医生经过一番询问后，确诊母亲呈现的是初期阿尔茨海默病症状。

见我有些疑惑，她又说："如果你不放心的话，可以做个脑部扫描。"

我摇摇头："不必了，只是她才刚过60岁啊。"

"我接诊过最年轻的一例只有40岁。"

"这种病发展迅速吗？"

"怎么说呢？因人而异。不过，在接受药物治疗之外，有益身心的社交生活和体育运动对于抑制病情肯定是有效的。"

社交生活？她没有。体育运动？更是甭谈，她一运动就要喊头晕。

我用手机百度了一下这种病症，根本就没什么灵丹妙药。

听见小毕跟谭医生说32床患者出现昏迷和窒息时，我急忙赶了过去。

"邢老师……"我喊了两声，毫无任何反应。

我又立即向值班室奔去，将正在播放的乐曲换成《爱琴海的珍珠》，并改为单曲循环播放模式，同时将音量稍稍调大了一些。

再回到病房时，见谭医生又要准备给邢老师做心肺复苏，我果断拦住他，交代了邢老师的嘱咐。

"他的家属呢？"谭医生问。

我摇摇头："他没有家属。"

"那倒好办。"谭医生收起听诊器，说："先观察着吧。"

邢老师的眼睑突然颤动了一下，我赶紧喊："邢老师……邢老师……"仍

旧爱时光

旧没有反应，但我坚信他听见了《爱琴海的珍珠》。

我继续呼唤着邢老师，终于，他的眼睛睁开了，盯着天花板，看似在倾听。一曲过后，他的目光移向站在床边的我们，挨个儿看了一遍，喏嚅道："谢谢……再见……"说完便合上了双眼。

邢老师的嘴角弯起，一副心满意足的神情。这时，我惊讶地看到，他的脸色正在变得红润，肌肤在变得透明，仿佛恢复了青春的活力。接着，一团光晕蓦然出现于他身体的上方，照亮整个房间，把我带入梦一般的幻境。真实的仅有耳畔的乐曲声，但却已不是往日的音调，它庄严告知的乃是死亡的欣悦。没有痛苦，没有悲伤，死亡用它和平的怀抱消除所有生的误解。

光晕散去，我重新回到现实。邢老师，你和萧老师又在这熟悉的旋律声中相聚了。不同的是，这一次，你们将再也不会分离。别了，邢老师。

我找出邢老师留给我的那张纸条，拨通上面写着的两个电话号码，一个是他的学生，一个是他的单位。这是他昨天交给我的，显然他已有预感。

送走邢老师，已到下班的时间。不知为什么，我的心里一直惴惴不安。我没有直接回家，打算拐到母亲那里看看。

还没进屋，就闻到一股呛人的煳味；打开门，煳味更浓了，而正在看电视的母亲却好像对此浑然无觉。

"什么煳啦？"我问。

"哎哟！"母亲扔下遥控器就要往厨房里跑，但我已经抢在了前面。

一锅菜变成了黑锅巴。

必须做出决定了，不能再让母亲一个人这么住下去，否则早晚会出更大的危险。现在已经不是她跟我住或是我跟她住的问题，母亲得随时有人陪护才行。她衰老得太快，令我猝不及防。

"给你雇个保姆吧？"我说。

"我要保姆干啥？"

"照顾你，你觉得自己还有能力独居吗？"

"我不想让一个陌生人到我家来。"

"也是，母亲是不大容易跟别人相处的。再则，我敢说任何一个保姆做的

182

南丁格尔

家务活儿都会让她看了气愤的。"

"去老年公寓怎么样？"

"你把我送火葬场得啦。"

"你这是什么话？！老年公寓是火葬场吗？那里的条件你这里还比不上，不是谁想去就能去的。"

"我就是不去。"

"不去也得去，将来我也得去。"

"我不用你管。"

"你以为我想管你？我有那么多的病人还管不过来。"

"你对你那些病人比对你妈还好。"

"因为他们比你更需要我。"

"我现在也需要你。"

"可我不需要你。"我故意把话说得狠了点，我才不在乎她生气不生气，"我需要你的时候你需要我吗？我不需要你的时候你却需要我了。"

既然没有商量的余地，索性我就一个人做主，再说她眼下这种状况也没法让我遵照她的意愿行事。

周末，我亲自去参观了一下绿叶城。绿叶城是我们这里最好的老年公寓，条件的确不错，有单人间、双人间和多人间。卫生干净，环境幽美，食谱看上去也够丰富。根据母亲的退休工资，选择单人间未免有些吃力，但若选择双人间还是绰绰有余的，所以我专门看了下双人间，同这间屋子里的两位老人攀谈了几句。

两位老人都是70多岁，其中一个腿脚不太灵活，像是中风留下的后遗症。问她们习惯这里不，都一致说好。我担心打搅她们，可她们对我的到来却好像挺高兴。两个人的情绪都特别乐观，只是明显有些寂寞。我问陪同的负责人平时有没有集体娱乐活动，他说这是必需的，文艺、体育、手工、园艺等等，样样都有。

参观完绿叶城，我对母亲的安排也就有了底，心想哪天先带她来看看，住在这里总比独居对她的健康更有益。艾医生不是说她这种病情最需要社交生活和体育锻炼吗？恰好在这里都能得到满足。不过在正式入住之前，我觉得有必要让她出去旅游一趟，等连我都不认识了，旅游对于她还有什么意义呢？我也好久没旅行过了，至少有5年没请过公休假了吧。

去哪里旅游呢？和馨年年出去，应该问问她。想到和馨，我恍然意识到她早该生了，天哪，我把这事忘得一干二净。我赶紧掏出手机。

一听到和馨的声音，我就连连道歉，告诉她我换了工作，比以前更忙了。和馨并无埋怨我的意思，但声音听上去有气无力的，让我不得不怀疑电话那头到底是不是和馨。

"喂，你是和馨吗？"

她没有回答，或者说回答我的是强忍的抽泣。

"你这是怎么啦？和馨，快说话呀……我有了不祥的感觉，那个孩子……别光顾难过，和馨，我得知道是什么情况？我的干儿子……"说到这里，我也要哭了。

然而，她倒是突然止住了抽泣："没有干儿子，蓝慧，还是干女儿。"

"干女儿？她健康吗？"

"很健康。"

"……那你哭什么？就因为还是个女儿吗？真可恶，你真可恶！别忘了你自己就是个女人。告诉你，和馨，我就喜欢干女儿，我不喜欢干儿子，让干儿子见鬼去吧……"

"好啦好啦，我要喂奶了，你还有什么事吗？"

"算啦，等我先去看看我的这个干女儿再说吧。"

挂掉电话，我依然余怒未消，这些重男轻女的王八蛋！都什么时代啦？没有我们女人的照顾，他们男人能活下去吗？！难道我们的照顾是可以忽略不计的吗？那些刚刚来到这个世界上的孩子是多么惹人怜爱，你怎么能够依据他们的性别来决定自己的好恶？性别是不存在的，存在的只有平等的生命。

和馨建议我去马尔代夫，她们一家去年春节去过。我跟母亲说了这个打算，她没再表示反对，而且好像还挺有兴趣。于是，我趁机提起绿叶城，明天我轮休，要带她去看看。她说不去，态度依旧那么坚决。

但等次日我开车来接她时，她虽表情上老大的不高兴，行动上却是乖乖顺从，跟个孩子没啥两样。我们娘俩在家庭中的地位就这么不知不觉颠倒了过来。

也许是绿叶城跟她观念里的敬老院有着天壤之别，所以参观的时候母亲的眼睛一直大大地睁着，没有了进来之前的排斥情绪。

我故意问一个坐在旁边看别人打乒乓球的老人："请问您有几个子女？"

"四个，"他说，"两儿两女，成天都很忙。"他瞅了一眼母亲，道："老了，不中用啦，咱不给儿女添麻烦，待在这里挺自在。"他竟替我做起了母亲的工作，可能这种情景他见多了吧。

我看看母亲，心想，人家四个孩子不也住在这里？母亲面无表情。

离开绿叶城时，母亲突然问道："我什么时候住进来？"

我愣了一下，长吁一口气，说："从马尔代夫回来……你是不是喜欢上了这里？"

母亲面无表情。

和旅行社接洽好后，我的请假也顺利得到批准。但直到坐上航班的那一刻，我仍毫无度假的轻松感，甚至还没有上班让我感觉踏实。我知道，我不是在旅行，而是在履行一项义务。不过母亲的兴奋倒是显而易见的，眼神充满好奇，好像没坐过飞机似的。她没坐过飞机吗？哦，她好像是没坐过飞机。

"你是第一次坐飞机？"我问。

她点点头。

长这么大，这还是她第一次带我出门旅行，不，是我带她出门旅行。作为一个母亲，她欠我的似乎太多，但转念想想，她欠自己的是不是也不少？有时我真想责怪她，包括我的父亲，他们实在不该结婚，即使结婚也不该有我。不，或许我应该来到这个世上，但我的父母不该是他们。如今，我只能用他们欠我的来偿还他们，这种注定的关系本身在我看来可能就是一种亏欠的宿命吧。

马尔代夫，全然陌生的空间和时间，一切仿佛可以重新开始。我，一个单身母亲，领着一个不谙世事的孩子。她步步紧跟着我，有时要用手牢牢抓住我的衣服。

看到马尔代夫的大海、沙滩、椰林、岛屿，母亲笑了。母亲的笑容难得一见，此刻的风景似乎让她情不自禁敞开了心扉。

"这是哪里？"她问。

"马尔代夫。"

"是外国吧？"

"是的。"

"啊……"她的眼睛里冒出惊奇的光。这种表现并不符合她的性情。

我给母亲准备了泳装，本以为她不会穿，可没想到拿出来她竟欣然接受；不过穿在身上却要用大大的浴巾罩着。跟她一样，在大庭广众之下暴露自己的身体，我也很有些不适应，老不由自主想用手遮挡一下。花甲之年的母亲身材仍然那么好，几乎看不出时光的痕迹。这是我第一次看见母亲的裸体，那皮肤鲜亮得叫我不免有些嫉妒。我情不自禁想摸一下，但还是忍住了。父亲当年一定是因为她可爱才爱上她的，如此美丽的一个女人不应该是不可爱的。

我回到沙滩，眺望着水中的母亲，她不会游泳，只是在没膝的水里走来走去，迟迟不肯上岸。我想，如果母亲早有这样的变化，她的生活就该是另一番模样了。可是，为什么要在一切都来不及的时候才开始这样的变化呢？

母亲呢？在沙滩上躺了一会儿坐起来时，我发现她已不在原来的地方。

妈……我慌乱的目光四处搜寻着，同时最坏的后果开始闯入我的想象。终于，我捕捉到了那顶青花瓷图案的泳帽，它正孤零零地漂浮在海面上。我不顾一切地奔过去，海水的阻力让我着急。

我一把抓住她的胳膊就往后拉："你不要命啦……"一直将她拉到岸上。

"你怎么不知道危险？水都快没脖子了还往前走？"

她低着头，一声不吭。

我扭过头去，不再理她。

"我第一次见大海，是和你爸一起去天津玩的时候。"

我看看她，真是奇迹，她竟然提起了我父亲，这难道意味着她把曾经的不

南丁格尔

快都忘记了？真没想到，他们俩也还有结伴而行的时候。在我的记忆里，她和父亲压根儿就没有在家门以外的地方一起出现过。

和母亲说好第二天上午送她去绿叶城，去接她的时候，发现她已经大包小包都准备好，静静等着我上门。

"你好像有些迫不及待啊？"我说。

母亲没接我的话，眼睛就盯着她的那几个包裹。

和母亲同住的阿姨姓张，也是刚来的，比母亲大十几岁，看上去挺温和。我跟她简单说了说母亲的情况，希望她能帮忙督促母亲按时服药。

"放心吧，闺女，我也要天天吃药，我们俩一起吃就行啦。"她说。

同母亲告别的时候我的心里突然一阵难过，总觉得自己是将母亲抛弃了。可我没有啊。匆匆走到楼前的花池旁时，我回头寻找了一下母亲房间的窗户，但那敞开的窗户上并没有母亲出现。拐弯时，我又回头看了一眼，窗户上依旧是空空的。

到单位后我给母亲打了个电话，问她在干什么，她说在和向姨聊天。我说是张姨吧，她噢了一声，说"嗯，是张姨"。听上去，她的情绪不错。

换完衣服，来到走廊，《爱琴海的珍珠》悄然飘进我的耳朵，我蓦地意识到，邢老师已经不在了。谭医生站在楼梯口，和他交谈着的那两个人我认识，是11床王老先生的女儿和儿子。他们在询问还有没有更好的治疗方法，写在他们脸上的不是悲伤，不是焦虑，而是为难或愧疚。

谭医生走后，我叫住了他们："要是我的父亲，我就马上让他回家去度过这最后的时光，既然医院对于他已经没有了任何作用。"

女儿说："我爸他不相信医生治不好他的病，总认为是我们没能找到更有疗效的药物。"

儿子说："即使是没用，即使是白花钱，我们也得让他在医院里治，我们不能让他觉得我们是不孝的。"

我无言以对，又有多少患者家属不是抱着这样的心理呢？真不知道他们究竟是为病人着想还是为自己着想？在我看来，这里真正需要的与其说是内科医生，还不如说是心理专家，当然护士也是不可或缺的。对于这里的病人，我以为安慰比治疗更有用。理解疾患，理解衰老，理解死亡，这是每个人一生中必须学习的课程。然而，人们却仅仅一味迷信药物，他们企图用药物解决一切问题。他们只想永远看到健康、年轻以及活着，因而最后他们只能为此陷入不安和恐惧。事实上，最终他们都是死于无知的恐惧。为什么死亡带给患者家属的唯有哀伤，没有安宁？因为他们同样倾听不到生命在死亡里的召唤。死亡不是拿走了生命，而是接纳了生命，令其回归安宁，回归遗忘。所以，肿瘤病区应该是他们的一所学校。

突然，从走廊尽头传来一声凄厉的号泣，一名中年女子正伏在门框上悲伤。我赶快向她走过去……

一周后，我去探望母亲。坐在沙发上的母亲看见我，点了下头，又继续做她的十字绣了。一旁的张姨也在做十字绣。

"这绣的是什么？"我问。

母亲没搭理我。

我又问了一遍，她还是不作声。

张姨替她答道："灯笼，我们昨天开始学的。"

"容易学吗？"

张姨道："容易学。"

我检查了一遍她抽屉里的药，有一盒已经空了。

我问："你还需要些什么吗，妈？"

她仍然不搭理我。

"我妈这是怎么啦？"我问张姨。

"没怎么呀，"张姨说，"刚才我们姊妹俩还聊得好好的哩。老赵，你倒是说话呀。"

母亲埋头于自己的十字绣，就是一言不发。

"这老赵，可真怪。"

"妈，你是不是不认识我啦？"

南丁格尔

还是不见有任何反应。

"妈,你抬头看看我,还认识我吗?"

她抬起头瞥了我一眼,目光立即又回到了十字绣上。那目光让我感觉发冷。

她是在生我的气?我尴尬地坐在床边发了会儿呆,见她仍无理睬我的意思,只好起身准备离开。小毕今天妊娠反应剧烈请了假,我要去替个班。

张姨将我送到门口,安慰我道:"别往心里去,她可能是一时闹情绪,很快就会好的。"

退休后的母亲变得真有些令我摸不着头脑了,她的脾气几乎跟过去完全不一样。晚饭后,我给她打电话,通了三次都被她挂断。真不明白她这是什么意思,我只好给她的管理员打去电话询问情况。对方说她这就过去看看。

5分钟后,管理员回电话说一切正常,赵淑英女士正在房间里看电视,至于未接电话是因为没有听见。

什么没有听见?明明是把我的电话挂了。我心想。

此后几天给她打电话,也仍是这种待遇。我们母女之间的关系俨然又在发生着新的变化,再去探望她时,我的心里不觉有了抵触情绪,开始考虑是不是延长探望她的间隔时间,两个星期一次?或是一个月一次?

今天的蓝天极有立体感,白云奇形怪状,各种淘气的样子,不用查看也能知道这空气质量一定是优。有了好天气的支持,再想到母亲似乎纠结得就没那么厉害了。

敲半天门,屋里始终没人应答,正不知该何去何从之际,一个路过的保洁员告诉我老人们在后花园里自由活动。我正打算去找,转身就见有老人陆续回来。等了片刻,母亲和张姨同时出现了。

"闺女又来看你啦。"张姨道。

母亲抬眼看见我,没有任何表示,就跟陌生人似的。

我讪讪地随她们进屋,母亲却一头扎进卫生间迟迟不见出来。

张姨也觉出了不对劲,冲着卫生间喊:"老赵,你待在里面干啥呢?"

我走过去敲了下门:"妈?"

门随即开了,母亲走出来,当我不存在似的,径直走向搁在沙发上的十字绣。

见她的拖鞋有些旧了,我说:"下次我给你买双新的来,倒换着穿。"

她摇摇头。

"还需要再带些衣服给你吗?"

她端详着手中的十字绣,又不理我了。

"你想吃水果吗?"我指指自己带来的一塑料兜苹果和香蕉,还有提子。

她在十字绣上比比画画,对我的话就是充耳不闻。

"你妈歌唱得可好啦。"张姨插进来道。

"唱歌?我妈她会唱歌?"我瞧瞧母亲,从没听她唱过歌呀,反正我是五音不全。

"可不是,昨晚我们这里搞晚会,你妈唱了一首《月光下的凤尾竹》,把全场都给震住了。"

"真的吗?"我问母亲。

她一脸木然。

《月光下的凤尾竹》?关牧村那浑厚深沉的嗓音开始在我耳畔回旋。母亲的歌声也是这种风格吗?她那瘦弱的身躯能够爆发出如此丰满的能量?我无法把唱歌和母亲联系在一起。

"我妈为什么不想理我?我只好问张姨了。打电话也不接。"

张姨尴尬地笑笑,未置可否。

"既然她这么不想见我,那以后我干脆就不来找麻烦啦。"说完,我起身就走,带着一去不复返的劲头。今天的母亲对于我还有什么意义吗?过去的母亲对于我又有过意义吗?

我没有回家,直接去找了艾医生,跟她聊了聊母亲的情况。

艾医生问我:"你母亲是不是已经认不出你啦?"

我也说不清,但从她对我的态度看,应该是有意为之,所以她肯定明白我是谁。

艾医生说:"毕竟她是个病人,行为反常也是可以理解的。"

南丁格尔

但问题是,这样下去,连我自己都得反常啦。

唉,总的来说,我们之间的关系好像从来就没有正常过。

王老先生的治疗完全停止了,他最后的时刻已然到来。早上查房时,他的精神状态还好得很,对我说有段时间没看见那只啄木鸟了,问我最近看见过没有。到了中午,他便突然陷入重度昏迷。女儿和儿子开始忙着为他准备后事,亲朋好友也都陆陆续续赶来见他最后一面。

下班前,我又去看了他一次,除了微弱的脉搏,整个人已没有任何生的气息。明天我是夜班,估计不能为他送别了。

然而,等我次日晚上首先来到这间病房查看时,却惊讶地发现他还安静地躺在那里。我在他的床边站了一会儿,看到他的眼睑在颤动,但是终于没能睁开。迟迟不肯离去,王老先生这生的意志真是够顽强的。每次目睹他毫无尊严地忍受着手术和药物的折磨,我都会被深深震撼。他是忍受疼痛的超人。

我看看一旁的女儿和儿子,都是满脸的倦怠和愁容,一副就要被不知所措击垮的样子。可是,我也不知道该对他们说些什么。只有等待和坚持,忍耐就是一切。

一夜过去,曙光照亮了周遭的生机,这不是可以想到死亡的时刻,但我却不能不想到王老先生:他现在怎么样啦?我朝他的病房走去,去同他再作一次告别。

儿子倒在床尾的躺椅上酣然大睡,女儿则坐在床头边的椅子上无精打采。见我来了,她欠身想要站起却没能站起,我赶紧示意她原地别动。她此刻的脸上只剩下了即将崩溃的无奈,和我第一次见她相比,她已经消瘦得脱了形,仿佛也经历过一场大病,她确实坚持不了多久了。而那大腹便便的儿子同样也完全失去了最初的丰采,像头深陷在泥淖里的大象,索性听天由命。

我的目光刚在王老先生的脸上落定,便遭遇了他的目光,他直勾勾地望着我,那眼神既像是不满又像是乞求。我强装镇定,跟他打了个招呼。

听到我的声音,他的女儿和儿子都被惊到了,紧忙凑上前来。

王老先生的嘴唇抽动了一下,从喉咙里吐出一串模糊的字音。

"您想说什么，王老先生？"我问。

"我……要……"

"他说什么？"我问他女儿。

她摇摇头，俯下身问道："爸，你说啥？"

我将耳朵凑到他嘴边，听见断断续续的气息将一个个字吃力地推送出来："我……要……看……你……的……奶……"

"奶？什么奶？"我没有听懂。

"对不起，我爸他开始说胡话啦。"他女儿道。

"爸可能是想喝奶……"儿子说着便匆匆忙忙到柜子里去找奶粉。

奶粉冲好了，他舀出一汤匙送到父亲嘴边，但他微微张开的嘴却合上了，眼睛也随之闭上。显而易见，王老先生想要的并不是奶。

"我……要……你……的……奶……奶……"他又挣扎着把那句话推送出来，这次用了更大的气力，最后一个音颤抖不已。

"爸……"女儿的口气有了责怪的意思。

"爸，你就放心走吧，不用操心家里，有我们哪……"儿子带着哭腔。

王老先生又睁开了眼睛，暗淡的灰烬复燃起炽烈的火光，射向我的胸前。我豁然悟出了什么，和他的女儿对视一眼，她那羞愧的表情进一步证实了我的理解。

只是，我不明白此时此刻的他何以会有这样的要求，而且，这个要求对于我未免太过于有挑战性了。平素的我总是披着白大褂，戴着帽子，还常常捂着口罩，这样被严实包裹着的身体该不会对患者有什么诱惑力吧？

"对不起，我爸爸糊涂了。"他的女儿又在对我这么说。

而我的注意力全都集中在了她爸爸的目光上，盯着那团行将燃烧殆尽的火焰。与此同时，那些新生儿趴在母亲乳房上的景象在我的脑海里不断闪回。生与死的距离就是如此之近。

眼看着那团火焰马上就要熄灭了，我不能再犹豫，也不必再矜持，火光里，我看到的不过是一张婴儿的脸庞。我麻利地解开衣服，就像面对着一个嗷嗷待哺的孩子。失去束缚的那对鸽子即刻迫不及待地冲了出来，在火光的上空

南丁格尔

欢快盘旋。这一刻，只剩下了火焰和鸽子，一切皆归于沉寂。天哪，我曾无数次幻想过这样幸福的场景，第一次，我的鸽子和男子那深情的目光。他是谁？他在哪里？我一直在等待着把这对圣洁的鸽子献给他。

当火焰以卷土重来之势骤然腾起，似要吞噬我的鸽子之际，我注意到，他的一只手在不停抽搐，有如被猎枪击中坠地的飞禽。我抓起那只手，让它抚摸一只鸽子的翅膀，那受过伤的翅膀。

他的手哆嗦得更厉害了，粗糙、冰冷的手掌根本无力握住鸽子的羽翼，它挣扎着，挣扎着，终于放弃了挣扎，开始缓缓坠落。那团火焰的最后一缕光芒犹似充满眷恋的一声叹息，随着眼角滚落的一颗泪珠彻底熄灭。

咚咚咚——咚咚咚——

循声望去，围墙外的那棵青杨树上栖息着两只鸟，一只是啄木鸟，另一只也是啄木鸟，鲜红的羽冠是那么不真实。

我垂下头去，甚至忘记将我的鸽子召回那隐秘的属地。

王老先生的儿女们终于可以痛快哭泣了，但我不喜欢这样的哭泣，退到走廊一角的窗户前去透口气。我喜欢的是新生婴儿的哭泣，那象征着生之欢愉和喧闹的哭泣，而死亡留下的则是安宁和肃穆。死亡本身并不亏欠我们什么，它把永恒留给了我们，我们没有理由不尊重它。就在静默中怀念吧，悲伤和眼泪永远不是对逝者表达不舍的最好方式。

听，我又听见了《爱琴海的珍珠》，谁说邢老师他已经离去？

例行巡房之后，我在护士站开了个简短的会，为的是重新排一下班。目前已有3名护士怀有身孕，不能再安排她们上夜班了。但是人手又不够，所以我只能顶上所有的夜班。说来全科室也唯有我是最轻省的了，既不拖家带口，又无孕在身，也不像那些年轻的实习护士还有恋爱要谈。显然，我比谁都更适合工作。

开完会，我无意中一扭头，发现父亲竟在门口站着。我赶快走过去，将他引到一边。

"我没钱。"我说。

"你什么时候调到这里来啦?"他道,"我从这路过,听见这说话的声音很耳熟……"

"你来这儿干什么?"

"住院。"

我一惊:"你……你怎么啦?"

"不是我,是你苏姨。"他那沮丧的表情好像宁愿是他。

"哪里出了问题?"

"乳房。"

"在几床?我去看看。"

"14床。"

我来到14床,苏姨在床沿上坐着,一副魂不守舍的样子。看见我,她点点头。

父亲说:"这是小慧。"

她噢了一声:"小慧呀……你咋来啦?"

"小慧就在这里上班。"父亲说。

"噢……"她立刻一扫脸上的尴尬,换成领导的口气,"你辛苦了,小慧。"她的确是团市委的一个什么领导。

"有小慧在这里,你就尽管放心吧。"父亲道。

我不知道该再说什么,为避免继续尴尬,找了个借口赶紧离开。

上班前我抽空去了一趟绿叶城,已经有半个多月没去了。

"那女人得了乳腺癌。"我说。这是母亲对苏姨的一贯称呼,她不许我叫那女人苏姨。

母亲从十字绣上抬起头,冷冷地瞟了我一眼,没有任何表示。我有点失望,以为会听到"活该"两个字。她是不是已经把那个女人忘了?

临走前,我又说了一句:"那女人得了乳腺癌,就住在我们那里,我要去上班啦。"

这回她连头都没抬。

南丁格尔

父亲在楼梯口站着,像是在等我。

"今天是夜班?"他问。

"最近天天夜班。"

"你妈她怎么样?"

"你现在还有心情关心她?"我冷笑道。

"唉,人这一生都不容易,只要没病就好。"

"你们放心,她也有病。"

"她什么病?"

我摇摇头,不想跟他说。直到现在,他那个女人还时刻在我面前摆出一副我比谁过得都好的姿态,让她知道我母亲过得并不好,这应该更遂她的心愿。

"你妈还住在老房子里吗?"父亲又问。

"她早住进绿叶城了。"

"噢,哪天我去看看她。"

"可能没这个必要了吧。"

"你怎么这么说?"

"我不知道她还能不能认识你?"

"嗯?难道……她得了老年痴呆?"

"不,是阿尔茨海默病。"

我去换了衣服,出来查房时,看见父亲从病房里出来。

"明天上午你能不能带我去看看你妈?"他说。他脸上那真诚的表情令我倍觉陌生。我不理解他此刻的善意究竟意味着什么。迟到的善意是不是仅对自己才有好处?

"就带我去看看她吧,小慧,耽误不了你多少时间。"

"苏姨知道了会高兴吗?"

"我刚才跟她说了,她高兴我去。"

哦?我又想起她嘴角那富于优越感的微笑。这是可怜还是同情?抑或只是为了向我示好?

"好吧。"我说。管他们的真实想法是什么呢！反正他们已经老了，反正他们已经病了，只有我才是强大的。

"那明天几点？"

"八点吧。"

八点整，父亲准时出现在了护士站门口，拎着一个纸袋。

发动车子时，我忽然闻到一股怪怪的味道，回头看看父亲。

"榴梿，"他说，"我买了两个榴梿，这是你妈最爱吃的东西。"

我瞪大了眼睛，有没有搞错？我妈竟有这样的重口味？我怎么不知道她最爱吃榴梿？我怎么从没见过她吃榴梿？我怎么从没听她提起过榴梿？她还有什么是我不知道的？跟我在一起生活了快40年的那个母亲是我的母亲吗？

"你怎么啦？"坐在我后面的那个男人问道。

我用纸巾擦擦眼睛，说："这味道好刺眼。"

到了绿叶城，父亲饶有兴趣地这看看那看看，说："要不了多久，我和你苏姨也得住到这里来。"

"她没有孩子吗？"我问。

"有两个儿子，都在国外。"

仍然是张姨开的门，见我们进来，她将撂在沙发上的十字绣拿走，回到自己床上去了。我示意父亲在沙发上坐下，他犹豫片刻，还是在母亲旁边坐了下来。

"我爸来看你啦。"我说。

母亲瞅瞅我，瞅瞅身边的这个男人，紧抿的嘴唇开始翘起，那极其怪异的神情似惊喜又似委屈，似忧伤又似愤怒。总之，含义无限。

"你妈老了。"父亲摇着头说。

我看看他满头的白发，心想：你何尝又不是老了？至少我妈的头发还不像你那么白。

母亲的眼睛紧紧盯着搁在茶几上的榴梿。

"你想吃吗？"我问。

她机械地晃了下脑袋，整个身子都在跟着晃。

南丁格尔

沉默，沉默，沉默。仅有榴梿的气味是喧嚣的。

我从床边猛地站起，道："走吧，我困啦。"

"就一点办法都没有了吗？"父亲问。

"没有。"我说。

父亲开始流泪。尽管我从不认为他是个坚强的男人，但看到他流泪还是第一次。

这时，苏姨从病房里走了出来。

父亲急忙用手背抹抹眼睛，迎上前去，又是一脸灿烂的笑容："你出来干什么呀？"

"我想到外面走走。"

"好，我陪你去。"父亲亲昵地搂住她的肩膀。

两人的身影被窗外射进来的夕阳余晖在地上拖得好长。

我回到护士站，天渐渐黑了下来。忽然听见外面有低低的啜泣声，我走到窗前，看见父亲和苏姨坐在路灯下的长椅上。她依偎在他的怀里，就像一对年轻的恋人。

"这个世界上我只有你了，亲爱的。"我隐约听见父亲这样说道。

苏姨娇滴滴地回应了一句什么，接着又哭泣起来。

我一直以为父亲没有爱的能力，我错了。父亲只是爱他想爱的，他想爱的是苏姨，他不想爱我的母亲，也不想爱我。多可笑啊，爱情竟然是有对错的。他和母亲之间的爱情便是一场错误，而我只能是一枚错误的果实。这枚错误的果实无法相信爱情，她只愿意相信爱。所以，眼前这常能在银幕上目睹到的缠绵悱恻情景根本就打动不了我。我轻轻关上窗户，拉上窗帘，将那两个人拒绝在外面。

嗯，难得这清静的时刻，可以看一会儿书，我翻开那本新买的关于癌症疗法的译著。没看几页，父亲又出现在了门口。

"我做通了她的思想工作，你转告谭医生，准备手术吧。"他说。

我点点头。

他拎着一大包苏姨的换洗衣服,蹒跚而去。

我坐在原地发了会儿呆,放下书,起身朝苏姨的病房走去。

苏姨正靠在床头上抹眼泪,见我进来,立刻一改垂头丧气的样子,眉毛自动向高处挑去。

"你打算什么时间手术?"我问。

听到"手术"二字,她那高高在上的眉毛马上就跌落下来。

"为什么会这样呢?"她问,"我做错了什么?专家说吃素不容易得癌症,我从40岁就开始吃素。专家说初潮早容易得乳腺癌,可我15岁才来初潮。专家说乳房大不容易得乳腺癌,而我的比一般人都……"说到这里,她的目光在我的胸前徘徊了一下,迅即又回到自己的胸前。

"为什么是我?"她继续问道,"我没有做错什么啊。"

"疾病仅仅是一个事实,可能没有什么对错之分。"我说,"这不是一个道德问题。"

"那是什么问题?哪里出了问题?"她现出万分焦急的样子。

"也许是命运的问题。"

"命运?我不相信命运,我要和命运抗争到底。"

"命运并不是你的敌人。"我说。

"那它还让我这么倒霉?"

"它没有让你倒霉,它只是让你认识了你自己。"

她撇撇嘴,似乎对我的话不以为然。是的,如果我不是把她看成我的患者,而仅仅看成我父亲的女人,我是不会对她说这么多的。同样,她今天能和我说这么多,也不是因为我是她丈夫的女儿,而只是因为我是她的医护人员。

"时间不早啦,你休息吧。"我说。

她用手捂住右胸部,不再说话。那里是她即将被切掉的乳房。哦,她也有一对"波霸"。

手术后的情形很不乐观,肿瘤已经向胸部和淋巴组织扩散。当我把这一消息告知父亲时,他居然只是苦笑了一下,问道:"我应该告诉她吗?"

南丁格尔

"这个……你自己决定吧。"我说。

"好……"他摇摇晃晃地转过身去。

"你没事吧?"

他挥了挥手,道:"你放心,我不能有事。"

没等我回到值班室,父亲又追了出来。

"我跟你苏姨说了,她决定化疗。"他说。

"可是……化疗也就是一种盲目的治疗,杀死坏细胞的同时,也要杀死好细胞。关键是,最终往往无济于事。"

"你的意思是我们就只能坐以待毙?难道就没有化疗好的案例?"他大声嚷嚷起来。

"不能说没有,但像苏姨这种情况基本没有。"

"我不相信,你又不是医生,你只是个护士。"

"那你就去问医生吧,问我干什么?"我头一甩,冲刺似的窜进值班室。

一面对死亡便乱了阵脚,丧失理性,他又能有什么例外?绝症和死亡唯有对于他们这样的人才是一种折磨,但真正折磨他们的其实就是他们自己。

整个右胸部都已经瘪陷下去的苏姨彻底被打败了,她躺在病床上,眼神空洞。我几次走到她跟前,她连看都不看我。父亲则始终趴在她的耳边,悄声对她说着什么,同样对我不理不睬。我也无话可说,交完班准备回家。

父亲突然在走廊上叫住我,也不说什么,用手指指前方,继续走着。一直走到我的车前,他才停下来。

"我们打算接受你的建议,小慧,过几天就出院回家。"他说。

"需要我做些什么吗?"

"不用,这些日子实在是麻烦你啦,你苏姨叫我谢谢你。"

"谢什么,这都是一个护士应该做的。"

"对不起,小慧。我都看到了,你工作得竟然这么出色,我万万没有想到。我为你骄傲……真的,爸爸……唉……我为你骄傲……"

"说这些干什么?"他哽咽了,我也哽咽了,"快回去吧,苏姨在等着你……"

他走了，我趴在方向盘上，泪水决堤似的奔流而出。正尽情哭着，手机响了，是绿叶城的管理员打来的，要我赶快过去一趟。

挂断电话，我便加速驶去，一路上猜测着母亲可能发生的种种意外。

远远地，我就看见了母亲在楼门口的台阶上坐着，耷拉着脑袋。旁边站着的是管理员。

"这是怎么啦？"我问。

管理员一脸歉意："赵姨的同屋今天凌晨突发脑梗去世了，把她送走后，赵姨就说什么也不肯回屋里去了。"

"……好吧，那我就先带她回家去住几天吧。"

"这样也好，我们实在不好意思啦，请您谅解。"

"没关系。妈，跟我回家好吗？"

她一把抓住我伸过去的手，几乎是跳跃般站了起来。

只是，她仍不说话，就一直跟在我的后面。

车子开到半路的时候，我迟疑了一下，转向母亲的房子。也许她更愿意回到自己家里。

打开门，扑鼻而来的是那熟悉的味道，并夹带着一丝尘土的气息。此情此景，我不禁有些茫然，难道我就无法彻底逃离过去的生活？

脱下外套，正要往衣帽架上挂，我忽听母亲咕哝了一句什么。

"妈，你刚才说的是什么？"

"谢谢你，小慧。"

我不敢相信自己的耳朵，怔怔地望着她。

"谢谢你，小慧。"她又说了一遍。

"妈……"我突然想拥抱她，走上前去，结果……只是拉了拉她的手。

2016年3月31日，北京格尔斋

在车上

阿龙在车上，阿龙永远在车上。

阿龙不在车上的时候，便是在梦中；而在梦中的时候，阿龙肯定又是在车上，所以阿龙永远在车上。

那辆红色的夏利总是死皮赖脸地纠缠着阿龙，跟阿龙早出晚归，如影相随。阿龙爱它，阿龙更恨它。阿龙是个出租车司机，阿龙没有办法。

阿龙管他的夏利叫小婊子，寂寞的时候，阿龙就跟他的小婊子没完没了地聊天，聊日本的地震，聊英国前王妃戴安娜的死。阿龙特关心国际形势，曾想过报考国际政治系；但仅仅是想想而已，阿龙承认自己没那个实力，也没那个精力，阿龙要挣钱要养家。阿龙的车上装有一个收音机，他和小婊子的好多话题就是由那里得来的。

其实，阿龙完全可以跟他的乘客们搭搭讪，有时，乘客们也流露出同样的愿望。但是阿龙从来就不喜欢他的乘客，觉得他们身上都有一股暴发户天生固有的臊味，叫他实在受不了。阿龙执拗地认为，出租车是资本主义的玩意儿，坐出租车的家伙们显然都是资产阶级的狗男女。他阿龙打小便学会了仇恨资本主义，现在更是变本加厉。

想想曾经的年月多好，真让他怀念。他和阿莲一块儿从技校毕业，拿着派遣单一路狂奔着去纺织厂报到。阿莲是挡车工；他是机修工；他们终于光荣地成为伟大社会主义国家工厂的工人，即将在这里纺织出他们的美好未来，实现他们的雄心壮志。他跟阿莲把浑身的劲儿都使出来了，加班加点地干，还上了夜大。嗨，那个充实劲儿。

"小婊子，你根本没法想象我们那个时候的幸福感觉。"阿龙拍拍方向盘。

小婊子不吱声，永远摆出那么一副淑女状的含蓄。

过了片刻，阿龙突然觉得自己的想法有些问题，照他的意思好像现在已经是资本主义时代了。你看，此刻他不是正怀着一腔缅怀社会主义时代的感伤吗？这个结论显然有些不大对头，阿龙的思路在这里打了结。于是，他开始就这个问题同小婊子展开讨论。讨论进行得相当激烈，然而，渐渐地他们之间有了分歧，愈演愈烈，谁也说服不了谁。情急之下，阿龙给了方向盘一个耳光。在他眼中方向盘就是小婊子的脸蛋，圆圆的脸蛋。

打完这一巴掌，阿龙立刻觉得后悔。这太有失绅士风度了，这哪里像他阿龙的作为？理屈词穷之后就动用武力，向来是为他阿龙所不齿的；更何况还是面对一个毫无反抗能力的娇小姐呢？

当初在厂里贴出的下岗工人名单上看到自己和阿莲的名字时，阿龙愤怒得简直想一刀宰掉厂长。但他最终一句话也没说，轻轻脱掉油腻腻的工作服，挽着阿莲的手若无其事地走出了厂大门。

阿莲不服气，硬要到厂长办公室去闹，被他强行制止了。事后，厂里的人都夸阿龙风度好，连从不言他人之美的厂长也在会上表扬了他。厂长的表扬像一只飞到他饭碗里的苍蝇，让阿龙恶心了半天。阿龙认为这是对自己行为的玷污，他其实想要的不过是人的一点儿尊严。为了这点儿尊严，阿龙不得不保持住自己的风度。可现在，阿龙发现自己正变得越来越没风度，脾气也越来越坏了。阿龙不知道这是怎么回事，也没有心思去想是怎么回事。

阿龙揉了揉小婊子的脸蛋，以一种十分虔诚的口吻说："真抱歉！我怎么能这样……"

阿龙的歉意还没表示完，便被背后传来的恶声恶语给打断了："你到底一直在那儿咕哝个什么，好好开你的车，我可不想为你殉葬！"

阿龙这才开始从后视镜里注意起坐在他身后的乘客，一个肥头大耳的母家伙。头发染得像血一样红，不过是那种丧失了热度的血；脸上被一层厚厚的脂粉遮得严严实实，两个耳垂上的硕大饰物银光四射，摇摇欲坠。

在车上

　　这个趾高气扬、不堪一击的蠢女人竟然如此随意如此无礼地打断了他正在举行的致歉仪式，这不仅是对他阿龙的公然挑衅，更是对小婊子的莫大污辱。阿龙恨不得一把掐死她，但他只能忍气吞声。所有的恼怒，所有的委屈，阿龙只有求助于小婊子来帮他分担，同他一道消化。

　　他冲小婊子说："对不起了，小婊子，上帝不满了，等上帝不在的时候，咱们再继续吧，我保证向你道歉三次作为补偿。"

　　还未来得及征得小婊子的同意，阿龙背后的上帝忽然尖叫起来："你骂谁是小婊子？你这个王八蛋！"

　　这位上帝的声音犀利无比，差点儿刺穿阿龙的耳膜，阿龙龇牙咧嘴地打了个冷战。

　　这时的阿龙再也顾不上致歉仪式了，急忙向他的上帝赔礼解释。上帝却毫不理会，唾沫星子暴风骤雨般地朝他的后脑勺砸来。阿龙只好停下车，慢慢向这位不太宽容的上帝做进一步的解释说服工作。

　　"大姐，你听我……"

　　"谁是你大姐？我今年才二十一。"

　　"噢，那是小姐，请你听我把话说完好不好？"

　　一身珠光宝气的上帝根本不买他的账，往车窗外看了看，似乎有了什么不同寻常的发现，再一次尖叫起来，声音比刚才更加犀利。阿龙本能地捂住自己的耳朵。

　　"好一个黑心的屠夫，明明知道我要去西城，偏偏把我拉到东城来。有你这样赚钱的吗？！"

　　阿龙有些糊涂了，问："你去哪儿？"

　　"西城。装什么蒜？"

　　"这是哪儿？"

　　"东城。瞪大你的小眼珠子好好瞧瞧吧。"

　　阿龙将头探出窗外，前后左右望了望。没错，果然是东城。

　　"我怎么开到这里来了？"阿龙用力晃了晃脑袋，仿佛是在梦中似的。他习惯性地看看方向盘，马上便明白了，一路上光顾跟小婊子争论来着，压根儿就没关心过上帝的去向。他早将上帝抛到九霄云外去了。小婊子也没记着提醒他,这让他对它很是不满。

阿龙只有换上一副笑脸,求饶似的说:"这样吧,我这就送你去西城,你给个启程价得了,算我白拉。"

"谁在乎那几个钱?!钱我有的是!我就是要治治你们这些挣昧心钱的狗司机。"她打开车门跳了下去。

阿龙以为她不过是不想付钱,苦笑着摇了摇头,也没去追究,心想自认倒霉吧。但就在他准备开车上路时,阿龙打倒车镜里瞥见她正站在自己的车后打电话,她的眼睛紧盯着小婊子的屁股念念有词。那上面有他公司的监督电话及车牌号码,阿龙明白她要干什么了。

一股凶猛的怒火在阿龙的身体内部霎时燃烧起来,他大吼一声:"你这个不要脸的臭娘们儿,看老子不轧死你!"说着,阿龙就地来了个急转弯,直朝那娘们儿驶去。

那娘们儿被阿龙这突如其来的举动吓得呆若木鸡,眼见着车就要撞上来了,才想起还有逃命这么一回事。

"妈呀,救命啊……"她张开手臂,边跑边喊。

阿龙没料到这么一个蠢头蠢脑的娘们儿,逃起命来居然还能跑得如此之快。她的皮质精良的小坤包掉在了马路上,两只后跟尖尖的皮鞋全跑飞了,红头发像火一样膨胀开来。这情景令阿龙快感猛生,打开出租车以来,还从没遇上过如此刺激的事哩。这个赤脚奔跑着的娘们儿,叫他联想起从屠夫手中挣脱的一头大肥猪。因此,阿龙认定屠夫们在杀猪时是享受着充分的快感的;仅就这一点来说,阿龙挺嫉妒屠夫这门职业。

就在小婊子几乎啃到那娘们儿屁股的一刹那,阿龙将方向盘往右一拨,擦着她的身子飞了过去。在那一瞬间,阿龙瞧见她的嘴巴张得奇大,而叫声却跟呻吟似的,全然没有了原来的犀利。看到她像一具尸体般地倒在宽阔的交通要道上,阿龙兴奋地吹了声口哨。

可是,阿龙的兴奋并没能持续多久。他的呼机响了,公司要他立刻回去。阿龙当然知道这是怎么回事,他做好了承当一切的准备。

在车上

敲开经理的门，阿龙什么也不说，等着听从经理的发落。但经理也是什么都不说，仅仅向他伸出一只手。阿龙心领神会，掏出驾驶执照放在经理的手里。

经理研究了一会儿他的驾驶执照，然后心平气和地说："半个小时以前，你的一位乘客，女性，住进了医院，市二院。"

阿龙还等着他提供更详细的信息，经理却显得颇不耐烦了："你没有听见我刚才的话吗？"

阿龙转身离去。

在公司门口高高的台阶上，阿龙一时不知道该何去何从。他坐下来，点着一支烟，远远地打量着他的小婊子。小婊子再也没了先前的神气劲儿，正不知所措一筹莫展地望着他。

阿龙把抽到一半的香烟摔在地上，朝小婊子走去。

"小婊子，咱们去医院吧。"他说。

阿龙讨厌医院里的气味，更讨厌医生们的嘴脸，他们个个冷酷得像杀手。阿龙费了几番周折才打听到那臭娘们儿的病房。

找到那间病房，阿龙从门窗朝里张望。他发现那臭娘们儿又在打她的电话，神情非常沮丧。阿龙没敲门，直接闯了进去。

见他气势汹汹地走进来，她顿时变得极其恐慌，拉出自卫的招式："你想干什么？"她的口气相当软弱，让阿龙顿生怜悯之心。

"别怕，我是来看望你的。"阿龙说。

她搁好手机，往床上一躺，一言不发。

阿龙在床边的一把椅子上坐下。这时，他注意到她的床头挂着一块小纸牌，上面写着患者的姓名和单位：吴心梅——市纺织厂。名字、单位阿龙都很熟悉。他再次仔细端详起那张脸，的确，还剩几分吴心梅当年的模样。两年不见，这张脸已变成了这个样子，叫他简直认不出来了。

吴心梅是他们厂里的著名歌星，获过全市歌手大赛民族唱法的第一名。阿龙曾在厂里举行的一次文艺演出中，欣赏过她演的阿庆嫂，扮相唱腔均极佳。

后来她也下岗了，据说当了老水手夜总会的坐台小姐，依然非常有名。阿龙每次夜里开车路过老水手夜总会的时候，都情不自禁地往它的门前扫上一眼。他不知道坐台小姐究竟是怎么个坐法，只是常听见他载的男乘客们充满眷恋地回忆哪位坐台小姐给他们提供的美妙服务。阿龙觉得怪神秘，很想去见识见识，可是他从没有时间。

僵持了几分钟后，阿龙开口了："吴心梅，念咱们是一个厂子里的难友，有什么要求你就提吧，我尽量办。你躺在这装病并不好受，我看了更难受。"

吴心梅愣了一下："你是谁？"

"你不认识我，但应该听说过我的名字——阿龙。"

吴心梅想了想，是有这么个人，这名字好像是经常与先进生产者之类的事情有关。

"你刚才说什么难友？"她问。

"咱们都下岗了，不算是难友吗？"

吴心梅蓦地爆发出一阵狂笑，声音又恢复了她特有的犀利，阿龙脸上的肌肉不由自主地随着抽搐起来。

"这算是什么难啊，那破厂子我早他娘的不想待了，一个月连三百块钱都开不到，纯粹是拿我们工人阶级的血汗当汨水使。"

阿龙不作声了。

"看样子你还挺留恋那个鬼地方？"

阿龙看看她，不置可否。

他转移开话题："你想吃点什么？我去给你买。"

"我想吃天鹅肉，你买得着吗？"

阿龙觉得她一点不像是二十一岁，比三十七岁的他还老练。

"要不，你就先在这疗养几天吧，明天我再来看你，现在我得去挣钱。"阿龙说。

"你先把住院押金给我交了，那钱是我替你垫的。"

阿龙摸摸口袋："我身上的钱不够，我这就回家去取，一会儿就来。"

吴心梅的手机响了，她立即换成一种嗲声嗲气的腔调，和手机那头的人缠

在车上

绵起来。阿龙一阵肉麻,赶紧溜了。

阿龙抚摸着小婊子的脸蛋向家中驶去。他在盘算着该如何向阿莲交代,阿莲将钱看得特紧,肯定又要大费一番口舌。现在的阿莲再也不是原来的阿莲了,原来的阿莲爱工作爱读书,现在的阿莲爱钱爱时装。原来的阿莲喜欢背诗给他听,现在的阿莲喜欢问他今天又挣了多少钱。阿莲再也不是阿莲了。

见阿龙走进屋,阿莲很觉诧异,忍不住问:"咋这么早就回来了?"
阿龙将刚刚发生的遭遇全部告诉了阿莲。
阿莲沉不住气了:"这个不要脸的骚婊子,老娘跟她说理去!"说着就要朝外走。
阿龙拽住她的胳膊:"你别给我添乱了,快把钱给我。"
"不给!连个女人都对付不了,你有什么用?"
阿龙转身去厨房拿来一把斧头:"你不给,我就劈柜子了。"
"不给不给就是不给!"
一斧头砍将下去,柜门裂了。
阿莲扑到床上号啕大哭。
阿龙拿了钱扬长而去。

阿莲伤心极了,阿龙一点都不像阿龙了。原来的阿龙待她多好,事事都顺着她,从不对她发脾气。现在的他就知道赚钱,还惹是生非,对她一点儿也不关心。阿莲愈想愈难过,泪水越哭越多,直到哭累了,不知不觉地睡着为止。

当阿莲醒来时,天色已经漆黑。电视机开着,女儿乐乐坐在电视前睡得正香,手里还攥着半块蛋糕,嘴巴很丑陋地张开着。阿莲看看表,快零点了,自己竟然睡了六个多小时,真是不可思议。乐乐光顾得看电视了,也没喊醒她做晚饭。

阿莲把乐乐抱到床上,也没给她脱衣服便盖上了被子。她自己则坐到电视机前,吃起乐乐剩下的那半块蛋糕。1、2、3、4、5、6、7、8、9……她将遥控器上的数码挨个儿按了一遍,最后选中一部香港电视连续剧,这部连续剧早在几个月以前就开始连续了,到现在还没连续完。

旧爱时光

电视成了阿莲的忠实伴侣，几乎取代了阿龙。阿龙在车上的时候，阿莲是在电视机前。阿莲越来越依恋电视了，她不能想象没有电视的日子，她离不开电视。所以，在阿龙开出租车不到一个月的时间里，她自作主张把家中那台18英寸黑白电视机换成现在的29英寸进口彩电。前天，她去施卉家看到她买了一台34英寸的日本画王，真是棒极了。她想什么时候把这台处理掉，也去搬回一个34英寸的画王来。但这时她下意识地瞥了瞥那扇破裂的柜门，这种想法立刻变得摇摆起来。

连续剧暂时连续完了，阿莲按了其他几个台，只有一个台还有节目，是60年代的国产片，阿莲毫无兴趣，将电视关了。她回到床上。

躺在床上，阿莲睡不着。自阿龙开出租车以来，她再也没有在午夜两点钟之前入睡过。阿龙刚开出租车时，她总是担惊受怕，耳边不时有急刹车的刺耳叫声。这种叫声折磨得她彻夜失眠，只好坐起来看电视；幸好那时已有了通宵节目。后来她渐渐习惯了，幻听也慢慢消失了，但从此再无法早睡，非要等到夜里两点以后不可。

她极少能等到阿龙回来，阿龙什么时候起床的她也极少知道。因此，她实际上已有许久未跟阿龙在一起了。最近一段时间，醒着的时候，她要阿龙的欲望特别强烈。但等阿龙回来时，她又睡着了。阿龙让她又羞又恼。奇怪的是，阿龙也有很长时间没要过她了。刚开始的时候，阿龙再累回来也会经常挣扎着要她。她把这事说给施卉听，施卉一口断定阿龙是在外面解决了。

施卉说，现在妓女、坐台小姐泛滥成灾，男的要解决那事还不容易？有些妓女还就喜欢勾引出租车司机，一是他们有钱，二是在车上就地解决最方便。

施卉说得阿莲提心吊胆，醋意大发，但她又抓不到把柄。她一直在策划着什么时候去盯一下阿龙的梢。

突然，电话铃声大作，阿莲顺手操起话筒，果然又是他。差不多每天这个时候，他都会来个电话。他知道她一个人带着女儿在家，还没有睡，他认为她太辛苦。而每次在电话里他都不会多说，就那么两句："还好吧？需要帮忙吗？"听完她的回答便道再见。

阿莲挺感动，遇见他两个多月来，他一直坚持这么做，没有一天中断过。

在车上

即使在海口出差的那些日子，他也是天天如此。真是难得他一片真心。

他曾是她少女时代的追求者，那时她在技校读书，他在市重点中学准备高考。当时阿龙也在频频给她写情书，这使她一度很为难，不晓得该怎么办。阿龙英俊高大，是好多女生心目中的白马王子；他则品学兼优，令男女同学们佩服得五体投地。她把心事透露给睡在她下铺的施卉——施卉从那时起就成了她的主心骨，施卉说："要是我，当然选择姚骏（他的名字），因为他有前途。"阿莲试着依从施卉的选择，将心目中的天平向他倾了倾。但她很快发现，自己与姚骏走在一起时，远远没有与阿龙走在一起更能招惹同性羡慕的目光。她最终还是选择了阿龙。后来，他考取了政法大学，他们便从此失去了联系；再后来，听说他大学毕业分到了本市检察院，但她从未见过他。

没想到隔了这么久，在他们意外相遇时，他竟然还能够认出她来。

那天，乐乐吵着要去儿童乐园。她们在车站候车时，一辆非常醒目的黑色轿车忽然在她跟前停下，他走了出来，同她打招呼。

她怔了怔，问："你认错人了吧？"

他道："人们是永远不会认错自己的初恋情人的。"

她的脸颊倏地灼热起来，什么都明白了。

她领着女儿在众人的注目下，坐进他那辆气派非凡的小轿车。

乐乐手舞足蹈，直叫："叔叔的车比爸爸的高级多了。"

她问："你现在在做什么？"

"这是我们检察长，全省最年轻的检察院检察长。"司机替他答道，挺自豪。

他只是拘谨地笑笑，没出声。

车开到儿童乐园停下。

他对司机说："你打的回去吧，我要跟这位老同学聊聊，我们多年没见了。"

他陪她们进了儿童乐园。乐乐在不远处玩耍，他俩在一边说话。他问了许多她这些年来的生活情况，对自己却只字不提。

最后，他亲自开车将她们送回家。分手时，她问："怎么不谈谈你自己的情况？"

他笑道:"你一直也没有问我呀。情况跟你差不多,我妻子是名教师,有个女儿和乐乐同岁。"

当晚,他打来电话,告诉她他可以帮她调个工作,问她愿意做什么。

她想想说:"谢谢你的关心,不过我调不调工作并不重要,关键是阿龙……"

"我只关心你。"他打断了她的话。

他们没有再继续谈下去。

以后,他邀过她好几次出去吃饭,都被她推托了。她觉得这样做十分危险,因为她担心自己把握不住相处的分寸。然而,他倒是个有分寸的人,很注意避免叫她为难。这一点尤其博得了她的好感。

此刻,阿莲的心情极其复杂,说不清是幸福还是悲伤。阿龙白天的表现,大大地伤害了她。她想,她不再可能由阿龙那里得到像姚骏给她的这样精心的呵护了。失去了姚骏,或许就意味着她失去了一切。

不行,我得抓住他。阿莲提醒自己,如果他再邀我出去,我就愉快地接受。

至于后果,阿莲不愿再想,她只清楚她必须要有人爱。

阿龙揣着钱回到医院,发现吴心梅不在病房里。他去问值班医生,人家说出院了。他问结账了没,人家说没结账怎么能出院。于是,他开车去老水手夜总会,路过花店时进去买了一束红玫瑰。

领班听说他要找吴心梅,告诉他没这个人。阿龙不死心,进一步提供信息说她原来是纺织厂的,歌唱得特棒。

领班噢了一声:"你是说伊丽莎白呀,等着,我去给你找。"

不一会儿,领班带着一个人来了,阿龙一看,哪是什么伊丽莎白呀,不正是吴心梅嘛。

见了阿龙,吴心梅皱了一下眉,然后开口说:"你怎么找到这儿来了?送钱来了?"

在车上

阿龙道："没料到你会这么快就出院，总共花了多少钱？"边说边将钱掏了出来。

"算了吧。"

"怎么……？"

"谁让咱们是难友呢？"

阿龙心头一热："你说的是真的？"

吴心梅点点头："我能看得出你不是个没良心的人。"

"谢谢。"阿龙蓦地想起手中的鲜花，紧忙递给吴心梅。

吴心梅接过花闻了闻，说："红玫瑰代表爱情。"

阿龙搔了搔头，有几分羞涩："我还以为它代表健康哩。"

"那就代表健康吧，健康比爱情好。不是吗？"

阿龙不知道怎么回答她，只是笑。

这一刻，阿龙发现吴心梅原本还是挺可爱的，他不禁联想起看她演出的那个日子。

阿龙说："你演阿庆嫂那会儿，长得可着实迷人。"

"现在一点儿都不迷人了，是吗？"她问。

"如果你不反对我说实话，我想说是的。"阿龙不明白自己为什么不想骗她。

听了阿龙的回答，吴心梅似乎很感慨。片刻无语之后，她突然恶狠狠地说："整个世界都在变丑，不是吗？"

阿龙不假思索地答道："是的。"

这时，领班走上前来，对吴心梅低声说："伊丽莎白小姐，你的客人等得不耐烦了。"

阿龙意识到自己该告辞了，他从身上翻出一张名片递给吴心梅："有事尽管呼我。"

"你愿意帮助我吗？"

"当然，非常愿意。"

"你要是真愿意帮助我，今后就常来坐我的台吧。"

"你放心，我一定常来坐你的台。"

"再见，阿龙哥。"吴心梅匆匆离去。

一句阿龙哥喊得阿龙浑身热乎乎的，他已经久违了这种称呼。在厂里的时候，全车间的小妹妹们都这样招呼他，他们亲热得像一家人。而现在，没有人再这样叫他了，人们一律冷冰冰地喊他司机。有一次，一个脑满肠肥的家伙竟然还喊他车夫。阿龙恨得牙根发痒，又不敢发作，唯恐得罪上帝。

从老水手夜总会出来时，满街的霓虹灯都争先恐后地亮将起来。阿龙突然感到饿了，午饭就没有吃。他很想去哪个小饭馆喝杯啤酒，但想到今天没拉上几个人，索性作罢，随便买了两个面包。还是拉客要紧。

回到车上，阿龙信誓旦旦地对小婊子说："以后咱们一定要常来坐吴心梅的台，给她捧场。"

虽然阿龙始终想着去老水手夜总会坐吴心梅的台，但是始终没有时间。他不得不卖命似的赚钱，盼着钱攒够的那一天，可以将小婊子买下来；这样，他就再也不需要受公司经理的气了。

每次路过老水手夜总会时，阿龙都会多添那么一份歉疚。他从心里希望吴心梅会呼他，这样他便可以有充分的理由放下一切，直接到她那里去。然而，吴心梅一直没有这样做。

阿龙调整了自己的跑车路线，以便能够经常从老水手夜总会门前经过。他很想见见吴心梅，也没别的什么意思，只是想见见而已。

一天深夜，阿龙的车开到老水手夜总会时，正好有两个人东倒西歪地从里面出来，朝他示意搭车，他们显然喝醉了。阿龙将车开过去，他俩特别吃力地爬了进来。两人刚一坐好，便开始色眯眯地回味起来。

"那小姐儿的脚真他妈的好看，我要亲一口，她说一百块，我给了她五十，她就让我亲了。结果我亲了个够，那味道实在是好极了。"其中一个像是正在品尝着什么美味似的，直咂嘴。阿龙感觉他的口水都流出来了。

阿龙忍不住好奇，问："先生坐的是哪位小姐？"

这还是他头一回主动同乘客搭话。

那位道："叫什么伊……伊丽莎白，我建议你也去尝尝，味道的……的确

在车上

名副其实。"

阿龙说："我坐过她的台，是棒极了。"

两个色鬼一阵哈哈大笑，继续回味着他们的销魂享受，说的全是女人乳房以下的地方。

阿龙将车开到一处不见人烟的地方，说："到了。"

两个家伙痛痛快快地付了钱，还跟阿龙道了声再见。他们一下车，阿龙猛一踩油门，逃之夭夭。隐隐约约听见两个笨蛋在后面大嚷大叫，阿龙感到阵阵快意。

又是几个月过去了，阿龙依然没有时间去坐吴心梅的台，也从未在老水手夜总会附近碰到过她。阿龙想，干脆等我挣够钱买下小婊子再说吧，到那时我一定好好休息几天，天天去坐吴心梅的台，让别人谁都甭想坐上她的台。

阿龙这么想着，没留神，差点儿和前面拐过来的一辆吉普车亲嘴。阿龙骂了一句小婊子："骚货，这么难看的家伙，你也乐意跟它 kiss？"

阿龙刚骂完，小婊子又险些与迎面开过来的一辆大卡车拥抱。阿龙吓出一身冷汗，狠狠抽了小婊子一巴掌："你在发情啊，不要脸的！"

就在他骂小婊子的工夫，小婊子似乎有意同他作对，又朝旁边一辆并行的出租车义无反顾地扑过去。阿龙拼命踩刹车，勉强制服了小婊子的疯狂。

这回阿龙害怕了，他使劲眨眨眼睛，盯着前方看了好久。他仿佛又回到了梦里。

每次在梦里的时候，阿龙都是和小婊子在一块儿。因此，真跟小婊子在一块儿时，他又常有回到梦里的感觉。小婊子弄得他简直分不清现实和梦境的界限了。特别是近一段时期，阿龙压根儿就是在这种半醒半梦、似梦非梦的状态中生活着。

这样下去，我早晚得死在车上。阿龙心想。

"你会要了我的命的。"他抱怨道。

小婊子不语，显得特有涵养。

阿龙瞧了瞧驾驶台上的温度计，三十九摄氏度。阿龙疑惑是不是天气太热的缘故，自己不仅有些精神恍惚，而且还感到心烦意乱，好像自己有件什么非常重要的东西丢失了。丢失了什么呢？阿龙左思右想，想不出个所以然；但又无法控制自己不去想，而一想到这个问题，阿龙便不由自主地会想到阿莲。想到阿莲时，阿龙的丢失感竟又变得更为强烈。他发觉自己连阿莲的模样都记不清了，他能回忆起来的只是他们恋爱时阿莲的形象；但眼下的阿莲肯定不会是这种样子。对了，还有女儿乐乐。乐乐几岁了？是不是该上学了？好像已经上学了，他朦胧记得在家里看见过一个书包，还有文具盒。

恍然间，阿龙记起他已有好久好久没和阿莲亲热过了。今天是不是早点儿回去，和阿莲温习温习旧课？阿龙生出这个念头时，并未如过去那样立即引发强烈的冲动，这使他倍感惊讶。

"我他妈到底怎么啦？跟个太监似的。"阿龙对自己都变得不耐烦了。

一名交通警察骑着摩托在阿龙的右前方出现了，他示意阿龙将车开到旁边停下。阿龙搞不清自己究竟做错了什么，但还是乖乖随着他开过去。

警察说："你闯了红灯。"

阿龙想了想，没想起在什么地方见到过红灯。但阿龙没争辩，一路上他确实没注意过交通指示灯。只有甘心接受处罚。

警察没收了阿龙的驾驶执照，递给他一张罚款单。现在罚款都须到银行去交，实在麻烦。

阿龙说："干脆我把罚款交给你得了，反正我又不需要收据。"

警察一口回绝："不行。"并直直身板，显出一副拒腐蚀永不沾的光明正大样。

无奈，阿龙只好跑趟银行。

但当阿龙准备按照罚款单上指定的银行去交钱时，他突然发现不大对劲。他四下里望了望，发现自己正站在一个陌生的地方。他赶紧撵上那位正准备离开的警察。

"请问，这是什么地方？"

警察拿出给人上课的语气，道："作为一个出租车司机，你连自己处在什么位置都不知道，还怎么送乘客去目的地呢？"说完，他把手往前一扬。

阿龙抬头一看，是张巨幅广告牌："欢迎你到 T 市来！"

阿龙根本不敢相信自己的眼睛，他怎么可能从五百里之外的 A 市开到 T 市，却一直浑然无觉呢？他再次四处打量一番，仍未看出个什么名堂。T 市他没来过几趟，并不熟悉。最后他从川流不息的汽车牌照上的英文字母那儿，确定自己的的确确是来到了 T 市。

他首先意识到汽油该耗得差不多了，必须先去加油站。看见一位银须老人悠闲地坐在十字路口的一个拐角处，阿龙将车开了过去。

阿龙十分礼貌地问："老人家，往就近的加油站怎么走？"

老人面带微笑，伸出一根食指。

阿龙不懂这代表何种暗语，摇摇头。

老人朝他举起身边一块木牌，上书：问路壹圆每人次。

阿龙撂给他一块硬币，老人稳稳接住，揣好，然后将木牌翻过来，上面绘有一幅 T 市交通图。老人耐心细致地对阿龙讲解去就近加油站的最佳路线。

根据老人的指点，阿龙很快找到了加油站。加完油，阿龙准备去银行；但还需问人，阿龙后悔刚才没一次问完。路上的行人都是急匆匆的样子，仿佛谁也不愿被打搅。阿龙犹豫半天，才决定拦住走过来的一位中年妇女。

中年妇女十分潦草地指了一下，咕哝一句什么，阿龙没有听清，想再问，人家已经走过去了。

阿龙心里嘟囔道："这年头，不花钱就别他妈的想办成什么事。"

阿龙按照中年妇女指的大概方向，跟着感觉上路了。还算运气，拐了个弯就找到了。阿龙交了钱，领了收据，回头去找那个警察。

阿龙的 T 恤及短裤水淋淋的，头发也湿漉漉的，像是刚从河里爬出来。这时，他感到了渴。在一个售货亭前，阿龙一口气干掉四瓶矿泉水。售货小姐用非常同情的目光打量着他。

那位警察暂时不在，阿龙只好在火辣辣的太阳底下等。热得实在受不了了，阿龙从车里钻出来，到路边的树荫下待着。望着小姨子默默忍受着这狗日的太阳的狂暴蹂躏，阿龙真担心它承受不了被烤化掉。

足足等了两个小时，那位警察才出现。看见阿龙的狼狈相，他紧绷的面部肌肉一下子松弛许多。阿龙把罚款收据交给他，等着他快点儿还给他驾驶执照。

但警察并不着急，他对阿龙说："要是在美国，你还得参加学习班，学习期满还要参加考试，考试成绩合格，才能还给你驾驶执照。"

阿龙连连点头。

警察这才不太情愿地将驾驶执照还给他。

阿龙回到车里，伸出头大声朝那个警察喊道："我他妈的情愿在美国！"

警察轻蔑地摇摇头，骂了一句："可怜的贱骨头！"

阿龙没有听见，逃难似的离开了这座城市。

阿莲刚接完姚骏的电话，阿龙就回到了家里。

"回来这么早？"阿莲问。她看看表，刚过零点。

阿龙没有睬她，一屁股坐到沙发上发愣。

"吃饭了吗？要不我给你做去。"阿莲起身去厨房。

阿龙一把拖住她，盯着她的脸孔出神地看个没完。

"你今天是怎么啦？我好害怕。"阿莲带着哭腔。

阿龙说："别怕，我只是想看看你。"

阿龙用双手不停抚摩着阿莲的脸、鼻子、眼睛和嘴巴。吴心梅说整个世界都在变丑。但他此刻发现，阿莲还没有变丑；相反，她变得更年轻、更漂亮了，比当年的阿莲还有丰韵、还有魅力。阿龙有些庆幸。

"我爱你。"阿龙说。

阿龙相当粗鲁地将阿莲拥倒在地毯上，迫不及待地扯去她的衣服，在她皮肤的每一处发恨似的亲咬。

阿莲挣扎着要去关灯，但被他牢牢地压在身下。

阿龙忙碌了半天，也没忙出个效果。阿莲有点儿急了，恰在这时，阿龙从阿莲的身上重重地倒了下去，发出一声沉闷的哀鸣。

阿莲一惊，迅速坐起身。她目睹到阿龙那个本该兴高采烈的东西，却是一副无精打采的模样。阿莲全身即将燃起的欲火,骤然间遭遇到暴雨的围剿。阿莲犹如蒙受了恶毒的戏弄,变得恼怒而暴躁。

她大叫道:"你被那些骚婊子玩得不行了,才想到我了。"

阿莲穿好内衣,回到床上,把阿龙的枕头甩出去,砸在阿龙的头上。刚欲躺下,阿莲又想起什么,重新坐起来。

"今天大白天你又跑哪儿鬼混去啦?我怎么呼你也不回话,派出所警察请你明天早上光临呐。"

阿龙一听警察找他,也顾不得沮丧了,气急败坏地问:"他们找我干什么?"

"你干了什么,自己还不清楚?!"

"我什么亏心事也没干!"

"那你告诉我你今天都干了什么,把你挣的钱拿出来给我看看。"

阿龙不言语了,他也懒得去做解释,今天他确实没挣到什么钱。

"反正我没做过什么恶事,我不怕。"阿龙喃喃自语,有气无力。

房间里突然静下来,两个人的呼吸声显得格外急促、沉重。

阿龙迷迷糊糊正要入睡,忽听见阿莲抽泣起来。但他实在是太困了,尽管阿莲的抽泣声愈来愈大,他还是毫不介意地睡着了。他又回到了梦里,跟小婊子待在一起。只是这次就他们两个,没有那些讨厌的乘客,因为他们告别了城市,来到一片荒原上。这里只有蓝天、阳光和微风。

他问小婊子:"我们到哪里去?"

小婊子告诉他:"我们到纺织厂去。"

可是他们走了许久许久,也没有走到纺织厂,但他们还是饶有兴趣地走着走着走着……

阿龙酣睡的脸上,隐隐浮动着笑意。

凌晨五点,阿龙准时醒来,由梦中的车上回到现实的车上。夜间的不快,阿龙已经忘记得干干净净。但在把车门钥匙插进锁孔的那一刹那,阿龙豁然明白了自己丢失的到底是什么东西。坐在车椅上,阿龙有点心灰意冷。打开收音机，调了半天没调到什么可听的，阿龙轻叹一口气，关上。

五点二十分，有一班特快开进来，阿龙朝火车站驶去。

一直忙活到天大亮，阿龙才有工夫喘口气，去小摊子上买两个烧饼。买烧饼时，阿龙闻到馄饨诱人的香味，忍不住要了一碗。屁股在凳子上还没贴实在，他的呼机急叫起来。字幕显示出派出所三个字。阿龙早把这事给忘到旧社会去了。不管它，先吃完这碗馄饨再说。

虽说阿龙想不出自己究竟干了什么惊动警察的事，但去派出所的时候，心里头还是直发虚。当他走进一间办公室，询问哪位警察要找他时，阿龙感觉到自己的嗓音在颤抖。

其中的一位警察站起来，问："你叫阿龙吧？"

阿龙点头，并不忘掏出香烟给每人献上一支。

"跟我来。"那位警察拍了一下阿龙的肩膀。

阿龙跟他来到一间空荡荡的屋子，阿龙扫了几眼这地方，觉得有点儿像审讯室。阿龙感到情况不太妙，开始极力认真回忆自己最近究竟做了什么可能让警察生气的事情，甚至想到了儿时的恶作剧。

这位警察挺斯文，主动向阿龙介绍自己叫李行，并请阿龙在一张灰蒙蒙的凳子上坐下。阿龙受宠若惊。

然后，这位自称李行的警察不紧不慢地和阿龙攀谈起来。他问阿龙父母是干什么的、在哪所中学念过书、何时结的婚、妻子在哪做事、孩子多大了、男孩还是女孩、现在收入如何……

阿龙一一如实作答。

最后，阿龙沉不住气了，他想警察叫他来肯定不是要跟他聊这些的。

他霍地站起来，说："李警官，你找我到底为什么事？你就直说吧。"

李警官的脸色倏地变了，语气也变得生硬又冰冷："难道你还不知道自己为什么被叫到这里来？"

阿龙吃了一惊，眼前的人好像突然换成了另一个人。

"我的确不知道。"阿龙莫名其妙地说。

"那就好好想想。"李警官说道。

在车上

　　李警官不再理他，把电风扇对准自己猛吹。

　　过了很长时间，阿龙有点儿打瞌睡了，忽听李警官大喝一声："想起来了没有？"

　　阿龙一个激灵，忙问："想……想起来什么？"

　　"是我问你还是你问我？"李警官有些耐不住性子了，用力一拍桌子，"你不要敬酒不吃吃罚酒，再给你五分钟考虑。"

　　五分钟很快过去了，阿龙还是没考虑出个所以然。

　　李警官彻底失望了，他正襟危坐，道："看来你这个人是不识抬举的。好吧，那咱们就打开天窗说亮话。"

　　"你认识这个人吗？"李警官不知从哪儿摸出一张彩照。

　　阿龙凑近一瞧，是张演出剧照，再一细看，竟是吴心梅扮演的阿庆嫂。

　　阿龙说："我认识，她叫吴心梅。"

　　"很好。"李警官对阿龙的回答似乎相当满意。

　　阿龙等待着李警官的下文，想弄清楚他把吴心梅的相片拿来有何用意。提起吴心梅，阿龙仍觉得充满歉意。

　　李警官又问："你知道她现在做什么吗？"

　　"老水手夜总会。坐台小姐。"

　　"很好。看来你还算老实。不过我有必要说得更清晰一些，以便有助于问题的解决。吴心梅在公开提供色情服务的同时，还在秘密进行卖淫活动。这点你想必清楚吧？"

　　"这我可不清楚，真的不清楚。"阿龙暂时还不能将吴心梅和卖淫联系起来。

　　"那请你解释一下你为什么要跟她来往？"

　　"这有什么，我们是难友，大家互相帮帮忙呗。不过话又说回来，我跟她还真没什么来往，但是倒一直在想着跟她来往。我想帮帮她。"阿龙觉得自己很仗义。

　　李警官将眼睛斜睨着，道："照你这么说来，找妓女去的都是正人君子喽？"

　　"妓女"这个字眼令阿龙感到浑身不舒服，他对李警官的发问没作回答。

但这时，阿龙忽然间想起一个问题：他是怎么知道我认识吴心梅的？除非吴心梅告诉他。那么吴心梅告诉他又是为了……想到这里，阿龙对吴心梅开始产生怀疑，而且害怕起来。

阿龙问："吴心梅现在在哪儿？我想见她。"

"恐怕不行，她在拘留所关着。"

"那我怎么办？"

"怎么办？老实交代问题。"

"我没有问题。"阿龙火了，喊得比李警官还凶。

李警官又一拍桌子，把桌上的电风扇都震了个趔趄："大胆！想找不自在吗？"

李警官的威严让阿龙不得不软下来。

这回，李警官不愿再磨蹭了，他指着阿龙说："不管你承不承认，我手中掌握有你涉嫌嫖娼的充分证据。第一，吴心梅身上装有你的名片；第二，在老水手夜总会，有人亲眼看见你付给吴心梅钱；第三，吴心梅在干这个行当之前，你们之间根本就没有过交往。"

听李警官这么一说，阿龙马上有了不祥之感。他想，我可能难说清这个问题了。但他心里还是不服气，一口咬定没那回事。

李警官不再和阿龙耍嘴皮，将他一个人留在屋里饿了一个中午。

直到下午上班时间，李警官才又回到这里。他拍拍阿龙，阿龙正趴在桌上呼呼大睡。

李警官说："你看谁来了？"说完便扭头出去了。

紧接着，阿莲走了进来。

阿龙说："阿莲，我什么也没干，但他们就是不肯相信我。"

阿莲的泪珠大滴大滴滚落出来："你还骗我！你以为我不知道？你这个……"阿莲哇地哭出声，转身跑了出去。

不大一会儿，李警官又走进来。他说："你太伤你妻子的心了，她不想问你的事，你怎么办呢？"

阿龙狠了狠心，道："我认罚。"

在车上

"早这么痛快，咱们何苦要费那么多事呢？"

这时，外面有人喊："李行，电话。"

李行急忙出去，迟迟不见进来。

约莫过去有半小时，李行回来了。他冲阿龙说："你先回去吧，有事我再通知你。"

阿龙没敢相信自己的耳朵，坐着没动。

李行又重复了一遍，阿龙才半信半疑地站起身。

走到大院门口，阿龙看见阿莲正站在那里，旁边还站着一个戴墨镜的男人，正和派出所的几个警察谈笑风生。

阿龙来到阿莲跟前，表白道："阿莲，我真的什么都没干。"

阿莲瞪了他一眼："别说了，还不快谢谢人家姚骏。"

"姚骏？"

那位戴墨镜的男人摘下眼镜，伸出手来："阿龙，不认识啦？"

阿龙还在发愣，他不知道这到底是怎么回事。

阿莲搡了他一下："快谢谢人家呀。"

阿龙一甩手，将阿莲甩得身体晃了几晃，被姚骏一把扶住。

阿龙叫道："我他妈的谢谁？我什么也没干！"

他气冲冲地回到自己的车里。

阿莲哭了。

姚骏说："阿龙怎么变成了这个样子？真想不到！"

阿莲哭得更厉害了。

姚骏深深叹了口气，对阿莲说："你真不容易。"

阿莲哭得简直无法自持，要不是旁边站着那么多人，她真想扑到姚骏的怀里痛痛快快地哭上一回。

阿龙开着他的小婊子又上路了，今天耽误了他太多的时间，他得设法补回来。忽然他有一个惊喜的发现：今天路上有特别多的人在等出租车。

阿龙刚拉上一名乘客正要走，被两个戴红袖章的人拦住了。其中一个问他："你不知道今天全市的出租车司机都在罢工吗？"

另一个朝他扬了扬一张报纸:"看看新闻吧,哥们儿,平均一个月里我们有四位阶级兄弟遇害。说着,还把他刚刚载上的乘客赶了下去。"

阿龙吼道:"这他妈的跟我有什么关系?我得挣钱。你们给我滚开!"

"你这个工人阶级的叛徒!"

让工人阶级见他妈的鬼去吧!阿龙猛力带上车门,继续向前开去。

没走几米远,前面又出现一个戴红袖章的家伙,试图拦住阿龙。

妈的!全世界的人都在跟我作对,那就来吧!阿龙一边说着一边加足马力,朝那个试图拦住他的人猛冲过去。

那人立即像一只大鸟一样飞了起来,然后重重地摔在地上。接着,又跑出来一个戴红袖章的,气呼呼地向他拼命挥手。然而,此时的小婊子已经成了一头红了眼的斗牛,无比兴奋地盯着那不停挥动、戴有红布条的手臂。它咆哮着、咒骂着,残忍和凶猛的力量气吞山河般地爆发开来。它变得无可阻挡,不屑一顾地飞奔过去。又是一个不堪一击的蹩脚斗牛士。

小婊子把大马路当成了宽阔的斗牛场,横冲直撞,随心所欲,整个世界都已不在它的眼里。即使当它面前突然出现一辆庞然大物时,它也毫不在意,面带冷笑,凛然无惧地朝它怒冲过去。

咣当——,天崩地裂。

阿龙永远留在了车上。

1997年11月4日,北京大学

罪与功

摸完最后一张牌，林三做了个消化不良的表情，说："这盘我认输。"说着，就把牌往桌上一摊，一副宁为玉碎不为瓦全的样子，然后给其他三人发烟。坐在他边上的指导员不干了，道："才一支？就凭我这大小王守后卫，仨老尖打前锋，咋说也得赢你十来支呀。"指导员是个球迷，说牌总像说球。

这时，林三忽然就换了种语气，盯着指导员挺严肃地问："您老知道为啥咱党个别像您一样优秀的革命同志最后都腐化堕落得一塌糊涂了？""为啥？""我告诉您，您可一定得记牢了，就是一个贪——""贪"字还没讲完，指导员那钳子般的手指便狠狠地夹在了林三的左耳上，林三夸张地一叫，手里正燃着的香烟掉在了地上。

指导员脸朝天花板，任林三徒劳挣扎，若无其事地说："告诉我咱所的指导员是谁，我忘了。"林三说："当然是您老人家。咱所除了您，谁还敢有这个资格？"指导员稍稍往疼里捏了一下，林三挤出一声惨叫，道："这话听上去像贿赂，不真诚，我们共产党员不吃这一套。"林三只好再换个版本，重说了一遍。指导员嗯了一声，说："这回倒不像行贿的了，但是像行窃的。"说着，又往疼里使了下劲儿，又是一声更惨的叫。指导员做表情痛心疾首状，道："真没想到咱所干警的政治素质竟然如此低下，这是我当指导员的严重失职啊。你们瞧瞧林三，不叫他行贿，他就行窃，就是不知道去做一个堂堂正正光明磊落的硬汉子，十足的贱骨头。今天我得好好给他补一次钙、换一次血。听着，"他冲林三的耳朵眼儿大喝一声，震得林三五官明显越位，"再告诉我指导员是干什么的？我也忘了。""那是咱所的旗帜和方向。"林三答道。"可你胆敢跟旗帜和方向开玩笑，该当何罪？""开除党籍，降职使用。"指导员忍不住笑了："你想得美，你啥时混进党内的，我咋不知道？再说啦，派出所已经够基层的了，你还能往哪儿降？"

这时，李军民有点不耐烦了，说："别闹了、别闹了，快打牌吧。"他收拾起林三散在桌上的牌，硬朝林三手里塞，林三哪里顾得上去接牌，正一个劲儿地在揉自己的耳朵。李军民说："咱玩不是为赢那几根烟，咱玩的是个过程，没个过程，光有干巴巴那几根烟，又有啥意思？"这时候电话响了，李军民顺手抄起话筒，一看表情就明白又有事了。林三站起身要走，说晚上还有跟女朋友的约会。指导员一把抓住他的胳膊，说："你小子戴罪立功的机会到了，却想临阵脱逃，岂不是又要罪加一等？"林三道："反正我下班了，现在有你跟老赵值班。再说啦，我又怎么好意思去抢你们的立功机会呢？我还年轻，往后机会有的是，而你们……"下面的话林三就不说了，幸灾乐祸地笑。

李军民撂下电话，拍了下林三，说："你就甭谦虚了，跟我跑一趟吧，是我那段出的事。"林三无可奈何地摇摇头，"早知这样，一下班我就回家了。"嘴上是这么说，其实，心里还是挺乐意去的，毕竟刚上班的新鲜劲儿还没完全过去。

来到院子里，见李军民推自行车，林三拦住他，说："咱们还是骑偏三轮去吧，快。"林三最近刚刚学会开摩托，瘾头特大。李军民说："那老爷车打着火得要半小时，骑自行车早到了。"不等林三再说，两步便蹬出了院子。林三直喊："那你也得等等我呀。"骑上车就撵。

林三的车技远不如李军民，一边大喊"你还没告诉我出了什么事呢"，一边眼巴巴地望着李军民跟条鱼似的在人流车河里悠然自在地飞速游动，越来越小。林三索性就不追了，慢慢往红星砖瓦厂方向骑，那是李军民负责的户籍段。

远远地就看见红星酒家门口围着一大群人，林三想这肯定就是出事地点了，脚下便加了速。众人看见林三，自动让开一条道，林三挺挺胸，目不斜视地走了进去。就在跨进大门的那一刹那，林三蓦地想起刚才忘了看看李军民的自行车是不是停在门口，怎么就稀里糊涂地进来了。好在这时有位小姐迎上前来，说李警官在经理室，林三便跟着她来到了经理室。

经理室里坐着三个人，除了李军民，还有一男一女。那男的油头粉面，讲话带广东口音，一见林三立刻起身递烟并吩咐泡茶。李军民介绍道："这是我们所新分来的，叫林三，中国人民警官大学的高才生。这位是吴经理。"吴经理掏出名片双手递给林三，道："真是年轻有为、年轻有为，敬佩敬佩，希望以后一定多多关照多多关照。"林三问："出什么事了？"李军民说："又是大头。"吴经理赶紧补充道："每次在我这儿吃饭都不付钱，今天又想到这儿白吃，我太太要他先把以前欠的账结掉，他二话没说，伸手就是几拳。你看看，我太太现在还感到头晕胸口闷。"林三这才注意了一下一直在沙发上捂着胸口的吴太太，很年轻，倒像吴经理的女儿。"严重不严重？"林三问。"当然严重啦，青一块紫一块的，"吴经理说着，将太太拉起来，"快脱掉上衣让两位警官看看。"吴太太挺听话，扭捏了一下，就开始解扣子。林三慌忙摆手："使不得使不得。"同时把脸扭转过去。李军民也忙说："免了免了。"吴太太望一眼自己的男人，便把扣子重新系上。

李军民猛吸了口烟，然后将烟蒂朝烟灰缸里用力一摁，说："小林，你带吴太太回所里做笔录，我去找大头那小子。"吴经理一把抓住李军民，"急什么，先在这儿吃完饭再说。"李军民说："今晚我老婆过生日，我必须回去。""你看你也不早说，我好向嫂子表示一点点心意啦。"李军民道："你的心意我替我老婆领了。谢谢。"吴经理说："那就给李警官添麻烦了，另外别忘了帮我把饭钱找大头讨回来。谢谢啦。"又递上一支烟，李军民没接。

从红星酒家出来，天已经黑了。去红星村的那段路是坑坑洼洼的土路，前几天才下过雨，又没路灯，更不好走。李军民只好推着自行车深一脚浅一脚地往前小心试探着，结果还是糊了两脚的泥。这时打身后跳出一束昏黄的光圈，正照在李军民的车前。李军民看不清拿手电筒的人是谁，估计是红星村的居民，他认不全他们，但他们差不多全认得他。李军民朝那人道了声谢，那人没言语，只管陪着李军民走。到了住宅区，路况开始好转，也有了光亮，那人熄了手电筒，不声不响地往一边走去。李军民又朝他道了声谢，那人仍不言语，李军民就饶有兴趣地多看了他一眼。他发现那人的身材有些熟悉，正在疑惑，那人回了下头，见李军民在看他，突然加快了脚步。李军民一下子就弄明白了，喊了一声："大头。"大头应了一声，拔腿就跑。李军民知道也追不上了，便站在原地可着嗓子喊："大头，你跑多远多久都没用，我逮到你才算完。"

李军民料定大头这一会儿半会儿是不会回家了，只好先打道回府。

回到所里，见林三在值班室打电话，一副唯唯诺诺的嘴脸，一看就知道是和他女朋友。

李军民径直进了办公室，林三随后跟了进来。李军民问："人呢？""谁？""吴太太。""我让她回去了。""这么快就问完了？""那当然，咱啥效率啊？要不能做跨世纪的警官吗？"林三一脸得意，将问话笔录交给李军民。李军民一看，顿时急了："什么？你一页纸就打发了，这哪叫什么问话笔录，叫借条还差不多。"林三的脸立马沉了下来："言简意赅有什么不好？""你以为是写新闻稿哪？问话笔录要的可不是什么言简意赅，一要翔实二要翔实三还是要翔实，就像你亲眼所见亲耳所闻的一样，每个细节都不能丢。去把人叫回来重记。""现在？""现在。"林三坐着半天没动。李军民看看他，瞥见桌上放着一盒蛋糕，问："这是咋回事？"林三不理他，过了几分钟才懒洋洋地答道："送给嫂子的。""你不是独生子嘛，哪来的嫂子？""就是你老婆啊。"林三仍没好气。"什么意思？""是谁说的他老婆今晚过生日？"李军民恍然大悟，笑了："我那不过是顺嘴扯的个借口，没想到你倒当真了？""什么？借口？"林三好像被辣了一下，舌头伸得老长。"对呀，跟他们那号人你不找借口就甭想脱得了身。""可你知道不知道？这个月我就剩下这五十块钱了，离发工资还有半个月呢。""没什么，"李军民安慰他道，"你的心意我领了就是，这蛋糕我就替你嫂子收下了。""美的你，"林三一把抢回蛋糕，"我送给我女朋友吃去。"就要往办公柜里锁。李军民说："你也别麻烦了，现在就拿给你女朋友去吧。你今晚不是有约会吗？""那问话笔录呢？""反正也不是什么急事，明早上班再说吧。"林三的脸即刻又变圆了，说了声"谢谢"，转身就要走。李军民喊住他，问："你女朋友叫什么名字？""飘柔。"李军民道："这不是洗发水的名字嘛。"林三不愿意了："谁说的？明明是那洗发水侵权，我还没告它呢，等忙完了这段时间再说。"林三觉得挺委屈。李军民又问："人长得咋样？"林三顿时现出极陶醉的神情，说："老李呀，只要你一见到我女朋友，我敢说你立马醉倒在地不可。"李军民故意作出不屑的样子，道："你又不是不了解我是海量。"林三说："啥量也不行，唉，时间关系，今天就不跟你说了，还是等哪天来让事实替我说话吧。"抬腿便走，蛋糕也忘了拎。等李军民发现追出去时，人已经无影无踪了。

"多少啦？"林三气喘吁吁地问。飘柔说："我没数。"林三大叫："什么！你没数？那怎么办？""还能怎么办，从头来呗。"飘柔颇不以为然。林三不干，道："我至少已经吻了有三百下，就算三百吧。"飘柔生气了："你以为你是在和我做生意是不是？还讨价还价。让你从头来你就给我从头来，五百下少一个也不行。"林三只好让步："好好好，那我从头来行了吧？"又继续在飘柔的手背上不停地吻。"不行，不行，"飘柔抽回自己的手，"不符合质量标准，没发出响声。"无可奈何的林三摇摇头，只好再次重新开始，"啧啧啧"的响声跟在赞叹着什么似的。

终于吻到第五百下时，林三感到嘴已经不是自己的了，浑身也冒出了汗，他长长地叹了一口气。飘柔说："不高兴了是不是？谁让你迟到的，这次念你是初犯，罚得还算轻的，下次就不是五百下而是五千下了，再下次就不是五千下而是五万下了。十倍十倍地涨。"林三说："我饿了。"飘柔说："你到底听没听见我的话？"林三点头，很乖的样子。飘柔扑哧笑了，说："其实刚才我一直替你数着来着，你一共吻了四百零四下。"林三骤然变了脸色，道："你也太过分了点吧。"这回真的动了气，把头撇向一边，不再搭理飘柔。任飘柔怎么逗他，就是一副大义凛然的神情。飘柔自觉无趣，也就静了下来。

僵持一段时间后，飘柔看了下表，说："时间到。咱们以前说好的，生气最长不能超过一刻钟。"她推了推林三。林三说："我申请延长五分钟。"飘柔说："申请不被批准。"林三说："那我上诉。"飘柔拖长声调，说："驳回上诉，维持原判。但作为补偿，可以赐你一吻。"便拿掉林三的帽子，抱住他的头扎扎实实地吻了一个回合。林三长舒一口气，道："我更饿了。"飘柔拍拍他的脸，说:"我也饿了,咱们去吃牛肉汤吧。"林三说:"我不想吃牛肉汤。""那你想吃什么?""我想吃你。"飘柔在他的鼻子上捏了一把:"现在休想,以后也得看你的表现。"

两人相拥着走出小树林,来到马路上,林三立即同飘柔分开。飘柔责怪道:"干吗突然间就变得这么正经了?"林三说:"穿着警服太亲密不合适。""那你为啥不换便装?""我得有时间啊。"

热腾腾的牛肉汤端了上来,林三二话没说,几口就吞了下去,正觉得意犹未尽,发现飘柔面前的牛肉汤似乎原样未动;再一看飘柔,噘着小嘴在瞪着自己。"怎么不吃?"林三问。"没一点骑士风度,"飘柔气咻咻地说,"也不先让一下人家,光顾自己吃。"林三哭笑不得:"哎哟,我的大小姐,你这么讲究可别累着呀。"飘柔晃了一下身子,更不乐意了。林三说:"好好好,我认错行了吧?我认错行了吧?"说着,就将那碗牛肉汤往她跟前放了放。飘柔说:"光认错还不行,你得改。"林三一个劲儿点头,"好好好,我改我改,我一定改。行了吧?"飘柔说:"罚你再陪我吃一碗。"林三说:"我也正是这么想的。"又要了一碗。

吃完牛肉汤,时候已经不早了,林三送飘柔回家。为了能在一起多待上一会儿,两人没有搭车,而是在路上慢悠悠地踱,但还是感觉很快就到了飘柔的家。两人站在楼下依然难舍难分。林三问:"我什么时候才可以见你爸妈呢?"飘柔说:"等你把工作调好了。"林三低下了头,好像在想什么心事。飘柔问:"你到底什么时候能把工作调好啊?"林三说:"我爸妈也在帮我找人呢,可局里明文规定新来的大学生一律要在基层派出所至少锻炼一年才行,现在找谁也没用。""那一年以后能保证调到市局吗?""难说,还得看表现。""那你就想法表现好点,做出些成绩给他们瞧瞧。""谁不想啊?可也得有机会呀。派出所里净是些鸡毛蒜皮的小事,想立功哪那么容易?"飘柔不语了。林三将她往怀里搂了搂,"你爸妈为什么就那么嫌弃派出所啊?""他们觉得一辈子在派出所干没啥大出息,再说,你又是警官大学毕业的高才生,一辈子待在那里也岂不是太冤枉了?""谁说我会在那儿干一辈子啦?就这么小瞧人。""人家只是假设嘛。"这时,飘柔的呼机叫了起来。飘柔说:"我妈在催我了。"于是,两人依依不舍地吻别。

　　走进办公室,一看见忘在桌上的蛋糕,林三心里仍然不大平衡。他看看坐在对面的李军民,说:"昨天跟我女朋友在一块吃饭,还是她付的钱。"李军民道:"是不是想让我还你五十块钱呀?"林三说:"我没这个意思。"但李军民还是从皮夹子里抽出了五十块钱递给林三。林三不接,问:"你什么意思?"李军民说:"没什么意思,这是我借你的,开工资时你得还我。"林三犹豫了一下,说:"那干脆你就再借我五十吧。"李军民说:"还说人家指导员哪,你不一样地贪?"又抽出一张递过去。林三把钱收好,说:"我给你打借条。"李军民夺下他手中的笔,道:"免了,咱们得趁这个工夫去找大头,晚了就让他溜了。你去把偏三轮发动起来。"林三说了声"遵命",便蹦蹦跳跳地出去了。转眼间,林三又返了回来,问:"吴太太的问话笔录怎么办?"李军民说:"昨天我就弄好了。"从文件筐里取出一叠材料递给他。林三翻了翻:"那么一点儿事情,要记这么多?""你以为呢。"林三说:"好,先搁我这,回头我一定认真拜读。"李军民拍了拍他的脑袋:"还算有自知之明。"

　　林三咬牙切齿地朝打火器狠狠踹了几脚,偏三轮就突然像发泄不满一般轰隆隆地号了起来,手扶拖拉机一样。林三顿时变得眉飞色舞,向李军民炫耀道:"瞧瞧咱这技术,两下就摆平了它。"李军民跨上车斗,林三一松离合,车子猛地蹿出了院子,向红星砖瓦厂驶去。

　　正开着车,林三忽然笑出了声。李军民问:"看到什么好笑的事了?"林三说:"我想到骑自行车的警察追捕骑摩托车的罪犯。"李军民道:"你小子又想奚落咱所的交通工具了,是吧?"林三说:"咱所这装备也的确太落后了,这辆老爷车啥时能淘汰呀?"李军民说:"得有钱啊。""到企业拉点赞助不就行啦,人家不会一点儿都不给面子的吧?"李军民说:"你看咱所管辖的这片有效益好的企业吗?"林三想想,不说话了。过了一会儿,林三耐不住寂寞,又开口道:"老李,我觉得你这人特像领导。"李军民甩甩手:"去去去,又想奚落我了,是吧?"林三道:"我说的是真心话。我发现你总是为所里着想,从没见你发过牢骚。"李军民说:"发牢骚的人已经够多的了,咱就没必要凑这个热闹了。"

说着,就到了红星砖瓦厂。李军民让林三把摩托车停在厂保卫科门口,两人步行去大头家,以免惊动他。

快到大头家时,林三问:"大头会不会在家?"李军民说:"这家伙喜欢睡懒觉,这时候要不在,别的时候就更难说了。"林三说:"这家伙真是不可救药,三天两头地闹事,下次瞅住机会再把他送进去关几年得了,咱们也能清静个几年。""慢慢会变好的,"李军民说,"现在就比从前好多了。"林三望望李军民,想说什么,又咽了回去。

敲了好长时间的门,里面也没人应。林三悄声说:"大概不在屋。"李军民也拿不定主意,若有所思了片刻,冲里面喊道:"大头,我知道你在家,你要再不开门,我可就要撬门了。"喊完,他示意林三继续敲,自己蹑手蹑脚下了楼。果然,大头正在阳台上探头探脑,伺机准备往下跳呢。李军民抱着肩膀,看热闹似的,说:"想不开啦,大头?"大头浑身一哆嗦,回头傻傻地朝李军民笑笑,"是李哥呀,我这就给你开门。"

看见林三在门口站着,大头愣了一下,马上就殷勤地招呼他进屋请坐,一口一个"林哥",叫个没完。林三对这种过于亲昵的称呼特不习惯,摆摆手,道:"瞎叫啥?我还没你大呢。"大头讪讪地说:"父母官父母官嘛,咱叫你哥已经是占了便宜哩。"林三生气了:"少跟我来这一套。"大头满脸的笑立即搁浅,便回头招呼走进来的李军民。李军民说:"我还以为你昨天晚上是从此一去不复返了呐,瞧你当时跑得多有志气。"大头不说话,一个劲儿嘿嘿傻笑。"穿好衣服,跟我们到所里走一趟。"大头点头称是。

来到厂保卫科门口,林三让大头坐进车斗里。大头显得很为难的样子,说:"这要是叫人家瞧见,以为我又犯了什么大不了的事呢。"要求坐驾驶座后头。林三没好气地说:"你以为你是在和我做生意是不是?还讨价还价。"一气之下,将女朋友飘柔说他的话用上了。大头只好拿眼睛求李军民。李军民说:"看我也没有用,既然怕丢人,你干吗不老老实实给我做人?"大头彻底绝望,乖乖上了车斗。

到了所里,林三先把李军民记的那份问话笔录看了一遍,然后开始给大头记。大头说话颠三倒四，有时前言不搭后语，弄得林三时不时地要返工重来，气得他大呼小叫，直拍桌子。坐在一旁的李军民见林三气急败坏的样子，忍不住偷笑。

费尽九牛二虎之力，总算是记完了，林三迫不及待地拿给李军民过目。李军民看完，毫不留情地指出其中几处细节上的遗漏，要他再来一遍。李军民是有意想敲打敲打这个毛头小伙子的耐心。林三按照他的意思再来了一遍之后，李军民翻翻，又挑出几处毛病，林三只得又改。最后，林三被折腾得一点脾气都没了，李军民便说："这回行了。"林三长松一口气："我的妈呀。"大幅度地伸了个懒腰，懒腰刚伸展到大约四分之三，就听见他哎哟了一声。李军民紧忙走到跟前，问："腰扭了？"林三哭丧着脸说："不是，耳朵，指导员的手指好像还在上面。"李军民大笑道："这回知道咱指导员的厉害了吧，那可是有名的二指钳。想当年咱指导员管段的时候，他那段里调皮捣蛋的家伙，只要一见到他，没有不立即捂耳朵的。你问问大头，他也没少领教过。""是是是，二指钳、二指钳，厉害着哪。"大头下意识地捂住自己的耳朵。林三本对大头一肚子气，但见他这副模样也忍不住笑了起来。

李军民抬腕看了看表，说："小林，你先回去吃饭，慢慢吃，甭急，中午我不回去了。"今天该李军民和林三值班。

派出所里就剩下了李军民和大头。李军民直勾勾地盯着大头，一言不发，一个劲儿抽烟。大头被盯得心里直发毛，道："李哥，你要打要骂尽管来，千万别这样看我，我害怕。"李军民说："你还知道害怕？"大头垂下脑袋，不敢吭声。李军民问："你出来多长时间了？"大头想了想，答："一年了。"李军民又问："这一年来你给我惹了多少事？"大头摇头。"我都替你记着呢，"李军民掏出一个笔记本，打开，"大大小小总共五十四件，平均不到一星期你就要给我来一件，你老怕我闲着，对吧？""没这么多吧？""要不要我给你念念？""不用不用，"大头连连摆手，"我还能不相信李哥吗？不过……""不过什么？""不过出来以后，在李哥的帮助教育下，我已经改好多了。""恬不知耻！"李军民吼道，"你改好了哪里？""的确是嘛，"大头现出挺委屈的样子，"至少我再也没沾过偷抢扒拿的边儿。""甭急呀，就照这样大事不犯、小事不断地发展下去，你早晚又会回到那一天。到时我可救不了你了。"说着，李军民感觉到饿了，便把林三买的那盒蛋糕拆开，一分两半，又倒了两杯白开水，对大头说："就将就点儿吧。"大头说："咱们去饭店吃吧，我请你。"李军民瞪瞪他，"你哪儿来的钱？""赊账呗。""你都赊了一屁股的账了，还有脸赊？""那有啥？又不是不还。"大头还有点理直气壮。

吃完蛋糕，大头问："我能不能去买包烟？"李军民说："先抽我的吧。"把口袋里的半包烟掏出来，扔到桌上。大头说了句"谢谢"，也就没客气。心满意足地喷出一条长龙后，大头说："李哥，都说警察跟罪犯是一家人，这话一点儿不假，要是没人犯罪，你们警察不就跟我们一样下岗了嘛。当初我弟要是不犯抢银行的罪，你上哪儿去立那一等功……""放屁！"李军民打断大头的话，"你这是什么混蛋逻辑？"大头见李军民真的动了怒，赶紧低头不语，老老实实抽烟。

沉默了一段时间，李军民铁青着脸说："该说说你的事了，你打算怎么处理你欠红星酒家的饭钱？""我还。""什么时候还？""厂里什么时候把欠我的那一年工资给我，我就什么时候还。"李军民一时语塞，没了话说。红星砖瓦厂的情况他是一清二楚的，有一年多没发下来工资了，现已基本处于停产状态，说不定哪天就会宣告破产，要等到它发工资说不定得等到下辈子。

李军民抽了一阵子闷烟，想想，突然厉声说道："你少给我耍赖，大头，欠债还钱没什么条件可讲。""那我得有钱呀。"李军民恶狠狠地剜了一眼大头，"明天早上就不要睡懒觉了，跟我去红星酒家向吴太太道歉，再把欠账清掉。""可我一会儿半会儿上哪儿弄那么多钱呢？"大头愁眉苦脸。李军民道："我先替你垫上。""那怎么好意思，李哥？""你就好意思欠账不还，是吧？我可警告你，大头，以后我要再听说你在外面吃饭不付钱，可别怪我对你不客气。""李哥放心，我一定听你的话。"

李军民打了个哈欠，把头靠在椅背上。大头站起来，说："李哥，我看你累了，你休息吧，我先回去了。"说着，就往门口走。李军民喝道："大胆！我让你走了吗？"大头只好又乖乖坐下。李军民扔给他一个白皮小本子，"把《治安管理处罚条例》给我从头到尾念五遍。"大头开始高声朗读。李军民听着听着就睡着了。等他忽然醒来时，发现大头正愣愣地望着自己。"念完了？"李军民问。大头说："这有个字我不认识。"拿给李军民瞧。"酗。酗酒的酗。"李军民说。大头又接着念。又遇到好几个字不认识。又问李军民。等念完了五遍，李军民道："这本书送给你，拿回去没事就读读。能不能做到？""能做到。"大头作出信誓旦旦的样子。"依你看，你这件事根据《治安管理处罚条例》应该如何处罚你？"大头又把小本子翻了翻，说："依我看，可以罚款或者拘留。""明白就好，下次就没这么便宜了。记着，明早八点在红星酒家门口等我。回去吧。""谢谢李哥。"大头撒腿就溜，似乎唯恐李军民马上会改变主意。

然而没过多久，大头又返了回来。李军民问："啥落在这儿了？"大头摇头，说："李哥，我并不想给你添麻烦，我是实在看不惯我们厂的那个金厂长。这红星酒家的吴经理是他的亲戚，租我们厂的房子租金给得贼低不说，还白用我们厂的水电，金厂长另外每年还要往他那地方送上好几万的吃喝款。这红星砖瓦厂是我爹我娘他们那辈人累死累活干起来的，当年有多红火，你看看现在叫他给败坏成什么样了？"大头一口气讲完，见李军民没啥反应，便说："我走了，李哥。"李军民喊住他："大头，你成天这样游手好闲的，也不是事，得想法找个活儿干。"大头嗯了一下，又说："上哪去找活儿呢？我想做生意，可又没本钱。"李军民说："活儿还是有的是，就看你勤不勤快。"说着，接连打了几个哈欠。大头轻声说："我走了，李哥。"李军民点点头，有气无力地说："去吧去吧。"

飘柔一看见林三胯下的偏三轮，刚才还炯炯有神的大眼睛霎时就暗淡无光了，她好像没看明白似的，问："你这骑的啥呀？"林三说："摩托车啊。""摩托车你个头啊，"飘柔的嗓音突然蹦高了八度，"我在这一直傻等着我的白马王子骑着一匹高头大马来接我呢，没承想等来的竟是一头缺了条腿的驴。你让我怎么再见我的同事？"林三耐心解释："你别看它长得不咋的，性能可是鹤立鸡群，跑得再快的逃犯，它只需吆喝那么一声，就能轻而易举地将他撵上。"林三在晓之以理，动之以情的同时，附带着把飘柔往车斗里推的强制性动作。飘柔甩了一下胳臂："我自己能上。"回头朝储蓄所里望望，看有没有同事在注意他们，然后才一万个不情愿地坐了进去。

林三把车子开得飞快，看着飘柔长发飘飘的神采，感觉更是心花怒放。他说："亲爱的，你别小看这车，它可是我们所里的宝贝，平时谁借都不行。前两天我一提出来要借车带你去兜兜风，所长二话没说，当场就答应借给我用半天。够给面子的吧？"飘柔还在噘着小嘴，余怒未消。为了逗她开心，林三就想到了那天吴太太要在他和李军民面前脱衣验伤的事，便说给飘柔听。飘柔听了，果真就憋不住了笑。林三更来劲了，又侃起了大头。飘柔终于"咯咯咯"笑出了声。林三说："你看，派出所还是蛮有意思的吧？""你真想一辈子扎根派出所了？"飘柔总算瞥了他一眼。"派出所是挺有意思的。"林三仿佛自言自语。飘柔的小嘴又噘了起来："那咱们就吹。"林三急了："你看你，我只不过是想说派出所并不像你们以为的那样没意思，你就生气了。其实，派出所这地方真的挺能锻炼人，我们所就是个藏龙卧虎之地哩。你看，指导员是个审讯高手，再狡猾的家伙也招架不住他的心理攻势；李军民是个帮教高手，挽救过无数的失足青少年，全省都有名；所长……"林三如数家珍，将全所的同事一一扒拉了一遍。飘柔听了，也有些振奋，就说："你是学刑侦的，再给你们所添一名刑侦高手。"林三叹了口气，"巧妇难为无米之炊，我是英雄无用武之地啊。"脸上顿时流露出刻意的沧桑。飘柔说："怎么这么快就消极起来啦？你不是一直都挺雄心勃勃的吗？"林三又叹了口气："派出所都是些婆婆妈妈的民事纠纷，什么他打了你几下，打在了哪儿，你是不是骂了他，咋骂的他，是他先动的手还是你先骂的他，听了特叫人心烦，没劲透了。""那有劲的呢？"飘柔问。"有劲的大要案都属于人家分局、市局的刑警队，哪有我们的份儿？""所以我说你要尽快离开派出所嘛。""唉，慢慢来吧。"林三说。是安慰飘柔也是安慰他自己。

行驶到城郊，景色就绿了些，也开阔了些，飘柔的心情也跟着晴朗了些，她轻轻哼唱起一首刚刚学会的流行歌曲。林三美滋滋地说："亲爱的，我就喜欢听你唱歌，歌美人更美。"也随着飘柔哼。飘柔打断他："跑调了。"话刚落音，不知怎么搞的，偏三轮忽然就熄了火。林三骂了一句，跳下车，重新发动。累得气喘吁吁，仍不见偏三轮有半点反应。林三忙上忙下，抹了一手一脸的油污，仍然没忙出个所以然。飘柔提醒道："是不是没油了？"林三说："来时才加的油。"他前后望望，距离他们计划去的森林公园还有将近一半的路。飘柔问："还能不能弄好了？"林三没说话，朝偏三轮狠狠踢了两脚，然后一屁股坐在地上，摸出香烟。飘柔沉不住气了，说："你光抽烟有什么用？想想办法啊。"林三说："我这不是在想着嘛。"飘柔跺了跺脚，"第一眼瞧见它就觉得是个不祥之物。"

两人大眼瞪了一会儿小眼，飘柔问："想出来了没有哇？"林三将烟头冲地上猛地一摔，道："拦辆车，叫它把咱们捎回去。""真扫兴。"飘柔说。

站在马路中央，林三不停挥舞着两臂。但根本没人要买他的账，车开到跟前都毫不留情地绕了过去。林三今天没穿警服，拦车就不像平时那样有面子。于是，眼里的自信渐渐地就用完了，两臂的频率和幅度也都大大降低。最后，林三灰溜溜地回到路边，骂道："瞧他妈的这世道。"

实在没了办法，林三只好吃力地推着偏三轮往回走，找修摩托车的地方。走了老大一截，连个人影也没见到。飘柔说："我走不动了。"林三说："那你就坐上来，我推你。"飘柔道："不，那不要把你累死？"林三蓦地被感动了一下，说："亲爱的，你真疼我。"

又走了不短的一段距离，总算看见了人家，林三和飘柔激动地欢呼雀跃、热烈拥抱，飘柔甚至流出了眼泪。他们像两个漂流已久终于发现了陆地的海上落难者。

李军民见林三有些精神恍惚，就问："昨天玩得开心吧？"林三摇摇头，往事不堪回首的样子，只说："欠你的钱这个月可能还不了了。"李军民道："没关系，只要你不赖账就成。"

此次兜风对于林三来说，付出的代价是够惨重的，飘柔跟他翻了脸，破费为所里修了车，可谓人财两失。到现在，飘柔还不能原谅他。今天他已经呼了飘柔五十几次，飘柔就是不回。他精心设计了八个与飘柔重归于好的方案，正在想着一会儿下班该先采用哪一个。这时，李军民接了电话回来，对林三说："红星砖瓦厂的金厂长说大头正在他家里无理取闹，咱们赶快过去看看。"林三气不打一处来,"又他妈的是这家伙!这才过了几天呀?我当时就说把他拘留起来,你偏不肯,这下好,又给咱们找活干了,咱们简直就成了他的保姆。"李军民拽了他一把:"少给我发牢骚,年轻人,快走。"林三懒懒地站起来,见李军民在摆弄偏三轮,忙说:"老李,骑自行车,骑自行车。"李军民上下打量了他一眼:"你今天这是咋啦?是不是犯了啥病?"林三撇撇嘴:"我懒得碰它。"

大头正四仰八叉地坐在沙发上,跷着二郎腿,叼着香烟,一副比主人还主人的派头。见李军民走进来,他愣了一下,但马上就起身笑脸相迎,道:"李哥,来串门?"李军民冷冷地说:"你邀请我来,我敢不来吗?"大头就明白了是怎么回事,瞪了金厂长一眼,赶紧赔上尴尬的笑。林三仇人似的看着大头,把大头递过来的香烟打到了地上。大头说:"林哥今天好像心情不好。"林三说:"去去去。""好,我去,我去,你们在这儿聊。"大头说着,就要往外走。李军民说:"你往哪儿去?把我们喊来就这么撂在这不管不问啦?"大头笑着说:"这不是我的家,有金厂长……""不是你的家,你刚才怎么坐在这里跟个主人似的?"李军民打断他的话。大头说:"我是来找金厂长要钱的,他欠我的钱。"一直没吱声的金厂长开了腔:"我怎么欠你的钱?厂里发不出工资就成了我欠的啦?要这样的话,厂里那么多人,我还得起吗?"大头突然伸长了脖子,手指着金厂长说:"我管你还起还不起,你是厂长,我干了活,拿不到工钱,不找你找谁去?"金厂长还要辩,李军民拦住他,说:"都别吵了。大头,你给我回去,少在这儿无理取闹。"大头不服:"我没无理取闹,欠债还钱没什么条件可讲,这是李哥你说的。我现在没钱吃饭,到饭店赊账你李哥又不让,我还活不活?"李军民道:"你以为你挺有理是不是?都像你这样那还不乱了套?赶快给我离开这儿。"大头梗了梗脑袋,"反正这事不算完。"气鼓鼓地走了。

金厂长说:"你们看,就是这么个无赖。当初要不是看你李军民的面子,他就是磕头管我叫爷,我也绝对不会收留他。"说完,一个劲儿直摇头。李军民说:"这小子也是让钱急的。我看,你们厂再这样拖下去,说不定以后麻烦会更多,你们得想想办法。"金厂长两手一摊,"我又有啥办法?整个国营企业的行情都是这样,生产的产品卖不出去,卖出去的产品钱又收不回来。"这时,李军民腰间的呼机抖了起来，一看是所里的号码，便就地回了电话。所长告诉李军民，突然来了几个案子，人手不够，叫他回所加班。紧接着，林三的呼机也响了，一瞧也是所里的号码，就知道也逃不掉了，随之想到向飘柔求和的计划可能要暂缓实施，心里很是忧急如焚，神情便又有些恍惚。

骑到半路，林三对李军民说："等我一下，我去打个电话。"支上自行车，跑到对面的电话亭。李军民看他双手抱着电话筒，又是点头又是哈腰的滑稽样，忍俊不禁。等了大半天，林三还没有结束，李军民就喊了他一声，林三回了下头，发现自己后面已排起了长队，只好忍痛挂了电话。

骑上车，林三一直不语。李军民说："和女朋友闹别扭了吧？"林三仍不吭声。李军民说："你小子在大头这样的人面前总是那么威风凛凛，怎么一见你女朋友就变得软不拉几了呢？"默默骑了一会儿，林三才说："一见我女朋友，我就没脾气了。""为啥？""她长得太漂亮了啊，特像关之琳哎。"林三脸上忽然浮出幸福的笑意，似乎全然忘记了刚才的不愉快。李军民道："关之琳是谁？""关之琳你都不知道？"林三大惊小怪，"著名的香港影星呀。"李军民说："看来你爱的是人家关之琳，不是你女朋友。""谁说的？""我说的。""不跟你说了，这方面咱们没共同语言，咱们有代沟。"他俩一前一后进了派出所的小院。

此时的派出所显得特别热闹，每个房间里都有人，吵吵嚷嚷的。李军民和林三直接到了所长的屋，所长交给他们个涉嫌卖淫的案子。于是，跟往常一样，李军民开始审，林三开始记。那个涉嫌卖淫的女孩始终低着头，穿一身浅蓝色的亚麻西服，翻着白领，一头垂肩的乌发，清纯而又成熟，看上去很像外企的高级职员。林三颇有些为她惋惜，心想，金钱毁掉了多少美丽的东西啊。但当那女孩报出自己的姓名时，林三的感慨又立即变成了震惊，他抬头再次仔细打量，没错，这不是自己高中时的同学钟楚楚吗？林三紧忙又埋下了头，不想叫钟楚楚认出他来。

林三有点犯糊涂了，一时无法理解眼前这个事实。钟楚楚那时是他们班上的外语课代表，全校闻名的最上镜小姐，家境也不错，大学毕业后，据说在一所市重点中学教书。这样的人怎么可能干这样的事呢？林三实在想不通。更让他想不通的是，问了两个多小时，钟楚楚一口咬定她只是陪客人睡睡觉，从来没有卖过身。按她的说法，她的那些客人都是些单身贵族，很怕孤独，特别是晚上一个人睡觉的时候，更是怕得要命，根本无法入睡，必须得有一个人在身边陪着。他们还经常会在半夜中醒来，这时，钟楚楚就得给他们倒茶，陪他们说话，然后哄他们继续入睡。钟楚楚说，这就是她所做的一切，她不过是照顾客人们的夜间休息而已。当然，他们付给她的报酬也是相当高的。林三觉得钟楚楚简直是在讲小说，听得目瞪口呆，好几次都忘了记。李军民也是满腹的狐疑，时不时地看上林三两眼，好像在问："这可能吗？"

问完了，李军民仍旧坐在那儿不动，一个劲儿眨眼，似乎还有什么不太明白。林三心里嘀咕：这回可是老干警遇到新问题了。

趁李军民拿着问话材料去所长那里汇报的工夫，林三问："钟楚楚，你还认得我吗？"钟楚楚看看他，摇头，道："你是谁？"林三颇有些失望："老同学你都不认识了，林三呀。"钟楚楚好像在记忆里搜索了一遍，但还是摇了摇头。"好好想想，"林三鼓励她，"上高一时，你坐第三排，我坐第五排。想起来了没？"钟楚楚依然摇头。林三不甘心，但听见李军民回来了，只好放弃了努力。

李军民把林三叫到会议室，吩咐他带一名联防队员去把钟楚楚交代的那几个所谓客人全部找来。林三想，等把这几个人找回来，再挨个儿问一遍话，今夜就别谈休息了，于是暗暗叫苦，叫完苦，就开始抱怨钟楚楚：什么狗屁老同学，给人家添了这么多麻烦，竟然还装作不认识。正要动身，转念又一想，先打个电话探探他们都在不在家，省了大老远的白跑一趟，就去向钟楚楚讨电话号码，结果被李军民当场训了一顿："不要图省事，跑几趟能把腿跑断啦？年纪轻轻的就这么懒，将来还有什么出息？"窘得林三半天说不出话来，悻悻离去。

林三的心里很是不服气，心想：这怎么叫图省事？这叫效率。这些老干警就知道出傻力，不懂得抓效率，还自以为是实干。就拿要找的这些人来说吧，幸亏她钟楚楚只提供了四个，这要是提供了几十个、上百个，统统找来问一遍，那岂不要把人累死？找一两个代表调查核实一下没有出入不就行了嘛？想到这里，林三便有了主心骨，挑了两个住得最近的当事人跑了一趟，但只有一个在家。

回到所里时，李军民看了下表，说："这么快？"林三道："只找到一个，那几个全不在。"接下来就开始问找到的这一个。这人是个大学教授，搞天体物理的，五十来岁，目光始终游移不定，像是在寻找什么东西，回答问话时也显得心不在焉。他交代的情况与钟楚楚说的完全一致，交代完后，他向李军民不停地赞美钟楚楚，说钟楚楚是个极有责任心的女孩，待人非常有爱心，也很讲原则。仿佛让他来就是为了证明一下钟楚楚的品质似的，他一再对李军民说："你们没有理由怀疑钟楚楚的纯洁，我以我的人格向你们担保。"问了半天，这位教授竟然没听出自己是被当作嫖娼嫌疑人传唤来的。

最后，李军民和所长两人商议了一下，觉得怀疑钟楚楚卖淫的证据实在不够充足，决定放人。那位教授临走时，摘下眼镜用手绢擦了擦，戴上，然后十分郑重地对李军民说："你们找我算找对了人，我太了解钟小姐了。"钟楚楚随后也走了，走时意味深长地看了林三一眼，林三问："现在认出我来了吗？"钟楚楚没有任何表示。李军民瞥了一眼钟楚楚的背影，问："你认得她？"林三摇摇头，此时的胃口不允许他谈这些，他说："都快半夜了，还啥都没进肚呢。"打开办公柜，拿了两包方便面到值班室的电炉上煮。

林三吃着方便面，李军民则抽着香烟。林三问："你不饿？"李军民说："抽完了这根烟再说。"几口把烟抽完，李军民也打开办公柜拿了两包方便面，"我真不能理解现在的女孩子。"他说。林三道："这世界变化得太快，许多事情是你们这代人根本来不及理解的。"李军民听出他话中有话，笑笑，没说什么。

吃完方便面，林三突然又想起了飘柔，于是忧郁便汹涌澎湃地袭上心来，家也不想回了，生怕独自一人在家面对孤独。但值班室还剩下一张空床，且已经被李军民占了。林三只好跟李军民商量，让他回去。李军民不肯，说："这时候回家又得把我老婆吵醒，她又得骂我。"林三道："也好，今晚我正想有个人陪我睡哩。"李军民说："你少色情，我可不是钟楚楚，当心我扫黄把你扫出公安队伍。"林三不容分说，脱下衣服就往床上挤。李军民一脚又将他踹了下去,"去洗洗你那双臭脚。"林三便跑到水池跟前用水龙头草草冲了两下,回到床上。

李军民实在没法入睡,林三摆在他枕边的那双臭脚在厚颜无耻地骚扰着他。他捣了捣林三,想叫他再去用开水把脚烫烫,却听见林三说:"多少啦?"李军民问:"什么多少啦?"林三没理他,嘴里兀自发出一种"啧啧啧"的奇怪声响,好像在吃着什么,又好像在感叹着什么,接下来便是一连串肆无忌惮的鼾声,原来这小子是在说梦话。李军民扯下枕巾将林三的臭脚严严实实包裹一遍,然后背过身去睡了。

一大早,林三便背着手在储蓄所门口站着了,手里拿的是一束鲜花。见飘柔走过来,他急忙迎上前去,亮出背后的鲜花,说:"亲爱的,我是来向你负荆请罪的,可到处都找不到荆棘,就只好买一束鲜花代替了。"飘柔说:"你要是诚心,干吗不买一棵仙人掌背在身上?"林三拍了下脑袋:"是啊,我怎么就没想起来呢?亲爱的,还是你聪明。"飘柔瞪了他一眼,但还是把鲜花接了过来。

见林三跟在自己身后,飘柔说:"你就别进来了,让人家瞧见还以为我们所刚开门就遭了抢呢。"林三看看自己身上的警服,道:"你咋就不喜欢我穿警服呢?别人都说我穿警服的样子特酷。"飘柔说:"这跟酷不酷没关,你穿警服是挺酷的,我也喜欢看你穿警服的样子,好了吧?听话,快去上班吧。"飘柔朝他扬了扬下颏。她不愿让林三进来,是怕他一待又不想走了,他这人特黏糊。林三显出很懂事的样子,点点头:"那中午再见吧,你一定得去啊。"飘柔一个劲儿点头,直到他转过身去。

花了将近一个月的时间,经过上百次电话的忏悔、劝说甚至要挟,飘柔终于被林三感动了,原谅了他,并答应今天中午到林三家来吃他做的西餐。林三的父母今天回老家去了,总算让林三有了一会儿自己的空间,他便谋划着和飘柔共同利用一下这个空间。平时邀请过飘柔多次,她总是不肯,怕见林三的父母,因此他向飘柔吹嘘已久的西餐手艺迟迟得不到露脸的机会。这一手还是林三上大学时,跟一个美国留学生学的,据说那个留学生的父亲乃是整个阿拉斯加州都有名的厨师，名叫麦肯斯，林三从此便以麦肯斯的徒弟自居。

林三提前溜出了派出所，把这座城市的所有大商店差不多都逛了个遍，然后拎着大包小包兴高采烈地往家赶。

先把房间收拾一遍，摆好餐桌，换上崭新的台布，再拿出那套买了多年却还从未在餐桌上展露过锋芒的刀叉，让它们在洁白的台布上舞蹈成很浪漫的姿势；又调整了一下百叶窗，使房间里的光线处于半醉半醒的朦胧状态，然后精心挑选一张CD碟释放出如梦如幻的天籁……看到整个环境里充满了既柔又酷的情调，林三满意地点了点头，系上围裙，走进厨房。

就在林三解下围裙的同时，门铃响了，林三迈了个极其夸张的大步，上前将门打开。"请进，小姐。"林三模仿着星级饭店侍者迎接客人的动作。飘柔小心翼翼地走进来，好像不放心什么似的，东张西望了一会儿，问："你爸妈真不在？"林三道："我敢骗你吗？"飘柔的表情便一下子放松了。

林三替飘柔摘下肩上的皮包，拉着她的手绕餐桌一周，请她检阅一下自己的烹饪杰作。"给打个分吧，亲爱的。"林三说。飘柔说："太好看了，我简直不想吃了。"林三道："看来它们只能得五十分。"飘柔说："为什么？我认为它们应该得满分。"林三道："好看得令你不想吃了，那才达到了我的一半目的，当然只能得一半分喽。"飘柔笑了："可我止不住馋哪。"两人相视一眼，林三猛地将飘柔揽到怀里，飘柔身上那缕久违的清香使林三骤然间喷涌出无法遏抑的冲动。他喃喃道："我想死你了，亲爱的。"抱起飘柔朝自己的房间走去。

"不要，我不要……"飘柔牢牢拽住自己的衣襟。林三有点恼怒，停止了进攻。喘了一阵子粗气，林三突然从腰间拔出一支手枪，瞄准了飘柔。飘柔立刻被林三的冷漠表情和那黑洞洞的枪口吓呆了："你从哪儿弄来的这东西？""所里昨天发给我的。"说着，林三"哗啦"拉了一下枪栓。飘柔惊叫："不要、不要，我害怕。""举起手来。"林三命令道。飘柔乖乖举起了双手。"把衣服给我脱掉。"林三又命令道。飘柔将双手伸向林三。"不是脱掉我的衣服，是脱掉你自己的衣服。"林三纠正她。飘柔的双手在空中僵滞了一下，然后缓缓移向自己，衣扣被一颗一颗地解开，露出冰清玉洁般的胸脯。林三放下手枪，一把抱住飘柔，"你怎么真脱了？我要是强奸犯的话，你今天不就失身了吗？"

飘柔很委屈地说："那你愿意叫我失去生命啊？我可不想作贞洁烈女。"林三感慨万分："真是人心不古了，别说李军民不理解今天的女孩子，就连我都快不理解了。"于是便想到了钟楚楚，把钟楚楚的事讲了一遍给飘柔听。临了，林三问飘柔："你说她干吗要装作不认识我呢？"飘柔用手指点了点他的脑袋，"看你平时挺猴精的，关键时候就成猪八戒了。我如果处在那种情况下，也会不认识你的，你那时候认人家，不是纯粹给人家找难堪吗？"林三转了转眼珠，恍然大悟的样子："亲爱的，你真聪明，还的确是那么回事。不过，你今天也在关键的时候傻了一回，我这枪里根本就没装子弹。"正说着，他举起手枪朝墙壁扣动了扳机。砰的一声巨响，墙壁上飞落下一大块沙土。林三还没弄明白究竟是怎么回事，飘柔的巴掌劈头盖脸地朝他打来："该死的，你差点儿要了我的命、你差点儿要了我的命……"飘柔哭得惊天动地。顷刻间，林三也感到了后怕，一把将手枪扔到地上，紧紧搂住飘柔，颤抖着说："对不起，亲爱的，对不起，我差点儿杀了你……"也跟着哭了起来。

年底了，派出所开始忙着核对户口。林三正抱着厚厚的一大本户口底册簿，帮李军民数人数。又数完一本，看看剩下没几本了，林三便暂停下来，点上一支烟。见李军民也数完了一本，林三撂给他一支烟，说："歇歇，老李。"又掏出打火机替李军民点着。林三道："老李，我啥时才能管段呢？"李军民瞧瞧他，说："怎么？你以为你满师啦？翅膀硬啦？"林三说："我不是这个意思，我是觉得咱所的段都满着，你说我留在这儿将来能干啥呢？"李军民冷笑一声，"你小子甭装蒜，以为我没看出你肚子里那根花花肠子啊，你巴不得远走高飞哩，还愁留在这儿没你的位置？怕是咱派出所庙小啊。"林三又嬉皮笑脸了："我就是想远走高飞，也得能舍得你呀。"李军民在他头上狠狠抹了一把，"你少色情，当心我告你性骚扰。"

两人正打闹着，就见红星砖瓦厂保卫科的陈科长走进了派出所的院子。林三立即停下来，整整衣服，说："得，肯定又是大头有请了。"李军民道："你那张臭嘴就积点德吧。"林三一抱胳膊，晃晃脑袋，"不信，你就等着瞧。"

陈科长刚踏进李军民的办公室，还未等开口，林三就道："这回大头又打了谁呀？"陈科长笑笑："你真不愧是中国人民警官大学的高才生，料事如神。不过，这回比打要严重些。"李军民眼睛一瞪，道："快说，究竟怎么回事？"陈科长说："是这么回事，大头把金厂长给砍了。大头找金厂长要钱，说金厂长欠他一年的工资五千块钱，金厂长不买他的账，他便拔出随身带来的菜刀给了金厂长一刀，还说再不给钱就要了金厂长的命，金厂长的家人害怕了，就给了他五千块钱……"林三问："砍得重不重？"陈科长说："看样子挺重。""重就好，这回总算能逮到机会好好治治这家伙了。"李军民拍了林三一巴掌，"胡说些什么？"又转向陈科长，"金厂长他人呢？""送医院了。"陈科长答。李军民说："走，先去找大头。"

三个人直奔大头家，结果扑了个空，便又拐回头去医院看金厂长。金厂长躺在病床上不省人事，左臂缠满了纱布。一个女医生进来检查了一遍，便离开了。李军民赶忙跟出去问那女医生金厂长的伤势，女医生摘掉口罩，打量了一眼李军民，很节俭地吐出三个字："要残废。"李军民的面部一紧，心里狠狠骂了一句："你这是找死啊，大头。"李军民感到事情比较严重，得回所里汇报一下了。

走在路上，李军民说："大头这回把事给闹大了。"林三看看若有所失的李军民，没接话，心想：越大越好，一了百了，省得我动不动就要替他擦屁股。

李军民和林三刚走进院子，就听见所长喊："李军民，你来一下。"李军民便直接进了所长办公室，见指导员和副所长也在，就觉得气氛有点不大对劲，问："什么事？"所长示意他坐下，说："你知不知道大头又惹事了？"李军民道："知道，我刚才就是为这事出去的，现在回来正要向你汇报。"所长说："这事怎么捅到市局去了？局长来电话，命令咱们尽快捉拿到大头，而且说有人反映咱们所有干警一直袒护着大头，致使他胡作非为，无法无天。"李军民摇摇头："怎么会是这样？"所长说："这个先不管它，从今天起，你的主要任务就是负责抓捕大头。在调查他的去向的同时，要昼夜监视大头的住处，直到抓获他为止。"李军民点点头，正准备退出，指导员又叫住他："另外要做好金厂长的工作，最好别让他再通过局长向咱们施加压力。"李军民嗯了一声，心说："这个金厂长，上层路线走得还挺快。"

回到办公室，李军民坐在藤椅上闷闷不乐。林三问："咋啦？挨所长批了？"李军民不睬，埋头抽烟，过了一会儿，才把所长的一番话告诉了林三。林三道："这金厂长也太不仗义了，你为他们那个烂厂子操的心还算少吗？他怎么能在你背后来这么一手呢？不过——"林三看一眼李军民，"金厂长和红星酒家的吴经理倒都跟我说起过你有些袒护大头。"李军民一拳砸在桌上："干脆说包庇得了。"林三被李军民这一拳吓得一哆嗦，道："值得发那么大火吗？"将震到地上的户口底册簿捡起来，凑到李军民跟前，低声说："老李，我说句心里话你别生气，我也一直觉得你挺向着大头的，他跟你到底是啥关系呀？""啥关系？就是你们看见的那种关系。""哎，你别生气啊，我只是觉得有点那个……"李军民耸耸肩："唉，说来话长了。""那就长话短说吧，让我也受受教育。"李军民瞧瞧林三，几次欲言又止，但还是忍不住说了——

　　那还是十年前发生的事情。大头除了三个姐姐，还有一个弟弟，长得跟大头相反，脑袋奇小，人称小头，弟兄俩站在一起，看上去像说相声的。虽说这哥俩相貌差别很大，性格却十分相像，小时候都喜欢打架斗殴，长大了又都喜欢偷抢扒拿，恶名响彻远近。李军民接管红星村时，这弟兄俩已经被拘留、劳教过数次了，但依然不思悔改，而且天不怕地不怕。红星村总共六百多户人家，被劳改劳教过的有近六十人，是全所最难管的一个段，而难中之难就是大头和小头这弟兄俩，李军民对他们软的硬的办法都使过，愣是没用。大头和小头的娘一见李军民，总要说："李干部，你要是能把俺这两个不争气的儿子教育好，俺给你烧香磕头了。"李军民只能苦笑，心想：你早不教育，我现在教育已经来不及了。

　　后来，小头犯了大案，协同两名同伙抢劫了一家银行，还杀死了两个人。李军民当时心里忽然感到一阵轻松，心说："小头哇小头，这回你总算作到头了。"这个案子属于市局，李军民无权过问，光知道另两个案犯逮住了，而小头一直在逃。然而抓到小头，却是李军民的功劳。那是在半年以后一个极其偶然的机会里，当时是礼拜天，李军民休息，和几个朋友在红星砖瓦厂附近的水塘边钓鱼。无意中，他瞥见水塘对面匆匆走过来一个人，李军民一惊，那不是小头嘛。他紧忙低下头，盘算着如何逮住他。为了不引起小头的注意，李军民没有告诉周围的朋友。但是等了一会儿，小头并没有过来。李军民抬头看了一下，发现小头正站在不远处，朝他这边张望。就在两人对视的一刹那，小头转身便跑。李军民一点儿没迟疑，撂下渔竿就追。那时的李军民正值青春，论赛跑小头根本不是他的对手。见跑不过李军民，小头便玩狗急跳墙了，从胸间抽出一把明晃晃的匕首。李军民毫不畏惧，徒手和小头撕拼起来，在大腿被刺伤的情况下，还是将小头制伏了。

于是，这个在全市轰动一时的案子终于有了结局。小头娘得知这个消息，拿着一百块钱到派出所找李军民，说："李干部，俺就这么多钱了，小头以前劳教过，也劳改过，俺没求过你，但这次无论如何你得帮俺说说情，只要不判死刑就行。"说着，眼泪便撒欢儿似的流开了。李军民心想这老太太可真糊涂，但嘴里还是安慰着她："大妈，这事不是用钱就可以解决的，您要想为儿子做点儿什么的话，去看他时，交代他老老实实认罪比什么都强。"小头娘问："真的？"李军民说："真的。"小头娘望着那一百块钱，哇的一声号哭开来。

没过多久，李军民因为抓获小头荣立了一等功。再没过多久，小头被执行了枪决。从此，红星村清静了不少。小头的死等于去了李军民的一块心病，并没给他带来多大触动，直到小头娘的再次出现，才使小头的死成为一个巨大的阴影笼罩在李军民心上。

那天，下着瓢泼大雨，小头妈拿着户口本来派出所给小头销户口。她没有打伞，浑身都湿透了。李军民请他坐下，给她倒了一杯热水。不知为什么，李军民当时情不自禁地说了一句："对不起，大妈。"小头娘没有看他，始终低着头，说："这不怪你，都怪俺孩子不争气。"然后，就盯着户口本上小头的那一页，呆了半天，才说："俺刚生下小头那阵，家里正困难，没奶水，小头他爹就天天去塘里钓鱼，给俺催奶。有天，不知咋的，他爹羊角风抽上了，掉进塘里就没能起来。俺哭得不行，房道里的邻居都来看俺，给俺送来奶粉，还帮俺奶小头。小头吃过好多邻居姨娘的奶水……"小头娘絮絮叨叨地说着，李军民就静静地听着。说完了，小头娘才恋恋不舍地把户口本交给了李军民。李军民帮她注销完户口，想想，又给她换了本新的。小头娘接过崭新的户口本就走，雨下得正烈，李军民给她雨伞，她死活不要。李军民只好撑着伞，陪小头娘走。小头娘五十多岁，背却已经驼得相当厉害了，为了不让她挨雨淋到，李军民不得不也把背驼着。把小头娘送到家后，李军民进屋又安慰了她几句。临走，李军民说："大妈，您放心，我一定帮您把大头教育好，让他变成一个给您争气的孩子。"走到楼下时，李军民突然听见一阵歇斯底里的哭声，他的心头一颤，犹豫了一下，但还是继续走了，心想就让她一人好好地哭一场吧。

第二天一上班，有人告诉李军民：小头娘上吊自杀了。李军民的心随即猛地一沉，小头娘那近九十度的驼背就在他的记忆中再也抹不去了，脑海里反反复复出现的是小头娘一年四季跟男人一样，拉着架车在砖瓦厂挖土运土的情景……这个女人劳累了一生，究竟是为了什么呢？顷刻间，李军民又蓦地想到了大头，意识到已有段日子没看见他了，于是便四处打听大头的下落，恨不得马上就找到他。但是，过了一个多月，李军民才从邻市公安局那里获知：大头因在当地参与团伙盗窃被判了十年徒刑。当时的李军民心里忽然涌生出一种说不出的内疚，好久缓不过劲儿来。

此后，李军民再也不愿言及自己的立功之事了，那张曾令他引以为豪的立功证书，李军民从此再也没有碰过。打那以后，李军民便将全部心思都放在段里劳改、劳教，以及平时有些违法乱纪行为的人员身上了，没事便找他们聊天儿，替他们找活儿干，想着法子让他们改邪归正，重新做人。红星村的治安状况就是从这个时候开始大大好转的，在外面惹是生非的人也渐渐绝迹了。李军民为此成了全市公安系统"两劳"释放人员帮教工作的先进典型，还受到了省厅的嘉奖……

听完李军民的叙述，林三道："噢，原来是这么回事。当时抓小头你没带枪吗？"李军民说："带了。""那为啥不用枪？""我认为不用枪我也能抓住他。""可要是用枪的话，你就不必挨那一刀了。""也许吧。"李军民说。

对大头有可能躲藏的地方，李军民都搜了一遍，没有结果，暂时只好采取守候之计。守候地点就设在红星村居委会的办公室里。这里正对着大头的住处，中间隔着条马路，又是大头回家的必经之地。

李军民估计大头夜里回来的可能性较大，所以夜间的守候工作就由他和林三负责，白天的任务则交给了陈科长和两名联防队员。

罪与功

两人都穿着厚厚的棉大衣，上身虽不感觉冷，脚却冻得厉害，想跺脚，又怕弄出声响，只好忍着。还不到半夜，林三就开始哈欠连天了，一个劲儿问李军民："这得熬到啥时为止啊？"李军民说："米才下锅刚开始，还没轮到熬的时候哩，你就耐心等着吧。"林三发出一声痛苦的呻吟。突然，林三从长椅上跳起来，紧张地说道："回来了！"李军民赶紧仔细观瞧，什么迹象也没有。"你小子是不是在说梦话？"林三说："我明明看见他屋里的灯亮了一下。"李军民又仔细看了一会儿，道："你小子花了眼，那是路过的汽车灯照在窗户上的反光。"林三再次看了看，果然没错。李军民说："看你小子平时反应挺迟钝的，抓大头倒显得怪机灵的。"林三说："不机灵能行吗？抓不到大头咱们就别想睡成安稳觉。再说啦，我跟我女朋友的约会也被他给搅了。"李军民说："敢情你小子打的尽是自己的小算盘啊。"林三道："那是自然，我们这代人不像你们那代人境界那么高……""又是代沟，是吧？"林三嘿嘿一笑："是，没错。"

困意一浪高过一浪，直向林三的眼皮袭来，林三只好用香烟招架。李军民也是如此，两人跟比赛似的，没命地抽。抽烟时，两人都用帽子把香烟遮着，以免叫外面的人看见烟头的火星。林三很快就弹尽粮绝了，找李军民求援。李军民不给，说："谁让你不多准备一包的？我的烟正够抽到天亮的，给你我自己就不够了。"林三说："我拿子弹跟你换，一颗子弹换两支。"说着，就从枪套上取下一颗子弹来。李军民仍然不肯。"那就一支吧。"林三央求道。李军民说："小心我告你倒卖军火。"将林三伸过来的手拨拉到一边。林三说："不换拉倒，我还舍不得跟你换哩。"趁李军民不备，林三伸手将他刚刚点着的一支烟抢了下来，塞进自己的嘴巴。"算你小子贼。"李军民说，重新点上一支。

林三看看表，已经两点多了，就说："老李，咱们俩轮流睡一会吧，你先睡。"李军民道："我这边睡下，你那边就会跟着睡着。不行。两个人说着话，解困。要睡，天亮回家睡去。"林三想想也是，就说："那就说说话吧，说什么呢？"李军民正想着说些什么，就听见林三那传出了轻微的鼾声。李军民没有惊动他，轻轻地将夹在他手指上的香烟拿了下来，深深吸上一口，然后继续盯着大头家那黑黢黢的窗户。

八天过去了，大头仍然没有露面。李军民和林三都明显瘦了一圈，眼睛发红，脸色发黄，样子惨不忍睹。

这天夜里，林三摸着自己的脸蛋儿，惨兮兮地对李军民说："我女朋友看见我这副模样，难过得都哭了。"李军民道："你女朋友可真心疼你。"林三咬了咬嘴唇："这回抓到大头，我决不轻饶他。"李军民说："等抓到他再说也不迟。"林三站起来，在屋子里走了一圈，问李军民："你看过一部名叫《警官的诺言》的电影吗？阿兰·德龙主演的。"李军民摇头。林三说："那里有个警察局长，暗中组织了一个突击队，专门用来清除社会上的渣子，根本不需要像咱们这样先抓，再审，再关，出来了还要搞帮教这么麻烦，看见犯罪分子端枪扫过去就是。既干净又利落。其实有许多家伙也的确是帮教不好的，比如大头，你辛辛苦苦为他操了一年的心，又有啥用？你说呢？老李。"李军民半天没吭声。林三道："说说话，老李，要不我又要犯困了。"李军民道："我说了，怕你小子不爱听。""没关系，说吧。"林三很大度的样子。李军民就说："你小子对咱公安工作理解得太肤浅。照你那说法，咱警察不就变成了杀手？问题是，咱警察不是杀手，而是像治病救人的医生一样。当医生，把得病的人治好，把要死的人救活，这不容易；当杀手，把一个人一枪干掉，那可太容易了，有什么挑战性呢？咱派出所虽没啥惊天动地的大要案，但一些鸡毛蒜皮的小事情却也有不少挑战性哩。"林三咂咂嘴："也有道理，只是当医生要付出的代价太大，而且我很怀疑有些病人值不值得救！"李军民道："问题不在这里，问题在于你小子太缺乏耐性。就拿咱们平时在所里打牌来说吧，牌一孬，你小子就没劲打了，就想推倒重来。殊不知，把孬牌打出最佳效果，正是一件富有挑战性的事情。可你小子呐，一遇见挑战就抱头鼠窜了。你说你还有什么出息？""有挑战性的事情，不一定就有意义。"林三说。"……"李军民还想辩，但一时不知道该怎么说。林三就摆了摆手："咱们别争了，老李，声音越来越大，当心让大头听见了。"李军民咕哝了一句："真他妈的代沟。"林三暗笑。

眼见着天又亮了，换班的联防队员该来了。林三道："又白守了一夜。"李军民说："只要能抓到人就不算白守。"林三捡起笤帚扫地，将烟头堆成了一座小山。李军民说："你收拾吧，我先走了。"林三急忙叫住他。李军民问："啥事？"林三忽然扭捏起来，支支吾吾的。李军民道："咋跟大姑娘怀了孕似的，不好意思说？"林三尴尬地笑笑："还真跟怀孕有点关系。""咋？你把飘柔肚子给搞大了？""不是，我是想问你能不能弄到……白气球？""干吗非要白气球？红气球就不行？""不是小孩子玩的那种气球，是专门给成年人玩的那种。""噢——"李军民一拍脑门，哈哈大笑，"什么白气球，你直接说避孕套不就得了，还累我猜半天。""你小声点儿。"林三推了李军民一把。李军民止住笑声："咋？想干坏事，不买票就上车？"林三作出一副无所谓的神情，道："现在年轻人不都是这样，先上车后补票。""又他妈的代沟，是不是？"林三干笑。"好，那我就先把你们送上车吧，我家里有的是那玩意儿，回头我给你带两包来。够不够？""够了够了。"林三很知足的样子。"得，你这么一说，弄得我也想你嫂子了。我得赶快回去，晚了她就上班走了。"李军民跨上自行车一阵狂蹬。

回到家，妻子带着儿子正准备出门。李军民不容分说，拉着妻子就往卧室里奔。"死鬼，你干什么？我要送孩子上学，来不及了。"妻子推搡着他。儿子也开始抗议："我要迟到了。"李军民说："好儿子，听话，先在这儿等着。你爸跟你妈有点事，一会儿就好。""不行，我要迟到了。""让你妈带你打的，保证不会迟到。"

睡到中午的时候，李军民被一阵电话铃声吵醒。拿起话筒，就听见对方说："李哥，听得出我是谁吗？"李军民一惊，睡意顿消："大头？你在哪儿？""我在电话上。""大头，敢耍弄你李哥了？""我哪敢呐，李哥。不过，我不能告诉您我在哪儿，我知道你们在抓我。""不是抓你，是找你。""一样，找到我你们就不放我了。""说真的，大头，你不用怕，咱们好好谈谈。""您就别费心了，李哥。我给您打电话只是想告诉您，您帮我垫的那笔饭钱我马上会托人还给您。至于那个金厂长，我砍死他是为民除害，砍伤他是为民解恨，您可以去调查调查，他贪污、受贿、搞女人，绝对够判刑的了。至于那五千块钱，是我的劳动所得，他不给我，逼得我只好这么做。现在我就拿着这笔钱跟哥们儿到外地合伙做生意去了。李哥，您放心，我一定会好好做人，不辜负您一年来对我的关心和教育。您就别费心找我了，找也找不到。再见，李哥。"电话挂了。李军民徒劳地"喂喂"了几声。

旧爱时光

　　李军民放下电话，电话即刻又响了起来，李军民赶紧拿起："喂，大头……"不是大头，是陈科长。陈科长告诉李军民大头出现了，领着两个人，回了一趟家，现在正朝街里走去，估计是去吃饭。李军民说："盯住他，我这就过去。如果他要走远，就设法抓住他，如果他在附近停下来，就立刻给我打传呼。"说完，套上衣服就往外跑。妻子喊："你不吃饭啦？""有人请。"李军民头也没回。

　　上了一辆出租车，李军民不停催促着司机，很快赶到了红星村边上的街里。下了车，李军民就找电话打，呼机已响了好几回。陈科长报告说大头进了裕安酒家。李军民便朝裕安酒家赶。快到裕安酒家时，李军民看见陈科长在一边的电话亭旁站着。陈科长也发现了他，就迎上来，说："林三已经进去了。"李军民说："你通知了他？"陈科长道："他交代过我一有消息立刻告诉他。""就他一个人进去的？""还跟了两个联防人员。"两人正说着，就听见一阵吆喝声，有人从裕安酒家冲了出来。李军民定睛一瞧，是大头，立马奔上前去。大头一看见李军民，便改变了逃路，往斜侧里跑，前面是一片刚刚动工的工地。李军民就跟在后面追，但渐渐地便感到了力不从心。这时，林三打后面超了过来，气势凶猛，直逼大头，眼见着就要追上了，李军民不禁暗自赞叹这小子的手脚。但是，李军民发现就在林三几乎追上大头的时候，他忽然停了下来。李军民正在疑惑，就听见一声沉闷的枪响。李军民的腿一打软，看到大头应声倒下。他的心猛地抽搐了一下，连滚带爬向前跑去。

　　大头一动不动地趴在地上，李军民急忙将他翻过来。大头的两眼空洞洞地望着李军民，一股血水由胸口冒了出来。"你打死了他。"李军民呆呆地瞪着林三，嗓子有些嘶哑。林三一脸得意，退下枪中的子弹，道："他罪有应得，我喊了几遍叫他站住，他就是不站住。""那你他妈的也不能随便开枪啊！他没犯死罪。"李军民可着嗓子嚎道。林三愣了一下，脸色随即变得也非常难看了。李军民艰难地转过身，跌跌撞撞地走了，他要去打电话，要去报告所长。

　　所长得知这一消息，立即向分局领导做了汇报，然后马上召开会议，向全所通报了这一情况。会议定下了一个基调：充分肯定林三的这一枪，并决定为林三申请二等功。

罪与功

会议结束后，李军民找到所长，说："所长，我觉得这次为林三请功不合适。""为什么？"所长不解。李军民道："他这一枪开得多余，他明明是能够追上大头的，可他放弃了，随便开了枪。"所长垂下头，沉吟片刻，道："老李，你也是干了多年的老公安了，这种情况你应该明白，打死一个人不是随随便便的，总得有个说法。如果我们不给林三请功，那不就表示林三这一枪开得是随便的，甚至是错误的？那我们又怎么向死者的家属交代？怎么向上级交代？怎么向群众交代？况且，大头这次犯的罪也不轻，又有不少前科，打死他，群众会拍手称快的。"李军民低着头，沉默不语。所长看看他，又道："年轻人好胜心强，我们这些老干警应该多多理解他们，鼓励他们。你说是不是？"

李军民恍恍惚惚回到家，直接就倒在了床上。他梦见了大头。大头可怜巴巴地望着李军民，说："李哥，你干吗开枪啊？"说完，便转身朝一片黑漆漆的深处缓缓走去。紧接着，大头的娘又出现了，看着李军民，一句话不说，只管用衣袖不停地擦泪……

林三将摩托车骑到储蓄所门口，没有减速，便突然来了个紧急刹车，招引来四周纷纷的目光。飘柔从里面跑出来，一拍手，说："哇，好帅的车吧！"林三道："亲爱的，你看我是不是很酷啊？"飘柔说："酷呆了。跟在派出所时就是不一样哎。"林三打口袋里掏出一个红本本递给飘柔。"这是什么？"飘柔打开："哇，立功证书。"飘柔张开手臂，抱住林三奖励了个热吻。林三说："亲爱的，咱们出发吧。""好的。"飘柔欣然坐了上去，紧紧搂住林三的腰，把脸贴在林三的背上。

两人一路唱着向森林公园驶去。

1999年1月6日，北京大学

城市安魂曲

罗公社万万没有想到他走穴史上的第一次出征竟落得个如此悲惨的结局。

当领队一再对他说："你的音质不错，不如改唱通俗歌曲，加上你的外表，一定会走红。"罗公社总是心不在焉地一笑，心想，不，我绝不离开我的小号。小号身上那一团团闪烁的光晕，使罗公社感到晕眩，根本无法领会领队的弦外之音。直到领队在一场演出中没有安排他的节目，他才恍然意识到了什么。他找到领队。

领队颇有些尴尬，他解释说："我承认你是个非常优秀的小号手，曾为我们团赢得了广泛声誉。但你应该明白，我们走穴的目的究竟是为了什么。我们不能不考虑观众的反应，通过这次走穴，我才深刻地认识到观众的确是他妈的上帝！小罗，我只能向你表示歉意……"

"我今天夜里就动身，"罗公社打断领队的话，"你不会再感到为难了。"

领队愣了一下："……别、别说走就走吧。如果你实在不肯唱通俗歌曲，可以留下来帮着管管乐器和道具什么的。同志们出来就是为挣几个钱，这几天的势头又不错，对大家来说正是个机会。"

"谢谢，但我只能是个小号手。"罗公社将领队的双手紧紧地握了握，是为安慰一下他那充满歉疚的目光。

其实，领队的歉意大可不必。一想到自己曾让领队为难，罗公社的不安与羞愧心理简直令他无法忍受。一吹起小号就什么都忘了，怎么就没注意过观众的情绪呢？

罗公社谢绝了领队的一再挽留，准备乘当晚的火车悄然离去，但领队坚持为他送行。

车票已经售光，几个票贩紧紧包围着罗公社，向他兜售高价票。领队劝罗公社还是先跟他回去，明天再说。罗公社义无反顾，没犹豫一下便买了一张高价票。

临进站时，领队对罗公社说："有一句话一直憋在心里，今天就对你吐出来吧。你做事太过于执着了，何必一棵树上吊死呢？"

罗公社说："希望以后能多听到你这样的忠告。再见。"

就在罗公社转身离去的时候，领队匆匆喊道："千万不要浪费你的才华。我随时欢迎你回来。"

罗公社没有回头，他认为自己的走穴刚开始便永远结束了，他将与领队的这次分别是作为永别来看待的。

凌晨，罗公社抵达他所属于的那座城市。但短短的一个月，这城市就发生了惊人的变化，他的单位竟然不见了，取而代之的是一幢华丽的大酒店。罗公社抓住一个出来锻炼的年轻人，打听歌舞团的下落。年轻人告诉他歌舞团把前院卖给了这家大酒店，现在只能从后门进去。

罗公社穿过一条污秽不堪的小巷，果然发现了歌舞团那破旧的灰色楼房，在新建大酒店的衬托下，它显得寒酸而卑琐。

走进后院门，罗公社直纳闷儿：团长的小汽车怎么能通过如此狭窄的小门？正疑惑，忽然瞥见团长的伏尔加底朝天地躺在角落的草丛之中，四个轮子不知哪里去了，活像一只被斩断螯足、掏空内脏的青蟹。

有人在练声，罗公社听得出这是秦春晚，眼下全团就这么一个人在坚持练功了。那高亢、坚忍不拔的歌声，在罗公社听来孤独而又凄凉，仿佛怒吼亦仿佛倾诉。但无论如何，这歌声使他感到亲切，使他找到了回家的感觉。他背负行囊在走廊驻足了一会儿，才掏出房门的钥匙。

罗公社草草洗了把脸，准备在床上小憩片刻。但秦春晚隐隐约约的歌声牵扯着他的思绪，他无法静下心来。罗公社索性穿上衣服，操起小号，循着歌声传来的方向走去。

秦春晚正站在一块混凝土上，背对着他。那一身红色的真丝长裙，在霞光的照耀下宛若熊熊燃烧的火焰，连她的头发也被烧红了。罗公社在一根涵管口坐下，凝望着秦春晚不时起伏的背影。

这是家，他却感到犹如身在天涯，这只是一个同事，他却把她当成了最亲的亲人。

秦春晚练完声正准备回去，突然发现涵管口上坐着一个人，正目不转睛盯着她看，她吓了一跳。罗公社马上站起来，向她走去，并说道："谢谢你，春晚。"

"怎么会是你？"秦春晚仍有些惊疑。

"是的，我回来了。"

"同志们都回来了？"

"不，就回来我一个。他们继续向内蒙古深处进发了。"

秦春晚没吭声，似乎在想着什么。过了一会儿，才道："其实，你应该跟我一样留在家里的。这么大个都市都不需要咱们，何况那些穷乡僻壤？"

见罗公社没有言语，她问："刚才你说'谢谢你'，你谢我什么？"

罗公社说："我也不知道谢你什么，反正一回到家，听见你的歌声，我便渴望对你说声谢谢，那是一种无法抑制的冲动。"

无意间，罗公社的目光停留在前方那座盛气凌人的大酒店上。秦春晚注意到了他的表情，道："你还不知道吧，咱团把前院给卖了，团里人都说，这是为了要钱，连脸面都不要了。"

"团长的车怎么成那个样子了？"罗公社问。

"老是坏，团里实在修不起了，就扔到了一边，后来不知被哪帮家伙把能卸的零件全给卸跑了，现在只剩下个空壳。最近，团里的内盗相当厉害，练功房里两架最好的钢琴都被偷跑了。"

"值班的人呢？"

"没人愿意值班了，团里付不出值班费。"

罗公社听着有些沉不住气了，嘟囔道："这个团长是他妈怎么当的？"

"别再怪他了，他已经宣布辞去团长职务，现正在家里等候重新安排呢。"

偌大的一个团说垮就垮了，罗公社觉得这种溃势简直快得可怕。他望望秦春晚，说："团里都到这个地步了，你怎么还能够天天一如既往地起早练功？没想想以后的出路？"

"怎么可能不想，我就是为了以后的出路才这么刻苦练功的。"

"可你是唱美声的，和我一样有一年多没有登台的机会了，练得再好又有什么用？"

"唏——"秦春晚脸上露出鄙夷的神情，"我才不像那些人一样没有出息，鼠目寸光呢。我有一个远大的目标就是出国，到发达国家去唱。只要能在国际比赛中拿到一个大奖，我便有资本设法留在国外了。噢，我差点儿忘了告诉你，我去法国参加比赛的签证已经办好，五月份启程。"秦春晚胖胖的小脸蛋儿上溢满了希望和幸福的光芒。

罗公社怔怔地盯着秦春晚，觉得她正如一缕轻风迅速离他远去，他感到体内有一部分力量开始坍塌。刚才还在与她同病相怜的他，此刻只能顾影自怜了。刹那间，他变得极其虚弱，开口的气力都丧失了，他的双腿开始战栗。

秦春晚被罗公社盯得有些发窘，脸上的光芒让红晕给淹没了。她避开罗公社的目光："你今后有什么打算？"

"还正在打算。"罗公社的声音细小得连自己都不满意。

秦春晚抬腕看看表："我新近弄到一套《马勒全集》，你什么时候过来听听。"

罗公社支吾了一句，两人便默默分手了。

秦春晚没走多远，又哼唱起《艺术家的生涯》中那段著名的咏叹调。罗公社听着这歌声，完全不再有孤独与凄凉的感受，他倒听出这歌声中混含着某种深刻的嘲笑。他举起小号，猛地吹出一阵歇斯底里的长音。

回到宿舍，罗公社找出李馆长的名片，准备给他挂个电话。他允诺过李馆长走穴回来就立即同他联系，最终敲定自己的调动问题。现在是时候了，他认为自己的考虑已经成熟了。

在去公用电话亭的途中，罗公社望着歌舞团院落里的衰败景象，坚定地自言自语道："我必须离开这里！"

李馆长听到罗公社的声音，似乎很兴奋。他要罗公社马上来同他面谈，并且特意提到叫他打的过来。罗公社犹豫了一下，还是决定去挤公共汽车。

西山殡仪馆位于一座山脚下，景色秀丽宜人，罗公社还是第一次来到这里。他想，在这种环境下工作的人，心情一定是非常恬淡的吧。

罗公社一踏进馆长办公室，一个戴着高度近视眼镜，神情庄重的中年人便迎过来，道："你就是罗公社同志吧。"

罗公社一听声音，知道这人就是李馆长，他们已经通过多次电话。罗公社忙伸出手同他握了握，李馆长的手大且有力。

罗公社在李馆长对面坐下，他注意到李馆长的桌面上放着一套普鲁斯特的《追忆似水年华》。在这种时候，还有人愿意读这么冗长的书，这充分证实了殡仪馆留给他的最初印象。因为这本书，罗公社感觉李馆长一下子向他走近了许多。

李馆长端详着罗公社的面孔，好像在端详着自己久别初归的儿子："路上塞车了吧？"

"没有，我是坐公共汽车来的。"

"怎么不打的？"

"我……打的总觉得不太习惯。"罗公社的话音里明显底气不足。

"没想到你还有这么朴素的生活作风，真是太令人感动了。"李馆长显得十分激动，"不过，我馆人员出去办公事，必须要打的，这是我们的规定，为了充分体现我馆的办事效率。当然，打的费由公款报销。"

"看来殡仪馆的确比歌舞团富裕多了。"罗公社感慨道。

"你说得不对，这不是什么富裕的问题，而是领导科学的问题。"李馆长和蔼的笑容突然消失了，但很快，那笑容又浮现了出来，而且比先前更和蔼了，"听说你是一个小号演奏家，是吗？"

罗公社被问得相当狼狈，嗫嚅道："大概是误会吧。"

李馆长说："我爱才如命，就喜欢你这样的。另外，我的改革欲望甚强，也需要一批人才为我推波助澜。我之所以要成立乐队，就是为了主动适应当前的改革形势。我们殡仪馆的任务不单单是将死者一烧了之，我们还应该同时给死者的灵魂和生者的心灵一个莫大安慰。但这只不过是我的改革内容之一，我有一个详细的改革计划，你若有兴趣，哪天可以给你看看。"他喝了一大口茶，继续道："今天第一次见面，我非常高兴，话说得有些多，请你多多包涵。总之，我代表全馆三十一名职工，热烈欢迎你成为第三十二名。如果你肯来，这个乐队将交由你全权负责。并且，我保证你的收入将会是你原单位的三倍以上。"

事实上，罗公社在来西山殡仪馆前，就已经基本做出了决定。等真到了这里，不但没发现任何令他失望的地方，倒被这里给他的亲切感征服了。他深深迷恋上了殡仪馆的肃穆、宁静和伤感气质。

罗公社十分肯定地对李馆长说："我此行的最大收获，就是发现没有比殡仪馆更适合我工作的地方了。"

听到这句话，李馆长非常满意，他对自己的改革计划充满了必胜的信心。

罗公社起身告辞时，又看了一眼李馆长桌上的那套书，忍不住问道："你喜欢读这种书？"

"我非常热爱文学，"不知为什么，李馆长说到"文学"这个字眼时，表情显得有点儿悲壮，"从十一岁起，我便梦想成为一名伟大的诗人，像普希金那样。"

"现在还在梦想？"

"不。我选择了诗歌，但诗歌没选择我。殡仪馆选择了我，所以，我必须无愧于它的选择。"李馆长拿起一本书，晃了晃，"这是一位死者的，家属想把它烧掉，被我抢救了出来。把死者生前使用的物品统统烧掉，这是一种十分愚蠢的行为，至少我这么认为。俗话说'生不带来，死不带去'嘛。"

李馆长坚持把罗公社送到殡仪馆大门口，并为他叫来一辆出租车。

李馆长说："我这人办事喜欢雷厉风行，从今天起，你就是我馆职工了。今天你来，可以说是为了公事，这打的费理应由馆里报销。"

罗公社参加工作十年来，还是头一次体验到领导的关怀，他感动得不知道如何表示才好。

"回来几天啦？如果不是碰到秦春晚，我还不知道你回来了呢。"苏怡并没有责怪罗公社的意思，但眉宇间分明隐含着淡淡的不快。

见到苏怡，罗公社有一种无可奈何的忧伤。他们之间的陌生感正在一点一滴地生长起来，他想，迟早有一天这陌生感会茂密得将他们彼此彻底隔离开来。他常常问自己："苏怡对我究竟意味着什么？是爱情吗？"这种问题一直困扰着他，因为他迟迟找不到爱的状态，或者说根本遗忘了对爱的需要。

倒是初遇苏怡的时候，他曾有过一段朦胧的幸福时光。那时苏怡刚刚由美院毕业，分到他们团里担任美工。她细高细高的个子，扎着一根细长细长的淡黄色辫子，苍白的面孔上还有一双细长细长的眼睛，她的嗓音甚至也是尖细尖细的。无论谁见到苏怡，都无法拒绝对她的爱怜。

罗公社发现，这个细细的女孩每次在他排练的时候，总坐在一个不显眼的位置上聚精会神地盯着他看。一次排练完，罗公社主动去跟她打招呼，她竟紧张得像个做了坏事被人当场抓住的孩子。

苏怡就是这样走向罗公社的。

罗公社呆呆地望着眼前的苏怡，心想，我们那时的状态可能就是一种爱情的状态吧。

苏怡递过来一封信，打断了他的遐想："在我这儿放好久了。"

罗公社从信封的笔迹上认出是弟弟来的，但所注的地址却是深圳，弟弟什么时候跑到深圳去啦？罗公社一边拆信，一边搭讪道："近来生意还行吧？"

苏怡轻叹一口气道："你还是先看信吧。"

罗公社展开信笺，这是半张皱皱巴巴的练习簿纸，上面挤满了蝇头般的小字，读起来颇为费力——

哥：
　　看见信封上的地址，你肯定会吃了一惊吧。我现在确确实实是在深圳，已经来了半个月了。咱村的青壮劳力差不多已经走光了，剩下的全是老弱病残。我实在不愿意再在家里守着那几亩地了，就跟着胡老师（教过咱们小学语文，左眼有点儿往上斜的那个）来到深圳。胡老师的学校已经有半年多没发工资，他的岳父在深圳靠捡破烂发了财，便让他趁着暑假过去，和他一块儿干。咱爸不信捡破烂能发财，说啥也不让我来，我是偷跑出来的。

　　胡老师的岳父果然没有吹牛，他现在已经不用亲自捡破烂，而是专门收破烂，再转卖给别人，他还有一部旧汽车和五名帮工。他让一个师傅带着我们，先熟悉熟悉深圳市的大街小巷，以及各主要垃圾点和各种垃圾的不同价值，然后再叫我们独立干。他发给我们每人一辆手推车。

　　我们住的这个地方没有确切名称，无法通邮，所以，你不要给我回信。

弟
罗大队　敬上

罗公社看完信，忍不住摇摇头笑了。

苏怡问："谁来的信让你这么开心？"

罗公社道："我弟弟的。没想到一个山沟沟里的穷小子，竟也做起了发财梦。看来九十年代的中国人民也有一个共同理想，那就是当老板。"

苏怡说："至少还有一个例外。"

罗公社疑惑道："嗯？"

苏怡解释道："你不就是个例外嘛，全团的人谁不挖空心思去搞钱，唯你整天守着你那把小号发愣。"

"我也知道钱是个好东西，但我的小号比钱更好。"

"可谁需要你的小号呢？别人可以不需要你的小号，你却不可以不需要钱。"苏怡反讥道。

"活人不需要，死人需要。"罗公社本想发怒，却没有发出来。

苏怡不解地瞪着他。

罗公社长吁一口气："我决定礼拜一去殡仪馆正式报到。"

苏怡如同受了侮辱一般,脸色白得可怕。她愣愣地看着罗公社,半天才颤抖着声音问道:"你真的决定了?"

罗公社用力地点点头:"从此我不必再为没有登台机会而难过,更不会因为薪水低而焦虑了。这很好。"

"这很好。"罗公社重复道。

苏怡勉强克制着自己的情绪,尽量平静地说:"公社,你这不仅是在拿你自己开玩笑,也是在拿我开玩笑,你太自私了。"

罗公社不耐烦地猛挥了挥手:"可能是吧,但我并没有为此感到不安。"

苏怡一声不响地走到门口,她长长的身影在室内的地板上僵滞着,毫无生机。寂静,震耳欲聋的寂静。蓦地,苏怡狂奔出去。

罗公社站在窗前,欣赏着苏怡横冲直撞的情景。自从认识苏怡以来,这还是第一次目睹苏怡失去理性。罗公社吹起了小号。

殡仪馆里有一处墓地,修建得精致典雅。罗公社常常在清晨与深夜的时候,来到这里吹号。一坐在墓地中间,罗公社的心里便涌出一种难以言说的幸福和感动,他的肺部似乎充满了无限的能量,可以许久不用换气。调进殡仪馆不长时间,罗公社便发现自己的技艺得到明显长进。他很懊悔自己在歌舞团白白浪费了一年多时间。

李馆长对罗公社的工作热情极其欣赏,对罗公社的生活也关怀得无微不至,分给他一套三居室的房子,又配给他一个呼机。罗公社白天太忙,没有机会见到李馆长。但李馆长经常在晚上到他的屋里来,只是李馆长从来不同他谈工作,他们仅仅谈文学。

李馆长说:"这不是工作时间,我们不应该谈工作,就谈点儿文学吧。我看你好像对文学也颇有兴趣。"

他们一谈就是大半夜,一谈到高潮就要举杯痛饮。罗公社时常乘机掺进些音乐话题,李馆长对音乐不大懂,但也挺认真地听着。罗公社觉得自己从来没有这么快乐过。他一首接一首地高声朗诵李馆长的诗作,这些诗歌全与死亡无关,古怪而神秘。

当李馆长源源不断地将他的诗拿给罗公社过目时，罗公社顺便问了一句："这么多年，你一定写了不少吧？"

李馆长漫不经心答道："没数过，总共有十麻袋，全搁在我家天棚上。"

"发表过没有？"

"没人肯发表。除了你，我没给任何人看过。"

罗公社感到难以理解，怎么不见李馆长有怀才不遇的怨忿呢？

通过与李馆长的长期接触，罗公社认定这是一个难得的好领导，一个真正的伯乐。但罗公社偶然同化妆师小谌说起他对李馆长的这种印象时，小谌竟惊讶地质问道："你怎么会这样看他？他向来是专横无礼的，他从不理睬我们。"

罗公社目瞪口呆。

今天送走了近三十名死者，罗公社有些疲惫，准备回家先好好睡上一觉。但苏怡不知什么时候来的，正在他的门口蹲着。看到苏怡，罗公社突然又有了精神，这令他自己也觉得有几分意外。他伸出双臂想拥抱一下苏怡，但苏怡厌恶地上下打量着他，并没有接受拥抱的意思。罗公社为了解除尴尬，顺势装作要帮她拿手中的提包。

苏怡以一种极尖刻的目光，将他的房间审视了几遍，依然掩饰不住心中的厌恶："我真不想来这种地方。"

罗公社被激怒了："那你为什么还要来？"

其实，罗公社从不想冲苏怡发怒，苏怡实在太柔弱了，他害怕自己的愤怒会击碎她。因此，每次发怒后他总要后悔。

罗公社有意不看苏怡，他在为苏怡泡茶的同时，默默等待苏怡的泪水。苏怡并没有哭，她一把抓住罗公社端茶的手，茶水溢了出来。罗公社看见苏怡的眼睛里是清澈的，清澈得有些茫然。

"离开这里吧，公社，这里到处都是死人的气味。"苏怡几乎是在哀求他。

"不，我喜欢这种气味。"罗公社的声音有气无力。

"你就甘心一辈子将你的才华奉献给死人？"

"至少他们需要我的才华。"停了片刻，罗公社继续道："苏怡，你又有什么理由劝我离开这里？你一个本科生，不也心甘情愿地混杂在那些识不了几个大字的小商贩中间吗？你将才华又奉献给了谁呢？你多年苦心经营的结果，就是为了赔笑脸向人们兜售你贩来的时装吗？"

一连串的问句，问得苏怡尴尬又困惑，她满腹的愁闷也因此烟消云散了，紧紧抓住罗公社的手渐渐松弛下来。

"那我该怎么办呢？"苏怡像是在问自己，又像是在问罗公社。

罗公社摇了摇头，望着苏怡，目光里满是怜惜。

苏怡仍在为罗公社刚才的话出神，她想到那个正在气喘吁吁地追求着她的阿呆——一个小学都没毕业，说话前言不搭后语的家伙，竟也明目张胆地向她挑衅，整天揣着大哥大骑着摩托车在她的时装店前招摇过市。这些令人恶心的暴发户！如果不是为了赚钱，她怎么会与这种人为伍。尤其是苏怡一想起阿呆那狂妄骄横的嘴脸，简直不寒而栗："告诉你，苏怡，比你漂亮的女人我多的是，但你我搞定了。"苏怡感到一阵恶心，她不知道阿呆是他的真名还是他的外号，总之这个名字名副其实：一个后天性弱智者，一个精神性缺钙者。

一想起阿呆，苏怡总是心烦意乱，浑身疲倦，她不得不命令自己撇开他。

苏怡打开提包，拿出一件款式时髦的T恤衫："这是给你的。"

罗公社接过T恤衫，看了看："可惜，我穿不着它，我们必须穿制服。"

"总不能出去逛街也穿制服？"

"那又怎么样，我已经习惯了，并不觉得我是走在活人中间。"

苏怡用一种怪异的眼光看着罗公社身上的制服。

苏怡突然决定要走。

罗公社看看时间已经很晚了，他说："馆长对我不错，我去跟他说说，让馆里的灵车送你吧。"

苏怡以为罗公社是在开玩笑，但见他一脸认真的样子，苏怡生气了。

"我宁可走路！"她朝罗公社咆哮道。

分手时，罗公社说："欢迎你常来。"

没等罗公社的话脱口，苏怡便把手一挥："不！"

送走苏怡，罗公社的心绪在她身上仍然停留了许久。他不知道该如何解释他们目前的这种关系，更不清楚这种关系的发展结局会是什么情形。算来同苏怡相处已经五年了，海誓山盟也说了不少，此刻回想起来只是觉得可笑，甚至是无聊。

在卫生间洗澡时，罗公社注视着自己的生殖器，忽然发现了什么，这个发现让他大吃一惊。经过一番意念与手的双重努力，它照旧还是那么软绵绵的，如同一个婴儿的生殖器。那副可怜的模样，使罗公社悲愤交加。无论怎样回忆，他都想不出这种状况究竟始于何时。然而，罗公社并未放弃对自己的安慰：可能只是暂时的吧。

洗完澡，罗公社有点儿饿了，这才想起刚才忘问苏怡吃了没有，真不像话。仿佛为了惩罚自己的疏忽，罗公社不准备吃了，拿起小号来到外面的夜色里。

墓地在月光的洗浴下，呈现出梦幻般的蓝色。罗公社坐在石阶上，听见四周骤然涌起雄浑、悲怆的合唱。罗公社侧耳细听，这歌声传自于地下，音调安详而苍凉，充满一种神圣的力量，犹如中世纪的弥撒曲。罗公社无法抑制全身心的激动，和着这歌声吹起了他心爱的小号。他倾注出浑身精力，呼应着这歌声的感召。他的血液澎湃激扬，心跳惊天动地。他脱去衣服，赤裸裸地站立起来。那硕大的影子倒在墓地上，像个孤独的巨人在绝望地呐喊。

歌声渐渐微弱，散去，罗公社的号声也戛然而止。万籁俱寂中，罗公社听见自己在啜泣。

"我怎么没听过这首曲子？"

罗公社一惊，看见李馆长站在身后。

罗公社一片茫然，他记不起自己刚才吹的是些什么了。

"穿上衣服吧，天气有些凉。"

罗公社恍然意识到，自己是一丝不挂地立在李馆长面前。

李馆长说："你每次在这儿吹号，我都在阳台上听着，不愿打搅你。今天，是这奇怪的号声把我吸引过来的。"

见罗公社不作声，李馆长又说："我第一次见你在追悼会上，与众不同地吹着一把小号，很是滑稽。今天见你光着身子在这里吹号，却感觉无比激动。"

是的，激动激动激动，死而复生般的激动。罗公社的内心疯长出一股强烈的创作欲望。

他抓住李馆长的双肩，用力摇撼着："李馆长，我要写一部《安魂曲》，为这座城市所有死去的和正在死去的人。"

"我期待着它的诞生，到时就让它取代咱们现在所使用的哀乐。传统哀乐已经根本不适应时代的需要，它表达不出九十年代人对死亡的理解和体验。"

"合唱部分就采用你的诗歌，只是还需要再添一部分人。"

李馆长兴奋异常："没问题。人、乐器只要你认为需要，就尽管添。但是，我必须担任主唱，因为我的诗只有我最具发言权。"

李馆长仰望一眼天空："你好好酝酿吧，我给你一个创作假。现在时候不早了，该回去休息啦。"

这时，罗公社听见自己的饥肠正在大声喧哗。

《安魂曲》的创作已经接近尾声。罗公社白天在墓地里构思，晚上在家中写作，进展比想象中要顺利。

这天，罗公社在墓地构思时睡着了，一阵呼机的叫声将他唤醒。他按呼机上显示的号码回了电话，是秦春晚呼的。

"我乘今天下午两点钟的航班，你能送送我吗？我在机场等你。"秦春晚电话里的嗓音不如往常那样浑厚。

罗公社突然明白过来，已经是五月，秦春晚要飞往法国了。

秦春晚看到罗公社穿着那套白制服，颇有些不自在："你就这么送我。"

"真对不起，我没想到这些。"罗公社觉得自己实在是犯了个大错。

好在秦春晚并不特别介意。

登机前，秦春晚表现得极其伤感，似乎充满眷恋。罗公社不明白她究竟在眷恋什么，这不太像平素的秦春晚。

秦春晚说："你调走为啥不告诉我？你应该知道我不会像团里某些人那样大惊小怪的，罗公社，虽然我们同龄，但我钦佩你，没有第二个人能让我这么钦佩。"秦春晚的嗓音因激动变得沙哑。

罗公社不由得也激动起来："不不不，我算什么。你这一走，这个城市就没人同我谈音乐了，我会更寂寞的。"

秦春晚的眼睛湿润了，无限深情地说："我这次去一定设法站住脚，到时候把你弄过去。你不能在那种地方浪费生命，到真正需要你的地方去。"

罗公社笑笑："好啊，我这人虽然喜欢生活在边缘，但也不妨将其作为一个小站吧。"

秦春晚取出一沓唱碟："这是《马勒全集》，送你作个纪念吧。"

罗公社伸手去接的时候，秦春晚猛地抓住他的双手，嘴唇哆嗦个不停。

罗公社被这突如其来的动作弄呆了，僵在那里。

秦春晚意识到自己的失态，赶忙撒开手，道："再会吧，我祝你和苏怡幸福。"

罗公社的面颊一阵燥热，心里则一阵凄寒。他沉默了一会儿，道："春晚，可别忘记你去法国的目的呀。"

秦春晚看看他，似乎没明白他的意思，然而，很快又使劲点了点头。

那只载着秦春晚的金属大鸟，终于消逝在海水一样的碧空。罗公社木木地站着，心里寂寥寥的，一个奇怪的想法蓦然袭上心头，他送走的不是秦春晚，而是他自己。

写到《安魂曲》的尾声，罗公社突然陷入了困境，满腹的灵感好像被耗竭一空，他变得焦躁不安。人们看到罗公社时而在墓地里走来走去，像是在寻找什么；时而僵坐在那儿，握着小号发呆。人们有好几天没听见罗公社的号声了，以为他一定出了什么毛病。

的确，罗公社正在遭遇一场大病。他全身碎裂般的疼痛，头部不断地膨胀、膨胀，眼看就要爆炸了。他想起莫扎特就是在创作《安魂曲》的过程中死去的，这难道是一个不祥的预兆？《安魂曲》不是为别人，而只是为他自己所作。他强烈地感觉到宿命的恐惧，认定自己无法逃脱死神的拥吻了。他的身体越来越轻，迅速向一条漫长而漆黑的隧道深处飘去。他想呼喊李馆长救救他，却发不出任何声音。罢了，这个世界谁也救不了我。再说，我又有什么理由拒绝死亡呢？只是在这弥留之际，想起苏怡，他实在不能说服自己从容离去。

他凝视着苏怡那忧伤的目光，束手无策，死亡因此令他多少有些遗憾。越过一道高高的门槛，他的面前豁然出现温暖的亮光，甜美的歌声若隐若现。他想，这就是天国吧。蓦地，远处传来熟悉的合唱，正是那日夜晚他在墓地中听到的。歌声由远及近，他默默念叨着："这是迎接我的，这是迎接我的……"泪水夺眶而出……

罗公社从刺眼的阳光中清醒过来，发现自己躺在墓地的草坪上，头发被汗水湿透了，小号还牢牢攥在手中。身体破碎般的疼痛已经止息，罗公社获得了一阵历经千重苦难般的慰藉。他举起小号，欲向天国禀报：我的尾声找到了。

随后的几个月里，罗公社与李馆长一直在共同筹划重新组建乐队的事。按照他们的设想，本应该增加些弦乐器、键盘乐器等。但这方面的人才一听是去殡仪馆干活儿，无不溜之大吉，根本没有商谈的余地。然而，罗公社与李馆长的热情并未遭到半点挫伤，他们绝不是那种容易气馁的人。

李馆长说："这是我馆的一项长期工作，应该从长远考虑。我们可以从附近聘请一些农民，将他们送到有关部门进行培训。"

罗公社想了想，说："这固然是个好办法。不过，我想不足的乐器暂时就用箫、埙来代替。我听小谌说，这附近农村有不少民间艺人会吹奏这类乐器。"

"行，这件事就交给你和小谌办吧，我有约先走一步。对了，收发室有你一封信。"

信是苏怡寄来的，看样子她真不准备再光顾这儿了。罗公社预感这封信将会使他不快。拆开信封，里面还有一个信封，原来是弟弟的——

哥：

我已经开始单干了。深圳跟咱村相比，简直是天堂，人家垃圾堆里的家什比咱摆在桌上的还要先进哩，我打算永远在这儿干下去。

哥，你不知道，干我们这行的是连捡带"拿"。不管是马路上的公共财物，还是房道里的私人财产，只要能卖钱，没人看见，我们就顺手牵羊。一个月下来，挣个千儿八百的没问题。以后你别往家里寄钱了，有我呢，我现在有好几千块存款了。你要是用钱的话，就吭一声。

弟

罗大队 敬上

罗公社嗅着洁白信笺散发出的阵阵香气，自言自语道："这小子，这么快就开始扬眉吐气了。"

最后，罗公社的目光落到苏怡的信封上。她只是把信转来，却只字未附。他们有好几个月没见面了，这是不是意味着他们的关系已到此结束了？不需要声明，也不需要交代，就让一切在冷漠中渐渐遗忘。

也没什么不好，罗公社想，这可能是最佳的解决方式了。别了，苏怡。别了，罗公社。

重新组建的乐队比原来壮大许多，布置开来蔚为壮观。但从专业水平看，却是十分荒唐和可笑。然而，罗公社并不介意这些，他关心的仅仅是尽可能完整表达出他的作品。

每一次排练的时候，队员们个个高度认真。尤其是担任男高音的李馆长，音域宽广，情感把握准确。罗公社没料到李馆长还潜藏着如此优秀的音乐素质。

作为乐队指挥的罗公社，手里拿的不是指挥棒，而是一把小号。

从头至尾演奏完一遍后，队员们纷纷相对而泣，李馆长也拿手绢揩着泪花。只有罗公社痴痴地定在那里，他不知道他们是被他的作品感动的，还是为总算能应付下来这支曲子而激动的。

李馆长正要对他说什么，瞥见两边站满了围观的职工，立刻做愤怒状："都给我滚回岗位上去！"

李馆长这是头一回当着罗公社的面发脾气，罗公社觉得挺新鲜。

李馆长盯着职工们一个个走开，然后回过头来，又继续原来的表情："太感人了，老罗。"他皱了皱眉，"奇怪，我并不觉得这《安魂曲》有多么悲伤，但怎么会让我泪流不止呢？"

罗公社毫无反应。

《安魂曲》正式取代了使用多年的哀乐。

罗公社本以为结束的过去并没有过去，苏怡又找来了。

见到苏怡，罗公社有些不知所措，勉强笑道："我以为你永远不会来了。"

"你也永远不会去？"

苏怡站在洒满阳光的窗前，轮廓是亮亮的，仿佛她在发光。罗公社看不清她的脸，只觉得她在望着他。他谛听着苏怡的呼吸。

这时，远处传来呼天唤地的哭声。苏怡突然变得烦躁不安："走，跟我出去一趟，我找你有事。"

罗公社没问什么事，就跟着出去了。

坐上出租车，苏怡的表情明显缓和。

车开到苏怡的时装店前停下，罗公社心想到这儿来会有什么事。随苏怡进去时，他无意中瞧见旁边店门口一个矮墩墩的小伙子，一边拿着大哥大喊话，一边拿眼恶狠狠地瞟着他。罗公社朝他扮了个鬼脸。

苏怡打发走店员，将门反锁上。

罗公社道："天还早，你这是干什么？"

苏怡没理他。

罗公社见柜台里有一T恤衫，正是苏怡送给他的那种。他注意了一下标价：205元。他怀疑这价格标错了，便问："这是20.5还是205？"

苏怡歪头看了一眼："205。"

"这么贵，干脆把我那件还给你吧，放那儿实在太浪费了。"

"浪费什么，进价也就二十几块。"

罗公社嘴张得老大："太黑了点儿吧？我听说反暴利法已经开始施行了。"

"等施行到我头上再说。"苏怡说着，打开里间的门，满脸神秘的微笑。

罗公社眨巴着眼睛："你在给我布置什么陷阱吧？"

"请君入瓮。"苏怡将罗公社让进去。

里间的光线很暗，待了一会儿才看清摆着一桌酒席，中间搁着一块大蛋糕。罗公社思忖，苏怡恐怕要正式提出同他分手了。

坐在桌前，罗公社无限感伤。

"今天是什么日子？"苏怡问。

罗公社摇摇头，也懒得去想，只感到心力交瘁。

"怎么连你的生日都想不起来？"苏怡点燃蛋糕上的蜡烛，屋里顿时亮堂许多。

罗公社苦笑道："你知道我从来不过生日的。"

"但今天的生日非同寻常，今天是你三十岁生日。三十岁对一个男人来说，是非常重要的。"

苏怡举起酒杯："来，咱们干掉这杯。"

苏怡向来滴酒不沾，此时的举动着实令罗公社诧异。

"今天我要送你一样最宝贵的生日礼物。"苏怡的声音有些走调。

罗公社笑而不答。

"闭上眼睛。"苏怡命令道。

罗公社乖乖执行。

"好了，睁开眼吧。"

赤身裸体的苏怡站在罗公社面前，她那肌肤的冷色霎时淹没朦胧的烛光。罗公社的心脏仿佛被什么猛击了一下，从椅子上跳起来。

"今天我要把自己送给你，我亲爱的。"苏怡倾尽所有温柔，偎进罗公社的怀里。

罗公社将苏怡轻轻抱起，亲吻她的乳尖。

苏怡摩挲着罗公社的脸颊，说："你向我要了一年多，我都没给你，后来怎么就不坚持要了呢？"

罗公社想了想，道："我忘了。"

苏怡解开罗公社的上衣，他们拥倒在地板上。

罗公社抚摸着苏怡光洁的躯体，说："第一次与你交谈后，我回到家就手淫了。"

"真可怜。从今天起咱用不着手淫了,来吧。"苏怡的手向罗公社的下身游去。

就在他们开始交融的一刹那,罗公社发出一声绝望的哀鸣:"我不能爱了!"

罗公社一直担忧的结果,终于在此刻被证实了。他喃喃道:"我废了,我废了……"

"不会的、不会的,亲爱的,"苏怡安慰道:"别着急,我们慢慢来。"她的脸颊紧紧贴在罗公社的下身,并以狂吻刺激着它。

它依旧是那副无精打采的老样子。

罗公社浑身是冰冷的汗滴,大口大口喘着粗气,像要吐尽满腹的恼怒。他一动不动地躺在那里,目光呆滞。

"是我对爱情的遗忘导致了这阳痿,还是这阳痿导致了我对爱情的遗忘?"罗公社神志恍惚。

"罗家的种到我这里开始退化了。"罗公社叹道。

苏怡紧紧搂住罗公社,说:"不管怎样,我都嫁给你。"

"不,苏怡,我不能娶你。"

"为什么?我让你讨厌了?"苏怡带着哭腔。

"别问我,我什么都不明白。"

其实罗公社心里非常明白,他丧失了一种激情。这对于他来说,是致命的。

他听见她轻匀的呼吸,知道她睡着了。他蹑手蹑脚地穿上衣服,跪在一边尽情端详她动人的体态。随后,他从衣服里掏出一把玩具小号,轻轻放进她的下身处,悄然走开。

自从西山殡仪馆乐队采用罗公社的《安魂曲》以后,收尸数量骤然猛增,死者家属纷纷慕名前来。

李馆长笑呵呵地对罗公社说:"过去我们的效益一直不如东山殡仪馆,现在我们将他们远远地甩在了后面。老罗,你功不可没,我要向上级提请给你嘉奖。同时我还准备向全省乃至全国的殡葬系统发出倡议，进行一次殡仪馆乐队大比武，我要让更多的人认识你罗公社。"

罗公社笑笑，没言语。他心里并不赞成李馆长这样做，他不需要什么奖励，也不需要什么荣誉，他需要的仅是一把小号而已。但他没有对李馆长说出来，他害怕让李馆长扫兴。

李馆长摸出一张精致的名片递给罗公社，罗公社扫了一眼，问："这人要办丧事？"

李馆长说："她已经办过了，就是前几天那个厅长。"

罗公社能清晰忆起当时的情景，追悼会盛况空前，来了近百辆豪华轿车，并造成两起交通事故。厅长的遗孀异常年轻，罗公社还以为她是厅长的女儿。尤其令罗公社好奇的是，这个女人自始至终未掉一滴眼泪。罗公社在殡仪馆干到如今，还从没遇到过不流泪的女性家属，真真假假都是要擦擦眼睛的。

罗公社细细打量着名片，问："这个姬婵就是厅长的遗孀？"

"是的，也是我的高中同学。她好像对我们的《安魂曲》挺有兴趣，还询问到你。我把你的呼机号告诉她了，她可能会同你联系。她也搞过一段时间音乐，现在下海了。"

罗公社刚离开李馆长办公室，呼机便响起来，他嘀咕道："该不会是她吧？"

罗公社又返回馆长办公室回电话。电话里的声音听起来很遥远，原来是苏怡。

苏怡说："我不需要你在我和小号之间做出抉择，五年的事情没那么简单，再说我也无意同你的小号竞争，你留给我的那把小号天天陪我睡觉，就搁在你喜欢的那个地方。"

罗公社还没来得及插话，听筒里便传出了忙音。

罗公社怔怔地看着手中的电话筒，不知该如何处置它。

姬婵给罗公社的第一印象是这个女人不太好对付，当然，罗公社也无须去对付她，罗公社只是替旁人这么想。

姬婵仪态高贵，举止从容，罗公社想象不出她在慌张时会是个什么样子，似乎一切都在她的预料之中。姬婵是亲自驾驶着一辆超长凯迪拉克来殡仪馆找罗公社的。罗公社正在墓地吹号，他远远看见李馆长和姬婵从车里出来，朝他这边过来。

李馆长介绍说："这就是我对你说的姬婵女士姬婵总经理。"

罗公社冲她笑笑，她只是微微点点头，脸上毫无笑意。罗公社被弄得既尴尬又气恼，心里骂道："你丈夫都死了，还他妈的摆什么官太太的臭架子。"

未等李馆长说明姬婵的来意，姬婵先开口了："真没想到这里也是卧虎藏龙之地，那天见你在指挥乐队，我怎么也想不通这是在殡仪馆。"

李馆长补充道："她找你是想借你的《安魂曲》手稿看看。"

罗公社犹豫了一下，道："手稿被一个朋友拿去了，还没还给我。"他不愿意把手稿借给这个女人。

姬婵并未露出失望的情绪，反而笑着耸耸肩："看来我还要再跑一趟啦。"她紧盯着罗公社的眼睛，目光里有一种莫名其妙的怜悯。

罗公社被姬婵的这种目光刺痛了，狠狠地同她对视着。姬婵并不退却，似乎在从罗公社的眼睛里窥探他的秘密。

转身离去时，姬婵对李馆长说："这小伙子把来这里当成了流放，而不是隐居，否则他的《安魂曲》里绝不会有那么多的愤怒。"姬婵有意放大声音，好让罗公社听见。

罗公社没有理会姬婵的话，只顾吹他的小号，吹的正是《安魂曲》的调子。

如果罗公社不知道姬婵曾经搞过音乐，他也许不会这么拒斥她。罗公社认定姬婵不是闲得无聊便是故作深沉。好好经你的商得了，还过问什么音乐，音乐被你们这种人玩弄得够惨了，住手吧。

在罗公社看来，姬婵没有理由喜欢他的《安魂曲》。商海喧嚣，灵魂何以安宁？但是，姬婵那副超然物外的仪态又着实不像灵魂不安的样子，这一点让罗公社颇为费解。有好几次，罗公社一想到这个问题便出了神。这个被他拒绝过的女人身上，有一种令人着迷的东西，罗公社很不情愿承认这点，因为罗公社以为自己对殡仪馆以外的世界已经全然失去了兴趣。

有一天夜里，罗公社与李馆长在一块儿聊天时，李馆长说："你好像不喜欢姬婵，这是为什么？"

罗公社道："没有不喜欢，只是没兴趣。"

李馆长道："姬婵曾经自杀过。"

罗公社一怔："因为什么？"

李馆长说："不清楚，可能是由于婚姻生活吧。"

"难道她和厅长在一起不幸福？"

李馆长沉默了。

罗公社猜测李馆长的沉默里大有文章，饶有兴趣地等待着他打破沉默。

李馆长黯然神伤，仍没有开口的意思。

罗公社试探性地问道："她怎么会嫁给他的？"

李馆长总算开口了，说："就是组织上安排的。"他停顿一下，开始回忆遥远的往事："姬婵那时刚从音乐学院毕业，分在文化馆工作。这位厅长过去一直忙于革命，没时间考虑个人问题，四十多岁了还未娶妻。姬婵的领导觉得姬婵从个人到家庭都无可挑剔，便向厅长推荐了她，厅长非常满意。但姬婵开始不大情愿，组织上做了多次工作才说服她的。"

"我好像在哪本小说里读到过这样的故事。"罗公社忍不住笑出了声，过去的组织做这种工作使他觉得实在滑稽。

李馆长叹息道："你们这一代理解不了我们那一代的痛苦。"

罗公社马上收敛了笑："你是怎么知道这些的？"

李馆长瞧着罗公社，铿锵地说："我爱过她。"

罗公社惊愕了，不知说什么好。

李馆长接着说道："我本来可以留在部队，为了她我才急于要求转业。可是……人家不爱我。"

"凭什么？你是一个很棒的男人，她不应该这样。"罗公社很为李馆长不平。

李馆长摆摆手，颇不以为然。

罗公社说："姬婵现在肯定很后悔，我想她来找我要《安魂曲》谱子不过是个幌子，实际上是为了同你接近，重叙旧情。"

李馆长摇头："你不了解姬婵，她做事从不拐弯抹角的。"

经李馆长这么一说，罗公社对姬婵的抵触情绪渐渐消失了。

第二天，罗公社给姬婵拨了个电话，告诉她谱子还回来了。姬婵叫他晚上在家等她，她亲自去取。

姬婵还是开着凯迪拉克来的，穿着不像上次那么朴素。罗公社觉得这身时装虽然很适合她的体态，但已经远远不适合她的年龄。想到姬婵的年龄，罗公社有些不大自在。

一见罗公社，姬婵就说："你终于肯借给我了。"

罗公社道："昨天才还给我。"

"是吗？"

罗公社看出她显然是不相信的。

姬婵品着罗公社给她沏的茶，说："这里真清静，住在这儿真不错。"

罗公社把《安魂曲》手稿递给她，她并不看，随手放进了包里。

罗公社问："你怎么会喜欢它？"

姬婵若有所思地说："我早把音乐给忘了，那天你的《安魂曲》使我突然想念起它来。"

罗公社说："那天你表现得很特别，没有流泪，我想你一定是悲痛过度了。"

"悲痛？"姬婵一笑，笑得十分无奈，"我没有悲痛，只有愤怒，就像你的《安魂曲》所表达的那种愤怒。"

姬婵取出一盒香烟，让了一下罗公社，罗公社摇摇头，姬婵便自己点着了。

姬婵喷出一股长长的烟雾，道："我听过莫扎特、斯特拉文斯基、布里顿等大师的安魂曲，但只有你的安魂曲我最喜欢。想不到你这么年轻就对死亡有这样独特的感受。"

罗公社说："未知生，焉知死。我不过是在表达对人生的一种感受。"

姬婵凝视着罗公社，没有说话，好像是在回想什么，眼神里流露出一丝凄惶。罗公社为她添茶时，闻到她头上有某种植物的清香。

罗公社道："你很怀念他吧。"

姬婵愣了愣神，道："我很怀念未来。"

姬婵告辞后，罗公社坐在她坐过的地方，习惯性地拿起小号，但他没有心思吹，他感到姬婵头发上的气味仍在这屋里飘荡着。

这是一个成熟的女人，罗公社想，他注意到她额上与眼角淡淡的皱纹，他喜欢这些皱纹，它们有一种沧桑的美。罗公社同时也发现，姬婵从容的背后隐藏着某种脆弱和不安，他很想弄清楚这种脆弱和不安究竟意味着什么。

罗公社突然觉得下身一阵剧烈膨胀，伸手摸去，他的生殖器竟神不知鬼不觉地坚挺起来。

今年的夏季炎热异常，尸体源源不断地进入西山殡仪馆，李馆长差点儿要挂客满的牌子。由于乐队连续作战，队员们个个筋疲力尽，演奏质量大失水准；李馆长洪亮的男高音变成了嘶哑的呻吟，罗公社的指挥也多次失误。好在死者家属们都被悲哀与燥热折腾得神志恍惚，顾及不到去挑剔他们的服务。

高峰过后，罗公社向李馆长提出他们一同去看望姬婵。李馆长执意不肯，他说："她现在寡居，我是一个有家室的人，还是互不见面的好，省得以后麻烦。"

看样子，李馆长已把他和姬婵的那段过去彻底终结了。罗公社很想从李馆长那里多知道些姬婵的历史，但李馆长从此拒绝谈及她。罗公社不知道现在姬婵那边是如何看待李馆长的，他想，为了李馆长，他应该弄个明白。而事实上罗公社心里很明白，这只不过是个借口。

一天晚上，罗公社终于迈出殡仪馆大门，来到久违的"人世"——他把殡仪馆外面的世界叫作人世。他紧张地注视着川流不息的车辆，许久，才朝一辆出租车艰难地举起手。

敲姬婵家的门，罗公社觉得自己的动作笨手笨脚，他懊悔不该把小号带来。但一看到小号，他的心情便不那么紧张了，小号是他的护身符。就在门开的刹那，罗公社几乎想扭头逃跑。不知为什么，他觉得自己此刻的行为有些卑贱。

旧爱时光

见到罗公社，姬婵仍是往常那种平静，寒暄也省略了，这倒让罗公社感觉稍稍自在一些。随主人走进客厅时，罗公社从墙上的大镜子中发现自己在姬婵身边显得傻头傻脑。

姬婵的房间特大，但除了一架钢琴摆设平平，跟她平时的高贵气质与总经理身份颇不相称。姬婵穿着薄薄的睡裙，走在空荡荡的屋子里，像一只在脱尽了叶子的树林里飞来飞去的小鸟。

罗公社做出很抱歉的样子，说："打搅你休息了，我以为时间还早，就……"

姬婵说："我在家无事可做，只好睡觉，其实根本睡不着。"

罗公社看见自己的《安魂曲》手稿摊开在钢琴上。

姬婵问："你是来取手稿的？"

罗公社忙移开视线，道："不是，我来……"他没有说下去。

姬婵坐到钢琴前，不经意地弹响几个音符。罗公社望着她的侧影，初遇苏怡时的那种情感开始在内心翻涌；他渴望将自己的头轻轻栖靠在面前这瘦削的肩上。这种意识没有向前滑行多久，罗公社便强行拦截住了它。

这是一种什么性质的情感？为什么我如此渴望得到它？我是一个喜新厌旧的男人？罗公社迷惑了。

姬婵的琴声结束时，罗公社摸摸眼角，两滴清泪滚落下来。

"这是谁的作品？"罗公社问。

姬婵惊讶地瞪着他："你竟然没听出来？我根据你的《安魂曲》改编的呀。"

罗公社窘得坐立不安。

"你怎么啦？"姬婵走到他跟前，看着他，又是那种刺痛过他的目光，"殡仪馆的生活很寂寞吧？"

罗公社不再觉得这种目光使他难忍，他忽然想抓住它。他周身的血液直往外涌，下身又是一阵剧烈膨胀。他低低地喊了一句："我要你……"

姬婵没有反抗，一时全无声息。待凝固的时间开始融化，罗公社才听见她颤抖的呼吸。

"原谅我吧，苏怡，"罗公社心里念道，"我不知道怎么会是这样。"

"这几天你有点儿魂不守舍,"李馆长责怪罗公社道,"好像有什么心事。死者家属都向我提意见了,再这样下去我们会砸了自己的牌子。"

李馆长的批评不严厉,这使罗公社更感愧疚。假如李馆长批评他像批评馆里其他同志那样,他可能会稍觉踏实些。想到姬婵,罗公社总觉得自己玷污了李馆长。

他很想把他同姬婵之间发生的事情告诉李馆长,但他不能。

姬婵在他身下发出的那声痛苦呼唤,泄漏了她屈辱多年的残酷秘密;当罗公社看见那几滴鲜红的血时,他惊慌失措。

姬婵告诉他,这是处女膜的破裂。姬婵丈夫的生殖器官在战争年代被击伤过,功能严重丧失。他们做了二十余年的夫妻就像二十余年的邻居,平淡似水。

他怒不可遏,这个人竟拿一个正值青春韶华的女子陪葬。

姬婵说:"我是自愿的,他事先把这种情况告诉我,并让我慎重考虑。尽管刚认识他时,我有些犹豫,但他向我透露了这个秘密后,我立即拿定主意,决定嫁给他。我想,他为祖国的解放事业献出这么多,理应得到我的爱。我把嫁给他当作一次崇高而伟大的奉献,我甚至被自己感动了。"

"但你很快就后悔了……"

姬婵流露出忧伤的目光:"婚后的生活并不如我想象的那般美好;他也不是我以为的那么伟大,争吵总无法避免。"

"所以你就想到了死。"

"是的。你怎么会知道?"

"李馆长告诉我的。"

提到李馆长,姬婵好像陷入了沉思。

他乘机问:"你为什么拒绝李馆长的追求?"

姬婵淡淡一笑:"我的小伙子,这种问题能回答得清吗?爱与不爱都无道理。"

"现在不觉得后悔?"

姬婵摇摇头："不。"

他吻了吻姬婵："我爱你，我需要你。"

他听见姬婵长叹一声，随之看到她的眼睛里掠过一丝忧虑和焦灼。

姬婵连连叹息，叹息自己为他付出得太多。为了他，姬婵放弃了音乐与梦想，担当起他的私人秘书。而她的理想主义的个性在仕途之中屡屡受挫。她曾试图返回音乐，但发现自己的音乐激情已丧失殆尽。于是，鼓励政府工作人员兴办第三产业的政策一推出，姬婵便急忙抓住这个机遇，第一个下了海，办起一家公司，成为政府工作人员中最先奔小康的人。

姬婵说："我的小伙子，如果我当初对钢琴有你对小号这么疯狂的话，今天我也不至于这样懊悔和愤怒。说真的，我并不想恨他，但就是说服不了自己。"

姬婵认为她真正的青春是从四十岁开始的，因为这时她才意识到自己未曾拥有过青春。姬婵决心要补偿这个损失，她天天上美容院、购时装、进歌舞厅，设法填补这段生活中的空白。但是，渐渐地，姬婵发现在填补这段空白的同时，新的空虚又滋生出来，强有力地蚕食着她的心灵。她不得不承认：青春是无法补偿的。刻骨的悲哀攫住了姬婵。

令罗公社深感不解的是，姬婵为何总也摆脱不去那种焦虑与不安，在她的焦虑与不安面前，罗公社显得束手无策。他认为姬婵一定对他隐瞒着什么。

罗公社充满渴望理解姬婵的冲动，没有姬婵他永远无法作为一个男人站立起来。现在，除了墓地，罗公社又有了一个去处，那便是姬婵的怀里。躺在姬婵的怀抱，罗公社能够体验到墓地那种出世的安详。

望着李馆长远去的背影，罗公社暗自发誓，将来一定要亲口对李馆长说出他与姬婵之间所发生的一切，不管李馆长如何看他。

罗公社突然想起口袋里有一封信还没来得及看，信是从歌舞团来的，字写得歪歪扭扭，显然不是苏怡的笔迹。但无论是谁来的，收到信总有一种被人关怀的幸福感。信还是弟弟来的——

哥：

　　我白天穿着肮脏的衣服豁出去捡破烂，晚上就换上西装革履（为了置这一身行头，我花了2000多块呢）去夜总会跳舞。通过跳舞我认识了一个女孩，名叫竹。竹长得真是漂亮，就像她的名字那样清秀挺拔，浑身还有竹一般的幽香，绝不亚于你的那个苏怡。

　　我同竹的关系进展很快。我告诉竹我以捡破烂为生，竹一点儿也不觉得惊讶，她说只要能赚到钱就行。竹真是个超凡脱俗的女孩。

　　现在我拼命地赚钱，就是为了将来能和竹有一个美满的生活。哥哥，我好快乐哟，祝福我吧。

弟

罗大队　敬上

弟弟的每次来信都使罗公社由衷地感到愉快，弟弟在城市里的奋斗简直像一场轻松的闹剧，他既羡慕又自叹弗如。

罗公社折起弟弟的信，又开始望着转寄的信封发呆。他觉得自己与苏怡的最后一线联系永远地断了，再也没有那么一个细细的女孩听他吹号了。

蓦地，罗公社感到十分虚弱，他需要马上见到姬婵。

在姬婵家门口一直等到深夜，罗公社才看见她飘飘悠悠地回来。罗公社替她开门时，她从后面紧紧抱住他，喃喃道："孩子，我好想你。"罗公社闻到一股浓浓的酒气。

"今天我谈成一笔很大的生意。"姬婵懒懒地倒在沙发上说。

"我真不明白，你挣那么多钱可怎么花。"

姬婵猛地抓住罗公社的手，放在她的胸口："你摸摸我的心跳，是不是很弱？"

罗公社并不感到她的心跳很弱。

姬婵的眼圈红了，声音有点嘶哑："我很快就不能干了……"

"为什么？"

"你的馆长没告诉你？"

罗公社摇头，等待她的回答。

"我得了脑癌，活不了多久了。"

"不会的不会的……"罗公社紧紧搂住姬婵的头，"不会的，你是喝醉了。"

姬婵推开他，笑着说："你和死亡打了这么久的交道，怎么还是大惊小怪的？一点儿也不像《安魂曲》的作者。来，拿着你的小号吹《安魂曲》给我听。"

号声划破午夜的死寂，将熟睡的人们惊醒。

姬婵微闭双目，面色苍白，口里念念有词，神态如圣徒一般虔诚而安详。

在小号力不从心的尾音中，姬婵睁开眼，握住罗公社的手，道："你还在激动？一听到它的旋律，我的内心无比安宁。每天夜里，我都要弹一遍才能入睡。"

罗公社一只手摆弄着小号，道："好不容易才遇到一个跟我谈音乐的人，怎么……"他仿佛在自言自语。

"忘掉这些吧，咱们现在来谈谈音乐。告诉我，宝贝，你喜欢贝多芬吗？"

"不——"罗公社将音拖得老长。

"凭什么？"

"我喜欢那些容易被人忽视的作曲家。"

"这要是二十年前，我肯定要同你大吵一番，你胆敢不喜欢贝多芬。"

罗公社想笑，但笑不出来。

姬婵忽然现出很忧虑的样子："你不能老待在殡仪馆，你应该潜下心来专门从事作曲和吹号。"

"可我不能不吃饭。"

"这不成问题，我来支持你。"

"你想做我的梅克夫人？可我不是柴可夫斯基，而且那样会使我感到自己像个男妓。绝对不行，我一定要靠小号吃饭。"

他们不再说话，彼此都觉得很累。

沉默持续了许久，姬婵说："来，我们做爱。"

罗公社收到一份请柬，以为是歌舞团的哪位同事要结婚了，打开一看，原来是秦春晚的。难道她成功了？罗公社抑制不住地兴奋，盼望着如期赴约。

宴会设在"贵族"举行，全市首屈一指的五星级饭店。头一回光临，罗公社有些气短心虚，唯恐出洋相。他实在不喜欢这种地方，还不如大排档来得随意、亲切。直到听见有人喊他，罗公社才算松了口气。

领队从一边笑眯眯地向他走来，秃秃的脑门儿在灯下闪闪发亮。领队想同罗公社握握手，但一看见罗公社身上的制服，忙又把手缩了回去。

领队说："你还那么英俊，我却越来越胖了。"

罗公社说："你还那么潇洒，让我越来越羡慕了。"

领队嘴一咧："别拿我开心了，小罗，我理解你的清高。只是你不愿意唱通俗歌曲，我认为这实在是个巨大的浪费。"

他们正说着，忽闻一片掌声，秦春晚款款走了进来。如果不听她说话，光是凭着看，罗公社绝对不敢相信这会是秦春晚。

"变化这么大，洋人的风水真是厉害。"罗公社咕哝道。

"听说整容了。"领队小声说。

秦春晚的眼神四处忙活，手招个不停。看到罗公社也只是笑了笑，便急着招呼别人去了，罗公社顿时感觉受了冷落。

面对满桌的生猛海鲜，罗公社一点儿胃口也没有。领队碰碰他的胳膊，腮帮子一鼓一鼓地："快吃，这地方可不是能常来的，得感谢法国佬。"

"法国佬？"

"是呀，秦春晚不攀上法国佬，哪会有钱在这里摆阔。"

"你是说秦春晚跟法国佬……"

领队忙着夹刚上桌的一盘鳖块，无暇理会罗公社。

罗公社很是烦躁，起身来到阳台上。领队莫名其妙地看着他，然后冲大家摇头一笑："这人还是这么清高。"

秦春晚注意到罗公社的离席，随其后来到阳台。

"身体不舒服？好像没见你动筷子。"

"吃不下这些野蛮人的食物。"

昏暗的灯光下，罗公社发现秦春晚的鼻子特高，好像满脸都是鼻子。罗公社觉得非常别扭,他似乎在与一个戴着面具的人说话。罗公社将脸扭了过去,眺望着远处的繁星。

"苏怡怎么没来?"秦春晚问。

"我正想问你呢。"

"什么意思?"

罗公社耸耸肩,不置可否。

"别给我一个后背好不好?我就这么不受欢迎?"

罗公社勉强转过身来,眼睛并不看秦春晚:"比赛成绩理想吗?"

秦春晚轻叹一声,笑道:"别提它啦,我早就不再有这种梦想了。"

"那你现在梦想什么呢?"

"我老了,只能想些实际的了。"

老了?刚过而立之年就老了?罗公社颇觉不可思议,但转念一想,自己又何尝未有过苍老的感觉。

秦春晚说:"我结婚了,和一个法籍美国人,叫华盛顿。"

罗公社道:"噢,这名字挺耳熟。"

厅里有人大声呼喊秦春晚,秦春晚应答着匆忙往厅里走。罗公社从后面打量着她变得异常丰满的臀部,不禁怀疑那里是不是也填充了许多硅胶。

秦春晚走到门口,又蓦地转过头来:"你想去法国吗?"

罗公社无精打采地摆了摆手:"谢谢你,春晚。"

回到座位,罗公社随便问了一句:"苏怡咋没来?"

有人道:"住院了。"

"哪家医院?"

"……精神病院。"

罗公社走到深秋的田野上,仿佛回到了久别的家园。远处的白色屋群已经依稀可辨,罗公社突然止住脚步。当他再次举足,步履开始变得沉重起来。

费了几番周折,罗公社才找到苏怡的病房。罗公社在外面的石椅上坐等,一个护士把苏怡送了出来。

苏怡一直微笑着，见到罗公社忽然变得好腼腆，手脚不知往哪里放好。那根细细的长辫变成了短短的刷锅把在脑后撅着，不知是发胖还是浮肿，脸盘稍稍大了些；只有脸色仍是那种苍白，甚至更白了。身上那件崭新的花布袄不知从哪儿弄来的，使苏怡看上去更加可笑。

罗公社看着走上前来的苏怡，张了一下嘴，却什么也没说出。

苏怡低着头，不敢正视罗公社的眼睛。看见罗公社背上的小号，她像是很稀奇地说："你到哪都带着它，你就喜欢它。"

苏怡的目光又停留在罗公社身上："你怎么没穿制服？你穿上殡仪馆的那种制服看上去特别英俊。"

罗公社想告诉她，为了看望她，他今天特意换上这套西装。苏怡曾对他说过，她最喜欢看罗公社穿着西装。

苏怡从棉袄里摸出那把玩具小号，反复看了看，双手交给罗公社："还给你吧。我睡觉时把它放在那个地方，让阿呆给发现了。阿呆要摔掉它，我求了阿呆，阿呆才没有摔。"

"阿呆是谁？"

"嘘——"苏怡作了个"小不点儿"的手势，四下里看了看，挺难为情的样子，"他是我男朋友，你有封信就是他帮转的。阿呆天天都来看我，阿呆说等我一出院就向我求婚。你猜阿呆最不喜欢什么？"

"什么？"

苏怡神秘地看了罗公社一眼："阿呆最不喜欢小号，阿呆说他最瞧不起你这种人。"

"你怎么哭了？我做错了什么吗？"苏怡的笑声倏然而止，显出惊慌失措的样子。

罗公社摇摇头。

"你看那个女的。"

罗公社顺苏怡所指的方向望去，一个男子正愁眉苦脸地坐在石椅上，一个妇女围着他来回转圈。

"她老对我说她丈夫在外面有许多女人，他天天给这些女人送信。你猜她丈夫是干吗的？"

"干吗的？"

"邮递员。"

罗公社看看表。

"你要走了吗？"

"是的。"

"还来看我不？"

罗公社点点头。

"能给我带点老鼠药来不？我们房间里有好多老鼠，每天夜里都要上我的床，我好害怕。"

罗公社点点头。

"下次来穿那套白制服好不？"

罗公社点点头。

走了几步，罗公社忍不住回过头去。高大的护士生硬地抓着苏怡的一只手臂，苏怡则像个纸人似的任其摆布，摇摇欲坠。

"苏怡。"罗公社轻轻唤了一声，潸然泪下。

穿过那片茂密的田野，罗公社突然失去了方向，他不知该往哪里去，只好在田埂上坐下来。罗公社吹起小号，希望这《安魂曲》的声音能让记忆中那个扎着细长细长的淡黄色辫子的女孩听见。

暮色中，罗公社踏着疲惫的步子走进殡仪馆，正要上楼，忽见小谌从楼上下来。

"咳，你跑哪去了，我找你一整天，呼你的机也不见回。李馆长要你速速到市二院，给，这是具体地点。"小谌递过来一张纸条。

罗公社家门也没进，便匆匆赶往市二院。刚进住院部，就见李馆长在中心的花坛边埋头坐着。罗公社喊了几声，李馆长才如梦方醒似的昂起头来。

李馆长说："姬婵恐怕不行了。"

罗公社心一沉："现在在哪儿？"

"503病房。"

城市安魂曲

"可以探视吗？"

"等一等吧，她睡着了。"

罗公社也在花坛边坐下。

"她对我说想见你。"李馆长说。

罗公社好像没听见他的话，依然望着一边："你早就知道她得了绝症，为什么还躲着她？"

"我想永远地忘掉她。"

"我们可以上去了。"李馆长有些心烦意乱。

罗公社一推开门，姬婵就睁开了眼睛，见是罗公社，她的眼睛一亮，随后便笑了，笑得极其虚弱。

罗公社发现李馆长没跟进来。

"我的宝贝，我以为见不到你了。"姬婵的声音似风中落叶。

罗公社紧攥着姬婵伸过来的手，那手冰冷干硬。罗公社将其贴在自己的面颊上，肩膀抽搐起来。

"我刚刚失去一个需要我的人……"罗公社哽咽了。

"他是谁？"

"苏怡，我曾经热爱的人。"

姬婵将罗公社的头搂进怀里，摩挲着他的头发。

"现在我又要失去一个。"

姬婵把唇埋进罗公社的发丝中："孩子，你有白发了。"

姬婵摘下罗公社肩上的小号，搁至一边。

"我真想听你的《安魂曲》啊，一闭上眼窝就想到你和李馆长为我演奏《安魂曲》的情景，那是多么美好的一幕。"姬婵似对死亡充满无限向往。

"我要把你的骨灰葬在我们馆里的墓地里，让你能天天听见我为你吹奏《安魂曲》。"

姬婵好像累了，缓缓合上眼睛。过了一会儿，又把眼睛睁开："你不是问过我为什么总是惴惴不安吗？现在我应该告诉你了，但求你不要因此而鄙视我，行吗？"

"我答应你。"

姬婵沉思片刻,道:"我是一个丧失了人格的人,我丈夫也是。我经商之所以这么顺利,就是凭借我丈夫这棵大树。他帮我挪用过巨额公款,掩护我偷税漏税,为我提供一切便利,有求必应。我始终没弄明白,久经考验的信念怎么能于顷刻之间就被瓦解。我们竟成了晚节不保的罪人。眼看我就要离开这个世界,这种罪恶感非但未见消失,反而更加沉重了。我没有信仰过上帝,现在却相当惧怕它……"

"别怕,上帝会原谅迷途知返的羔羊的。"

"如果有来生,我将像你一样,再也不离开我的钢琴,这一生算被我糟蹋了。"

罗公社吻着姬婵的手,喃喃道:"我的母亲、我的情人、我的姐妹……"

姬婵在幸福中闭上眼睛,他听见了远处《安魂曲》的低诉。

罗公社将苏怡还给他的那把玩具小号轻轻放在姬婵的手上,悄悄从病房里退了出来,见李馆长坐在走廊的长椅上睡着了。他刚要在李馆长身边坐下,李馆长忽然惊醒:"她怎么样了?"

"睡着了。"

李馆长长喘了一口气,道:"让她快快死去吧,她承受不了了。"

翌日上午,姬婵离开了人世。罗公社看了下表:9时32分17秒。

罗公社和李馆长遵照姬婵的愿望为她办理了后事,西山殡仪馆的墓地立起一块新的墓碑。

姬婵的遗嘱由李馆长执行,这是姬婵在生前的委托。她的全部遗产将捐赠给民政部门。

是夜,李馆长拎着一瓶酒来到罗公社的房间。李馆长试图还像往常那样跟罗公社谈谈文学,但发现罗公社毫无兴致。没什么菜,他们只是一口一口地抿着闷酒。

罗公社终于把一直憋在心里头的话告诉了李馆长,等待着他的反应。李馆长半天没有表示,接连干了几杯后,才道:"你在姬婵最后的时刻给了她最愉快的时光,我应该感谢你,姬婵是我们大家的。"

城市安魂曲

一架飞机在田野上空呼啸而过，罗公社恍然记起，秦春晚说过临走前一定要见上他一回，罗公社早把这事忘了。他不知道那个换了一个洋鼻子的中国妞，登机时会对他做何感想。他已不在乎这些，因为秦春晚不再是秦春晚了。他在乎的只是那个有着胖胖的脸蛋儿，专注地唱咏叹调的寂寞女孩，他曾与她同病相怜。

如今的秦春晚，在其记忆里仅是一个鼻子而已。一想到她便难免想到鼻子，鼻子鼻子，总是鼻子。

那白色的建筑群又出现了，罗公社摸摸衣兜里的药包，那是一种淡黄色的粉末。摊主向他介绍说，这种鼠药毒性极大，老鼠闻味即可毙命。想到这里，罗公社煞是欣慰。

迎面一辆疾驰的摩托车突然紧贴在他的身边停下，发出刺耳的刹闸声，罗公社为之一惊，打了个趔趄。正欲发火，车上的人走过来，摘掉头盔。罗公社觉得来者有些面熟，但一时想不起是在哪儿见过。

"你是罗公社？"

罗公社尚未来得及回答，脸上便挨了重重一拳，倒在地上。

"我是阿呆！"那人大喝一声，骑上摩托车扬长而去。

罗公社不顾旁人的围观，在地上好好休息了一会儿才爬起来。

"你的鼻子怎么出血了？"苏怡忙着遍身找手绢，没有找到。

罗公社将药包递给苏怡："这是你要的鼠药。"

苏怡打开，闻了闻，满脸激动的神情："太好啦，那些老鼠再也不敢来骚扰我了，可恶的老鼠。"

罗公社看着苏怡，心里实在难受。他默默地靠在一棵树干上，听苏怡不厌其烦地讲她们病房的故事。什么"小辣椒""太后""丫环""爆米花"……罗公社根本不晓得这些绰号所指的具体是谁，她们中间的纠葛令他感到纷繁无绪。

阳光虽然明亮，但寒意依然袭人，罗公社能清楚地看见苏怡口中呼出的股股热气。冬天已经到了，罗公社心想，他们又该忙了。这座城市的每年冬季，都会有大批老者死去。

两名身着便衣的警察找到正在工作的罗公社,要求他随他们到公安局去一趟。罗公社并未觉得震惊,只是感到疑惑。

他平静地对他们说:"等我把活儿干完,我们应该尊重死者和死者家属。"

两位警察不大情愿,但还是默许了。

罗公社来到公安局,两位警察轮流问了他许多问题,几乎全与苏怡有关。罗公社想,他们是不是在调查他的"喜新厌旧"的问题,难道道德问题也可以立案了?正在寻思,罗公社忽然听见一位警察告诉他:"苏怡自杀了。"

罗公社心头一紧,但马上又松缓下来,只是浑身特别地无力,说话的声音如呻吟一般:"她死了?"

"是的,服了你给她的那种鼠药。"

"我害死了她。"罗公社的泪水再也止不住了。

以后,罗公社不断被传唤到公安局去,每次都面对些新的问题,直到警察们认定罗公社不具备谋杀动机为止。

总算摆脱了警察的纠缠,罗公社又可以心安理得地坐在姬婵的墓碑前吹号了。号声使他忘却所有往事,亦让他疏远任何梦想,以往吹号时的那种心境不知哪里去了。想到将会在这种毫无激情的状态中死去,罗公社突然感到一阵恐惧。

姬婵曾一语道破的"流放"和"隐居"问题,当时罗公社并未认真思考过。现在想来,当时即使是"流放",眼下也只能是"隐居"了。他不再有卧薪尝胆的仇恨,有的仅是世外桃源的淡然。罗公社心想,这该是我离开殡仪馆的时候了吧?但离开之后又朝哪儿奔呢?秦春晚所在的法国?罗公社实在想不到合适的去处。

总之,罗公社认为他不能在这种心境下吹下去了,这违背他当初进馆的意愿。他不是为了逃避或者遗忘才到这里来的。

罗公社感到口中有一丝咸味,紧接着就是一阵猛烈的咳嗽,吐出一摊血来。他捶捶疼痛的胸腔,自言自语道:"这样下去我不能吹号了。"

这种现象已经出现了好几次，罗公社决定不再拖延，这就去找医生。

透视结果表明，罗公社的肺部有三分之一阴影，属于肺结核。医生建议他好好休养，别再吹号了。

从医院里出来，罗公社觉得落寞无依，这种落寞是由于他想到自己暂时不能吹号了。

路过市歌舞团时，罗公社忽然想起挺长时间没收到弟弟的信了，他顺便拐进去到收发室问了问。果然有弟弟的一封信，从邮戳上看已经到了许久——

哥：

我真不想告诉你这桩事，但埋在心里又非常痛苦。上次信中提到的那个竹竟是个妓女，我是在向她求婚时才知道的。

我觉得自己受了欺骗，指责她为什么不早告诉我。她反倒感到很奇怪，问我："一个正经女人怎么可能认识你不足半小时便跟你上了床，并向你要钱呢？"

她说，即使她将来准备结婚，也不会和我这种靠捡破烂赚钱的人。她只嫁大款，不管是中国的还是外国的。

哥，我现在觉得在这里生活好累好累，我想回家……

信没有写完。罗公社估计这可能是弟弟在深圳的最后一次来函了。

罗公社将医生的诊断书及建议休假条一并交给李馆长，李馆长皱着眉头说："你的身体和精神都病了，你必须在休养这段时间内将其彻底治愈，我等待一个全新的罗公社出现。"

罗公社踌躇片刻，道："我不知道我是不是应该离开这里。"

李馆长笑了一下，立刻恢复了庄重的神情："我请你来时，绝没想让你一辈子在这里待下去，而是希望你能在适当的时机离开这里。如果你认为时机已经成熟……"李馆长没有往下说，站起身走到罗公社面前，有力地握了握对方的手。罗公社感觉那手更大更有力度了。

罗公社决定回到老家去休养，他冲着那片空旷的墓地喃喃自语道："大队，我也想回家。"

夜里，罗公社梦见整座城市都在播放、传唱他的《安魂曲》。

父亲见到罗公社先是一笑，然后便号啕大哭，咒骂他为什么隔这么久才回来看他。罗公社将父亲紧紧搂在怀里，像安慰一个孩子似的抚摸着他的头，直到他渐渐平息下来。

罗公社暗暗自责，怎么就从没想到父亲对自己的牵挂呢？忘记谁，都不该忘记父亲呀。弟弟生下来的第二天，母亲便因产后风死去，是父亲将他们一手带大的。

吃完晚饭，父亲与罗公社谈了一会儿墒情和村里的变化，不停地抱怨物价涨得太快、不合理的收费太多。提及罗大队，父亲仍有些生气："这王八蛋，咋能去干那营生？真丢我老罗家的脸。"骂着，父亲又现出满脸好奇："不过，说来也怪，捡破烂倒能比种田来钱得多，这小子常往家里寄钱哩。"

罗公社问："我师傅还好吧？我想去看看他。"

父亲道："死了，去年冬死的。"

"咋死的？"

"唉，酒喝得太厉害，人都说是酒精中毒。"父亲突然想起什么，"对了，他死时把个唢呐托人送来，说要留给你。"

父亲从箱子里掏出个包袱，撂给罗公社。罗公社仔细解开，看见一把闪亮的唢呐，那是师傅用了一生的。

罗公社问："怎么不通知我一声？"语气里倾泻着不满。

父亲道："我不会写字，这跟前能写字的都出外打工去了。"

罗公社说："我现在干的差事也跟师傅一样了，送死人的。"

父亲一惊："你犯错误了？"

罗公社摇摇头，微微一笑："干这行挣钱多。"

父亲瞪着儿子，半天不知说什么好。

罗公社问："师傅死后有吹鼓手送吗？"

"谁给他雇吹鼓手，死时欠了一屁股债。"

罗公社想起师傅曾经在他面前发过的感慨："我这一辈子吹吹打打为死去

的人挣个热闹，等轮到我自己时，说不定是身后一片凄清啊。"

这时，父亲叹了口气，道："这是命。都说刚生下来的孩子第一个见到谁，将来就要干和谁一样的活儿。这话一点儿不假，你生下来见到的第一个外人就是你师傅。"

罗公社对师傅的底细并不很清楚，只大约知道他是于"文革"期间被下放到农村改造的"右派"，下放前是某市文工团的小号手。罗公社之所以能凭着一把小号考入音乐专科学校，从此改变他的命运，完全是由于师傅多年的精心栽培。但他始终没弄明白，为什么师傅在平反之后，仍愿留在农村仰仗一把唢呐终其一生。他为什么不回到某市文工团继续当他的小号手，却偏偏待在乡间做一个卑贱的吹鼓手。这个疑团，罗公社将永远不会解开了。

清晨，罗公社按照父亲的指点找到师傅的坟。坟很小，长满了青草，不细看是极容易忽视的。罗公社在师傅的坟前坐下，耳畔响起那凄凉的唢呐声，随之，他看见师傅佝偻着身子走在棺材左右的景象。

罗公社望着新犁的冒着热气的土地，冲着太阳升起的方向吹响他心爱的小号。

正在地里干活的人们，听到这旋风一般突发的狂喜而躁怒的号声，不由惊愣得纷纷仰起头来。

1995 年 7 月 15 日至 31 日，淮南，初稿
1995 年 8 月 18 日，宁夏大武口，定稿

后记

　　记忆里，第一次正式开始创作小说应该是在初中二年级的那个冬天。当然是个短篇，题目好像叫作《苦恼》，讲的是一个妻子带给丈夫的痛苦。实际上，这应该属于我在几十年后方可能对其真正有所认识的主题。那时的小说写作无疑都是互文性的模仿，同自己有限的人生体验基本没有任何干系。毕竟，平素读的多是成人小说，故而提笔写时想的也都是成人的事情。

　　不过今天看来，不能不说这也是我对人生提前进行的一种有效练习。多年之后，当我正式步入自己曾借助小说想象过的生活时，我发现自己已然懂得该如何尽量规避那些被我肆意蹂躏过的庸俗和不幸。我终于意识到，小说写作于我而言，不仅是在学习生活，更是在创造生活。它根本就不是某种单纯的技艺，实质上，小说写作本身蕴含着技艺绝对无以染指的神秘。

　　所以，我始终拒绝将小说家视作手艺人的工匠性说法。小说源于故事，却远远超越了故事，就像它需要技巧，却从不依赖技巧。相反，小说可以颠覆故事，又可以创造技巧。当我想到小说时，我首先想到的不是故事以及讲述，乃是万物及其主人。是的，小说家就是上帝，不同的是，这个上帝毫不晦涩。

　　有鉴于此，我如同信仰上帝一般信仰小说，小说虚构的世界对于我有着不可抗拒的魔力，令我一度成了现实生活里的游魂。即便醒着，亦必定是处于梦中。或者说，白日梦即是我最愿信赖的现实。因此，真正现实里的急切便这样

后记

被我有意无意地悬置了。当班主任警告我，我的偏科将会严重影响我所看重的个人前途时，我才渐渐从梦中幡然醒来。

尽管克制着不再那么沉迷于小说的世界，但让我就此中止幻想依旧是困难的。现实在我这里照样是那么地缺乏吸引力，我仍继续生活在随时随地的构思里，只是很少将其付诸文字而已。即便要写，也就是些片段性的叙事或者诗歌。

接到大学中文系的录取通知书时，我全部的幸福感仅限于一点，即从此我可以每天创作小说了。的确，大学四年里的我几乎每天都在创作，除了小说，还有诗歌、散文和评论。当时的创作速度是惊人的，但结果却是广种薄收，甚至可以说是颗粒无收。

创作时的我狂喜不已，投稿时的我充满希冀，退稿时的我则是羞怯黯然。可是，我却从未因此怀疑过自己。如今想来，那无非是由于我仅仅是因热爱而写作的缘故吧。"不创作，毋宁死！"——罗曼·罗兰道出的正是我那时的强烈心声，因为这句话我一度成了他忠实的追随者。

一位好友认为我的写作和投稿无异于某种浪费，建议我在成熟之后再开始这些。但问题是，我无法停止写作，而投稿之于我不过就是一种检验，测试着我在写作上的成长。没有成长，又何来成熟？其实，今天看着那一麻袋里的废稿，我唯有庆幸。如果没有它们，此刻的我将不可能是我。所谓的十年磨一剑，磨的哪儿仅仅是一把剑？

现在，我从这麻袋里抽出几篇小说，如《冬季里有二十年》《死窗》《迟钝的感觉》，它们皆是我在大学期间的习作。我将其编入这部小说集，也是我的第一部小说集，不是意欲表明它们依然不失水准，而恰是为了展现我曾经的稚嫩。这种稚嫩本是我小说写作成长史中极其重要的一部分，它预示和决定了我的未来。

尽管后来的我并没有将更多的时间留给小说创作，而是偏向于学术写作，但从20世纪80年代到21世纪，我的小说创作一直仍在持续。于是，就有了《旧爱时光》这部中短篇小说集。并且，我想强调的是，学术写作固然占用了不少我创作小说的时间，但它也着实相应提升着我的小说创作。反之亦然。对于我，此种双轨制创造从不存在纠结或分裂，而仅有和谐与互利。

  不妨把这部小说集当成我的一份文学档案，它所见证的是我作为文坛之外的一个"隐身"作家，致力于探索和朝圣别样道路的痛苦及幸福。

2022 年 4 月 28 日，威海海宴台